오늘부터 주인공 I

초판 1쇄 인쇄 | 2020년 2월 11일
초판 1쇄 발행 | 2020년 2월 17일

지은이 | 성지혜
펴낸이 | 권순남
펴낸곳 | 페리윙클

주소 | 서울특별시 노원구 동일로237가길 17, 신영산업빌딩 602호
전화 | 02-2091-0291 **팩스** | 02-2091-0290
메일 | marubooks@mayabooks.co.kr
출판등록 | 2008년 1월 7일 제310-2008-00001호

ISBN | 979-11-368-0146-3(04810) / 979-11-368-0145-6(세트)
정가 | 10,800원

※ 이 책은 페리윙클이 저작권자와의 계약에 따라 발행한 것입니다. 본사의 허락 없이 내용을 무단 복제하거나 무단 전재하는 것은 저작권법에 의해 금지되어 있습니다.

※ 저자와 협의하여 인지를 붙이지 않습니다. 잘못된 책은 구입한 곳에서 바꾸어 드립니다.

※ 이 도서의 국립중앙도서관 출판시도서목록(CIP)은 서지정보유통지원시스템 홈페이지 (http://seoji.nl.go.kr)와 국가자료공동목록시스템(http://www.nl.go.kr/kolisnet)에서 이용하실 수 있습니다. (CIP제어번호:CIP2020004964)

페리윙클은 (주)마야마루출판사의 로맨스 판타지 문학 레이블입니다.

오늘부터 주인공

성지혜 장편소설
PERIWINKLE ROMANCE NOVEL

1장. 이런 주인공은 싫어요! (1)   007
2장. 이런 주인공은 싫어요! (2)   051
3장. 황태자의 보좌관 (1)   086
4장. 황태자의 보좌관 (2)   123
5장. 이상하고 이상한 (1)   166
6장. 이상하고 이상한 (2)   199
7장. 이상하고 이상한 (3)   238
8장. 폭풍 전야 (1)   269
9장. 폭풍 전야 (2)   321
10장. 여신제 (1)   369
11장. 여신제 (2)   405
12장. 여신제 (3)   440
13장. 태풍의 눈 (1)   473
14장. 태풍의 눈 (2)   517
15장. 태풍의 눈 (3)   555

1장.
이런 주인공은 싫어요! (1)

"저와 약혼하시죠."

마치 '여기 차가 참 맛있네요.' 정도의 이야기를 하는 것처럼 대수롭지 않은 어조로 내가 말했다.

덕분에 남자는 잠시 혼란스러운 얼굴을 하다가 물었다.

"약혼, 이요?"

"네. 저와 결혼을 전제로 만나 보자는 말씀을 드리는 거예요."

차분하게 떨어진 대답이 오히려 더 큰 혼란을 불러왔는지, 그는 여전히 당황한 기색을 보였다.

당연한 일이다.

그와 나는 서로 얼굴을 마주한 지 오 분도 채 되지 않은, 그야말로 완벽한 타인이었으니까.

"대체 왜죠? 혹시, 제가 마음에 드셨나요? 이를테면 첫눈에 반하셨다든가······."

"아뇨. 그건 아니에요."

냉정하게 선을 긋는 대답에 남자가 조금 멋쩍은 얼굴을 했다. 너무 냉정했나 싶었지만, 괜한 오해를 하도록 두는 것보단 낫겠지.

"죄송한 말씀이지만, 진짜 약혼은 아니에요. 끝이 정해져 있는 약혼이죠."

"네?"

"물론, 보상은 충분히 할게요."

덧붙여진 말에 그는 드디어 내 말이 의미하는 바를 깨달은 듯했다.

덕분에 잠시 입술을 달싹이며 뭔가를 말할 듯, 말 듯 굴던 남자가 입을 열었다.

"왜, 하필 저인가요?"

"영윤께서 저를 가장 필요로 하실 것 같아서요."

무서울 정도로 명쾌한 대답이었다.

지금 내 눈앞에 있는 노르베이 남작가의 장남, 레안 노르베이는 가문의 빚을 갚기 위해 스스로를 결혼 시장에 내놓았다.

자신과 결혼하는 대신, 남작가의 빚을 전부 갚아 줄 사람을 찾고 있는 것이다.

그리고 나는 그가 원하는 조건을 들어줄 수 있는 몇 안 되는 사람 중 하나였다.

이를 알기에 레안은 고개를 숙인 채 조금 복잡한 눈으로 얼마간 테이블 위를 응시했다.

"…제가 급하게 결혼할 사람을 찾고 있기 때문인가요?"

"네."

순순한 긍정에 레안의 표정이 한층 더 흐려졌으나 그는 결국 고개를 끄덕였다.

"좋습니다. 영애의 제안을 받아들이죠."

그리 답한 레안이 오른쪽 손을 내밀어 악수를 청했다. 무심코 그 손을 잡으려던 나는 잠시 멈칫했다.

레안의 오른쪽 손등에 그려진 붉은색 동그라미 때문이었다.

문신이라도 했나 보지, 하고 넘기기엔 오른손을 신성하게 여기는 루릭스 제국의 귀족 영웅이 할 만한 것이 아니었다.

게다가 조금 전까지만 해도 분명, 아무것도 그려져 있지 않았던 것 같은데.

"악수에 응해 주지 않으실 건가요?"

그렇게 말하며 민망하다는 듯 웃는 레안의 모습에 나는 서둘러 그의 손을 맞잡았다.

그가 손등에 이상한 문신을 하건, 말건 그건 나와 별 상관 없는 일이었으니까.

"앞으로 잘 부탁드려요."

그런 나의 대꾸에 레안이 소리 없이 웃는다.

어쩐지 쓸쓸해 보이는 미소였으나, 나는 이를 모르는 척했다.

나는 〈붉은 새벽〉이라는 소설 속에 들어왔다.

미친 소리 같겠지만, 이건 현실이었다. 몰래카메라도 아니고, 누군가의 어설픈 장난질도 아니다.

내가 빙의한 건 '에린 세르틴 아를레인'이라는 열아홉 살짜리 소녀의 몸이었다.

그녀는 대륙 제일의 미인인 데다, 제국 유일 공작가의 딸이며 가족을 포함한 공작가 사람들의 사랑을 한 몸에 받는, 그야말로 남부러울 것 없는 인생을 사는 캐릭터였다.

게다가 에린은 소설 속 악녀도, 조연도 아닌 무려 주인공이었다. 작가가 괜히 이런저런 설정들을 갖다 붙인 게 아니라는 소리다.

"이런 미친! 내 인생은 망했어!"

하지만 나는 에린의 몸에 빙의했다는 사실을 깨닫자마자 전속 시녀인 데이지를 끌어안고 울었다.

아마 그다음 일정이 에린의 소꿉친구인 로레즈 백작 영애의 티파티에 참석하는 것이 아니었다면, 한참을 더 울었을지도 모른다.

"너 상태가 왜 그래? 울었어?"

"아무것도 아니야. 그냥 좀 우울한 일이 있어서."

"우울한 일? 대체 무슨 일인데 그래?"

베스 헤일론 로레즈.

제법 상냥한 어조로 던져진 물음과 달리, 나를 보는 그녀의 두 눈에는 은근한 적의가 내비쳤다.

진짜 에린이라면 의심조차 하지 않았을 시선이지만, 나는 알 수 있었다.

그래서 그저 열심히 고개를 저었다.

"그냥 좀, 갑자기 기분이 복잡해져서."

"나한테도 말할 수 없는 일이야?"

"조금 나중에 말해 줄게."

"대체 무슨 일인데 그래?"

베스는 독촉을 하는 태도마저 부드러웠으나, 나는 좀처럼 그녀를 편하게 대할 수가 없었다.

왜냐하면 베스는 이 소설 속 악녀였고, 진심으로 에린을 싫어했으니까.
"저, 베스……."
"안녕하세요, 르네아 영애."
"어머, 안녕하세요. 초대해 주셔서 감사해요, 로레즈 백작 영애."
"저야말로, 이렇게 초대에 응해 주셔서 감사해요."
 그 증거로 베스는 나의 부름을 가볍게 무시한 채, 다른 영애와 인사를 나누고 있었다.
 어느 정도 예상했던 반응이었기에 화가 나지는 않았다.
 아마 여기서 내가 다시 한번 베스를 부르면, 그녀는 나를 친구가 다른 이와 인사하는 것조차 두고 보지 못하는 치졸한 사람으로 몰아갈 것이다.
 원작 소설에서도 그런 식으로 서서히 에린을 고립시켰으니까.
 이를 알고 있는 마당에 순순히 제 발로 함정 속에 걸어 들어갈 마음은 없었다.
 그래서 나는 베스와 적당히 떨어진 테이블에 앉아 앞에 놓인 차와 케이크 따위를 먹으며 소설의 내용을 떠올렸다.
 소설은 에린이 열아홉 살이 되던 해 가을에 열린 황태자의 탄신 축하 연회에서 시작된다.
 그곳에서 에린은 남자 주인공이자 타국의 왕자인 오델론을 만난다.
 베스는 그런 남자 주인공을 사랑해서 에린을 괴롭히는 악녀였다.
 너무도 전형적인 스토리로 보통 이런 구도는 주인공의 압도적인 승리로 이어지기 마련이다.
 아슬아슬하게 악녀의 계략에서 벗어나는 주인공. 그리고 그런 주인공과 협력해 악을 무찌르는 남자 주인공.

"그게 보통인데, 말이지."
"네? 뭐가요?"
아, 이런. 혼자 속으로 생각한다는 걸 입 밖에 내 버렸다.
나는 아무것도 아니라며 빙긋 웃고는 눈앞에 있던 영애에게 케이크를 권하며 상황을 수습했다.
아무튼, 이 소설은 전형적인 설정을 따르고 있는 듯 보이나 반전이 있었다.
'대체, 왜 메인 키워드가 피폐물인 건데!'
그렇다. 내가 지금 빙의한 소설 〈붉은 새벽〉의 장르는 피폐 로맨스 판타지였다.
덕분에 주변 사람들에게 사랑받으며 꽃길만 걷던 에린은 소설이 진행될수록 구르고 또 구른다.
악녀의 계략으로 인해 남주와 틀어지고, 악역의 손에 납치당하고.
온갖 피폐한 전개가 이어진 끝에 소설의 중후반부에는 그녀를 아끼고 사랑해 주던 전속 시녀, 아빠, 남동생이 전부 죽는다.
'그때 댓글 진짜 난리였었는데.'
나 역시 그들을 살려 내라며 난리를 친 독자 중 하나였다.
게다가 이 소설은 중간에 악녀 vs 주인공의 구도가 아니라 주인공 vs 남자 주인공으로 가기도 한다.
'왜냐하면, 남자 주인공인 오델론이 후회 남주거든.'
초반에는 주인공한테 온갖 못된 짓 다 해 놓고 뒤에 가서 후회하는 그런 거.
소설로 볼 때야 절절하게 후회하는 맛에 봤지만, 그걸 내가 직접 겪고 싶은 마음은 없었다.

소설은 소설일 때 아름다운 법이니까.
"어머, 벌써 돌아가시려고요?"
내가 자리에서 몸을 일으키자 순식간에 시선이 집중된다.
베스 역시 아닌 척 은근히 나를 주시하고 있었다.
"네. 죄송하지만 몸 상태가 그다지 좋지 않아서요."
아까 데이지를 붙잡고 펑펑 울어 댄 덕분에 붉어진 눈가가 제법 그럴듯한 근거가 되어 주었다.
"저런, 푹 쉬고 다음에는 건강한 모습으로 뵈었으면 좋겠네요."
"맞아요. 부디 편히 쉬세요."
"걱정해 주셔서 감사해요."
같은 테이블에 있던 영애들의 의례적인 인사를 받은 나는 그대로 베스에게 다가갔다.
갈 때 가더라도 주최자에게 양해를 구하는 것이 순서였으니까.
"죄송하지만, 몸이 좋지 않아서 먼저 돌아가 봐야 할 것 같아요."
소꿉친구가 아니라 파티의 주최자와 참석자로 마주한 것이니 말을 높이는 것이 옳았다.
그런 나를 향해 베스 역시 말을 높였다.
"몸이 많이 안 좋으셨다니, 몰랐네요. 미리 신경 써 드리지 못해서 죄송해요."
"아니에요."
그리 말한 나는 그녀만 들을 수 있는 정도의 목소리로 덧붙였다.
"있잖아, 베스."
갑작스레 반말을 한 탓인지 베스의 표정이 미세하게 일그러졌다.
나는 그런 그녀의 반응 따위 아랑곳하지 않고 말했다.
"나, 약혼해."

"…뭐?"
그런 내 말이 제법 충격이었는지 베스는 보는 눈이 많다는 것도 잊고 큰 소리를 냈다.
덕분에 우리 둘 사이에 뭔가 심상치 않은 대화가 오고 감을 느낀 몇몇 영애들의 시선이 이쪽으로 향했다.
"너, 그게 무슨 말이야?"
"무슨 말이긴, 있는 그대로지."
"쓸데없는 말장난하지 말고."
짜증 섞인 베스의 말에 나는 아무것도 모르는 백치처럼 웃어 보였다.
"넌, 나랑 가장 친한 친구니까. 알고 있으라고."
그러니까 남자 주인공은 너 가져.
나는 미래의 악녀가 될 소꿉친구에게 내가 남주와 엮일 마음이 전혀 없다는 걸 어필했다.

※

그렇게 베스와의 만남을 통해 다시 한번 원작 소설의 내용을 되새긴 나는 굳게 다짐했다.
'남주고 뭐고 다 꺼져! 내 목표는 금수저 꽃길 인생이야.'
기껏 모든 걸 다 가진 에린의 몸에 빙의해 놓고, 남자 주인공 하나 때문에 고난과 역경 속으로 뛰어들 생각은 없었다.
그래서 나는 일단 적당한 남자를 구해다가 가짜 약혼을 하기로 했다.
원작 소설이 끝날 때까지 약혼을 유지하고 있다가 모든 게 다 끝나면 그길로 파혼.

그리고 그런 면에서 레안 노르베이는 매우 좋은 선택지였다.

레안은 원작 소설 속에서 지나가듯 등장했던 엑스트라였다.

그는 에린이 공원에 갔다가, 실수로 지나가던 사람과 부딪혀 남자 주인공이 준 반지를 잃어버리게 되는 에피소드에 등장한다.

여기서 에린과 부딪혔던 사람이 바로 레안이다. 그 이후에 그는 소설에 다시 등장하지 않는다.

'잠깐, 이거 어쩌면…….'

나는 혹시나 하는 마음에 레안에 대한 정보를 모으기 시작했다.

그러고는 금세 결론을 내렸다.

그와 가짜 약혼을 하기로.

레안은 자신의 가문을 살려 줄 돈 많은 결혼 상대가 필요했고, 나는 내가 손쉽게 휘두를 만한 가짜 약혼자가 필요했다.

이해관계가 제법 잘 들어맞은 셈이다.

게다가 에린의 아름다운 외모에 크게 흔들리지 않는 태도 역시 마음에 들었다.

그가 원하는 건 오직 돈뿐이라는 뜻이니, 깔끔한 거래가 가능할 것 같았다.

그러한 이유로 나는 레안과 가짜 약혼을 하기로 결심했고, 일은 순조롭게 풀렸다.

퍼억!

레안을 만나고 돌아가는 길에 인파에 휩쓸려 호위 기사들을 잃어버리고, 어떤 남자와 부딪히기 전까지는.

"이봐요!"

그쪽에서 먼저 부딪힌 덕분에 나는 그대로 넘어져 엉덩방아를 찧었다.

그럼에도 사과는커녕 내게 눈길 한번 주지 않는 남자를 향해 내가 무어라 따지려 할 때였다.

"넌 뭐야?"

그리 물은 남자는 새카만 로브를 깊게 눌러쓴 탓에 흉흉한 눈빛만 언뜻 보였다.

하지만 눈빛만으로도 사람을 죽일 기세였기에 순간 소름이 돋았다.

"너, 뭐냐고."

"그, 그게……."

덕분에 나는 조금 전의 당당했던 기세를 잃고 잠시 주춤했다.

나 역시 로브에 달린 모자를 쓰고 있었기에 표정이 드러나진 않았겠지만, 얼빠진 얼굴을 하고 있으리란 사실은 분명했다.

'아, 진짜. 왜 하필 이럴 때 호위 기사들이 곁에 없는 건데?'

어쩐지 자존심이 상하는 것을 느낀 나는, 어설픈 오기로 그의 얼굴을 빤히 응시했다.

로브를 눌러쓰고 있었지만, 겉으로 드러나는 선만 보아도 상대의 외모가 범상치 않음을 짐작할 수 있었다.

그리고 그 틈으로 언뜻 비치는 보라색 눈동자는…….

잠깐, 보라색 눈동자?

소설 속에서는 분명, 대륙에서 단 한 명밖에 없다고 했던 것 같은데, 그렇다면 설마.

'이 자식 오델론이야?'

거기까지 생각이 미치자, 나는 사색이 된 얼굴로 입고 있던 로브에 달린 모자를 다시 눌러썼다.

"아 ×발, 진짜 짜증 나게 하네."

맞네. 저 거친 말투하며, 오델론이 맞네. 젠장!

아마 그가 초면인 내게 이리도 대놓고 무례하게 구는 것은 내가 자신의 정체를 모르리라 생각하기 때문일 것이다.

로브를 뒤집어쓰고 있는 상태이니 얼굴이 보일 리도 없고.

그나마 로브 사이로 보이는 보라색 눈동자도 별다른 단서는 되지 못했다.

보라색 눈동자가 전 대륙에서 오델론 하나뿐이라는 설정은 소설을 읽은 나나 알고 있지, 이곳의 사람들은 관심조차 없을 테니까.

더불어 호위 기사도 없이 다니는 내 신분이 그다지 높지 않을 것이라는 예상도 이런 그의 태도에 단단히 한몫하고 있겠지.

"너, 벙어리야? 네 정체가 뭐냐고 물었잖아."

"저는······."

나는 이미 인내심이 바닥난 듯한 오델론을 향해 서둘러 입을 열었다.

스르륵! 턱.

그러나 그가 한발 빨랐다.

눈 깜짝할 사이에 차고 있던 검을 뽑아 든 오델론은 그것을 그대로 내 목에 겨눴다.

덕분에 매우 다급해진 내가 말했다.

"괘, 괜히 일을 크게 만들고 싶지 않으면, 절 이대로 보내 주는 게 좋을 거예요!"

협박인지, 애원인지 나조차도 알 수 없는 말에 오델론은 어이가 없다는 듯, 웃음을 터트렸다.

"미친 계집인가?"

아니, 그거 아닌데.
물론 정말 그렇게 말할 수는 없었다.
괜히 그의 심기를 거슬렀다가 아, 몰라. 그냥 죽이고 생각할래, 하고 나오면 곤란하니까.
"아가씨!"
"어디 계십니까!"
그때, 공작가의 호위 기사들이 다급하게 나를 찾는 소리가 들려왔다.
이에 오델론이 대수롭지 않은 태도로 물었다.
"쟤들, 설마 너 찾는 거냐?"
"맞아요. 그래서 말했잖아요! 귀찮은 일에 휘말리고 싶지 않으면 날 이대로 보내 줘야 할 거라고."
제법 당차게 말했으나, 나는 속으로 덜덜 떨고 있었다.
기본적으로 오델론은 사람의 목숨을 벌레만도 못하게 여겼다.
그러니 그가 당장 여기서 나를 향해 검을 휘두르지 말란 법은 없었다.
"저기다! 저기 계신다!"
"아가씨!"
어느새 제법 가까이 다가온 호위 기사들을 보고도 동요하지 않는 그의 모습에 나는 불안해졌다.
설마, 정말 이대로 날 죽이려는 건 아니겠지?
"너."
불안에 떨고 있는 상황에서 들려온 오델론의 목소리에 나는 긴장한 얼굴을 했다.
"제법 운이 좋은 것 같네."

말이 끝나기 무섭게 오델론은 나를 향해 겨눴던 검을 거뒀다.
그 과정에서 나는 어떤 것을 목격하고 그대로 굳어졌다.
하지만 오델론은 나의 반응 따위 전혀 신경 쓰지 않은 채, 들고 있던 검을 검집에 넣었다.
"아가씨!"
다급하게 달려온 호위 기사 중 하나가 바닥에 주저앉아 있는 나를 일으켜 주며 물었다.
"아가씨, 대체 왜 이러고 계세요? 저기 저놈은 뭡니까?"
"설마, 저놈이 아가씨를 이렇게 만든 겁니까? 이봐 당장 저자를……!"
"아뇨, 그런 거 아니에요!"
갑작스레 알게 된 사실로 인해 혼란스러운 와중에도 나는 단호하게 말했다.
"둘 다 앞을 제대로 보지 않아서 이렇게 된 거니까, 누구 한 사람의 잘못이라고 할 수는 없어요."
최대한 상냥하고 착한 척 말했지만, 사실 그냥 오델론과 더 이상 엮이고 싶지 않은 것뿐이었다.
그러니까 제발 얼른 가라.
"하, 지랄."
"……."
"너! 우리 아가씨한테 지금 그게 무슨 무례한 언사지?"
"이 자리에서 죽고 싶은 건가?"
아, 좀. 곱게 보내 주려고 해도 난리네.
나는 짜증을 삼키며 애써 웃는 낯을 했다.
씩씩대는 기사들을 말리려면 나까지 성질을 내고 있을 틈이 없

19

었다.

나는 쓸데없이 말을 잇는 대신 단호하게 등을 돌린 후 걷기 시작했다.

"더 이상 일을 크게 만들고 싶지 않아요."

이대로 조용히 돌아가고 싶다는 의미였다.

이에 분하다는 듯 씩씩대던 기사들도 결국엔 나를 따라 걷기 시작했다.

나는 혹시나 하는 마음에 슬쩍 뒤를 돌아봤다. 그러자 오델론은 이미 사라지고 난 후였다.

후우. 그래도 다행이네. 끝까지 싸우자고 덤비지 않아서.

"저, 아가씨."

곁에 있던 기사의 부름에 나는 고개를 돌려 그를 응시했다. 그러자 그는 조금 전에 주웠다며 언뜻 보기에도 귀해 보이는 루비 반지를 내밀었다.

"바닥에 떨어져 있던 건데, 혹시 아가씨의 물건이십니까?"

"아, 고마워요, 경. 안 그래도 찾고 있었는데."

그리 말한 나는 고맙다는 인사를 한 후 공작가의 마차에 올랐다.

　　　　　　　　　※

어느새 캄캄해진 밤하늘 아래에서 공작가로 돌아가던 나는 기사에게 받은 반지를 유심히 살폈다.

그러고는 곧, 내 짐작이 맞았음을 확인했다.

'오델론이 떨어트린 모양이네.'

지금 내가 들고 있는 반지는 오델론의 것으로, 소설 속에서 제법 중요한 역할을 하는 물건이었다.

중앙에 거대한 타원형의 루비가 박혀 있고, 몸통 부분이 금으로 되어 있는 이 반지는 오델론이 비밀 자금을 숨겨 둔 창고의 열쇠였다.

나름 괜찮은 물건을 얻은 셈이지만, 마냥 기뻐할 수는 없었다. 반지를 주운 것과 별개로 걸리는 점이 있었던 탓이다.

오델론의 오른쪽 손등.

그가 내게 겨눴던 검을 거두는 과정에서 나는 보고 말았다.

오델론의 오른쪽 손등에 레안의 오른쪽 손등에 있던 것과 같은 모양의 동그라미가 그려져 있다는 걸.

레안의 것은 붉은색이고 오델론의 것은 푸른색이었으나, 그저 비슷한 문신을 한 것뿐이다, 라며 넘기기엔 마음에 걸렸다.

타국의 왕자인 오델론은 그렇다고 치더라도, 레안은 오른손을 신성하게 여기는 루릭스 제국의 귀족이다.

그런 그가 오른쪽 손등에 이상한 문신을 했고, 그게 우연히 오델론의 손등에도 있을 확률이 얼마나 될까.

'아무래도 레안을 다시 만나 봐야겠어.'

만약 오델론과 레안이 어떤 식으로든 연관이 있는 거라면, 다른 약혼자를 구해야 할 테니까.

그때였다.

콰과광!

갑작스레 굉음이 들려왔고, 깜짝 놀란 나는 벽에 머리를 부딪쳤다.

"아가씨! 괜찮으십니까?"

"나는 괜찮아요! 그러니까 일단 진정하고, 상황 파악부터 하세요."

그렇게 대꾸한 나는 창밖으로 시선을 던졌다.
창밖 너머로 불길에 휩싸인 마차 두 대가 보였다.
'…대체, 이건 또 무슨 일이지?'
공포심과 황당함을 동시에 느낀 나는 일단 상황을 지켜보기로 했다.
"끄아아악!"
누군가의 비명을 시작으로 주변은 순식간에 아수라장이 되었다.
"도망친다! 잡아라!"
"저쪽이다!"
검이 허공을 가르는 소리와 비명, 그리고 고함 소리가 연달아 들려왔다.
그리고 그때, 돌연 공원 쪽에서 찬란한 빛깔의 불꽃이 튀었다.
그러자 마치 불빛을 본 나방들처럼 제법 많은 사람들이 그곳으로 몰려들었다.
'방금 그 불꽃, 분명히 마법을 사용한 거였어.'
그제야 나는 눈앞에서 벌어지고 있는 일이 원작에 서술된 사건 중 하나임을 깨달았다.
소설의 설정상 전 대륙에서 마법을 사용할 수 있는 건 루릭스 제국의 직계 황족뿐이다.
보통 한 대에 한 명만이 능력을 물려받고, 그 사람이 자식을 낳으면 그 힘도 넘어간다.
즉, 현재 마법을 사용할 수 있는 건 소설 속 악역인 황태자뿐이라는 소리다.
'그래서 남자 주인공인 오델론도 그를 견제하지.'
이를테면, 갑작스레 어마어마한 수의 부하들을 보내 황태자를 죽이려 한다든가.

 자신의 야망을 숨기고 있던 오델론이 이런 일을 벌일 수 있었던 것은, 그의 이복형 덕분이었다.

'언제까지 그렇게 버러지처럼 밑이나 축내며 살 거지?'
'그게 무슨 말씀이십니까?'
'쓸모를 증명해. 그러지 않으면 더는 네 한심한 꼴을 두고 보지 않을 테니.'

 물론 그런 오델론의 시도는 실패로 돌아가고, 황태자는 살아남는다.
 다만, 그 대가로 황태자는 저주에 걸려 죽기 전까지 수시로 환각과 환청에 시달리다가 제국 역사상 최악의 폭군이 되어 버린다.
 '역시, 일이 더 커지기 전에 빠져나가는 게 좋겠어.'
 빠르게 마음을 정한 내가 바깥에 있던 기사들에게 명령을 내리려던 찰나였다.
 벌컥!
 마차의 문이 열리고, 누군가가 안으로 뛰어 들어왔다. 그러고는 곧장 들고 있던 칼을 내 목에 겨눴다.
 "아가씨!"
 "무슨 일이십니까!"
 격한 호위 기사들의 외침을 무시하듯, 남자는 그대로 마차의 문을 닫았다.
 덕분에 나는 내게 칼을 겨눈 남자와 함께 마차에 갇혔다.
 "얌전히 있어."
 "……."

목에 닿은 쇠붙이만큼이나 서늘한 목소리였다.
아, 진짜 이런 미친.
벌써 오늘 하루만 두 번이나 생명을 위협받다니.
나는 최대한 침착하게 눈동자를 굴리며 그의 상태를 확인했다.
온몸에 피를 잔뜩 뒤집어쓴 채, 나를 노려보고 있는 남자의 상태는 빈말로라도 결코 좋다고 할 수 없었다.
덕분에 나는 그가 조금 전까지 치열하게 싸움을 벌이다가 온 황태자임을 확신했다.
'펠루스 하이시온 루데릭.'
원작 소설 속 메인 악역이자 황태자인 그의 이름이었다.
"…지금, 이게 무슨 짓이죠?"
이런 식의 대치 상황이 길어져 봤자 득이 될 것이 없다는 사실을 깨달은 내가 입을 열었다.
"무슨 짓이냐고?"
그런 펠루스의 물음은 무표정한 얼굴만큼이나 아무런 감정도 담겨 있지 않았다.
덕분에 나는 순간적으로 아까 만난 오델론과 그를 겹쳐 보았다.
눈앞의 남자 역시 장차 아무렇지 않게 많은 이들을 죽여 나갈 폭군이 되겠지.
그 사실을 되새기니 새삼 소름이 돋았지만, 나는 애써 침착한 태도를 보였다.
"제게 무슨 볼일이신지는 모르겠지만, 일단 검부터 내려놓고……."
"아직 상황 파악이 안 되는 모양이군."
등 뒤가 서늘해질 정도로 싸늘한 말과 함께 목에서 따끔한 통증이 일었다.

내 목에 아슬아슬하게 닿아 있던 검이 살갗을 파고든 것이다.

갑작스레 찾아온 통증에 미간을 찌푸린 나는 다급하게 말했다. 잘못하면 정말 여기서 죽을 수도 있겠다는 생각이 든 탓이다.

"저, 저와 거래를 하시죠!"

매우 뜬금없는 말이었다.

펠루스 역시 비슷한 생각이었는지 그는 내 말을 들은 척도 하지 않았다.

하지만 나는 지푸라기라도 잡는 심정으로 말을 이었다.

"저를 죽이지 않겠다고 약조해 주세요. 그럼 제가 당신을 도울게요."

사실 거래라고 부르기도 우스웠다.

이건 내가 일방적으로 그에게 사정하고 있는 거나 마찬가지였으니까.

"나를 도와? 내가 뭘 원하는 줄 알고 돕겠다는 거지?"

가소롭다는 듯 그리 말하는 펠루스를 나는 이해했다.

지금도 이렇게 아무것도 못 하고 무력하게 인질로 잡혀 있기나 한 내가 뭘 할 수 있을까 싶은 거겠지.

"저는 당신을……."

쿠웅! 콰광!

그때, 또다시 큰 소리가 났다.

이번에는 내가 타고 있는 마차의 바로 지척에서 들려온 소리였기에 다시 바깥이 소란스러워졌다.

"아가씨!"

"괜찮으십니까?"

"난 괜찮아요."

그렇게 답한 나는, 방금 전의 소란에도 큰 동요 없이 나를 응시하고 있던 펠루스에게 말했다.

"저는 바보가 아니에요."

이런 상황에서 그가 원할 만한 것이야 뻔했다.

바깥에서 저 난리를 치며 펠루스를 찾고 있는 오델론의 부하들에게서 무사히 도망치는 것이겠지.

"그러니 저를 살려 두세요. 그럼, 그럴 가치가 있었다는 걸 증명해 보일 테니."

◈

"이제 어쩌죠?"

"어쩌긴, 우리는 아가씨의 안전을 최우선으로 해야 한다. 그러니……."

그리 말하기는 했으나, 에린의 호위 기사 중 우두머리인 로웬 경마저도 당장 어떻게 해야 할지 갈피를 잡지 못하고 있었다.

"잠시, 실례를 좀 하겠습니다. 마차 안을 확인하고 싶군요."

하지만 고민은 길지 않았다. 로웬 경이 마음을 정하기도 전에 낯선 무리들이 마차를 둘러싼 탓이다.

조금 전 소란을 일으킨 것으로 추정되는 무리의 등장에 기사들은 전투태세를 갖췄다.

"그렇게 경계하실 것 없습니다. 협조만 해 주신다면, 아무 문제도 일으키지 않고 돌아갈 테니."

그리 말하며 마차 앞으로 다가선 남자를 로웬 경이 막아섰다.

"우리 아가씨께선 지금 크게 다치셨다. 그런 아가씨가 계신 곳에 당신들처럼 수상한 이를 들일 순 없어!"

단호한 로웬 경의 말에 남자가 여유로운 태도로 그를 향해 한발 다가왔다.

그러고는 가장 가까이에 있던 부하에게 말했다.

"어서 열어."

벌컥!

남자의 명령이 떨어지기 무섭게 마차의 문이 열렸다.

로웬 경을 비롯한 다른 기사들이 말릴 틈도 없이 벌어진 일이었다.

덕분에 마차의 안과 바깥엔 순간적으로 정적이 흘렀고, 그 후엔.

"내게 동의도 구하지 않고 이렇게 문부터 열어 버리는 건, 대체 어느 지방 예절이죠?"

싸늘한 에린의 목소리가 들려왔다. 그녀는 불쾌하단 얼굴로 마차의 입구 쪽에 서 있었다.

"이거, 저희가 큰 실례를 범했군요."

"실례임을 안다면, 빨리 문을 닫고 돌아가세요."

"영애께서 잠시 마차 안을 살필 수 있게 해 주신다면, 그리하죠."

에린의 날 선 대꾸에도 남자는 물러설 마음이 없어 보였다.

덕분에 그녀는 짜증 섞인 얼굴로 왼쪽 손목에 감고 있던 천을 풀었다.

그러자 칼에 베인 지 얼마 되지 않은 것으로 추정되는 상처가 나타났다.

아직 지혈이 덜 된 상처를 내밀며 그녀가 말했다.

"나는 지금 당장 의원을 만나러 가야 해요. 그런데 자꾸 이런 식으로 나를 방해한다면, 그 대가를 치러야 할 거예요."

"아주 잠깐이면 됩니다."

그런 남자의 말에 에린은 입술을 깨물었다. 그러고는 곧, 어쩔 수 없다는 듯 말했다.

"30초. 그 이상은 허락할 수 없어요."

귀족 영애의 심기를 거스른 것치고는 제법 후한 처사였다. 그리 생각한 남자는 웃으며 고개를 끄덕인 후, 마차에 올랐다.

달빛조차 제대로 들지 않는 마차의 내부는 매우 캄캄했으나, 남자는 발견하고 말았다.

바깥에서 일어난 소란과 자신은 조금의 관련도 없다는 듯, 평온하게 마차 구석에 앉아 있는 누군가의 모습을.

덕분에 드디어 끝났구나 싶어서 남자가 상대에게 다가가려는데, 뭔가 이상했다.

"이미 30초가 훨씬 지났어요."

"……."

남자가 이를 깨닫기 무섭게 에린의 명령에 따라 마차 안으로 들어온 기사들이 그를 끌어냈다.

"원하는 대로 확인도 시켜 줬고, 추가 시간도 줬으니 이젠 정말 비켜요."

말을 마친 에린은 그대로 냉정하게 문을 닫았다. 아를레인 공작가의 마차가 출발한 것은 그와 거의 동시였다.

멀어져 가는 마차를 멍한 얼굴로 응시하는 남자를 향해 부하들이 몰려들었다.

그들은 하나같이 의아함을 감추지 못한 기색이었다.

"대체 무슨 일이십니까? 왜 마차 안에 있던 놈을 잡지 않으신 겁니까?"

"…놈이 아니었다."
"예?"
"안에 있던 건, 놈이 아니라 생전 처음 보는 계집이었어."
조금 전 그가 본 것은 목표물이었던 펠루스가 아니라 웬 날카로운 인상을 가진 여자였다.
마차의 구석에 조용히 앉아 있던 그녀는 마치 아무 소리도 들리지 않는 것처럼 그에게 눈길 한번 주지 않았다.
제길, 대체 어디서 놓친 거지?
분명 공작가의 마차 안에 있으리라 확신했다. 그래서 막무가내로 마차 안을 뒤진 거였는데.
"…아직, 그리 멀리 가진 못했을 거다. 그러니 어서 움직여!"
남자의 명령에 부하들이 일사불란하게 흩어졌다. 그 역시 곧장 걸음을 옮겼다.
그렇게 에린의 마차가 향한 곳과 정확히 반대 방향으로 움직이던 남자가 문득 걸음을 멈췄다.
다시 생각해 보니 뭔가 이상했다.
아를레인 공녀쯤 되는 인물이 손목에 그렇게 큰 상처를 입을 일이 있나?
게다가 그 상처는 생긴 지 얼마 되지 않은 것처럼 보였다.
그렇다는 건 높은 확률로 마차 안에서 생긴 상처라는 의미인데, 그 안에 있던 건 공녀 본인과 정체 모를 여자뿐이었다.
거기까지 생각하던 남자의 시선이 마차가 사라진 방향으로 향했다.

༶

남자들이 들이닥치기 직전, 잠시 마차의 문을 연 에린은 기사들에게 명했다.

정체 모를 사내들이 나타나면 처음에는 막아서다가 나중에는 억지로 문을 열어도 모르는 척 놔두라고.

더불어 에린은 조금 전 폭발을 일으킨 이들에게 쫓기는 남자가 마차 안에 있으며, 그를 도울 생각이라는 말도 덧붙였다.

그런 그녀의 결정에 다들 기함했으나, 선택을 하고 말고 할 것도 없이 사내들이 나타났다.

그리고 결국 모두 에린의 뜻대로 되었다.

하지만 펠루스가 마차 안에 타고 있는 한, 그들은 여전히 시한폭탄을 안고 움직이는 것과 같았다.

"공작가까지는 얼마나 남았죠?"

마차에 달린 창문을 열고 그리 묻는 에린을 향해 그는 30분 안으로 도착할 것이라 답했다.

그런데 알았다며 고개를 끄덕이는 에린의 안색이 좋지 않다.

이를 눈치챈 로웬 경은 마부를 재촉해 더욱 빠른 속도로 공작가로 향했다.

※

"으, 으윽!"

왼쪽 손목에 난 상처에서 올라오는 통증으로 인해 나는 간헐적으로 신음했다.

피는 어느 정도 멎었으나, 아픔은 쉬이 가시질 않았다.

아까 전 로웬 경이 남자에게 내가 아프다는 핑계를 댔을 때, 이를 듣고 있던 나는 펠루스가 지니고 있던 단도를 빌렸다.

그리고 단도를 이용해 손목에 상처를 냈다.

그들을 속이기 위해서는 조금 더 그럴듯한 장치가 있어야 한다고 판단한 탓이다.

"으으, 윽!"

맞은편에 앉아 있던 펠루스는 그런 나를 한심하다는 듯 쳐다봤다.

"그러게 대체 왜 그리 무식하게 검을 써?"

애초에 원작 소설 속 악역인 펠루스에게 감사 인사 따위를 기대한 적은 없다.

하지만 그럼에도 막상 저런 말을 듣고 있자니 살짝 짜증이 났다.

"진짜 상처를 내는 게 아니라, 아픈 척을 하는 정도에 그쳤어야지."

"…예?"

그런 펠루스의 말에 나는 아픔도 잊고 황당하다는 얼굴을 했다.

전문 배우도 아니고, 날 때부터 진짜 귀족으로 길러진 것도 아닌 내가 아까 그 남자들을 속일 수 있을 리 없다.

만약 그럴 능력이 있었더라면, 애초에 단도를 들고 설치지도 않았을 것이다.

물론 그러한 사실을 구구절절 입 밖에 낼 마음은 없었기에 나는 화제를 돌렸다.

"저, 근데 아까 그 마법은 확실히 통한 건가요?"

"그러니 그들이 순순히 물러난 거겠지."

펠루스의 대답에 나는 조금 기계적으로 고개를 끄덕였다.

조금 전 남자가 마차 안으로 들어왔을 때, 펠루스는 내 제안에 따라 환각 마법을 사용했다.

환각 마법은 자신의 모습 위에 타인의 모습을 덧씌워 마치 그 자리에 다른 사람이 있는 것처럼 보이게 하는 마법이다.

이 마법에는 두 가지 제약이 있었다.

하나는 시간. 환각 마법은 유지 시간이 1~2분밖에 되지 않는다.

내가 마차를 수색하러 들어온 남자에게 30초의 제한 시간을 둔 것은 그런 이유에서였다.

두 번째는 발동 범위. 마법을 사용하기 직전, 마법사와 가장 가까이에 있던 한 사람에게는 그 효력이 발휘되지 않는다.

내가 펠루스에게 마법이 확실히 통했느냐 물은 것은 그래서였다.

내게는 마법의 결과물이 보이지 않았으니까.

그래서 더욱 불안했다. 그리고 확신에 가까운 대답을 들은 지금도 여전히 불안하다.

혹여나 그들이 수상한 낌새를 알아채고 다시 쫓아오면 어쩌나 싶었다. 그렇게 근성 있는 인간들은 아니었으면 좋겠는데.

"그 상처는 계속 그렇게 둘 생각인가?"

한참 바깥을 경계하고 있는데, 그가 대뜸 물었다. 덕분에 잠시 상처에 시선을 준 내가 말했다.

"일단, 공작가에 도착하는 대로 치료를 받아야죠."

"그건 무사히 공작가에 도착할 수 있을 때의 이야기겠지."

응? 그건 또 무슨 소리지?

"어지럽지는 않나?"

"어……."

그러고 보니 좀 어지러운 것 같기도 하고.

"왜 날 도왔지?"

갑작스레 책망하듯 들려온 물음에 나는 황당함을 감추지 못했다. 먼저 나를 인질로 잡아 협박한 장본인이 할 말은 아니었기 때문이다.

"나한테 협조하는 척 아까 그 남자들에게 나를 넘기는 쪽이 훨씬 간단했을 텐데."

맞는 말이다. 맞는 말인데…….

거기까지 생각하던 나는 문득 눈앞이 흐려지는 느낌을 받았다. 눈꺼풀 역시 서서히 무거워진다.

"그만 쉬어."

그리 말한 펠루스의 붉은색 눈동자가 무심하게 나를 응시했다.

"잠깐 자고 일어나면 모두 끝나 있을 테니."

의미심장한 한마디를 끝으로 나는 정신을 잃었다.

에린이 완전히 잠에 빠진 것을 확인한 펠루스는 무표정한 얼굴로 그녀를 응시했다.

간단한 마법을 사용해 재운 에린은 평온한 얼굴을 하고 있었다.

그 모습에서 펠루스는 문득, 과거의 어떤 이를 떠올렸다.

에린 세르틴 아를레인을 보며 결코 떠올려서는 안 될 사람.

'나는 네가 행복해졌으면 좋겠어.'

덕분에 불쾌한 감각이 전신을 휘감는다.

만약 이대로 잠든 그녀의 목을 비틀어 버리면 어떨까.

아마 그렇게 하면 모든 것을 끝낼 수 있을 것이다. 그리고 그것은 어쩌면 가장 이상적인 복수가 될지도 모른다.

하지만 펠루스는 그리할 수 없었다.

에린에게 잘못이 있고, 없고는 둘째 치고 그의 복수는 결코 그렇게 끝나서는 안 됐다.

펠루스가 해야 할 복수는 혼자만의 것이 아니었으니까.

여전히 차디찬 펠루스의 시선이 에린의 왼쪽 손목으로 향했다.

자신을 돕겠답시고 그녀가 스스로 낸 상처를 조금 묘한 눈으로 응시하던 그는 곧 상처에 손을 가져갔다.

왜 하필 그녀인가.

그 의문에 대한 답을 찾기도 전에 펠루스의 손이 에린의 손목에서 그녀의 목으로 향했다.

차가운 손가락이 상처가 난 부분에 가볍게 닿았다가 떨어진다.

목에 난 상처는 그리 깊지 않았다. 애초에 경고를 목적으로 낸 것이었으니까.

그렇게 얼마간 자신이 낸 상처에 시선을 고정하고 있던 펠루스는 곧, 품에서 자잘한 보석이 달린 팔찌를 꺼냈다.

그러고는 그것을 에린의 왼쪽 손목에 채웠다.

펠루스가 마법까지 써서 에린을 재운 이유는 그녀에게 이 팔찌를 채우기 위함이었다.

그것은 차고 있는 상대의 위치를 알 수 있게 해 주는 물건으로 그가 직접 만든 것이었다.

비록 일회용이긴 하지만, 만약을 대비해 에린의 행적을 살필 수단을 하나쯤 만들어 두는 게 좋을 것 같았다.

'사람 일은 모르는 거니까.'

그런 생각을 하며 에린에게 팔찌를 채운 펠루스는 이내 미련 없이 몸을 돌려 마차에서 뛰어내렸다.
자신을 목 빠지게 기다리고 있을 손님을 마주하기 위해서.

❦

"늦지 않게 오겠다더니, 왜 이렇게 안 와?"
그리 투덜거린 남자가 화풀이를 하듯, 발밑에 있던 돌멩이를 걷어찼다.
비관적인 생각은 하지 않으려 했으나, 그는 지금 초조해 돌아 버리기 직전이었다.
이미 약속했던 시간보다 한 시간이 넘게 지났다.
평소, 약속 시간을 제 목숨보다 칼같이 지키던 펠루스답지 않다.
아까 수도 중앙에서 큰 폭발음이 들린 것도 그렇고, 여러 가지로 느낌이 좋지 않았다.
그는 결코 무적이 아니다. 오히려 누구보다 큰 약점을 가지고 있었다.
그러니 운이 없으면, 안 좋은 일이 닥치면, 그 결과가 어찌 될지는 아무도 장담할 수 없었다.
새삼 그 사실을 되새기던 남자의 시야에 문득, 저 멀리 익숙한 실루엣 하나가 들어왔다.
그 사람이 펠루스임을 확신한 남자가 그를 향해 달려갔다.
"이봐, 대체 뭐 하는 거야! 지금이 몇 시인 줄 알아?"
남자는 매우 화가 난 어조로 따져 댔으나, 동시에 크게 안심한 기색이었다.

"근데 너, 이 피는 다 뭐야? 설마 한바탕했어?"
하지만 그것은 찰나였고, 남자는 곧 다시 굳어진 얼굴을 했다.
반면 펠루스는 태연한 얼굴로 품에서 시계를 꺼내 시간을 확인했다.
"자정보다 한 시간 정도 지난 것 같군."
"아니, 지금 그게……."
"약속 시간보다 한 시간 넘게 늦은 것에 대한 잔소리는 나중으로 미뤄 둬. 그보다 먼저 해야 할 일이 있으니까."
남자의 말을 간단히 자른 펠루스가 화제를 돌렸다.
"그놈의 위치를 알아냈다고 했지? 우선 그것부터 말해."
"아까 그 폭발, 너랑 관련이 있는 거지?"
하지만 남자의 입에서 나온 것은 펠루스가 원한 대답이 아니었다.
덕분에 펠루스는 차게 가라앉은 눈으로 그를 응시했다.
"주제넘게 굴지 마, 아처 메테니아."
싸늘한 그의 말에 아처라고 불린 남자의 시선이 조금 흔들렸다.
하지만 그는 곧 여유를 되찾은 얼굴로 여부가 있겠냐며 빈정거렸다.
"그래, 오랜만에 수도로 돌아오자마자 부탁한 정보를 가져왔더니. 주제넘게 굴지 말라는 말이나 듣고, 내 신세가 참……."
"그래서 놈의 위치는?"
"…일단 오른손에 있는 그 끔찍한 무늬나 좀 지우고 말하지?"
아처가 질린다는 얼굴을 했다. 온몸에 피를 잔뜩 뒤집어쓴 펠루스는 이상한 저주까지 걸린 채 돌아왔다.
오늘 오전에 만났을 때까지는 아무렇지 않았으니 아마 자신이 잠깐 자리를 비운 사이에 생긴 것일 터다.

높은 확률로 펠루스가 타인의 피를 잔뜩 뒤집어쓰게 된 일과 관련이 있겠지.

그런 아처의 추측은 대부분 들어맞았다.

아처가 저주를 살피는 동안, 펠루스는 오늘 겪은 일에 대해 대략적인 것만 밝힐 뿐, 세세한 내용은 입에 담지 않았다.

하지만 그럼에도 아처는 자신의 추측이 들어맞았음을 알 수 있었다.

펠루스가 뒤집어쓴 피가 저주에 반응했기 때문이다.

"아마 조금만 더 늦었으면, 손을 쓸 수 없었을 거야."

만약 에린의 도움으로 잠시나마 그들에게서 벗어나 시간을 벌지 못했다면, 분명 펠루스는 더 강한 저주에 걸렸을 것이다.

"아를레인 영애한테 감사 인사는 하고 온 거야?"

"했을 것 같나?"

"아니."

만약 했다면 내일은 해가 서쪽에서 뜰 것이 분명했다.

살고자 하는 의지가 크지 않은 펠루스에게 에린의 도움은 도움이 아닐 것이다.

그는 자신이 당장 죽어 가는 저주에 걸렸다고 해도 눈 하나 깜짝하지 않을 사람이었으니까.

하지만 그것과 별개로 펠루스는 자신이 에린에게 빚을 졌다는 느낌을 지울 수가 없었다.

하필, 빚을 져도 에린 세르틴 아를레인에게 지다니.

그가 아를레인 공작가의 마차로 뛰어들어 에린을 협박한 건, 그저 우연이었다.

공작가의 마차라는 건 알고 있었으나, 제법 삼엄한 호위를 보고 당연히 공작이 타고 있으리라 생각했다.
그러나 그 안에 있던 건 에린이었다.

'그러니 저를 살려 두세요. 그럼, 그럴 가치가 있었다는 걸 증명해 보일 테니.'

자신을 돕겠다며 에린이 제안한 일에 펠루스가 환각 마법까지 써 가며 장단을 맞춰 준 건 자신만만한 그녀의 태도에 흥미가 생긴 탓이었다.
덕분에 결과적으로 에린에게 목숨을 빚진 꼴이 되었지만.
"근데, 대체 얼마나 죽인 거야?"
제법 복잡한 얼굴을 하고 있는 펠루스를 보며 아처는 적당히 화제를 돌렸다.
"전부."
"전부? 확실해?"
"그래. 뒤늦게 마차를 쫓던 이들까지 전부."
에린을 잠재우고 마차에서 내린 펠루스는 뭔가를 눈치챈 듯, 뒤늦게 마차를 쫓던 이들을 전부 죽였다.
처음에 자신을 습격한 무리들 역시 하나도 남기지 않고 말이다.
"그들을 보낸 게 그놈이라고 생각해?"
"아마 그렇겠지."
의심할 여지도 없다는 듯 그는 단호했다.
아처는 그런 펠루스의 대답에 조금 묘한 얼굴을 했다.
오만할 정도로 단호한 태도와 달리 펠루스의 행동에는 어딘가 미심쩍은 구석이 있었다.
"그렇다면 아를레인 영애는?"
갑작스레 늘려온 물음에 그의 시선이 아처에게로 향했다.
의미를 파악하기 힘들 정도로 모호한 펠루스의 시선을 정면으로 마주한 아처가 재차 물었다.
"넌 영애를 어떻게 생각하지?"
금세 대답이 돌아올 것이라는 아처의 예상과 달리 펠루스는 제법 오랫동안 침묵을 지켰다.
"…무슨 의도로 한 질문인지 모르겠군."
짧지 않은 침묵 끝에 돌아온 대답은 여전히 모호했다.
펠루스는 진심으로 모르겠다는 얼굴을 하고 있었다. 이에 아처는 선심이라도 쓰듯 말했다.
"그녀가 믿을 수 있는 사람이라고 생각해?"
"아니."
여전히 단호한 대답이었다. 그리고 잠시 뭔가를 고민하듯 말을 고르던 펠루스가 덧붙였다.
"배신을 당하는 건 한 번으로 족해. 그러니 쓸데없는 소리 하지 말고, 정보나 내놔."
이어진 펠루스의 말은 더 이상의 인내는 없을 거란 경고였다.
아처 역시 같은 생각이었다. 이 정도면 사담은 충분히 했다.
그러니 이제는 정말 그가 원하는 정보를 내어 줘야 할 때였다.
"놈은 제국에 있어."
지체 없이 떨어진 아처의 대답에 펠루스는 조금 동요했다. 그러나 순식간에 그런 기색을 감추며 물었다.
"두 곳 중 어디?"

펠루스의 물음에 아처는 제 품속에서 지도 한 장을 꺼내 펼쳤다. 그가 심어 둔 첩자들에게 전달받은 것이었다.

그러고는 전 대륙에서 단 두 곳밖에 안 되는 제국 중 한 곳을 가리켰다.

"이곳."

펠루스의 시선이 아처가 가리킨 지점을 응시한다.

너무나 익숙한 그곳.

"루릭스 제국."

바로 그들이 나고 자란 루릭스 제국이었다.

∽

'잠깐 자고 일어나면 모두 끝나 있을 테니.'

펠루스는 분명, 그렇게 말했다.

당시에는 그 말을 듣자마자 잠에 빠지듯 의식을 잃은 탓에 몰랐으나, 곱씹어 보면 굉장히 의미심장한 말이었다.

그래서 나는 의식이 돌아오기 무섭게 벌떡 몸을 일으켰다.

덕분에 내 곁을 지키고 있던 데이지가 화들짝 놀란 얼굴로 나를 응시했다.

"아가씨! 정신이 좀 드세요?"

그런 그녀의 물음에 나는 고개를 끄덕인 후 물었다.

"나, 대체 얼마나 잠들어 있었던 거야?"

설마, 내가 잠들어 있는 사이 펠루스가 무슨 짓을 한 건 아니겠지?

"어제 외출하고 돌아오신 후로 지금까지 계속 주무셨어요."
"지금이 몇 시쯤인데?"
"정오가 막 지났어요."

생각보다 오래 잠들어 있었던 건 아니구나.

그리 생각한 나는 침대에서 내려오다 말고 멈칫했다. 어쩐지 있어야 할 것이 없는 기분이었다.

이 허전함은 뭐지? 싶은 생각이 들 즈음 나는 그 이유를 알아챘다.

'아니, 이게 말이 돼?'

나는 혼란스러운 얼굴로 거울에 비친 나와 마주했다.

어젯밤 칼에 찔린 상처들이 흔적도 없이 사라져 있는 나와.

마치 처음부터 존재하지 않았다는 듯, 완벽하게 사라진 상처들을 보며 나는 복잡한 얼굴을 했다.

고작 하루 만에 칼에 찔린 상처들이 이렇게 싹 나을 리가 없다.

게다가 내 왼쪽 손목에는 사라진 상처를 대신하듯, 웬 팔찌가 자리하고 있었다.

이 팔찌는 신기하게도 내 눈에만 보이는 듯했다.

'진짜 귀신이 곡할 노릇이네.'

덕분에 나는 아침 식사를 하는 내내 혹시 에린에게 내가 모르는 능력이 있었던 건 아닌지 고민했다.

하지만 아무리 생각해 봐도 그건 말이 되지 않는다.

조연이나 악녀, 악역 시점의 외전은 별로 궁금하지 않아서 대충 읽거나 대부분 건너뛰었지만, 본편만큼은 성실하게 읽은 나다.

당연히 그런 내가 모르는 주인공의 능력이 있을 리가 없다.

즉, 이건 내가 잠든 사이에 무슨 일이 있었다는 건데.

"저, 있잖아. 나 어제 어떻게 들어왔어?"

나의 물음에 데이지는 어젯밤의 기억을 되살리듯 생각에 잠긴 얼굴을 하다가 말했다.

"마차에서 깜빡 잠드셔서 기사님들이 난감해하셨어요. 결국 하녀장님의 지시에 따라 하녀들이 아가씨를 침실까지 모셔왔죠."

"그 후에 다른 일은 없었어? 의원을 불렀다거나."

"의원이요? 아가씨, 어디 아프세요?"

평온했던 데이지의 표정이 무너진 것은 한순간이었다.

크게 놀란 얼굴을 한 그녀를 향해 나는 고개를 저었다.

"아니, 그게 아니라 아버지께서 유독 걱정이 많으시잖아. 그래서 혹시나 했지."

내가 아는 아를레인 공작이라면 충분히 그러고도 남을 위인이었다. 데이지 역시 이러한 사실에 동의한다는 듯, 고개를 끄덕였다.

"그렇기는 하지만, 어젯밤엔 아무 일도 없었어요. 공작님께서 오늘 정오쯤에 돌아오셨거든요."

"그래?"

소설 속에서도 워낙 바쁘다고 서술된 아를레인 공작이니 크게 이상한 일은 아니었다.

내가 에린의 몸에 빙의한 후에도 공작은 바쁜 업무 때문에 종종 며칠에 한 번 꼴로 집에 돌아오고는 했으니까.

아무튼 그렇다는 건. 어젯밤 공작가의 그 누구도 내 상처에 손을 대지 않았다는 의미인데, 그럼 대체 왜 상처가 말끔히 사라진 걸까.

사실, 나는 그런 일을 할 수 있는 사람을 딱 한 명 알고 있었다.

'펠루스 하이시온 루데릭.'

루릭스 제국의 황태자이자, 전 대륙에서 유일하게 마법을 사용할 수 있는 존재.

하지만 너무 말도 안 되는 이야기라 그런 가정을 하는 것만으로도 혼란스러워졌다.

펠루스가 나를? 대체 왜?

병 주고 약 준다는 말로도 모자라다.

애초에 나를 향해 검을 겨누고 기어이 목에 상처까지 낸 게 누군데.

'잠깐 자고 일어나면 모두 끝나 있을 테니.'

게다가 그는 그런 의미심장한 말로 나를 혼란스럽게 했다.

덕분에 처음에는 내가 잠든 사이 펠루스가 나, 혹은 공작가에 무슨 짓을 한 건 아닌가 싶었다.

물론 그는 아무 짓도 하지 않았다.

한 것이 있다면, 내 상처를 전부 낫게 하고 손목에 처음 보는 팔찌를 채운 일 정도겠지.

내가 이렇게 확신할 수 있는 것은 옆에 있는 데이지 때문이었다.

그녀는 무슨 일이 생기면 즉시, 얼굴에 티가 나는 타입이다.

그러니 아마 어젯밤의 일로 공작가에 어떤 변화가 생겼다면, 지금처럼 태연하지는 못할 것이다.

똑똑.

그때, 누군가 방문을 두드리는 소리가 들렸다.

이에 나는 데이지를 향해 고개를 끄덕이는 것으로 답을 대신했다.

"공작님께서 찾으십니다."
문을 열고 들어온 시종이 전한 말에 나는 드디어 올 게 왔구나 싶었다.

아를레인 공작에게 불려 간 나는 어제 있었던 일에 대해 설명해야 했다.
나는 혹시나 팔불출인 공작이 에린의 안전을 걱정해 외출 금지 등의 조치를 취할까 봐 많은 내용을 자체적으로 생략했다.
예를 들면 펠루스에 대한 이야기라든가.
"그러니까 어젯밤엔 너무 피곤해서 마차 안에서 깜빡 잠이 들었고. 그런 너를 하녀들이 침실까지 데려왔다는 말이구나."
무심코 고개를 끄덕이려던 나를 앞에 두고 공작이 한숨을 내쉬었다.
"에린."
덕분에 나는 그제야 뭔가가 잘못되었음을 깨달았다.
그러나 이미 늦은 후였다.
"대체, 왜 내게 거짓말을 하고 있는 거지?"
아, 이런…….
아무래도 공작은 이미 나와 함께 외출한 기사들을 통해 대략적인 상황을 알고 있었던 모양이다.
펠루스가 내가 타고 있던 마차 안으로 뛰어든 일 같은 것 말이다.
함께 외출한 호위 기사들이 공작가 소속이긴 하지만, 결국은 나를 지키는 이들이니 어느 정도는 내 뜻에 따라 줄 줄 알았다.
그런데 이렇게 쉽게 공작에게 모든 사실을 말해 버릴 줄이야.
"가급적이면 그냥 넘어가려고 했는데, 아무래도 그러면 안 될 것 같구나."

아를레인 공작은 뭔가를 결심한 얼굴로 말을 이었다.
"얼마 전부터 계속, 평소와 다른 태도를 보이던데. 무슨 일이 있는 것이냐?"
"그게······."
"마치, 네가 전혀 다른 사람이 된 것 같아서 기분이 이상하구나."
무슨 말을 해야 하나 싶어 말끝을 흐리던 내게 공작이 한 말은 제법 충격적이었다.
"그··· 제가 그 정도로 이상했나요?"
나는 애써 당황한 티를 내지 않으려 노력하며 물었다.
필사적으로 아닌 척하고 있지만, 갑작스레 던져진 물음에 머릿속이 복잡해졌다.
공작이 뭔가를 눈치챈 건지, 아님 그냥 걱정스러운 마음에 지나가듯 한 말인지 알 수가 없었다.
"최근 들어 나를 눈에 띄게 어려워하는 게 느껴지더구나."
얼마간의 침묵 끝에 들려온 공작의 대답에 나는 어색하게 웃었다.
당연한 일이다.
나는 진짜 에린이 아니었고, 그런 내가 아를레인 공작을 친근하게 대할 수 있을 리 없었다.
"게다가 전에는 곧잘 사냥과 낚시를 하러 다니고, 승마를 했지. 그런데 요즘은······."
내 눈치를 보던 공작은 말을 아꼈다. 그의 말이 맞았다.
소설 속 에린은 귀족 영애치고 매우 활동적인 취미를 가지고 있었다.
반면 나는 방 안에 틀어박혀 뒹굴거리거나, 도서관에서 책을 읽는 것이 더 좋았다.
"시녀들의 말에 따르면, 요즘 식사도 잘 못 한다고 하고."
"…식사를요?"
나는 두 귀를 의심했다. 다른 건 그렇다고 쳐도 식사만큼은 특별히 거르거나 한 적이 없었다.
오히려 식탁이 부러질 정도로 차려진 음식을 끼니마다 배가 터질 때까지 입에 넣었는데?
그런 내 반응에 공작이 한숨을 내쉬며 말했다.
"전에는 적어도 네 몫으로 나온 음식은 전부 먹었는데. 요즘엔 반 정도밖에 먹지 못한다고 들었다."
"그건……."
음식의 양이 워낙 많기도 했고, 음식의 맛이 미묘하게 입에 맞지 않은 탓도 있었다.
진짜 에린이 좋아하는 음식으로 구성된 식단은 솔직히 내 취향이 아니었다.
하지만 그렇게 말할 수는 없었기에 나는 적당히 둘러댔다.
"요즘, 입맛이 변했는지 기존에 즐겨 먹던 음식에 손이 잘 가지 않더라고요."
"정말, 그것뿐이냐?"
여전히 의심과 걱정을 거두지 못한 얼굴로 묻는 공작을 보며 나는 잠시 갈등했다.
"네. 그것뿐이에요."
하지만 내게 다른 선택지는 없었다.
이제 와 내가 진짜 에린이 아니라는 사실을 털어놓을 수도 없는 노릇이니까.

"먹고 싶은 음식들을 적어 주면 요리사에게 식단을 다시 짜라고 지시하마."

다행스럽게도 공작은 그 이상 뭔가를 묻지 않았다. 그저 딸을 사랑하는 아버지다운 배려를 보일 뿐이었다.

아마 내가 이 문제에 대해 더 이상 말하고 싶지 않아 한다는 것을 깨닫고 모르는 척 넘어가려는 듯했다.

공작의 집무실에서 나와 복도를 걷는 내내, 여러 가지로 마음이 복잡했다.

아를레인 공작의 의심은 당연한 것이었다.

에린은 공작이 매우 사랑하는 딸이다.

그러니 그 안에 다른 사람이 들어가 있다면, 그가 이 사실을 눈치채지 못할 리가 없었다.

진실을 알지는 못하더라도 의심은 하겠지. 이미 짐작했던 사실이었으나, 마음이 썩 좋지 않았다.

단란하고 화목한 가족들 사이에 낀 이물질이 된 기분이었다.

"누님!"

방문을 열고 안으로 들어가려던 찰나, 나를 붙잡는 목소리가 있었다.

고개를 돌리자 익숙한 흑발의 소년이 나를 향해 허리를 숙였다.

"카엘 세르틴 아를레인이 누님을 뵙습니다."

지금 눈앞에 있는 소년은 에린의 유일한 동생인 카엘이었다.

그는 곧, 정중한 태도로 내 손등에 입을 맞췄다.

"칼? 검술 수업은 어쩌고 온 거야?"

그런 나의 물음에 공작을 꼭 닮은 푸른색 눈동자에 약간의 망설임이 깃들었다.
 하지만 그는 결국 입을 열었다.
 "어젯밤에 어떤 몹쓸 놈이 누님께 해를 끼치려 했다는 게 사실입니까?"
 벌써 소문이 카엘의 귀에까지 들어갔을 줄이야.
 "대답해 주십시오. 사실입니까?"
 재차 이어진 카엘의 물음에 나는 고개를 저었다.
 "무슨 말을 들었는지 모르겠지만, 대부분 사실이 아니야. 그 증거로 나는 이렇게 멀쩡하잖니."
 목에 상처를 입긴 했지만 말끔히 나았으니 지금은 멀쩡한 게 맞았다.
 "…정말이십니까?"
 "그래. 난 아주 멀쩡해."
 카엘은 여전히 믿기지 않는다는 얼굴을 했다.
 하지만 내가 척 보기에도 멀쩡해 보이니 더 묻기도 뭐한 것 같았다.
 결국 그는 내 상태를 몇 번 더 확인한 후 검술 수업을 받으러 갔다.
 카엘을 돌려보낸 나는 곧장 방에 있던 소파에 무너지듯 주저앉았다.
 '정말, 부럽다.'
 친부인 아를레인 공작에게도, 남동생인 카엘에게도 넘칠 정도로 사랑받고 있는 소설 속 에린이 부러웠다.
 부럽고 미안했다.
 내가 있어야 할 곳은 이곳이 아닌데, 남의 자리를 멋대로 빼앗아 버린 것 같아서.

거기까지 생각이 닿자, 나는 애써 고개를 저었다.

'일단 지금은 원작의 피폐 루트부터 피하고 보자.'

지금 중요한 것은 내가 원작을 어떻게 바꿔야 하는가였다.

그러니 이런 생각은 무사히 원작 소설의 끝을 맺고 난 후에 해도 늦지 않을 것이다.

빠르게 결론을 내린 나는 테이블에 놓인 신문을 펼쳤다. 어젯밤에 일어난 마차 사고에 대해 확실히 알아 둘 필요가 있었다.

「수도에서 일어난 폭발」
「습격당한 황태자 전하의 마차」
「그들은 누구인가」

제목을 보고 기대감을 가졌던 것이 무색하게도 새로운 정보는 없었다.

대부분의 내용이 내가 아는 선에서 그쳤다.

오델론은커녕 그 부하들의 정체조차 알아내지 못한 것 같았다. 덕분에 여러 가지로 입 안이 썼다.

그리고 신문의 마지막 장에 적혀 있던 내용은 그런 내 씁쓸함을 두 배로 만들었다.

「황태자 전하의 호위 기사 및 보좌관 사망」

모두 첫 번째 폭발로 인해 즉사한 모양이었다.

어마어마한 폭발이었으니 사상자가 있을지도 모른다는 생각을 하긴 했지만, 그게 설마 펠루스의 최측근이 될 줄이야.
 거기까지 생각하던 나는 이내 다시 신문에 시선을 고정했다.
 그 아래로는 마차 사고로 인해 다치거나, 죽은 사람들의 이름이 나열되어 있었다.
 다섯 줄이 넘는 길이의 이름들을 쭉 훑던 나는,
 투욱.
 들고 있던 신문을 떨어트렸다.
 결코, 있어서는 안 되는 이름이 그곳에 적혀 있었기 때문이다.

「사망자: 레안 노르베이」

"아……."
 너무 놀라 말이 나오질 않았다.
 덕분에 나는 그저 얼마간 멍하니 허공을 응시하다가, 이내 떨리는 손으로 신문을 주워 들었다.
 그러고는 다시 한번 사망자 명단을 읽어 내려갔다.
 하지만 두 번을 읽든, 세 번을 읽든 레안의 이름은 지워지지 않았다.

2장.
이런 주인공은 싫어요! (2)

 내가 신문을 통해 레안의 사망 소식을 접한 날로부터 한 달이 지났다.
 나는 그동안 복잡한 마음을 정리하기 위해 저택에만 틀어박혀 있었다.
 그러나 오늘만큼은 그럴 수 없었다.
 "어머, 그 소식 들으셨어요? 이번에……."
 "저도 들었어요. 덕분에 백작께서 화가 단단히 나셨다던데."
 "그러실 법하죠. 약혼자도 있는 영애가 천박하게 다른 남자와 놀아나다니."
 "약혼하기 전부터 교제하던 사이였다나 봐요."
 "그래도 아닌 건 아닌 거죠."
 쉼 없이 재잘거리는 영애들의 말을 한 귀로 흘린 나는 말없이 들고 있던 잔을 홀짝였다.
 나는 지금 이름도 기억나지 않는 백작이 주최한 연회에 와 있었다.

한 달 내내 저택에만 틀어박혀 있는 나를 걱정한 공작과 카엘의 손에 붙들려 온 곳이었다.

"아를레인 영애는 어떻게 생각하세요?"

"맞아요, 영애의 의견도 듣고 싶어요."

일부러 타인의 시선이 잘 닿지 않는 구석에 자리를 잡았음에도 다들, 성가실 정도로 나한테 관심이 많았다.

이미 몇 번이고 혼자 있고 싶다는 뜻을 내비쳤음에도 못 알아들은 척 곁에서 떠나지를 않는다.

"아까부터 계속 말없이 듣고만 계시던데, 의견을 좀 내 주세요."

"글쎄요. 아무래도 제가 함부로 말할 수 있는 주제는 아닌 것 같네요."

나는 간단히 대답을 회피했다.

그녀들의 대화에 관심을 두지 않고 있었던 터라 대답을 내놓을 수가 없었다.

물론 대화에 집중했더라도 얼굴도 모르는 사람의 험담에 동참할 생각은 없었지만.

그러나 그들은 포기하지 않았다.

"하지만 그래도 간단한 의견 정도는 나눠도 되지 않을까요?"

"맞아요. 그렇게 문제 될 건 없다고 봐요."

"죄송해요. 그래도 전, 얼굴도 모르는 분의 이야기를 이런 식으로 하고 싶지 않아요."

내가 재차 단호한 태도를 보이자, 별수 없었는지 결국 화제가 바뀌었다.

"남이 하는 이야기는 다 들어 놓고 홀로 고고한 척하는 이들을 보면 전 마음이 참 그래요."
"맞아요. 뻔뻔한 것도 정도가 있지."
그런데 어쩐지 바뀐 화제가 나를 저격하는 것 같은 느낌이 든다면, 착각일까?
'착각일 리가 없지.'
나는 속으로 한숨을 내쉬었다.
원작 속 에린은 종종 이런 식으로 안면이 별로 없는 영애들에게 은근한 모욕이나, 괴롭힘을 당했다.
처음부터 그랬던 것은 아니다.
본격적으로 이상한 낌새가 느껴진 건 아마, 에린이 막 여러 영애들과 교류를 시작할 즈음부터였을 것이다.
처음에는 호의적인 태도를 보이던 사람들이 하나둘 그녀에게 등을 돌리기 시작했다.
은근히 거리를 두는 이도 있었고, 대놓고 적대감을 보이는 이도 있었다.
에린은 그 이유를 몰랐지만, 나는 알고 있었다.
그녀의 오랜 소꿉친구이자 악녀인 베스가 주변에 조금씩 밑밥을 깔아 두었기 때문이다.

'오랫동안 알고 지낸 영애가 있는데, 그 영애가 조금……'
'아, 그래도 심성이 나쁜 사람은 아니에요. 다만 저보다 높은 가문의 사람이기도 하고, 가끔 여러 가지로 곤란한 일을 만들어서요.'

완벽한 익명인 것처럼 포장했으나, 베스와 오랜 시간 알고 지냈고, 백작 영애인 그녀보다 신분이 높은 사람은 에린뿐이다.
 즉, 저 말은 자신이 요즘 에린 때문에 곤란한 일을 겪고 있으니, 그녀를 조금 손봐 주면 좋겠다. 정도였다.

'가급적이면 이런 이야기로 분위기를 흐리고 싶지 않았는데, 여러분만큼 제가 믿고 의지할 만한 분들이 없어서요.'

 그 후 덧붙여진 저 말은 만약 제 뜻대로 움직여 준다면, 섭섭지 않은 이익을 챙겨 주겠다는 의미였다.
 물론 베스가 저런 말을 했다고 해서, 모두가 에린을 괴롭히는 일에 동참한 것은 아니었다.
 원작 속 주인공인 에린이 착하고 만만한 타입이기는 했어도, 그녀는 공작 영애다.
 어느 정도 생각이 있거나, 후환이 두려운 이들은 에린을 건드리지 않았다.
 보통은 베스의 눈치를 봐서 에린과 조금 거리를 두는 정도에 그쳤다.
 그럼에도 에린을 건드린 부류는 대충 두 가지였다.
 에린을 건드리고 난 후의 후환보다 당장 눈앞에 떨어질 이득이 더 절실하거나, 혹은 온실 속 화초처럼 곱게 자라 별생각이 없는 부류.
 '여기 있는 영애들은 어느 쪽이려나.'
 어느 쪽이 됐든, 일이 귀찮아질 것임은 분명했다.
 그리고 아니나 다를까, 그녀들은 내 반응 따위 아무래도 좋다는 듯 대화를 이어 갔다.

익명을 가장하며 오고 간 험담은 장담하건대 팔 할 이상이 나를 저격한 것이었다.
'그래, 떠들고 싶은 대로 떠들어라.'
최근 여러 가지로 심신이 지친 상태였던 나는 그 많은 대화들 역시 대충 흘려들었다.
그러다가 그마저도 지겨워져서 이만 자리를 뜨려고 했는데, 익숙한 대화 주제가 등장했다.
"저, 혹시 그거 아세요? 한 달 전, 수도에서 일어난 폭발 사고에 대한 건데……."
그렇게 말문을 연 영애는 다른 이들의 시선이 어느 정도 제게 쏠렸음을 확인한 후에야 말을 이었다.
"이번 마차 사고로 죽은 이들 중에 귀족 영윤이 한 분 계시잖아요."
"맞아요. 한창 가문을 살리겠다고 바쁘셨죠."
뒤에 나선 영애가 덧붙이지 않아도 될 말을 더함으로서 그들이 입에 올린 이의 정체가 드러났다.
레안 노르베이.
그들은 지금 그의 이야기를 하고 있었다.
"그분, 사실은 숨겨진 아내와 아이가 있었다면서요?"
"어머, 전 다르게 들었어요. 가산을 탕진한 이유가 남작님이 아니라 사실, 그분이 도박에 빠져서라고……."
"아니, 그래 놓고 여러 가문의 아가씨들에게 청혼서를 보내고 다닌 건가요? 참으로 파렴치하네요."
"맞아요, 듣는 제가 다 수치스러워요."
의도치 않게 그녀들의 대화를 듣게 된 나는 두 손을 꽉 쥐었다.

그들이 입에 올린 말은 대부분 헛소문일 확률이 컸다.

레안을 가짜 약혼자로 정하기 전, 나는 제법 많은 돈과 시간을 들여 그의 뒷조사를 했다.

당연히 저렇게 대놓고 드러난 추문이 있었다면 그를 약혼자로 고르지도 않았을 것이다.

설령 레안에게 내가 모르는 뭔가가 있다고 해도, 그것이 눈앞의 영애들이 알 정도로 공공연한 이야기는 아닐 것이다.

결국, 저들은 그냥 적당히 씹어 댈 안줏거리로 그를 선택한 것뿐이었다.

"저기, 잠깐."

그리고 그때, 레안의 이야기를 꺼낸 영애가 지나가던 하녀 한 명을 붙잡았다.

"어머!"

갑작스러운 일이었기에, 놀란 하녀가 들고 있던 잔에 담긴 와인 중 하나를 내게 쏟았다.

"어머, 어떡해……! 정말 죄송해요!"

"……."

덕분에 내가 입고 있던 하얀색 드레스에 붉은 와인 자국이 생겨 버렸다.

하얀 피부와 잘 어울릴 것 같다며, 아침에 데이지가 손수 골라 준 드레스였는데.

"이런, 드레스에 얼룩이 생겼네요."

하녀를 붙잡은 영애는 지금의 상황이 자신과는 조금의 상관도 없다는 듯 태연했다.

그녀는 한껏 우아한 태도로 들고 있던 부채까지 살랑살랑 부치는 여유를 보였다.

 그와 달리 내게 와인을 쏟은 하녀의 얼굴은 하얗게 질려 있었다.

 죽을죄를 지었다는 말을 반복하는 하녀의 모습을 나는 무표정하게 응시했다.

 그러자 마치 기다렸다는 듯, 주변에 있던 영애들이 한마디씩 하기 시작했다.

 "하필 하얀 드레스라 꼴이 우습게 됐네요."

 "그러게요 하필 하얀색 드레스라."

 "요즘 유행하는 색은 아니었죠, 아마?"

 마치 모든 것이 하얀 드레스를 입고 온 내 탓인 것처럼 말하는 의도가 너무도 투명해 웃음도 나오지 않았다.

 "이래서 사람은 분수에 맞게 살아야 하나 봐요."

 그리고 거기에 문제의 영애가 한마디를 더 얹었다.

 "안 그러면 재수 없게 사고를 당하거나 괜히 망신만… 으악! 꺄아아악!"

 안타깝게도 그녀의 말은 끝을 맺지 못했다.

 내가 지나가던 하인이 들고 있던 와인을 그녀의 얼굴에 뿌린 탓이다.

 "이, 이게 대체 무슨 짓이죠?"

 "제가 뭘요?"

 태연하게 대꾸한 나는 들고 있던 잔을 우아하게 반납하며 물었다.

 "그러고 보니, 성함도 나누지 않았네요. 영애의 이름을 여쭤봐도 될까요?"

"…네?"
나의 물음에 그녀는 크게 당황한 기색이었다.
"…제 이름이요?"
"네."
설마, 정말 내 이름을 모르는 거냐고 묻는 듯한 얼굴에 나는 재차 쐐기를 박았다.
"아, 기분 상하셨다면 죄송해요. 제가 이런 자리에 익숙하지 않다 보니."
게다가 원래 쓸모없는 건 잘 기억하지 않는 습관이 있어서.
혼잣말인 것처럼 덧붙였으나, 들으라고 한 소리였다.
이에 그녀는 일그러져 가는 표정을 억지로 펴며 말했다.
"…르네아 자작가의 레이아 르네아입니다."
와인을 뒤집어쓴 데다 정말 자신을 모르고 있는 것 같은 내 태도에 열이 받았는지, 그녀는 연신 부채질을 했다.
"그렇군요, 르네아 영애."
그런 레이아를 향해 나는 대충 고개를 끄덕였다.
"아를레인 영애! 지금은 우선 저한테 사과부터 하셔야 하는 거 아닌가요?"
"맞아요. 품위 없게 지금 뭐 하시는 거죠?"
"제가 뭘 그렇게 잘못한 건지 모르겠네요."
내 성의 없는 태도에 그녀는 물론이고 주변에 있던 영애들도 경악한 기색이었다.
하지만 나는 그저 천연덕스럽게 대꾸했다.
"아까부터 열심히 부채질을 하시기에 더우신 것 같아서 도움을 좀 드린 것뿐이에요."

"…하."
누가 보더라도 대충 성의 없이 덧붙인 이유였다.
그 사실을 알아챈 레이아가 이성을 잃은 얼굴로 소리쳤다.
"지금 절 대놓고 모욕하신 건가요? 영애가 대체 무슨 권리로 저를……!"
"권리?"
내가 비웃음 섞인 목소리로 되묻자, 그녀가 움찔했다. 그 모습을 느긋하게 지켜보던 나는 웃으며 입을 뗐다.
"그렇게 말하는 영애는 무슨 권리로 먼저 날 모욕한 거죠?"
"제가 언제 영애를 모욕했나요. 저는 그저 실수를…….";
"그럼 저도 실수였나 보죠."
눈 가리고 아웅이기는 했으나, 레이아는 하녀를 통해 내게 와인을 부었고, 나는 직접 했다.
이 사소한 차이로 인해 비난의 화살은 전부 내게 쏟아지고 있었다.
"아를레인 영애, 무슨 일이신지는 모르겠지만 르네아 영애께 너무 심한 거 아닌가요?"
"맞아요. 먼저 무례를 저지른 것은 아를레인 영애시잖아요. 그러니 어서 사과를…….";
"죄송해요."
방금 전까지 뻔뻔하게 굴었던 것에 비해 나는 별 미련 없이 사과의 말을 꺼냈다.
"영애께서 너무 더워 보이시기에 제가 실수를 좀 했네요."
"……."
"정말 죄송해요, 르네아 영애."

매우 우아한 태도로 건네진 사과였으나, 그것이 조롱의 의미임을 모르는 사람은 없었다.

나는 또다시 일이 귀찮아지기 전에 서둘러 덧붙였다.

"사과는 이걸로 된 것 같으니, 전 이만 가 볼게요. 와인 때문에 망친 옷을 수습해야 해서."

그러고는 미련 없이 돌아서서 연회장을 나섰다.

༄

아무리 그래도 좀 과했나 싶다가도 그녀가 먼저 레안의 이야기를 꺼냈다는 사실을 떠올리자 금세 생각이 바뀌었다.

'그래, 먼저 죽은 사람을 모욕한 게 누군데.'

나를 비난하고, 내 옷에 와인을 쏟는 정도에서 끝났다면 이 정도까지 하지는 않았을 것이다.

원작 속 에린의 성격을 고려해 아닌 척 은근히 응징할 방법을 찾았겠지.

'뭐, 이젠 망한 것 같지만.'

원작 속 에린은 보통 오늘처럼 모욕을 당하거나, 실수를 가장한 괴롭힘을 당해도 그것을 크게 문제 삼지 않았다.

아를레인 공작과 카엘에게 걱정을 끼치고 싶지 않다는 이유에서였다.

어릴 적 에린은 고열에 시달려 죽을 뻔한 적이 있었고, 그때부터 공작과 카엘은 그녀를 과보호하기 시작했다.

그러나 그것은 에린에게 그다지 좋지 못한 방향으로 작용했다.

가족들에게 괜한 걱정을 끼치고 싶지 않아서, 부당하거나 억울한 일을 당해도 그냥 참아 넘기는 일이 잦아진 것이다.

바스락-

"응?"

연회장을 나선 후 혼자 저택의 복도를 걷고 있는데, 지척에 있던 풀숲에서 인기척이 느껴졌다.

뭐지? 싶은 얼굴로 소리가 난 쪽을 돌아보자,

"이거 맞지?"

"응. 맞네. 분홍색 머리카락에 푸른색 눈동자. 그리고 엄청난 미인."

"얘 맞아. 확실해."

웬 험상궂게 생긴 사람들이 등장해 자기들끼리 쑥덕거렸다.

어쩐지 좋지 않은 예감에 그대로 달아나려는데, 덥석 양팔이 붙잡혔다.

"야, 소리 못 지르게 입부터 막아."

누군가의 지시와 함께 입에 재갈이 물려졌다.

읍, 읍! 미처 밖으로 나가지 못한 소리가 입 안에서 맴돈다.

"야, 괜히 일 커지기 전에 빨리 끌고 가자."

"그래, 보아하니 범상치 않은 신분의 계집인 거 같으니까."

언뜻 듣기에도 좋은 이야기는 아니었다.

게다가 대놓고 눈에 띄는 인상에 말투까지 험한 것을 보니, 아무래도 나중에 쉽게 꼬리를 자르듯 버리기 위해 고용한 이들 같았다.

나는 지금 그런 이들에게 입에 재갈이 물린 채로 끌려가고 있는 것이다.

우읍! 읍!

소리 없는 비명과 함께 열심히 발버둥을 쳤지만, 그들은 코웃음도 치지 않았다.

"괜히 가다가 험한 꼴 보기 싫으면 얌전히 있어."

"물론, 그렇다고 험한 꼴을 보지 않는 건 아니겠지만."

말을 마친 남자들이 낄낄거리며 웃었다.

나는 분한 마음에 입술을 짓씹었다.

설마 이런 곳에서 대놓고 일을 치는 이가 있을 줄은 꿈에도 몰랐다.

철퍼덕!

저택의 깊숙한 곳에 있는 정원에 도달하자, 남자들은 나를 바닥에 내던졌다.

으윽!

바닥에 부딪힌 충격으로 인해 나는 속으로 비명을 질렀다.

"유감이지만, 우리도 먹고살아야 해서."

"그러게 왜 쓸데없이 이런 일에 휘말려? 얌전히 좀 살 것이지."

그리 말하며 혀를 차던 남자가 내게 칼을 겨눈 것은 순식간이었다.

'제길, 어쩌지?'

고민은 길지 않았다. 남자의 칼이 단번에 나를 향해 날아든 것이다.

덕분에 나는 본능적으로 두 눈을 꼭 감았다.

※

펠루스가 에린이 있는 백작가의 저택에 도착한 것은 연회가 시작되고 두 시간이 넘게 지난 후였다.

원래는 참석할 마음이 없었으나, 아처가 워낙 닦달을 했기에 어쩔 수 없었다.

이렇게나마 대외적인 모습을 보여야 황태자의 권위가 흔들리지 않는다나.

사실 펠루스는 그런 것 따위 아무래도 좋았다.

오히려 황제가 바깥에서 사생아라도 만들어 와 그 아이에게 황위를 물려줬으면 했다.

죽은 황후를 아직도 끔찍하게 사랑하는 그가 그럴 확률은 없다고 봐야겠지만.

'귀찮아.'

모르는 이들에게 둘러싸여 쓸데없는 사담을 나눠야 하다니, 생각만 해도 성가시고 귀찮았다.

그래서 일부러 연회가 시작된 후 두 시간이 지나서야 도착했다.

"괜히 가다가 험한 꼴 보기 싫으면 얌전히 있어."

"물론, 그렇다고 험한 꼴을 보지 않는 건 아니겠지만."

그런데 연회장으로 향하던 펠루스의 귀에 이상한 내용의 대화가 들려왔다.

그가 있는 복도의 반대편에 위치한 정원 쪽에서 들려온 소리였다.

평소 같았으면 그러거나 말거나 연회장으로 향했겠지만, 이번만큼은 그럴 수 없었다.

'대체 왜 저런 곳에……'

펠루스가 에린에게 채워 준 팔찌가 그 방향에 있었다. 즉, 그녀가 이번 일에 휘말렸다는 소리다.

'그자가 보낸 이들인가?'

그런 생각이 들기 무섭게 펠루스가 걸음을 옮겼다.

갑자기 없던 기사도 정신이나 의무감이 생긴 것은 아니었다.

그저, 지난 한 달간 알아낸 사실 때문에 그녀에게 볼일이 있었다.

전에 에린에게 주었던 일회용 팔찌가 본래의 의도와는 조금 다르게 사용되는 순간이었다.

팔찌의 안내 덕분에 펠루스는 금세 사내들과 에린이 대치 중인 현장에 도달했다.

"그러게 왜 쓸데없이 이런 일에 휘말려? 얌전히 좀 살 것이지."

남자들 중 하나가 에린에게 막 칼을 휘두르려던 순간이었다.

제법 절묘한 타이밍이었기에 펠루스는 우선 검부터 뽑아 들었다.

목적을 이루기 위해서라도 지금은 에린을 살려야 했다.

그래서 그는 그대로 몸을 날렸고, 그다음엔…….

"끄아아악!"

"으악! 이게 뭐야!"

"컥컥!"

펠루스가 뭔가를 하기도 전에 이상한 폭발이 일어나며, 주변에 자욱한 안개가 퍼져 나갔다.

'이건?'

반사적으로 뒤로 물러나며 코와 입을 막은 펠루스는 곧, 연기가 몸에 별다른 해를 끼치지 않는다는 사실을 깨달았다.

연기를 직접 들이마신 남자들 역시 눈물과 콧물을 짜내며 추한 꼴을 보이고 있기는 해도, 큰 이상은 없어 보였다.
 그 난장판 속에서 홀로 멀쩡한 에린은 제 앞에서 기어 다니는 남자들을 보며 혀를 찼다.
 "쯧."

※

 '나 참. 허술하긴, 나름 공작 영애인 내가 믿는 구석도 없이 혼자 돌아다닐 리가 없잖아.'
 나는 한심하다는 얼굴로 눈앞의 남자들을 내려다보았다. 뭐, 덕분에 내가 살았지만.
 내가 사용한 것은 아를레인 공작이 한 달 만에 바깥 외출에 나서는 나를 염려해 쥐여 준 것이었다.
 연막탄 겸, 신호탄이라고나 할까?
 결정적인 순간에 두 눈을 꽉 감은 나도 눈이 따끔할 지경이니, 정통으로 맞은 남자들은 당분간 눈도 제대로 뜨지 못할 것이다.
 '이번 기회에 감옥에서 제대로 썩었으면 좋겠네.'
 그런 생각을 하며 곧 도착할 공작가의 기사들을 기다리는데 지척에서 낯익은 목소리가 들려왔다.
 "재밌는 수를 쓰는군."
 "…황태자 전하?"
 깜짝 놀라 반사적으로 움찔했던 나는 목소리의 주인이 펠루스임을 확인하고 안심했다.
 후, 연기에 당하지 않은 잔당이 남아 있는 줄 알고 놀랐네.
 잠깐, 근데 이거 안심해도 되는 일인가?

"여긴 어떻게 오셨어요?"

조금 불안한 마음이 들긴 했지만, 나는 일단 그가 왜 이곳에 있는지부터 묻기로 했다.

이에 펠루스는 말없이 턱짓으로 내 손목을 가리켰다. 그러자 그곳에는 팔찌가 있…어야 하는데 없었다.

"상대의 위치를 추적할 수 있는 건, 단 한 번뿐이야."

"아."

그러니까 한마디로 말해 쓰임을 다하고 사라졌다는 소리였다.

역시, 그 팔찌. 펠루스가 채운 거였구나. 아니 근데 잠깐, 위치 추적?

그가 너무 당당하게 말해서 별생각이 없었는데, 천천히 다시 생각해 보니 어이가 없었다.

아무리 원작 속 메인 악역이라지만 시작부터 위치 추적이요?

나는 한 박자 늦게 경악했다.

"…설마, 아까 그 팔찌에 도청이나 CCTV 기능도 있었던 건 아니겠죠?"

만약 그런 기능이 있었던 거라면, 내 목숨이고 뭐고 이 자리에서 펠루스의 뒤통수를 후려치리라.

"CCTV?"

"그러니까 팔찌를 통해 전하께서 제가 하는 행동을 전부 볼 수 있었던 게 아니냐는 질문이에요. 예를 들면 옷을 갈아입거나, 화장실을 갈 때도?"

친절한 나의 설명에 펠루스는 단번에 정색했다.

"대체 날 뭐로 보는 거지?"

"그 말은 그런 기능은 없었다는 뜻이죠?"

"그래."
단호한 펠루스의 말을 듣고 나서야 나는 안도의 한숨을 내쉬었다.
정말 다행이었다. 그에게도, 나에게도.
눈에 띄게 안도한 기색을 보이는 나를 펠루스는 어이가 없다는 얼굴로 응시했다.
그러다가 곧 짜증 섞인 한숨과 함께 입을 열었다.
"영애한테 받아 갈 것이 있어."
"저한테요?"
"그래."
덕분에 이번에는 내 쪽에서 어이가 없어졌다.
아니, 뭐 맡겨 놓은 것도 아니고 왜 이렇게 당당해?
하지만 그럼에도 일단 들어나 보자 싶은 마음으로 물었다.
"그게 뭐죠?"
"영애가 한 달 전쯤, 길에서 주운 루비가 박힌 반지."
그 말에 나는 순간, 그대로 굳어졌다.
"그걸 원해."
내가 길에서 주운 루비 반지라면 오델론의 반지를 말하는 것일 터다.
'얜 또 어디까지 알고 있는 거야?'
당황스러운 기색을 애써 감춘 내가 무어라 대꾸하려던 찰나였다.
"반응을 보아하니, 심상치 않은 물건임을 알고 있었던 모양이군."
변명의 말을 꺼내기도 전에 펠루스가 선수를 쳤다.

제길.

나름 포커페이스를 유지한다고 했는데, 역부족이었던 모양이다.

"어디까지 알고 있는지 모르겠지만, 순순히 그걸 넘기는 게 좋을 거야."

경고와 협박이 뒤섞인 말에 나는 고민했다.

곧 공작가의 기사들이 이곳에 도착할 거란 사실을 고려해서 단번에 상황을 정리할 말을 찾아야 했다.

"그냥은 못 드릴 것 같아요. 대신 거래를 하시죠."

"거래?"

펠루스는 또 시작이냐는 듯 무심한 얼굴을 하면서도 어디 들어나 보자 싶은 듯했다.

"저를 보좌관으로 고용해 주세요."

당당한 나의 말에 그는 미간을 찌푸렸다. 이해할 수 없다는 얼굴이었다.

"대체 왜……."

"나머지는."

나는 의문 가득한 펠루스의 말을 서둘러 잘랐다.

주변이 급속도로 소란스러워진 것을 보면 이미 근처에 공작가의 기사들이 와 있다는 의미다.

즉, 지금 여기서 모든 사실을 털어놓을 여유 같은 건 없었다.

"추후에 다시 말씀드리는 걸로 하죠."

펠루스 역시 그런 상황을 알고 있기 때문인지 더 이상 입을 열지도, 나를 붙잡지도 않았다.

"다시 뵐 때까지 부디 평안하시길."

나중에 황궁으로 찾아가겠다는 의사를 내비친 나는 인사를 마친 후 그대로 돌아섰다.

"후우."
기사들의 보호에 따라 마차에 오른 나는 문이 닫히기 무섭게 안도의 한숨을 내쉬었다.
일이 너무 순조롭게 풀리니 오히려 두려울 지경이다.
'들키진 않은 것 같아 다행이네.'
사실 오늘 내가 이 연회에 온 것은 펠루스를 만나기 위해서였다.
대외적인 활동을 거의 하지 않는 그가 이번 연회에는 참석할지도 모른다는 소문을 들었기 때문이다.
그의 측근인 아처 메테니아를 통해 나온 말이니, 아예 신빙성이 없지는 않았다.
'어쩌면 의도적으로 말을 흘린 걸 수도 있겠지.'
아처의 목적이 무엇인지는 알 수 없으나, 그런 것을 신경 쓸 여유도 없을 만큼 내겐 펠루스와의 만남이 절실했다.
그래서 연회에 참석해 기회를 노릴 생각이었는데, 예상 외로 펠루스의 등장이 늦어졌다.
덕분에 역시 헛소문이었나 싶어 저택으로 돌아가려던 찰나, 그와 마주친 것이다.

'영애가 한 달 전쯤, 길에서 주운 루비가 박힌 반지.'
'그걸 원해.'

게다가 그는 내가 준 오델론의 반지에 대해 잘 알고 있는 눈치였다.

덕분에 처음에는 조금 당황스러웠으나, 나중에는 차라리 다행이라는 생각이 들었다.

그가 먼저 이런 식으로 원하는 것을 제시한다면, 내 입장에서는 일이 훨씬 편해지니까.

원래는 내가 알고 있는 원작 속 내용을 통해 펠루스에게 거래를 청할 생각이었다.

그가 오델론을 미워하는 이유 중 하나인 어떤 사건에 대한 정보를 나는 알고 있었으니까.

하지만 지금은 굳이 그럴 필요가 없어졌다.

펠루스가 원하는 건 오델론의 반지고, 내가 원하는 건 그의 보좌관이 되는 것.

서로의 목적을 잘 알고 있으니, 어쩌면 이야기가 훨씬 수월해질 수도 있겠다는 생각이 들었다.

༶

펠루스와 정원에서 헤어지고, 정확히 사흘 후, 나는 황궁을 방문했다.

그것도 황태자의 개인 응접실에서 그와 얼굴을 마주 본 채로 차까지 마시게 됐다.

"그래서 이렇게 나를 찾아온 이유가 뭐지?"

다 알고 있을 것이 분명함에도 펠루스는 괜히 한 번 더 물었다.

이에 나는 들고 있던 찻잔을 내려놓으며 말했다.

"전에 말씀드렸던 그대로입니다. 절 보좌관으로 고용해 주세요."
"내가 왜 그래야 하지?"
"그래야 전하께서 원하시는 걸 얻을 수 있을 테니까요."
"고작 반지 하나로 나를 협박하겠다는 건가?"
"협박이라뇨. 제가 원하는 건 협상이에요."
단호하게 말을 마친 나는 빙긋 웃었다. 그러고는 다시 덧붙였다.
"딱 2년만 저를 보좌관으로 고용해 주세요. 그럼 말씀하신 반지도 순순히 넘길게요. 제가 원하는 건 이게 전부예요."
2년이면 원작 소설이 끝나고도 남을 시기였다. 〈붉은 새벽〉은 에린이 스무 살이 되는 해 여름에 엔딩을 맞으니까.
즉, 그 전에는 어떤 식으로라도 결판을 내야 한다는 의미이기도 했다.
"영애는 그 반지를 무슨 대단한 보물이라도 되는 것처럼 말하고 있는데."
펠루스는 웃기지도 않는다는 태도로 말문을 열었다.
그는 방금 내가 한 제안을 받아들일 마음이 눈곱만큼도 없는 것 같았다.
"유감이지만, 그걸 계속 가지고 있어 봤자, 또 이상한 놈들과 엮이기나 할 뿐이야."
이상한 놈들. 아무래도 내가 정원에서 겪었던 일을 가리키며 하는 말인 듯했다.
"그렇다는 건, 그때 제가 정원에서 만난 이들이 마차 사고의 배후와 어떤 관련이 있다는 말씀이신가요?"

질문을 하는 척했으나, 사실은 확신에 가까웠다.

나는 마차 사고가 일어난 이후, 처음 참석한 연회에서 큰일을 당할 뻔했다.

우발적인 사고도 아니고, 누군가가 작정하고 나를 해하려고 했다.

그렇다면 당연히 마차 사고의 배후인 오델론을 가장 먼저 의심할 수밖에 없다.

그리고 조금 전 펠루스가 한 말을 통해 나는 진실에 한 걸음 더 다가섰다.

오델론의 반지를 얻으려는 펠루스가 언급한 '이상한 놈들'이라면 아무래도 오델론과 관련이 있을 가능성이 크니까.

"그래."

뒤이어 돌아온 펠루스의 대답에 나는 한숨을 내쉬었다. 내심 아니길 바랐는데, 역시 슬픈 예감은 빗나가질 않는다.

"뭐, 그럼 어쩔 수 없네요. 꼭 전하의 보좌관이 되는 수밖에."

"…대체 왜 그런 결론이 나오는 거지?"

"결국은 마차 사고가 일어난 날, 전하를 도와 드린 일 때문에 제가 정원에서 큰일을 당할 뻔했다는 말씀이시잖아요."

나는 최대한 태연하게 대꾸했다.

원작 속 악역인 펠루스에게 감정이나 양심에 호소하는 방법이 먹힐 리 없으니, 그냥 당당하게 나가기로 한 것이다.

"그러니 저는 제 안전을 위해서라도 반드시 전하의 보좌관이 되어야겠어요."

어차피 펠루스를 도와준 일로 인해 오델론에게 찍혀 버렸다면, 아예 대놓고 그의 측근이 되는 편이 낫다.

황태자의 측근이 된다면 내게 접근하는 일 자체가 쉽지 않을 테니까.

"왜 그렇게까지 하는 거지? 내 보좌관이 되는 게 영애에게 무슨 이득이 있어서?"

내가 앞서 그렇게 열심히 이유를 설명했음에도 펠루스는 여전히 의심을 품은 기색이었다.

"영애의 말은 꼭, 다른 건 다 핑계고 우선 내 보좌관이 되고 보겠다는 것처럼 들려."

아, 정말. 이 귀신같은 자식⋯⋯.

역시 어설픈 거짓말로는 펠루스를 속일 수 없는 모양이다.

그렇다면 아무래도 어느 정도는 진실을 섞어서 말해야 할 것 같은데.

덕분에 고민에 빠진 나는 잠시 침묵했다.

그런데 이를 방해하듯, 펠루스가 물었다.

"레안 노르베이 때문인가?"

"⋯⋯."

갑작스레 튀어나온 이름에 나는 크게 놀랐으나, 그것을 티 내지 않기 위해 그대로 입을 다물었다.

"영애가 노르베이 남작가의 일원들에게 정체를 밝히지 않고, 비밀리에 막대한 돈을 지급한 것을 알고 있어. 앞으로 살아갈 저택과 함께 일자리도 구해 줬더군."

당황스러울 정도로 상세한 내용을 담은 펠루스의 말에 나는 한숨을 삼키며 물었다.

"제가 그렇게 행동한 이유를 묻고 싶으신 건가요?"

"그래."

펠루스가 고개를 끄덕이자, 나는 잠시 고민을 하다가 곧 입을 열었다.
"그분과 약혼을 할 예정이었어요."
"…약혼?"
"네."
담담한 나의 대답에 펠루스의 표정이 미세하게 굳어졌다.
혹시, 남의 상처를 건드렸다는 사실에 대해 죄책감이라도 느끼는 걸까?
만약 그런 거라면, 아무래도 그는 나와 레안이 가짜 약혼을 하려던 사이라는 사실까지는 모르는 듯했다.
"그렇다면, 영애의 목적은 복수인가?"
주어가 생략된 물음이 가리키는 바는 분명했다.
그는 지금 내게 레안의 복수를 하려는 거냐고 묻고 있었다.
잠시 고민하던 나는 침묵을 선택했고, 펠루스는 그것을 긍정이라 받아들였다.
"참 이상한 일이군."
중얼거림에 가까운 펠루스의 말에 나는 서둘러 대꾸했다.
"복수라는 건 원래 이해할 수 없는 행동의 원인이 되기도 하죠."
나는 지금 약혼자인 레안의 복수를 위해 펠루스의 보좌관이 되겠다 말하고 있었다.
죽은 그를 내 이기심에 끝까지 이용하고 있는 것이다.
"단순한 마차 사고가 아님을 알아요. 저 역시 현장에 있었고, 무장한 남자들을 봤으니까."
이어진 나의 말에 펠루스는 속을 알 수 없는 얼굴을 했다. 나는 그의 의중을 읽어 내려 애쓰는 대신 말을 이었다.
"하지만 저는 아는 것도, 할 수 있는 것도 없어요."
그러니 나는 네가 필요하다. 네 곁에서 약혼자의 복수를 하겠다.
나는 지금 그리 말하고 있었다.
"그러니 저를 곁에 둬 주세요. 그리고 저를 이용하세요."
나도 너를 이용할 테니.
내가 입 밖에 내지 않은 본심에는 관심조차 없다는 듯 펠루스가 말했다.
"방금, 스스로가 할 수 있는 일이 없다 말해 놓고 뭘 이용하라는 거지?"
"제가 할 수 있는 일은 없지만, 제 이름이 할 수 있는 일은 많을 테니까요."
내가 할 수 있는 것은 없지만, 에린 세르틴 아를레인이 할 수 있는 것은 많았다.
"저를 믿지 못하시겠다는 건, 잘 알겠어요."
원작에서도 그는 사람을 잘 믿지 않는다.
오랜 친우인 아처 메테니아와 시녀 하나를 빼고는 그 어떤 이에게도 마음을 주지 않으니까.
"하지만 제 부탁을 들어주지 않으시겠다면, 저 역시 전하의 요구를 들어드릴 이유가 없어요."
협상의 여지가 없음을 강조하는 말에 펠루스는 잠시 침묵했다.
덕분에 얼마간의 정적이 흘렀고, 이를 깬 것은 그였다.
"이번 일의 배후가 누구라고 생각하나?"
상당히 뜬금없는 질문이었기에 나는 그가 나를 떠보려 한다고 확신했다.

펠루스는 지금 이번 일의 배후와 내가 어떤 관련이 있을지도 모른다고 의심하고 있는 것이다.

이에 나는 그의 의심을 지우기 위해 단호하게 대꾸했다.

"제가 그걸 알았다면, 지금 이렇게 전하께 거래를 청하고 있지도 않았겠죠."

"그래, 그렇군."

의외로 담백하게 떨어진 대답에 나는 조금 혼란스러워졌다. 뭐지, 나를 떠보려는 게 아니었나?

그리고 그 혼란은 곧 정점을 찍었다.

"이번 일의 배후와 아를레인 공작가가 어떤 관련이 있다면."

…뭐?

기습적으로 들려온 펠루스의 말에 나는 그대로 굳어졌다. 지금, 내가 무슨 말을 들은 거지?

"그렇다면 어쩔 거지?"

"……."

차분한 태도로 끝을 맺은 펠루스의 말은 내가 전혀 예상치 못한 내용이었다.

"그래도 내가 영애를 신뢰하길 바라나?"

그런 나를 비웃듯, 다소 의미심장하게 던져진 말에 나는 당혹스러운 마음을 감출 수 없었다.

지금 그는 아를레인 공작가와 오델론 사이에 어떤 연결 고리가 있음을 주장하고 있었다.

그러나 아무리 생각해 봐도 원작 소설에서 그런 내용을 읽은 기억은 없었다.

혹시, 내가 중간중간 건너뛴 외전에서 등장한 내용인 걸까?
이럴 줄 알았으면, 지루하다고 중간에 있는 외전을 죄다 건너뛰지 말고 전부 읽는 건데…….
그렇게 속으로 뒤늦은 후회를 하던 나는 일단, 머리를 굴렸다.
"그 말은, 전하께선 이번 일의 배후가 누구인지 알고 계시다는 뜻이군요."
그는 자신의 의심이 합당하다는 사실을 강조하려고 꺼낸 말이었겠지만, 나는 다른 부분을 지적했다.
일단은 협상에 있어서 우위를 점해야 했으니까.
"배후가 누구인지 알고 있음에도 어쩌지 못한다는 건, 증거가 없다는 의미일 테고요."
또, 증거가 없으면 쉽게 건드릴 수 없는 위치의 사람이라는 의미이기도 하겠지.
한마디로 말해, 그는 지금 내가 가진 반지의 존재가 절실할 것이다.
"의심스러운 존재가 있을 땐, 곁에 두고 감시하는 것도 하나의 방법이죠."
나를 보좌관으로 고용해서 곁에 두어라.
그 뜻이 뻔히 보이는 말에 나를 물끄러미 응시하던 펠루스가 말했다.
"갑자기 말이 많아졌군."
"……."
"보통 초조함을 감추고 싶어 하는 이들이 하는 행동이지."
정곡을 찌르는 펠루스의 말에 나는 아무렇지 않은 척 태연하게 굴었다.

과연 그것이 그에게도 통했을지는 의문이지만.
"나는 폭탄을 껴안는 취미는 없어."
명백한 거절의 말에 나는 드레스 자락을 꽉 쥐었다.
역시, 틀린 건가.
"하지만 영애가 말한 조건은 받아들이지."
"……."
"재밌을 것 같으니까."
말은 그리했으나, 펠루스의 얼굴에는 웃음기 한 점 없었다.
"그러니 후회하지 마."
통보하듯 말을 마친 펠루스는 그대로 돌아섰다.
마치, 내가 방금 한 말을 번복할 시간도 주지 않겠다는 듯 단호한 태도였다.

내가 이렇게까지 애를 써 가며 펠루스의 보좌관이 되려 한 이유는 간단하다.
원작의 피폐 루트를 바꾸기 위해 필요한 사람이 바로 펠루스라는 결론이 났기 때문이다.
내가 한 행동 중 소설에 직접적으로 영향을 줄 만한 것을 꼽자면, 대충 두 가지다.
하나, 레안과 가짜 약혼을 했다.
둘, 펠루스의 저주를 풀었다.
후자로 인해 일어난 일은 없다.
그러나 전자는 레안의 죽음이라는 결과를 불러왔다.
원래의 레안은 적어도 원작 소설이 시작되고, 공원에서 에린과 부딪히기 전까지 살아 있어야 했다.

그런데 그가 죽었다.

나는 그것이 단순한 우연이 아니라고 여겼고, 얼마간 꾸준히 그 이유를 고민했다.

그리고 내가 떠올린 한 가지 가설.

'내가 원작 소설의 내용을 바꿔 버려서, 그에 대한 나비효과가 일어난 건가?'

하지만 비슷한 상황을 겪은 펠루스에게는 아무 일도 일어나지 않았다.

'둘의 차이가 뭘까.'

레안과 펠루스의 차이라면 한두 개가 아닐 것이다.

신분, 성격, 배경 등.

그러나 나는 그중 가장 유력한 것으로 두 사람의 역할을 꼽았다.

'주연급 악역과 엑스트라.'

그 말은 즉, 내 추측이 맞는다면 원작을 바꿔 나가기 위해서는 엑스트라가 아닌 주연급 인물들을 움직여야 한다는 의미다.

물론 이것은 전부 내 추측에 불과했다. 그러나 시도해 볼 가치는 있었다.

추측이 사실이 아니더라도, 원작의 피폐 루트를 피할 새로운 방법을 찾기는 해야 했으니까.

마차에서의 일과 오델론의 반지 덕분에 협상의 여지가 있는 펠루스가 그나마 적합했다.

'펠루스의 보좌관으로 일한다면, 오델론과 사적으로 엮일 가능성은 낮아질 거고. 자연스레 오델론에게 호감이 있는 베스와의 우정도 지킬 수 있겠지.'

게다가 이번 일로 악역인 펠루스와 운 좋게 친분을 쌓는다면,

원작 소설의 내용대로 그가 추후에 나를 납치하거나, 해하려 하는 일도 없을 것이다.

이러한 이유로 그렇게 갖은 애를 다 써 가며 협상에 성공한 것이건만, 후회하지 말라는 경고나 듣다니.

게다가 아를레인 공작가에 대한 이야기는 또 뭐란 말인가.

"하아."

원하는 바를 이루었음에도 공작가로 돌아오는 내내 찝찝함의 연속이었다.

그리고 내 찝찝함은 다음 날 배가 되었다.

에린 세르틴 아를레인을 루릭스 제국의 황태자 펠루스 하이시온 루데릭의 보좌관으로 고용한다.

…라는 내용이 담긴 서신이 공작가로 날아온 것이다.

무서울 정도로 빠른 일 처리에 나는 슬슬 내 앞날이 걱정되기 시작했다.

그리고 당연하게도 아를레인 공작가는 한바탕 난리가 났다.

마른하늘의 날벼락도 날벼락 나름이지, 이렇게 뜬금없을 수가 있나 싶은 것이다.

물론 그렇다고 해도, 별수는 없었다.

다른 것도 아니고 무려 황제가 직접 승인까지 한 내용이니 아를레인 공작도 이를 거부할 방법이 없었던 것이다.

덕분에 제법 이상한 모양새가 되었다.

귀족파의 수장인 아를레인 공작의 딸이 황태자의 보좌관이 되었다는 소식이 수도 전체에 쫙 퍼졌으니까.

아마 어마어마한 가십거리로 소비되고 있겠지.
그러나 나는 정작 그보다 다른 쪽이 더 신경 쓰였다.

'이번 일의 배후와 아를레인 공작가가 관련이 있다면,'
'……'
'그렇다면 어쩔 거지?'

아를레인 공작가와 오델론의 접점이라.
만약 정말 그런 것이 있다면 카엘은 몰라도 아를레인 공작은 그 사실을 알고 있을 것이다.
'그런 짓을 할 사람으로는 안 보였는데…….'
그동안 내가 본 아를레인 공작은 에린 한정으로 팔불출이기는 했지만, 매우 이성적이고 바른 사람이었다.
'어쩌면 펠루스가 거짓말을 한 걸 수도 있겠지.'
원작 소설 속 악역인 펠루스의 말이니 무조건 신뢰할 수는 없었다.
하지만 그렇다고 해서 완전히 거짓으로 치부하기도 애매했다.
지금 이 시점에서 그가 내게 이런 거짓말을 해서 득이 될 것이 없었으니까.
"생각보다 빨리 왔군."
펠루스의 말에 나는 생각하던 것을 멈추고, 그를 보며 말했다.
"네. 어쩌다 보니."
펠루스는 나를 보좌관으로 고용하면서 두 가지 조건을 덧붙였다.
하나, 일주일 안에 보좌관으로서 업무를 시작할 것.
둘, 공작가의 저택에서 출퇴근을 하는 것이 아니라 황궁에 있는 숙소에서 지낼 것.

그가 이러한 조건을 붙인 이유는 아마 내가 조금이라도 빨리 보좌관 자리를 포기하고 나가기를 바라서였을 것이다.

귀족 영애인 내가 시중을 들어 줄 사람도 없는 숙소에서 생활하기란 결코 쉽지 않을 테니까.

물론 정말 하나부터 열까지 내가 해야 하는 것은 아니었다.

청소나 빨래, 요리 등은 황궁의 고용인들이 할 테니까.

문제는 목욕을 하거나, 옷을 갈아입을 때 시중을 들어 줄 사람이 없다는 것이었다.

황궁에서 이러한 시중을 받을 수 있는 이들은 황족이거나, 황족의 초대를 받은 손님 정도였다.

나는 굳이 따지자면 펠루스에게 고용된 것과 마찬가지였으니 해당 사항이 없었다.

'그 정도야 뭐.'

평생을 진짜 귀족 영애로 살았으면 모를까, 나는 현대에서 온 사람이다.

연회용으로 입을 드레스가 아니면 혼자 옷을 입고 벗는 데 큰 불편함은 없었다.

게다가 만약, 중간에 중요한 연회라도 열린다면, 그때는 펠루스도 시중을 들어 줄 사람을 보낼 수밖에 없을 것이다.

아를레인 공작가의 눈치를 전혀 보지 않을 수는 없을 테니까.

"그럼 전, 이제부터 뭘 하면 되는 거죠?"

들고 온 짐을 대충 정리한 내가 물었다.

"원래대로라면 전 보좌관에게 인수인계를 받는 것이 관례지만, 그건 무리임을 알고 있겠지."

당연한 소리다.
죽은 사람에게 인수인계를 부탁할 수는 없는 노릇이니까.
"그러니 그냥 쉬어."
"네?"
"쉬라고."
단호한 펠루스의 말에 나는 의아한 얼굴을 했다.
출근 첫날부터 쉬라고? 뭔가, 이건 좀 아닌 것 같은데.
"불만이라도 있나?"
"아, 아뇨! 불만 없습니다."
얼떨결에 그리 답한 나는 결국, 펠루스의 말대로 첫날부터 업무 현장에서 쫓겨났다.

첫날을 그렇게 날려 버린 나는 그다음 날도, 그 다음다음 날도, 이른 아침부터 펠루스의 집무실을 찾아갔다.
"오늘은 무슨 일을 하면 될까요?"
"여기 적힌 책들을 빌려 와."
그리고 그 후로 이 주째, 비슷한 일들의 연속이었다.
나는 아침 일찍부터 집무실을 찾아가고, 그는 심부름을 시킨다는 핑계로 나를 적당히 내보내고.
'날 못 믿으니, 간단한 서류 정리도 맡기기 싫다는 거겠지.'
뭐, 어느 정도는 예상했던 바였다.
원작 속 펠루스 역시 워낙 인간 불신의 아이콘이었으니까.
그래서 나는 펠루스의 신뢰를 얻기 위해 순순히 그가 시키는 잔심부름들을 하고 있었다.
심부름은 생각보다 그리 지루하지 않았다.

펠루스의 심부름을 하면서 내가 가끔 자체적으로 땡땡이를 치곤 했기 때문이다.
땡땡이를 위해 내가 자주 찾는 곳은 황태자궁에 있는 정원이었다.
특히, 수국이 잔뜩 핀 정원이 나는 가장 마음에 들었다.
'한겨울에 야외에서 활짝 핀 수국을 볼 수 있다니.'
덕분에 나는 오늘도 책을 빌리고 돌아오는 길에 잠시 정원에 들러 수국을 보고 있었다.
루릭스 제국은 온실에서 식물을 기르는 기술이 발달한 나라다. 하지만 한겨울에 그것도 이렇게 야외에서 수국을 피울 수 있을 정도는 아니었다.
'아마, 펠루스가 마법으로 유지하고 있는 거겠지.'
마법이란 참으로 신기한 것이었다.
어쩌면 나 역시 그 마법에 이끌려 꾸준히 이곳을 찾게 되는 걸지도 몰랐다.
"지금, 거기서 뭐 하는 거지?"
갑작스레 들려온 목소리에 나는 수국을 보기 위해 숙였던 허리를 펴고 몸을 돌렸다.
"전하?"
그러자 그곳에는 펠루스가 있었다. 그는 나를 죽일 듯이 노려보고 있었다.
아, 이런. 설마 땡땡이친 걸 들킨 건가?
그런 생각을 하기 무섭게 어느새 지척까지 다가온 펠루스가 내 손목을 잡아챘다.
이에 나는 서둘러 변명의 말을 입에 담으려 했다.
"아니, 그러니까 이건……."

"감히, 내 허락도 없이 황태자궁 정원에 발을 들이다니. 죽고 싶은 건가?"

"…네?"

어째 화를 내는 핀트가 내가 예상했던 것과 달랐다.

"듣고 싶지 않으니, 입 다물어."

입에 칼을 문 것처럼 싸늘하고도 차가운 음성이 귓가를 울렸다. 하지만 그럼에도 그의 태도에 상처를 받기보단 그저 당황스러웠다.

아니, 내가 대체 뭘 어쨌다고 이래?

덕분에 혼란에 빠진 나를 펠루스는 별다른 설명도 없이 정원 밖으로 끌고 나왔다.

주변에 있던 꽃들이 하나둘 시야에서 사라지다가 결국 완전히 보이지 않게 된 후에야, 그는 뿌리치듯 내 손을 놓았다.

3장.
황태자의 보좌관 (1)

 여전히 당황스럽기는 마찬가지였지만, 나는 일단 고개를 숙였다.
 "죄송합니다. 함부로 들어오면 안 되는 곳인 줄 몰랐어요. 다음부터는 주의하겠습니다."
 "주의하는 정도가 아니라, 다음부터는······."
 그대로 말을 멈춘 그는 어딘가 복잡한 얼굴을 하다가 곧 한숨처럼 말했다.
 "한 번만 더 멋대로 군다면, 그땐 정말 가만두지 않을 테니, 명심해."
 말을 마친 그는 그대로 돌아서서 집무실로 향했다.
 매우 순식간에 벌어진 일이었기에 나는 여러 가지로 혼란스러웠다.
 '평소엔 내가 뭘 하든 관심도 없더니.'
 그런 펠루스가 격한 반응을 보일 정도로 엄청난 무언가가 정원에 존재한다는 의미였다.

 당장 눈앞에서 수십 명이 죽어 나가도 눈 하나 꿈쩍하지 않을 펠루스가 동요할 만한 것이라니. 도저히 상상이 가질 않았다.

 어쩌면 내 안전을 위협할 만한 것일지도 모르지.

 그렇게 생각하니, 일단 그게 무엇인지 알아 두는 편이 나을 것 같았다.

 '펠루스한테 물어볼……. 아냐, 순순히 대답해 줄 거였다면 그렇게 화를 내고 사라지지도 않았겠지.'

 그리 생각한 나는 금세 다른 방법을 떠올렸다.

 결국 나는 펠루스와 수국이 핀 정원에 대한 이야기를 알아내고야 말았다.

 바로 돈의 힘으로.

 "이건 비밀인데, 특별히 아가씨께만 알려 드리는 겁니다."

 "제법 오래된 일이라, 아마 이 일에 대해 아는 자는 흔치 않을 겁니다."

 오랫동안 근무한 고용인들에게 당장 일을 그만둬도 될 정도의 돈을 쥐여 주고, 정원과 펠루스에 대해 물은 것이다.

 "그 정원은 사실 황후마마께서 돌아가신 장소랍니다."

 "이건 정말 아가씨만 알고 계셔야 하는데, 황후마마의 목숨을 거두신 게 바로 황태자 전하라는 소문이 돌더군요."

 "…그렇군요."

 나는 아무렇지 않은 척 고개를 끄덕였으나, 속으로는 경악했다.

 내게 제법 많은 금액의 돈을 받았다고는 해도, 황궁의 고용인 따위가 입에 올려도 될 이야기는 아니었다.

"그래서 그 후로 황제께서는 황태자 전하의 궁에 완전히 발길을 끊으셨답니다."

"아들이기는 하지만, 그래도 아내를 죽였을지 모르는 자식이라니. 꺼림칙하셨겠죠."

정말이지 들으면 들을수록 괜한 짓을 한 것 같아 후회가 됐다.

그러나 이미 엎질러진 물이니, 어쩔 수 없지.

"그렇군요. 이야기해 줘서 고마워요. 이건 그 답례."

그래서 나는 서둘러 그들에게 수고비를 쥐어 주었다. 그러고는 하루빨리 궁에서 나가라는 말을 덧붙이는 것도 잊지 않았다.

'만약 나가지 않고 버티겠다고 하면, 어떤 이유를 붙여서라도 나가게 해야겠어.'

잘못하면 내 입장이 곤란해지는 것은 둘째 치고, 당장 그들의 목부터 날아갈 테니까.

게다가 나는 사실, 그들의 말을 완전히 신뢰하지 않았다.

특히, 펠루스가 황후를 죽였을 거란 말은 전혀 믿지 않는다.

모친인 황후의 죽음, 그것은 펠루스의 인생을 완전히 뒤바꿔 버린 사건이었다.

그날을 기점으로 그의 운명은 뒤틀리기 시작했다.

내 기억에 따르면, 원작 소설은 황후의 죽음을 펠루스가 벌인 일이 아니라, 타인에 의해 생긴 사건인 것처럼 서술했다.

게다가 황후를 사랑한 황제는 그 사건으로 인해 펠루스를 버리고 방치한 듯했다.

아직 어린 그가 스스로의 입지를 좁히면서까지 제 모친을 죽여야 할 이유가 있었을까?

나는 아닐 것 같다는 생각이 들었다.

'유력한 건, 누군가 그 정원에서 황후를 죽인 후, 펠루스에게 누명을 씌웠다. 정도겠지.'

그렇다면 나를 향해 갑작스레 격한 반응을 보인 펠루스의 행동 역시 대충 설명이 된다.

인적이 드문 정원에 있는 나를 발견한 그가 무의식적으로 황후가 죽은 날의 모습을 떠올린 거라면?

그리 생각하니 조금 미안해졌다.

의도한 것은 아니었으나, 그의 트라우마를 건드린 꼴이 된 것 같으니까.

'어쨌든, 궁금증은 어느 정도 풀린 것 같은데 이제 어쩌지?'

명색이 보좌관인데, 계속 이런 식으로 펠루스의 눈치만 보며 밖으로 나돌 수는 없었다.

게다가 정원에 얽힌 이야기를 들은 탓인지 아주 약간이지만 그가 안타깝다는 생각이 들기도 했다.

그래, 이왕 이렇게 된 거 그냥 뻔뻔하게 나가자.

그렇게 결론을 내린 나는 곧장 집무실로 걸음을 옮겼다.

"그만두겠다는 말이라도 하러 온 건가?"

요 며칠 알아서 밖을 나돈 탓인지 펠루스는 나를 보자마자 그리 물었다. 당연히 나는 고개를 저었다.

"아뇨. 저는 전하보다도 오래 붙어 있을 건데요?"

"나보다 오래? 반역이라도 저지르겠단 소리인가."
"설마요, 그냥 말이 그렇다는 거죠."
 말을 마친 나는 그길로 펠루스가 보려고 놔둔 서류 한 묶음을 가지고, 책상에 앉았다.
 전 보좌관이 펠루스와 함께 일할 때 사용한 자리였다.
"지금 뭐 하는 거지?"
"일이요."
 내가 뭐 그리 당연한 것을 묻느냐는 듯 말하자, 펠루스가 미간을 찌푸렸다.
"인수인계도 제대로 받지 못한 주제에 뭘 하겠다는 건지 모르겠군. 글은 제대로 읽을 줄 아나?"
 차분하게 빈정대는 말에 나는 어이가 없단 얼굴을 했다.
"전하께서는 글도 못 읽는 사람에게 책을 빌려 오라고 시키는 분이셨나요?"
"……."
 그런 내 말에 펠루스는 그대로 입을 다물었다.
 뭐지, 이 허당은?
 어쩐지 내가 아는 그 소설 속 악역이 아닌 것 같았다.
 이렇게 보니 그냥 평범한……. 아냐, 평범한 건 아닌 것 같고, 그냥 한층 더 사람 같아진 느낌이 들었다.
 덕분에 나는 전보다 편안한 마음으로 서류 묶음을 펼쳤다.
'아, 망할. 딱 봐도 복잡해 보여.'
 하지만 자존심상 이를 티 낼 수는 없었기에 꾸역꾸역 서류를 읽어 나갔다.
'그러니까 북부 지방에서는 마물 토벌을 위해 군사들을 지원해

달라는 것 같고……. 서부 지방에는 흉작이 들어서…….'
 무슨 소리인지는 알겠는데, 그래서 이걸 승인하라는 건지, 말라는 건지 도동 알 수 없었다.
 "저기요, 전하."
 결국 나는 보고 있던 서류에 대해 묻기로 했다.
 괜히 멋대로 처리했다가 사고라도 나면 곤란하니까.
 "이 서류들은…….."
 "마물 토벌에 대한 건은, 수상한 움직임이 있다고 하니까 식량 지원만 하는 쪽으로 처리해. 흉작에 대한 건도 마찬가지로 식량 지원만 하고."
 "아, 네."
 나는 열심히 고개를 끄덕였다. 그러고는 다시 다음 서류를 펼쳐 놓고 보기 시작했다.
 그러나 아직 초짜인 내가 알아서 처리할 수 있는 서류는 거의 없었다.
 대부분 내가 서류를 읽고, 그 내용을 펠루스에게 전달해 주는 정도에 그쳤다.
 "이제 그만 옆방으로 가. 그곳이 원래 내 보좌관을 위해 마련된 장소니까."
 그리고 슬슬 반복되는 질문이 귀찮아졌는지 펠루스가 축객령을 내렸다.
 나 역시 다른 곳으로 가고 싶은 마음이 굴뚝같았으나, 그건 무리였다.
 "저도 당연히 그렇게 하고 싶지만, 그럼 일의 효율성이 너무 떨어지지 않을까요? 모르는 게 생길 때마다 전하께 물어보려면, 여기 있는 게 나을 것 같은데."
 "…그 말은 설마, 앞으로도 계속 이런 식으로 일하겠다는 소리인가?"
 짜증 섞인 그의 물음에 나는 어깨를 으쓱했다.
 "인수인계도 못 받았으니, 어쩔 수 없죠. 당분간은 이런 식으로 일을 배우는 수밖에."
 "이렇게 귀찮은 방식을 사용할 거였다면, 애초에 영애를 보좌관으로 고용하지도 않았어."
 "저런, 근데 안타깝게도 이미 늦으신 것 같네요."
 나는 진심으로 안타깝다는 얼굴을 했다.
 오델론의 반지를 받는 대신 나를 보좌관으로 고용한 이상, 펠루스도 약속을 지켜야 했다.
 내가 그에게 반지를 넘겨주기로 한 날짜는 원작 소설이 시작하기 직전이다.
 그러니 펠루스는 적어도 그때까지 나를 보좌관으로 두어야 한다.
 '원작 소설이 시작되는 게 올해 가을이고, 지금은 아직 겨울이니까. 대략 반년 정도 남은 건가.'
 내가 펠루스의 보좌관으로 있을 수 있는 시간은 2년이었다. 물론 그 약속이 지켜지리란 기대는 하지 않았다.
 아마 오델론의 반지를 넘겨주는 즉시, 해고당하지 않을까?
 소설 속 악역과 한 약속이다 보니, 별생각 다 들었다.
 어쨌든 그런 사실들을 고려하면 해고당하기 전까지 최대한 뻔뻔하게 할 수 있는 모든 걸 해 봐야 한다는 결론이 나왔다.
 "아, 근데 신전에 지불할 기부금에 대한 건은 어떻게 할까요?"

서류를 훑던 내가 대수롭지 않게 꺼낸 물음에 바쁘게 움직이던 펠루스의 손이 멈췄다.

서걱서걱 들려오던 펜 소리가 멎자, 나는 의아한 눈으로 그를 응시했다.

"왜 그러세요?"

"그거, 그냥 놔둬."

"네?"

"지금 처리하지 말고, 그냥 놔두라고."

어쩐지 급격히 싸늘해진 분위기에 눈치를 보던 나는 순순히 서류를 내려놓았다.

ぐ

펠루스와 일주일 정도 일하면서 깨달은 건, 피해야 할 대화 주제가 많다는 사실이었다.

황제나 황후, 황태자궁 정원에 대한 것은 물론이고 그는 신전에 대한 이야기 역시 좋아하지 않았다.

저 단어들 중 하나라도 등장하면, 펠루스는 얼마 안 가 입을 다물어 버렸다.

문제는 전자는 어떻게든 피할 수 있는 주제였으나, 후자는 그렇지 못하다는 것이었다.

'젠장, 오늘만 벌써 몇 번째야.'

루릭스 제국에서 신전은 황실과 맞먹을 정도의 권위를 가진 곳이다.

그만큼 신전이 가진 영향력도 크고, 당연히 관련된 일도 많을 수밖에 없었다.
'무슨 지뢰 찾기도 아니고, 끝도 없이 나오네.'
속으로 한숨을 내쉰 나는 이내 최대한 부드러운 어조로 말문을 열었다.
"전하, 신전에서……."
"놔둬."
"이건 두 시간 안에 해결해야 할 내용이라고 적혀 있는데요?"
"……."
"지금 잡고 계신 서류들도 두 시간 안에 끝내셔야 하는 거 아시죠?"
지금 이 서류를 뒤로 미뤄 둘 틈이 없다는 소리였다.
결국 그는 어쩔 수 없다는 듯, 한숨처럼 물었다.
"무슨 내용이지?"
"봄에 열릴 여신제에 대한 내용이에요. 행사 때 사용할 물품들을 황실에서 지원해 줬으면 좋겠다는 것 같네요."
별생각 없이 서류를 읽어 내려가던 나는 조금 기가 찼다.
기부금이라는 명목으로 이미 금전적인 지원을 잔뜩 받았으면서, 이건 또 무슨 날강도 같은 요구인가 싶었던 것이다.
"일단, 알았다고 해 둬."
"으음? 정말요?"
나는 대놓고 의외라는 얼굴을 했다.
신전에서 기부금을 요구해도 이유가 합당하지 않으면 칼 같이 거절하는 그가 이런 요구에 응할 줄은 몰랐기 때문이다.
"너무 날강도 같은 요구인데, 그냥 거절하면 안 되나요?"
"아를레인 공작이 들으면, 기함할 소리로군."

"뭐, 그건 그렇지만. 역시 전 썩 내키지 않아요."

아를레인 공작가는 대대로 신전의 고위 사제나 신관들과 가까운 사이를 유지해 왔다.

아마 황실을 제외하면, 매년 가장 많은 기부금을 내고 있기도 할 것이다.

덕분에 아를레인 공작도, 카엘도 그리고 원작에서는 에린도 신전을 제법 자주 방문하고는 했다.

'그럼 뭐 해, 백날 기도하고 기부금 바쳐 봤자 공작이랑 카엘은 죽고 에린은 타이어 바퀴급으로 굴러다닐 운명인데.'

갑자기 떠오른 원작 소설의 줄거리에 한숨이 절로 나왔다.

어쩐지 내가 하고 있는 일이 죄다 부질없게 느껴졌다.

원작 소설을 바꾸겠다고 보좌관 자리를 얻어 내긴 했지만, 그게 정말 일 잘하는 보좌관이 되겠다는 의미는 아니었다.

펠루스랑 친해져서 원작을 바꾸든, 다른 방법을 찾든 해야 할 텐데. 이건 뭐 빼도 박도 못하고 서류의 노예 신세다.

"확실히 날강도 같은 자들이긴 하지. 그러나 여론을 생각해서라도, 어느 정도 구색은 갖춰야 해."

내가 한숨을 내쉰 것이 신전의 날강도 같은 행보 때문인 줄 알았는지 펠루스가 설명을 덧붙였다.

"물론 그렇다고 쓸데없이 과한 지원을 허용할 생각은 없지만."

그의 말에 나는 일단 고개를 끄덕였다.

어쨌든 그럼 이건 승인하라는 말이로군.

혹시 몰라 한 번 더 내용을 확인한 나는 서류에 도장을 찍어 옆으로 빼놓았다.

그의 곁에서 일한 일주일이 마냥 헛된 시간은 아니었다는 듯,

이젠 내가 혼자 처리하고 넘기는 서류도 제법 되었다.

'그러고 보니 정말 시간을 허투루 쓴 건 아니네.'

처음에는 내가 정리해 둔 서류를 죄다 다시 확인하던 펠루스가 이제는 그리하지 않는 것만 봐도 그랬다.

이 정도면 인간 불신의 아이콘인 펠루스한테 조금은 인정받았다고 생각해도 되겠지?

"…이게 다 뭐죠?"

"뭐긴, 오늘 영애가 처리해야 할 서류들이지."

"아니, 그건 알겠는데. 왜 그게 전하의 집무실이 아니라 여기 와 있는 거죠?"

지금 나와 펠루스가 있는 곳은 내 집무실이었다.

정확하게는 그의 보좌관이 된 사람이 사용해야 하는 개인 집무실.

그런 나의 물음에 펠루스는 뭐가 문제냐는 듯 태연하게 대꾸했다.

"내 보좌관으로 일한 지 벌써 일주일이나 되었으면, 이제 영애도 이 정도는 혼자 처리할 수 있겠지."

아뇨, 절대 무리일 것 같은데요.

심지어 그가 가져온 서류의 절반 이상은 외국어로 되어 있었다.

"…게다가 지금 이거 로벨란어로 적혀 있는 거 아닌가요?"

"맞아. 전에 영애가 그랬잖아. 로벨란어 회화 정도는 구사할 줄 안다고."

"……."

아니, 이 자식이 지금 뭐라는 거야? 영어로 간단한 회화 좀 할 줄 안다고 그걸로 행정이랑, 법 관련 업무를 볼 수 있을 리가 없잖아!

현실은 인터넷 사이트에서 환불 한 번 하기도 어렵다고!

너무 어이가 없어서 반박할 힘도 나지 않았다.

"이 정도도 혼자 해결할 수 없다면, 내가 영애를 계속 보좌관으로 두어야 할 이유가 없지."

그래, 그럼 그렇지. 인정은 개뿔.

얜 아직도 어떻게든 날 해고시키지 못해 안달이었다. 이 천하의 악덕 진상 상사 같으니라고.

"이거 못한다고 자르면, 계약 위반이잖아요."

"그럼 나보고 계속 손해를 감수하면서까지 영애를 고용하라는 말인가?"

"애초에 계약 내용이 그거였잖아요."

"이 정도로 일을 못할 줄은 몰랐으니까."

매우 억지스러운 대답이었으나, 섣불리 반박할 수가 없었다.

펠루스의 입장에선 나를 자르고, 다른 유능한 보좌관을 고용하는 쪽이 훨씬 이득일 테니까.

처음에 비해 많이 나아지기는 했지만, 여전히 내 능력은 그를 보좌하기엔 턱없이 부족했다.

하지만 일의 효율을 따질 생각이었다면, 애초에 나와 계약을 하지 말았어야지.

아님, 다른 사람을 추가로 고용해서 부족한 일손을 채우든가.

"그렇게 제가 답답하시다면, 따로 일을 도와줄 사람을 고용······."

"싫어."

"비용은 제가 낼 테니 걱정 마시고요."
"내가 고작 돈 몇 푼이 아까워서 이러는 것 같나?"
"그게 아니면 왜 안 되는 건데요?"
"나보고 대체 뭘 믿고 영애가 고용한 사람을 곁에 두라는 거지?"

그런 펠루스의 말에 나는 조금 짜증이 났다. 아, 진짜 누가 인간 불신의 아이콘 아니랄까 봐.

"그럼 전하께서 직접 믿을 만한 사람을 고용하시면 되겠네요. 대신, 비용은 제가 낼게요."
"그런 일이 가능했다면, 진작 그리했겠지."
"네?"

이건 또 무슨 소리인가 싶어 나는 의아한 얼굴로 그를 응시했다. 덕분에 나와 눈이 마주친 펠루스는 뭔가를 고심하는가 싶더니 이내 입을 열었다.

"내가 고용할 수 있는 건. 폐하께서 허락하신 보좌관 한 명이 전부야."

그는 별거 아니라는 듯 말했으나, 내가 듣기엔 굉장히 이상한 대답이었다.

제국의 황태자씩이나 되는 사람에게 그 정도 권한도 없다고? 게다가 '황제가 허락한'이라니.

그건 마치, 그에겐 어떤 선택권도 주어지지 않는다는 의미처럼 들렸다.

덕분에 큰 혼란에 빠진 나와 달리, 정작 펠루스는 태연했다.
"그러니 가급적이면."

똑똑.

그때 마침, 바깥에서 들려온 노크 소리가 그의 말을 끊어 놓았다.
"무슨 일이지?"
펠루스의 물음에 조심스레 문을 열고 들어온 시종이 말했다.
"황공한 일이나, 황제 폐하의 명을 받고 급히 전해 드릴 말씀이 있어 왔습니다."
"폐하께서?"
"예. 오늘은 황태자 전하와 만찬을 함께하고 싶다고 하십니다."
지금은 벌써 오후가 훌쩍 지나간 시간이었다. 그런데 오늘 저녁에 있을 만찬에 대한 초대를 지금 하겠다니.
아무리 황제라지만, 이건 누가 봐도 펠루스를 무시하는 행위였다.
"그래, 그리하겠다고 전해."
하지만 펠루스는 특별히 화가 난 기색도 없었다. 오히려 순순한 태도로 승낙의 말을 입에 담았다.
아무래도 이런 일이 제법 빈번하게 일어나는 모양이었다.
"저, 그리고 한 가지 더 당부하신 것이 있습니다."
그게 무엇이냐는 듯 펠루스의 시선이 시종에게로 향했다. 그러자 아주 찰나였지만, 시종의 시선이 내게로 향했다가 떨어졌다.
잠깐, 설마 아니겠지?
"보좌관님께서도 함께 만찬에 참석하셨으면 한다고 말씀하셨습니다."
그런 시종의 말에 나는 대놓고 표정을 굳히지 않기 위해 무던히 노력했다.
아니, 대체 언제 봤다고 날 만찬 자리에 불러?
게다가 이렇게 예의 없는 방식이라니.

얼굴도 본 적 없는 황제지만, 그의 터진 인성을 적나라하게 마주한 기분이라 여러 가지로 찜찜했다.

하지만 이러한 마음을 대놓고 티 낼 수는 없었기에 나는 웃으며 물었다.

"폐하께서, 저를요?"

"네. 꼭 함께해 주셨으면 좋겠다고 당부하셨습니다."

제발 아니라고 해 달라는 의미였으나, 내 바람은 시종의 대답과 함께 산산이 부서졌다.

"그럼 이따가 저녁에 모시러 오겠습니다."

말을 마친 시종은 우리를 향해 고개 숙여 인사한 후 우아하게 사라졌다.

그가 떠난 방향을 얼마간 원망의 마음을 담아 응시하던 나는 한숨처럼 물었다.

"…거부할 권리는 없는 거겠죠?"

"거부?"

내 말을 들은 펠루스는 코웃음을 쳤다.

"영애에겐 오히려 좋은 기회 아닌가?"

빈정거리는 것이 분명한 어조로 그가 말을 이었다.

"폐하의 환심을 사는 데 성공하면, 평생을 내 보좌관으로 있을 수도 있을 테니."

"아, 그건 생각 못 했네요. 으음, 그럼 아무래도 만찬 시간 내내 그 부분에 대해서도 고려해 봐야 할 것 같아요. 알려 주셔서 감사해요, 전하."

나는 그런 펠루스의 태도에 상처를 입거나 마음이 상한 기색을 보이는 대신, 진심으로 몰랐다는 얼굴을 했다.

그러자 펠루스도 할 말을 잃었는지 더 이상 빈정대지 않았다.
나 참. 그러게 본전도 못 찾을 거면서 왜 무작정 빈정거리고 그래?
"농담이에요. 애초에 전 사람의 환심을 사는 데 별로 재능이 없고, 아를레인 공작가의 사람인 저를 폐하께서 곱게 보실 리도 없죠."
귀족파의 수장인 아를레인 공작의 딸인 내게 황제가 쉽게 호감을 가질 리 없다.
눈엣가시처럼 여기지나 않으면 다행이겠지.
하지만 펠루스는 단칼에 그런 내 말을 부정했다.
"그것도 상대적으로 더 싫어하는 이가 곁에 있다면, 또 모를 일이지."
그 당시의 나는 제법 의미심장한 그의 말을 이해하지 못했다.

내가 펠루스의 말을 이해하게 된 것은 만찬이 시작되고, 어느 정도 시간이 지난 후였다.
밥 먹을 때는 개도 안 건드린다는데, 황제는 매우 다양한 방식으로 펠루스를 건드렸다.
"이번에 처리한 예산안이 너무 엉성하더구나. 처음 일을 맡겼을 때도 이 정도는 아니었던 것 같은데."
우아하게 돌려 말했으나, 종합해 보면 결국 네 일 처리가 뭣 같으니 다시 해 오란 소리였다.
"죄송합니다."
"죄송하다는 말만 하지 말고, 노력하는 모습을 보여 줬으면 좋겠구나."

"빠른 시일 내에 다시 정리해 올리겠습니다."

"빠른 시일이라는 건. 너무 추상적인 표현이지 않나? 이틀 안에 다시 가져와."

이런 미친?

옆에서 듣고 있던 나는 육성으로 욕설을 내뱉을 뻔했다.

그 예산안을 작성하느라, 펠루스와 나는 최근 며칠간 하루에 세 시간 이상을 자 본 적이 없다.

근데 그걸 이틀 안에 다시 해 오라니, 지금 장난하나 싶었다.

그리고 불행하게도 황제의 생트집은 거기서 끝나지 않았다.

"이번 여신제에서 사용할 물품을 지원해 달라는 신전의 요구가 있었다고 들었다."

아직 본론이 등장하지도 않았는데, 벌써 느낌이 좋지 않다.

펠루스 역시 나와 비슷한 생각을 했는지 표정이 좋지 않았다.

"그건 황태자인 네가 직접 가서 고르는 편이 좋겠지?"

좋겠지? 뒤에 물음표가 붙긴 했지만, 권유보단 명령에 가까운 말이었다.

그래도 딱 여기까지만 했다면, 그나마 나았을 텐데. 황제는 기어이 한술 더 떴다.

"신전에 지원할 물품은, 그래. 수국이 좋겠구나. 혹, 마음에 들지 않는다면 다른 의견을 내도 좋고."

수국.

은근히 강조하며 내뱉어진 단어에 나는 순간적으로 표정을 굳혔다.

슬쩍 눈치를 보니 펠루스의 표정 역시 썩 좋지 않았다.

반면 황제는 아무렇지 않게 말을 이었다.

"그러고 보니, 황태자궁 정원에는 사계절 내내 수국이 피어 있곤 했었지? 마지막으로 가 본 게 제법 오래전이라, 궁금하긴 하구나. 지금은 어떤 모습을 하고 있을지."

황제의 말에 담긴 선명한 악의를 읽은 나는 복잡한 기분에 사로잡혔다.

사랑하는 아내를 잃어 슬픈 마음은 이해하지만, 펠루스에게 이렇게까지 해야 하나 싶었던 것이다.

그래도 자신의 아들인데, 그가 정말 아내를 죽였으리라 굳게 믿고 있다니.

아니면 혹시 황제가 펠루스를 믿으려는 시도조차 할 수 없을 만큼 결정적인 증거라도 나온 걸까?

그러나 그렇다면 펠루스를 계속 황태자의 자리에 앉혀 두는 이유는 또 뭔가 싶어 혼란스러웠다.

그렇게 여러 가지 혼란을 뒤로한 채, 나는 만찬이 시작된 후 처음으로 입을 열었다.

"저, 주제넘은 일일지도 모르겠지만 한 가지 드리고 싶은 말씀이 있습니다."

조금 전, 다른 의견을 내놓아도 좋다고 했던 황제의 말을 떠올린 탓이었다.

"편히 말해 보아라."

황제의 허락이 떨어지기 무섭게 나는 말을 이었다.

"수국, 보다는 흰 장미나 백합 같은 게 낫지 않을까요? 신전의 고결함과 깨끗함을 강조하기엔 이쪽이 더 나을 것 같은데."

"아니. 온통 새하얗기만 한 것은 별로일 것 같구나. 그러니 수국이 더 낫지."

아니, 아까는 의견을 내라더니. 이건 뭐, 답은 정해져 있으니 넌 닥치고 따라오란 식이다.

하지만 감히 황제의 말에 반박할 수도 없으니, 결국 나는 어색하게 고개를 끄덕였다.

"…확실히 그렇겠군요."

그러고는 앞에 놓인 샐러드를 접시에 덜어 깨작댔다.

내가 좋아하는 닭고기 스튜나, 등심 스테이크 등 맛있어 보이는 것들이 넘쳐도 손을 댈 수가 없었다.

분위기가 워낙 딱딱하다 보니, 육류를 입에 댔다간 빼도 박도 못하고 체할 것 같았다.

"나름 신경 써서 차린 만찬인데, 두 사람 다 왜 이렇게 깨작거리는지 모르겠군. 사양 말고 많이들 들어."

그런 황제의 말에 나는 황공하다는 말을 뱉으면서 속으론 그를 씹어 댔다.

자기가 실컷 체할 것 같은 분위기를 조성해 놓고, 누구 놀리는 것도 아니고.

"특히, 오랜만의 만찬을 위해 황태자가 좋아하는 것들을 잔뜩 준비했으니. 많이 들었으면 좋겠군."

그리 말한 황제가 곁에서 대기하고 있던 요리사에게 명령해 펠루스의 접시에 음식들을 덜어 주었다.

담백하게 찐 생선 요리나, 붉은색 콩을 넣고 끓인 이름 모를 수프. 그리고 얇게 구운 빵 위에 살짝 익힌 연어를 얹은 요리 등.

'응? 잠깐, 뭔가 이상한데?'

내가 알기로 펠루스는 소스 없이 담백하게 찐 생선 요리를 싫어했다.

콩을 넣고 끓인 수프도 싫어하는 듯했고, 연어 역시 좋아하지 않았다.
게다가 요리사가 펠루스에게 덜어 준 음식들은 하나같이 양이 적었다.
마치, 딱 한 사람만 먹을 수 있도록 준비한 것처럼.
펠루스와 함께 식사한 횟수가 몇 번 되지 않는 나도 아는 그의 음식 취향을 황제가 모를 리 없다.
결국 이것도 펠루스를 엿 먹이기 위한 황제의 계략 중 하나인 것이다.
'이쯤 되면 정말 존경스럽다.'
존경스러울 정도의 치졸함이었다.
동시에 이렇게 치졸한 황제의 괴롭힘에 맞서지도 못하고, 그저 당해 줘야 하는 펠루스에게 약간의 동정심이 생겼다.
"저, 죄송한 말씀이지만… 그 음식들은 제가 대신 먹으면 안 될까요?"
그래서였다. 충동적으로 그런 무리수를 둔 것은.
사실 뱉어 놓고 30초 정도 후회했다. 당장 내 코가 석 자인데, 이게 뭐 하는 짓인가 싶었다.
이번 일로 괜히 황제한테 찍혀서 해고당하는 거 아니야?
지금의 펠루스라면 그런 나를 도와주기는커녕 옳다구나 하고 쫓아낼 것 같은데.
"예? 영애께서요?"
갑작스러운 나의 말에 음식을 덜던 요리사가 당황한 얼굴을 하더니, 황제의 눈치를 봤다.
황제는 제법 오묘한 표정을 하고 있었다. 흥미롭다는 얼굴인 것 같기도 하고, 아닌 것 같기도 하고.

그 표정을 보아하니 이미 상황을 돌이킬 수는 없을 것 같았다. 그래서 나는 서둘러 덧붙였다.

"제가 찐 생선과 연어를 워낙 좋아해서요. 물론 그 수프도요!"

일부는 맞는 말이었다.

소고기나 닭고기 등의 육류를 더 좋아하긴 했으나, 펠루스처럼 아예 찐 생선을 입에 대는 것조차 꺼리지는 않았다. 연어는 제법 좋아하는 편이었고.

붉은 콩이 들어간 수프 역시 전에 먹었을 때, 맛이 그리 나쁘지는 않았던 것 같다.

"폐하께서 직접 준비하신 음식이라고 하니, 저도 모르게 욕심이 생기네요."

스스로 입 밖에 내고도 이게 무슨 헛소리인가 싶었지만, 나는 아무렇지 않은 척 웃었다.

이렇게 훌륭한 음식들을 다시는 맛보지 못할 것 같아 위기감을 느끼고 있음을 열심히 어필했다.

"영애."

그러자 펠루스가 나를 불렀다.

"지금, 감히 폐하께서 내게 주신 음식을 가로채겠다는 건가?"

싸늘한 어조와 달리, 그는 어딘가 초조하고 불안해 보였다.

예상치 못한 반응이었기에 나는 조금 의외라는 듯 펠루스를 응시했다.

"그래, 그렇게까지 원한다면 하는 수 없지."

그때, 마치 기다렸다는 듯 황제가 끼어들었다.

누구에게 하는 것인지 알 수 없는 말에 나도 펠루스도 긴장한 얼굴을 했다.

"그 요리들, 전부 아를레인 영애의 앞으로 가져다줘."

잠깐의 고민 끝에 황제가 선택한 사람은 바로 나였다.

명령이 떨어지기 무섭게 차례대로 내 앞에 놓이는 요리들을 보며, 펠루스는 표정을 굳혔다.

"폐하, 하지만……."

"섭섭한 마음이 드는 것은 이해하나, 과하게 나서지는 않았으면 좋겠군."

그는 반대 의견을 내려는 펠루스의 말을 자르며 덧붙였다.

"누가 들으면 짐이 음식에 독이라도 탄 줄 알겠어."

의미심장하게 덧붙여진 말에 나는 조금 소름이 돋았다.

진짜 독을 탔을 리는 없겠지만, 어쩐지 괜한 짓을 한 것 같다는 생각이 들었다.

"자, 그럼 다시 식사를 이어 가는 게 좋겠군."

명령에 가까운 한마디에 식사는 다시 시작됐다.

덕분에 살얼음판 위를 걷는 것처럼 위태로운 분위기 속에서 나는 황제가 하사한 음식을 입에 넣었다.

처음 먹은 것은 찐 생선 요리였다. 매우 담백한 맛이 날 것처럼 생긴 생선찜을 입에 넣은 순간.

'우욱!'

그것을 그대로 황제의 얼굴에 뱉어 버릴 뻔했다. 그만큼 역하고 기괴한 맛이 났다.

'아니, 미친! 이게 대체 무슨 맛이야?'

당장 속을 게워 내고 싶을 정도로 비린 데다, 느끼하고, 짜고, 시큼했다.

거기다가 살은 퍽퍽했으며, 중간중간 모래알 같은 것이 함께 씹히기도 했다.

겉은 담백하고 부드러운 생선 요리처럼 생겨서는, 배신도 이런 배신이 없다.

혹시나 하는 마음에 수프나 연어 요리도 먹어 보았으나, 상황은 비슷했다.

수프는 당장 속이 다 뒤집어져도 이상하지 않을 정도로 매웠고, 연어는 비리고 짜고 달았다.

단순히 펠루스가 싫어하는 음식을 권하며, 그를 조롱하는 정도인 줄 알았더니. 이런 식으로 아예 못 먹을 음식을 내놓을 줄이야.

"요리의 맛은 어떤가? 내 특별히 신경을 좀 써 봤는데."

뻔뻔하기 짝이 없는 황제의 물음에 나는 헛웃음을 터트릴 뻔했다.

황제가 이런 형편없는 음식을 내게 먹인 의도를 알 것 같았기 때문이다.

실권을 쥐고 있는 건 황제인 자신이니, 앞으로는 똑바로 처신하라는 경고를 한 것이다.

이를 깨달은 나는 간신히 표정 관리를 하며 말했다.

"과분한 대접이라는 생각이 들 정도입니다."

빈말로라도 맛있다고는 할 수 없었다. 내 위장 건강이 심히 걱정될 정도로 끔찍한 맛이었다.

마음 같아서는 만찬이고 뭐고 당장 화장실로 달려가 속에 있는 걸 전부 게워 내고 싶었다.

"그래, 마음에 든다니 다행이군. 그럼 마저 들어."

"네. 정말 감사합니다."

기계적으로 대답을 마친 나는 다시 문제의 음식들을 입에 넣으며 웃어야 했다.

건너편에 앉아 있던 펠루스는 그런 나의 모습을 조금 복잡한 시선으로 보고 있었다.

결국, 나는 만찬이 끝나기 무섭게 화장실로 달려가 먹었던 음식을 죄다 쏟아 냈다.

영혼까지 쏟아 낸 기분으로 속을 전부 게워 내고 나니 진이 빠졌다. 다리도 후들거리고, 마음 같아서는 한 발자국도 움직이고 싶지 않았다.

하지만 만찬도 끝난 마당에 계속 황제가 거처하는 궁에 있을 수는 없었다.

괜히 마주쳤다가 또 무슨 꼬투리를 잡히려고.

그래서 나는 손수건으로 대충 입가를 닦은 후, 화장실을 나섰다.

'아, 진짜 황제 저 개······.'

"정말 독이라도 탔으면 어쩌려고 그렇게 덥석 받아먹은 거지?"

밖으로 나오기 무섭게 들려온 물음에 나는 순간적으로 움찔했다.

속으로 황제를 씹고 있던 것을 들킨 기분이었다. 상대가 독심술이라도 쓰지 않는 이상 그럴 리는 없겠지만.

일단 나는 최대한 아무렇지 않은 척 소리가 난 곳을 응시했다. 그러자 그곳에는 펠루스가 있었다.

"아직 안 돌아가셨어요?"

"할 말이 있어서."

"저한테요?"

내가 의아하다는 듯 묻자, 펠루스는 말없이 나를 응시하는 것으로 대답을 대신했다.

"무슨 일이신데요?"

"왜 나섰지?"

주어가 생략된 물음이었으나, 그 뜻을 모를 수는 없었다.

나는 잠시 고민했다.

굳이 이유를 붙이자면, 동정심이나 연민 정도가 될 것이다. 그러나 순순히 그렇게 말할 수는 없었다.

내가 자신을 동정한다는 사실을 그가 불쾌해할 수도 있으니까.

그래서 나는 다른 대답을 입에 담았다.

"전하께 잘 보이려고요. 그렇게라도 호감을 사 두면 저를 자르지 않겠다고 말씀하실 날이 올지도 모르잖아요?"

"……."

당당한 나의 대답에 펠루스는 잠시 말이 없었다.

덕분에 얼마간 이어진 침묵 속에서 나는 제법 많은 생각을 했다. 괜한 소리를 했나? 너무 속물인 것처럼 보였나?

"…앞으로는 주제도 모르고, 함부로 나서지 마."

침묵을 깨고 돌아온 대답에 나는 고개를 끄덕였다. 그가 그렇게 말하지 않아도 그럴 생각이었다.

"알았어요. 그렇게 할게요."

"아까 그 일은 물론이고, 황궁을 들쑤시고 다닌 일 역시 마찬가지야."

"네? 그게 무슨……."

뒤이어 덧붙여진 펠루스의 말에 나는 당황한 티를 내고 말았다.
"내 과거를 캐내고 다닌 일 말이야."
"그건……."
사실을 부정하거나, 변명이라도 해 볼까 했으나, 오히려 역효과가 날 것 같아서 나는 그대로 입을 다물었다.
"내게 걸린 것을 다행이라고 생각해."
"……."
그 말은 아무래도 황제한테 걸렸더라면 제법 곤욕을 치렀을 거라는 의미 같았다.
덕분에 나는 곧, 한숨처럼 입을 열었다.
"…알겠어요. 앞으로는 주의할게요. 그러니까 이 일을 핑계로 저 자르시면 반지 안 드릴 거예요."
그런 내 말에 펠루스는 헛웃음을 터트렸다.
"지금 그게 중요한가?"
"네. 매우 중요한데요? 제겐 생계가 걸린 일이니까요."
"생계? 마음만 먹으면 얼마든지 풍족하게 살아갈 수 있으면서 잘도 그런 말을 입에 담는군."
비아냥대는 것이 분명한 어조로 그가 말을 이었다.
"어쨌든 다시 말하지만, 괜히 뭔가를 알아내겠답시고 주변을 들쑤시고 다니지 마."
그 퉁명스러운 충고에 나는 고개를 끄덕였다.
"알겠어요. 근데 그건, 당장은 절 자르지 않겠다는 말씀이시죠?"
"…그래."
그렇게 대답하긴 했으나, 펠루스는 어쩐지 떨떠름한 기색이었다.

아마 내가 매우 마음에 안 들지만, 그렇다고 나를 자르기엔 반지의 존재가 절실하다는 의미겠지.

그런 생각을 하다 보니 문득, 의문이 들었다.

"근데 의외로 소문에 대한 건 별말씀이 없으시네요. 보통은 사실이 아니라고 하거나, 사실이라면 함부로 떠들고 다니지 말라고 하지 않나요?"

다른 것도 아니고 무려 황후의 죽음에 대한 내용이다.

그런데 특별히 날 신뢰하는 것도 아니면서 입단속을 시키지도 않는 건가?

"결국 나는 무죄를 선고받은 데다, 이미 몇 년 전에 끝난 일이야."

잠시 말을 멈춘 펠루스가 무표정한 얼굴로 나를 응시했다.

"그런데 이제 와 영애가 그 일을 들먹이고 다닌다면, 어떻게 될 것 같아?"

"아······."

황제는 그런 나를 결코 곱게 두지 않을 것이다.

조금 극단적인 경우엔 반역죄라도 씌워서 단두대 위에 세우려 하겠지.

"···그렇겠군요."

"그래. 그리고 사실 여부는."

잠시 말을 고르던 펠루스가 이내 덧붙였다.

"내가 아니라고 하면 영애는 믿을 건가?"

"네."

나는 고개를 끄덕였다. 일말의 망설임도 없이 돌아온 대답이 의외였는지, 그는 혼란스러운 얼굴을 했다.

"왜?"

"전하께서 굳이 제게 거짓말을 하실 이유가 없잖아요."

방금 그가 말했듯 이제 와 내가 그 사건을 들먹이며 펠루스가 황후를 죽이지 않았다고 주장해 봤자 의미가 없다. 반대의 경우도 마찬가지고.

결국 최종적인 판단은 황제가 하는 것이고, 그는 이미 펠루스가 죄를 짓지 않았다는 결론을 내렸다.

물론, 대외적인 이야기고 실제로는 펠루스의 무고함을 믿지 않는 것 같지만.

아무튼 이런 상황에서 펠루스가 내게 거짓말을 할 이유는 없었다.

나의 믿음은 그만한 가치가 없었으니까.

"그래서 믿어요. 전하께서는 그러실 분이 아니라는 걸."

이렇게 말하고 보니 매사를 긍정적으로 바라보는 소설 속 천사 같은 주인공이 된 것 같았다.

좀 오글거리는 것 같기도 하고.

"…유치하군."

펠루스 역시 비슷한 생각이었는지 그런 감상을 뱉었다.

이에 나는 별말 없이 어깨를 으쓱하고는 돌아섰다.

그로부터 며칠 후, 나와 펠루스는 새벽부터 마차를 타고 움직여야 했다.

빌어먹을 황제가 일을 벌인 탓이다.

아닌 밤중에 날벼락도 아니고, 그는 대뜸 전날 밤 시종을 통해 서신을 보냈다.

내일 새벽 마차를 타고 테포 지방으로 가 수국 경매에 참가하라.

수국을 판매하는 업체들을 직접 만나 보고, 어느 곳과 거래를 할지 결정하라는 의미였다.
'아니, 그걸 왜 하필 지금 정하라는 거야.'
도무지 이해할 수가 없었다.
물론 언젠가 한 번쯤은 해야 할 일이다.
하지만 늦은 봄에 열릴 행사에 지원할 수국의 거래처를 벌써부터 정할 필요는 없다.
게다가 나와 펠루스는 황제가 내린 명령에 따라 이틀 안에 예산안도 새로 작성해서 바쳐야 했다.
만찬 자리가 파하고 난 후, 벌써 다섯 번째 퇴짜였다.
그러면서 덧붙인 말들은 전부, 보고를 올린 종이의 색이 마음에 들지 않는다는 둥, 성의가 없다는 둥 누가 봐도 쓸데없는 트집이었다.
'이건 뭐, 황제가 아니라 그냥 상종하기도 싫은 진상이네.'
더불어 황제는 서신의 말미에 친절하게 오늘 떠나지 않으면 안 되는 이유까지 적어 두었다.

테포 지방의 수국이야말로, 제국 최고의 품질을 자랑한다는 사실을 알고 있을 것이다.
신전에 지원할 수국인 만큼, 황가의 체면을 생각해 아무것이나 고를 수는 없으니, 신속히 출발하라.

테포 지방이라는 곳에서 열리는 수국 경매의 하이라이트가 바로 오늘이라 어쩔 수 없다는 것 같았다.

요약하자면 닥치고 당장 출발하란 소리다.

'아니, 그럼 미리 말을 해 주든가.'

진짜 살다 살다 이렇게 뻔뻔한 미친놈은 처음이다.

이런 게 황제라고 앉아 있으니, 나라 꼴이 이 모양…이라며 욕하고 싶었지만, 솔직히 루릭스 제국은 매우 부강했다.

제길, 운 좋은 미친놈 같으니.

"안색이 영 좋지 않아 보이는군."

함께 마차를 타고 가던 펠루스의 말에 나는 고개를 끄덕였다.

"만찬 때 먹은 생선이 아직도 입에서 돌아다니는 것 같아요."

멀미가 나서 속이 울렁거리고 토할 것 같단 소리였다.

이를 용케 알아들은 펠루스가 정색을 하며, 뒤로 물러났다.

"속을 비워 낼 거라면 마차 밖에다가 해."

"어지간하면 그렇게 할 생각이지만, 제가 통제할 수 없는 상황이 온다면 그땐 어쩔 수 없을 것 같네요."

"통제할 수 없는 상황?"

"전 지금부터 한숨 잘 생각이거든요."

갑작스레 결정된 여정인 만큼, 잘 시간을 쪼개고 쪼개서 준비할 수밖에 없었다.

전날 밤엔 짐을 싸고, 서류와 씨름하느라 늦게 잤고. 오늘은 마차 여행을 떠나기 위해 새벽부터 일어나야 했다.

'덕분에 거의 한 시간도 못 잤지. 아, 진짜. 이러다가 과로사하는 거 아니야?'

다시 곱씹어 보니 참으로 어이가 없었다.

악녀의 악행이나, 악역의 계략 때문이 아니라 과로사 때문에 생명이 위험한 주인공이라니.

　내가 로맨스 판타지 소설에 빙의한 건지, 체험 삶의 현장에 빙의한 건지 헷갈릴 지경이다.

　"근데 전하는 안 주무세요?"

　펠루스 역시 나보다 덜 잤으면 덜 잤지 더 자지는 못했을 테니, 피곤할 텐데.

　"신경 꺼."

　"아, 예."

　얘는 무슨 걱정을 해 줘도 난리네. 까칠하긴.

　물론 그렇다고 해서 특별히 상처를 받거나 하지는 않았다.

　원작 소설 속의 잔혹하고 냉정한 악역 황태자에 비하면, 지금의 펠루스는 순한 양이 따로 없었으니까.

　"저 지금부터 한숨 잘 테니까. 당분간 조용히 해 주세요."

　"그래. 가능하면 그대로 영원히 잠들게 해 주지."

　"……."

　아니다. 순한 양 취소. 내가 머리에 총을 맞은 것도 아니고 헛소리를 했네.

　빠르게 반성한 나는 머리를 창틀에 기댄 채 눈을 감았다.

　최근 들어 여러 가지 이유로 잠을 제대로 자지 못한 탓에 금세 졸음이 밀려왔다.

　'이번에는 좀 푹 잘 수 있었으면 좋겠는데.'

　잠자리가 바뀐 영향인지 황궁에 들어온 이후로 편하게 잠을 자 본 적이 없었다.

　악몽도 자주 꾸는 편이었고.

✎

 창문에 머리를 기댄 채 얼마간 뒤척이던 에린은 금세 잠이 들었다.

 평생 아를레인 공녀로서 귀하게 자랐을 그녀는 의외로 적응력이 뛰어났다.

 그 모습을 물끄러미 응시하던 펠루스는 문득, 타인과 같은 마차를 타고 이동하는 게 매우 오랜만이라는 사실을 깨달았다.

 전에 있던 보좌관과도 같은 마차를 타고 움직인 적은 없었다.

 그는 펠루스를 감시하기 위해 황제가 손수 고용한 인물이었으니까.

 물론, 그렇다고 새삼 펠루스가 에린을 신뢰하고 있다는 의미는 아니었다.

 에린은 항상 그를 혼란스럽게 했다.

 형편없는 연기력을 보아하니 첩자는 아닌 것 같은데 묘한 위화감이 들었다.

 그리고 그는 곧 위화감의 정체가 그녀가 아닌 자신에게 있음을 깨달았다.

'저를 보좌관으로 고용해 주세요.'

 펠루스가 에린의 제안을 받아들인 것은 두 가지 이유 때문이었다.

 첫 번째는 에린이 알고 있는 대로 그녀가 가진 반지가 필요해서.

그리고 두 번째는 아를레인 공작에게 복수할 기회를 만들기 위해서였다.

펠루스와 아를레인 공작의 사이는 썩 좋지 못했다.

그러니 그런 펠루스가 자신의 딸을 보좌관으로 고용하겠다고 했을 때 공작의 심정이 어땠을지는 뻔하다.

아마 그가 에린을 곁에 두는 시간이 길어질수록 공작은 초조해질 것이다.

하지만 그렇다고 별 이유도 없이 황명을 거역할 수도 없으니, 그저 속만 타들어 가고 있겠지.

에린에게 입궁과 동시에 숙소 생활을 하라고 한 건 그런 이유도 있었다.

하나뿐인 딸을 제법 오랫동안 눈에 담지도 못한 채 불안에 떨어 보라고.

그래, 분명 시작은 그런 의도에서였다.

'왜 나섰지?'

'…앞으로는 주제도 모르고, 함부로 나서지 마.'

하지만 정신을 차리고 보니, 그는 자신이 의도했던 바와 다른 방향으로 움직이고 있었다.

분명 공작에게 복수하기 위해 에린을 이용하려 했던 것뿐이었는데.

그런데 자신은 대체 왜 그런 충고를 한 걸까?

그 후로도 펠루스는 몇 번이나 스스로에게 같은 질문을 던졌다. 하지만 돌아오는 대답은 없었다.

그런 와중에 에린은 또다시 여러 방면으로 그를 혼란스럽게 했다.

'전하께 잘 보이려고요. 그렇게라도 호감을 사 두면 저를 자르지 않겠다고 말씀하실 날이 올지도 모르잖아요?'

그 말을 하던 순간, 에린의 눈에 비친 감정과 그녀가 입 밖에 낸 말은 조금도 일치하지 않았다.
애초에 보좌관 자리를 유지하는 게 목적이었다면 펠루스보다는 황제의 환심을 사는 편이 낫다.
하지만 에린은 황제의 눈 밖에 날 위험을 감수하고, 펠루스가 먹을 예정이었던 음식을 가로챘다.
그녀는 그만큼 무르고, 어설프고, 이상한 사람이었다.

'내가 아니라고 하면 영애는 믿을 건가?'
'네.'

그런 주제에 또 이상한 곳에서 단호한 모습을 보인다.
부친인 황제조차 믿지 않은 사실을 에린은 망설임 없이 믿는다고 말했다.
마치 길가의 돌멩이를 보며 돌멩이라고 말하듯, 거리낌이 없다.
과거, 펠루스가 수많은 근거를 들어 가며, 황제에게 자신의 무죄를 주장했을 때도 이렇지는 않았다.

'믿기 힘드시겠지만, 저는 아닙니다. 저는 결코……'

'그래, 나는 너를 믿는다.'
'정말, 이십니까?'
'그래.'

황제 역시, 에린과 비슷한 대답을 했었다.
아직 순진했던 펠루스는 그 말을 믿었고, 제법 많은 시간이 흐른 후에야 진실을 알았다.
입으로는 펠루스를 믿는다 말했던 황제는 그 후로 단 한 번도 황태자궁을 찾지 않았다.
가끔 식사를 함께 할 때는 끔찍한 맛이 나는 요리들을 권했고, 어쩌다 복도에서 마주치기라도 하는 날엔 혐오스럽다는 눈으로 그를 응시했다.
그래 놓곤 항상 말로만 너를 믿는다. 네가 그랬을 리가 없다. 떠들어 댔다.
모두가 자신의 무고함을 믿지 않아도 황제만큼은 믿을 거라 생각했던 어린 펠루스는 그렇게 배신당했다.
황제만큼 잔인하게 굴지는 않았으나, 오랜 친우인 아처마저도 펠루스의 무죄를 완벽하게 믿지는 못했다.
그 사실을 펠루스는 이해했다.
애초에 그가 범인이 아니라고는 생각하기 힘들 정도로 잘 짜인 판이었다.
그러니 믿지 못할 수도 있지. 애써 그렇게 여기며, 가슴속에 묻어 둔 채 살아왔다.
그런데 에린은 펠루스가 묻어 둔 것을 간단히 파헤쳤다.

'전하께서 굳이 제게 거짓말을 하실 이유가 없잖아요.'
'그래서 믿어요. 전하께서는 그러실 분이 아니라는 걸.'

 오랜 친우인 아처조차 쉽게 믿지 못했던 사실을 아무렇지 않게 믿는다고 말한다.
 그 망설임 없는 태도가 펠루스를 혼란케 했다.
 에린은 이상했다. 그녀는 이상한 사람이었고, 그런 에린에게 휘둘리는 자신 역시 이상했다.
 그리고 펠루스는 아직도 그 기묘한 위화감의 정체를 알아내지 못했다.
 "…안, 레안."
 갑작스레 들려온 에린의 목소리에 그는 생각하던 것을 멈췄다. 뒤이어 펠루스의 시선이 그녀에게로 향했다.
 식은땀을 흘리며 잠꼬대를 하는 걸 보니, 악몽이라도 꾸는 것 같았다.
 평소엔 마냥 밝은 모습만 보이는 그녀였지만, 속까지 그렇지는 못했던 모양이다.
 "미, 안. 내가 잘못……. 레안."
 그리 말한 에린의 눈에서 투명한 액체가 흘렀다.
 대체 얼마나 애틋한 감정을 나누었기에 죽은 약혼자의 이름을 저렇게 애타게 부르는지 펠루스는 진심으로 궁금해졌다.
 "…나 때문에."
 나 때문에.
 무슨 이유로 죽은 연인이 나오는 꿈에서 저런 단어를 입에 담는 건지 의문이 들었다.

동시에 괴로운 얼굴을 하며, 발버둥 치는 에린을 보고 있자니 기분이 좋지 않았다.

그녀가 다시 죽은 이의 이름을 부르는 것도 듣고 싶지 않았다.

이유는 알 수 없지만, 당장 에린을 깨워야 할 것 같았다.

4장.
황태자의 보좌관 (2)

이번에도 나는 악몽을 꿨다.

좁은 마차 안에서 자면 악몽을 꾸지 않거나, 꾸더라도 금방 깨지 않을까 싶었는데 아니었던 모양이다.

"이제야 일어났군."

악몽을 제법 요란하게 꾼 모양인지, 펠루스가 나를 깨웠다.

나는 혹여나 잠결에 이상한 말을 중얼거리진 않았을까 싶어 걱정스레 물었다.

"어, 혹시 제가 많이 추한 꼴을 보였나요?"

"그래."

"……."

이 쓸데없이 단호하고 솔직한 자식.

덕분에 나는 민망한 마음에 시선을 피했다.

"자."

그런 내게 펠루스는 대뜸 품에서 꺼낸 손수건을 내밀었다.

"닦아."
 친절을 베푼 것이라기보단 명령하는 것에 가까운 말투였다.
 무심코 뭘 닦으라는 거냐며 물으려던 나는 흠칫했다.
 설마, 자다가 침이라도 흘린 건가?
 만약 그런 거라면 대놓고 지적을 당하는 것보단 훨씬 나은 상황이었다.
 "…감사해요."
 그리 말한 나는 서둘러 그가 준 손수건으로 입가를 닦았다.
 다행스럽게도 손수건에는 아무것도 묻어 나오지 않았다.
 '응? 그럼 대체 뭘 닦으라는 거지?'
 나는 의문 가득한 눈으로 펠루스를 응시했으나, 그는 그것을 무시한 채 고개를 돌렸다.
 "저… 이 손수건은요?"
 "가져. 아니면 버리든지."
 참으로 그다운 대답이었다. 척 보기에도 이렇게 비싸 보이는 걸 그냥 버리라니.
 "전하, 이거 엄청난 낭비예요."
 "나한테는 아니야."
 "알겠어요. 그럼 잘 세탁해서 돌려 드릴게요."
 웃으며 펠루스의 의사를 무시한 나는 그가 준 손수건을 챙겼다.

 새벽부터 마차를 타고 이동한 덕분인지, 우리는 정오가 되기 전 경매가 열린다는 마을에 도착할 수 있었다.
 "와, 진짜 정신없네요."

물론 수도의 거리에 비할 바는 아니었으나, 제법 소란스러웠다.

인파도 꽤 많은 편이었기에 나는 곁에 있던 펠루스를 놓치지 않기 위해 애썼다.

이를테면, 펠루스의 로브 자락을 잡는다든가 하는 식으로. 그리고 그는 그런 내 행동을 성가셔했다.

은근히 손을 쳐 내거나 말없이 나를 노려보거나, 아예 일행이 아닌 척 빠르게 걷기도 했다.

"아, 정말! 제가 만약 길이라도 잃으면 어쩌시려고요?"

"그렇게 모자란 이를 보좌관이랍시고 고용한 내 처지를 동정해야겠지."

"……."

게다가 한마디도 지질 않는다.

기분 탓인지 모르겠지만, 황제와의 만찬 이후 그가 나를 전보다 만만하게 보는 것 같았다.

긍정적인 변화라고 보기엔 애매했기에 나는 한숨을 내쉬었다.

그런데 그때, 펠루스가 갑자기 발걸음을 멈췄고. 나 역시 그를 따라 멈췄다.

"아니, 갑자기……."

왜 멈췄냐고 물으려던 나는 곧, 입을 조금 벌린 채 눈앞에 펼쳐진 풍경에서 시선을 떼지 못했다.

수국을 비롯한 여러 종류의 꽃들이 들판을 화려하게 채우고 있었던 것이다.

감탄이 절로 나올 정도로 아름다운 광경이었다.

아직 그리 따뜻한 날씨는 아니었으니, 아마 온실에서 키우던 꽃들을 가져와 잠시 인위적으로 조성한 풍경일 것이다.
 하지만 그럼에도 나는 잠시 넋을 잃고 그 광경을 감상했다.
 중앙의 가장 넓은 공간은 당연하다는 듯 행사의 주인공인 수국으로 채워져 있었다.
 그리고 그 주변을 장미, 튤립, 프리지어 등 여러 꽃들이 둘러싼 형식이었다.
 '아, 잠깐.'
 이미 늦은 것 같지만, 뒤늦게 정신을 차리고 보니 펠루스의 상태가 걱정됐다.
 이렇게 수국이 잔뜩 있는 모습을 보면 결코 좋은 생각이 떠오를 것 같진 않은데.
 그리고 아니나 다를까, 슬쩍 확인한 펠루스의 표정은 딱딱하게 굳어 있었다.
 "경매장은 이쪽이야."
 하지만 그는 애써 아무렇지 않은 척 걸음을 옮겼다.
 덕분에 나는 잠시 고민했다.
 딱히 티를 내고 싶지 않아 하는 것 같은데 괜한 오지랖을 부려도 되나 싶었다.
 하지만 그렇다고 해서 정말 그냥 두기엔, 또 마음이 편치 않았다.
 다른 것도 아니고, 좋지 않은 기억을 떠올리게 하는 수국을 일이 끝날 때까지 계속 봐야 하는 거니까.
 '아예 피하는 건 불가능하더라도 마음의 준비를 할 수 있는 시간이 있다면 좋을 텐데.'
 하지만 지금 여기서 대놓고 딴 길로 새려 하는 티를 낸다면, 그는 분명 거절할 것이다. 그렇다면.
"저, 있잖아요, 전하."
그런 내 부름에 경매장을 향해 걷던 펠루스가 걸음을 멈추며 물었다.
"왜?"
"뭐라도 먹으면 안 될까요? 저희 새벽부터 이동하느라 제대로 먹은 것도 없잖아요."
나의 제안에 잠시 고민하던 그가 고개를 끄덕였다.
"좋을 대로."
덕분에 나는 그길로 펠루스를 데리고 경매장에서 제법 멀리 떨어져 있는 식당으로 향했다.
식당에 들어서자마자 자리를 잡고 음식을 주문한 우리는 간단한 사담을 나눴다.
"원래 매년 이런 식으로 신전에 지원할 물품을 직접 구하러 오시나요?"
"그래, 매년 장소는 다르지만. 항상 이맘때쯤이지."
"매년 이맘때라니, 폐하께서는 무서울 정도로 한결같은 분이신가 보네요."
은근히 황제를 비난하던 나는 뒤늦게 아차 싶어서, 아닌 척 화제를 돌렸다.
"그럼 신전에 지원할 물품도 항상 폐하께서 정하시나요?"
"그래."
이런 식으로 얼마간 말을 주고받다 보니, 금세 음식이 나왔다.
'으응?'
그렇게 차례대로 등장한 음식들을 본 순간, 나와 펠루스는 동시에 할 말을 잃었다.

그런 상황에서 먼저 입을 뗀 것은 나였다.

"어······. 그러니까, 지금 이게 저희가 시킨 요리 맞나요?"

그러자 종업원은 상냥하게 웃으며 고개를 끄덕인 후, 맛있게 드시라는 말을 남겼다.

매우 친절하고 깔끔한 태도였기에 차마 뭐라고 할 수가 없었다.

우리가 시킨 음식은 옥수수 수프와 치즈 토마토 샐러드, 그리고 튀긴 닭 요리였다.

이렇듯 메뉴 선정에는 문제가 없었으나······.

"전부 수국이 들어가는군."

"그, 그러게요."

세 가지 메뉴 모두 수국이 들어가 있었다.

수프 위에 꽃잎이 잔뜩 띄워져 있거나, 샐러드의 소스에 수국을 갈아 넣었거나, 닭 요리 전체의 장식을 수국으로 했거나 등. 식탁이 온통 보랏빛이었다.

덕분에 나는 펠루스의 눈치를 보며 어색하게 물었다.

"괜찮으세요?"

"미안한 말이지만, 난 지금 보라색만 봐도 구역질이 날 것 같아."

테이블을 가득 채운 수국이 꼴도 보기 싫다는 듯, 펠루스는 미련 없이 몸을 일으켰다.

나 역시 그를 잠시 쉬게 해 주고 싶었을 뿐, 정말 배가 고픈 것은 아니었기에 펠루스를 따라 일어났다.

"배가 고프다더니, 내 눈치라도 보는 건가? 필요 없으니 식사나 마저 하고 와."

"아뇨, 저도 급 식욕이 떨어져서요."

펠루스는 그런 내 말을 믿지 않는 눈치였다.

혹은, 내가 처음부터 식사를 할 마음이 없었다는 걸 알아챈 것 같기도 했다.

하지만 뭐, 이제 그런 것은 아무래도 좋았다.

그렇게 우리는 식당을 나섰고, 각자 흩어져서 수국 경매에 참여한 업체들 중 황제가 작성한 명단에 오른 이들을 만나야 했다.

내게 주어진 것은 펠루스가 꼭 만나야 할 업체들을 제외한 명단이었다.

그리고 이 부분에서도 황제의 치졸함은 빛을 발했다.

펠루스가 직접 만나야 할 업체의 수와 내가 만나야 할 업체의 수가 열 배 이상 차이 났던 것이다.

덕분에 나는 금세 일을 마치고, 정처 없이 마을을 떠도는 신세가 된 반면, 펠루스는 바쁘게 돌아다니는 중인지 코빼기도 보이질 않았다.

그런 펠루스에게 작은 도움이나마 주고 싶어서 그를 찾으려는 시도도 해 보았으나, 사람이 워낙 많아 무리였다.

'저녁에 마을 광장 앞 분수대에서 보자고 했는데, 그때까진 그냥 혼자 다녀야겠네.'

물론 진짜 혼자는 아니었다.

대놓고 모습을 드러내지 않은 채 은밀하게 나를 따르는 호위 기사들이 있었으니까.

그래서 나는 안심하고 마을을 돌아보기로 했다.

수국 경매의 하이라이트가 되는 날이라 그런지, 수국과 관련된 물건을 많이 팔고 있었다.

수국 모양 목걸이, 팔찌, 반지에 심지어 수국 모양 빵도 있었다.

그리고 그다음으로 많은 것은 사파이어가 박혀 있는 물건이었다.

듣자 하니 오늘 생일을 맞은 이들의 탄생석이 사파이어라서 그것을 선물하라는 의미인 듯했다.

물론 그 많은 물건에 전부 진짜 사파이어가 박혀 있는 것은 아니었다.

대부분은 그저 흉내만 낸 가짜였고, 드물게 진짜도 있었지만 그 크기가 터무니없이 작았다.

그럼에도 상인들은 하나같이 자신이 파는 게 진짜 사파이어라도 되는 것처럼 호개 행위를 했다.

"거기 아가씨, 잠깐 와서 목걸이 좀 보고 가요!"

"수국 축제에서 생일을 맞은 연인에게 사파이어 목걸이를 선물하세요!"

나 역시 몇 번의 호객 행위를 당했으나, 그때마다 칼같이 거절했다.

딱히 보석을 싫어하는 건 아니었지만, 공작가에 있는 내 방에 가면 널린 게 보석이다.

그것도 이곳에서 파는 것들과는 비교조차 할 수 없을 만큼 값진 것들이었다.

그런데 뭐 하러 여기서 모조 보석 같은 것을 사겠는가.

"아가씨, 이 브로치 좀 사세요."

"아, 죄송해요. 제가 지금 가진 돈이 없……."

갑자기 붙들린 탓에 기계적으로 거절의 말을 내뱉던 나는 순간

멈칫했다.

이 마을에 와서 본 것 중 그나마 가장 보석다운 느낌이 나는 사파이어였던 것이다.

과장을 조금 보태자면, 에린의 푸른색 눈동자와 비슷한 빛을 띠는 것도 같았다.

"돈은 조금만 내셔도 돼요."

내가 망설이는 기색을 보이자, 호객 행위를 하던 소년이 서둘러 덧붙였다.

아무래도 그는 돈이 없다는 나의 말을 믿지 않는 듯했다.

덕분에 잠시 고민하던 나는 금세 결론을 내렸다.

"역시 안 되겠어요. 미안해요."

이곳에서 파는 물건치고 퀄리티가 좋은 편이기는 했지만, 역시 꼭 사야겠다 싶을 정도는 아니었다.

게다가 오늘이 내 생일인 것도 아닌데, 생일을 기념하는 탄생석을 살 이유는 더욱 없었다.

덕분에 미련 없이 몸을 돌려 걷는데, 누군가가 불쑥 내게 종이를 내밀었다.

"수국이 가장 찬란하게 피는 오늘, 밤에 열리는 수국 축제에 참가하세요."

축제를 홍보하는 광고물인 듯했다.

저녁에는 펠루스와 함께 움직여야 하니, 수국 축제를 볼 여유는 없을 것 같지만 일단은 받아 두었다.

날짜: 수국이 가장 찬란하게 피는 오늘

지금처럼 추운 겨울에 수국 축제라니, 상당히 미묘한 조합이었다.

무심코 그런 생각을 하며, 받은 종이를 읽어 내려가는데, 묘한 기시감이 들었다.

어디서 이것과 비슷한 문구를 본 것 같은데.

'수국이 가장 찬란하게 피는 오늘……. 잠깐, 수국?'

나는 문득 떠오른 사실에 경악했다.

주변에서 하루 종일 그렇게 수국 타령을 했건만 대체 왜 이제야 눈치챈 건지 모를 일이다.

'설마, 오늘이 펠루스의 생일인 거야?'

소설이 시작되는 시간적 배경은 분명 황태자인 펠루스의 생일, 즉 건국제가 시작되는 시기이다.

그러나 사실 펠루스의 진짜 생일은 그날이 아니었다.

루릭스 제국 황족들의 탄생일은 모두 건국제가 열리는 가을이다.

정말 그때 태어난다는 것이 아니라, 보통 건국제 시기에 맞춰 생일을 임의로 정한다.

그건 일종의 전통이었다.

제국의 황족이라면, 풍요의 계절인 가을에 태어나야 한다나?

아무튼 그래서 대부분의 황족들은 자신의 진짜 생일이 언제인지 밝히지 않고 살아간다.

그러니 이건 원작 소설을 읽은 나만이 알 수 있는 사실이었다.

원작 속 악역인 펠루스에게 큰 애착도 없었던 내가 그의 생일을 기억하는 건 다음과 같은 이유에서였다.

루릭스 제국 역사상 최악의 폭군이라 불린 펠루스 하이시온 루

> 데릭. 그는 자신의 생일인 수국이 가장 찬란하게 피는 날 최후를 맞았다.

 소설 속 펠루스는 자신의 생일날 죽음을 맞는다.
 그건 아마 악역인 펠루스의 최후를 조금 더 비참하게 그려 내기 위한 장치였을 것이다.
 그만큼 임팩트 있는 설정임에도 불구하고 내가 오늘이 펠루스의 생일임을 눈치채지 못했던 건, 수국이 피는 시기 때문이었다.
 수국이 가장 찬란하게 피는 날이라기에 나는 당연히 여름인 줄 알았다.
 그런데 그게 수국 경매가 가장 크게 열리는 날을 뜻할 줄이야.
 이러한 사실을 깨닫고 나니, 문득 황태자궁에 그렇게 많은 수국이 심어져 있는 이유를 알 것 같았다.
 펠루스가 굳이 마법을 사용해 사계절 내내 수국이 핀 정원을 유지하는 이유도.
 수국의 정원은 황태자인 펠루스 자체를 상징하는 것이다.
 그러니 그 권위를 지키기 위해서라도 사계절 내내 마력을 사용해 정원을 유지해야겠지.
 그것이 펠루스 본인의 의지인지, 아니면 전통이란 이름하에 강제로 수행하고 있는 일인지는 모르겠지만.

 ❧

 황제의 명령에 따라 바쁘게 움직이던 펠루스는 약속 시간이 임

박해서야 겨우 광장에 도착할 수 있었다.

제법 많은 사람들 속에서 분수대를 찾던 그는 단번에 에린을 발견하고, 알아보았다.

귀찮은 일을 방지하기 위해 칙칙한 잿빛 로브를 쓰고 얼굴을 대부분 가린 상태였음에도 그는 알 수 있었다.

"전하?"

그리고 펠루스의 예상은 적중했다.

펠루스가 가까이 다가오자 작게 속삭이듯 그를 부르는 목소리는 분명 에린이었다.

"생각보다 빨리 오셨네요? 일이 워낙 많다 보니 늦으실 줄 알았어요."

그리 재잘대던 그녀는 자연스레 펠루스의 손에 과일꼬치 같은 것을 쥐여 주었다.

하루 종일 먹은 것도 없이 돌아다닌 터라, 그는 별생각 없이 그것을 받아 들었다가 흠칫했다.

낮에 식당에서 있었던 일이 떠오른 탓이다.

온통 수국으로 가득했던 요리들을 떠올리니 다시 식욕이 떨어지는 기분이었다.

"보라색만 봐도 속이 안 좋으시다기에 수국 장식은 전부 빼 달라고 했어요. 보라색 과일도 넣지 말라고 했고요."

제 속을 읽기라도 한 듯, 덧붙여진 에린의 말에 그는 멋쩍은 얼굴을 했다.

그리고 그때, 뭔가를 망설이는 기색을 보이며 그녀가 입을 열었다.

"저, 근데 있잖아요. 전하. 제가 그……."

"무슨 일이기에 그러지?"
"제가 사고를 좀 친 것 같아서요."
말을 마친 에린은 어색하게 웃으며, 펠루스의 시선을 피했다.
덕분에 그는 기가 막힌다는 얼굴로 그녀를 응시했다.
"대체 무슨 짓을 했는데?"
"한 업체에 대한 입찰 희망 가격에 그……. 0을 하나 더 붙인 것 같다고 할까요?"
"…뭘 더 붙여?"
"그, 그러니까. 원래 계획했던 가격의 열 배를 제시한 것 같아요."
제 눈치를 보며 조심스레 덧붙이는 에린의 모습에 펠루스는 할 말을 잃었다.
다른 것도 아니고 황실에서 신전에 지원할 수국이다.
그런 것을 본래 가격보다 열 배나 더 주고 사겠다고 했으니, 대놓고는 아니더라도 분명 뒤에서 뇌물이니 뭐니 말이 나올 것이다.
"정말이지, 사고를 쳐도 스케일 한번 크게 치는군."
"정말, 죄송해요!"
게다가 다른 것도 아니고, 황제가 펠루스에게 직접 지시한 일이다.
그러니 만약 일이 잘못된다면, 황제는 아마 당분간 그를 더욱 못 잡아먹어 안달일 것이다.
"…웬일로 영애가 나를 챙겨 준다 했더니, 이것 때문이었나?"
조금 전에 먹은 과일꼬치를 떠올리며 펠루스가 묻자 에린은 고개를 저었다.

"아뇨, 절대 아닙니다. 그건 정말 순수한 호의였어요. 그리고 이번 일은 제가 책임지고 수습할게요."

"무슨 수로?"

"당장 그 업체의 관계자를 만나러 갈 생각이에요. 이미 약속도 잡아 뒀고요."

"만나서 뭘 어쩔 생각인데?"

"만나자마자 무릎부터 꿇고, 애원하면 방법이 생기지 않을까요?"

여전히 제 눈치를 보는 에린의 모습에 펠루스는 어이가 없다는 얼굴을 했다.

"정말, 그걸로 문제가 해결될 거라고 생각해?"

"정 안 되면, 제가 사비를 털어서라도 수습할게요."

그녀가 여기서 자신의 재산을 털고, 털지 않고는 중요치 않았다.

그렇게 간단한 일이었다면, 펠루스는 진작 자신의 개인 재산을 내놓고 상황을 정리했을 것이다.

"…일단, 알았어. 알았으니까 일단 함께 이동하도록 하지."

에린의 말처럼 무릎을 꿇는다고 해결될 문제는 아니었으나, 상대를 만나 볼 필요는 있었다.

"만나기로 한 장소는 어디지?"

"장소를 알려 드리는 건 어렵지 않지만, 그냥 저 혼자 다녀오는 게 낫지 않을까요?"

"그게 무슨 소리야? 당연히······."

당연히 자신도 함께 가야 한다는 말을 덧붙이려던 펠루스가 말끝을 흐렸다.

어쩐지 좋지 않은 예감이 든 탓이다.

"수국 축제가 열리는 시간에 호숫가로 오라고 했거든요."

그리고 예감은 적중했다. 수국 축제가 한창 열리고 있는 시간의 호숫가라니.

지금의 펠루스에게 이보다 더 최악의 약속 장소는 없었다.

하지만 그럼에도 그는 결국 에린을 따라 움직여야 했다. 그녀를 혼자 보냈다간 또 무슨 사고를 칠지 모르니까.

호숫가로 향하는 내내 주변에는 온통 보랏빛과 푸른빛 수국투성이였다.

덕분에 펠루스의 기분은 썩 좋지 못했고, 에린은 몇 번이나 그의 상태를 확인했다.

그리고 결국, 두 사람은 수국 축제가 한창인 호수 근처에 도달했다.

축제의 중심답게 수국이 잔뜩 피어 있는 터라, 펠루스 역시 주변에 시선을 줄 수밖에 없었다.

조금 특이하게도 호숫가 주변에 핀 수국들은 흔히 보던 보라색이나, 푸른색이 아니라 진한 분홍색이었다.

아주 진한 분홍색.

그 사실이 그에게는 그나마 위안이 되었다.

"전하?"

갑작스레 들려온 목소리에 펠루스가 고개를 들었다.

"안색이 너무 안 좋으세요. 서둘러 의원을······."

그리 말한 에린의 목소리에는 당황한 기색이 묻어났다. 덕분에 펠루스는 오히려 금세 침착함을 되찾을 수 있었다.

"됐어. 근데 만나기로 했다던 이는 어디 있지?"

"아, 그게…….."

펠루스의 물음에 그녀는 잠시 말끝을 흐리며 어색하게 웃었다. 그러다가 곧 다짜고짜 무릎을 꿇었다.

"죄송합니다. 죽을죄를 지었어요! 사실, 사고 쳤다는 거 다 거짓말이에요."

"…뭐?"

당장 고개를 땅에 처박을 기세로 숙이며 에린이 말을 이었다.

"저한테 쌍욕을 하셔도 할 말은 없는데, 그래도 이건 받아 주세요."

그러고는 품에서 꺼낸 상자를 펠루스에게 내밀었다.

그것을 얼간간 혼란스러운 얼굴로 응시하던 그는 에린이 내민 것을 받아 들며 말했다.

"일단 일어나."

주위의 시선이 썩 곱지 않다는 것을 깨달은 펠루스가 에린을 일으켜 세우려 했다. 하지만 그녀는 그것을 거절했다.

"일어나라는 건, 제가 거짓말을 한 것도 용서해 주시겠다는 건가요? 그게 아니라면 계속 이렇게 무릎 꿇고 있을게요."

"……."

이상한 곳에서 영악하게 구는 에린의 모습에 펠루스는 한숨을 내쉬었다.

"용서, 하지."

"정말, 감사해요!"

에린은 헤헤 웃으며 몸을 일으켰다. 그 모습을 보고 있자니 어쩐지 속은 것 같은 기분이 들었으나, 별수 없었다.

"어서 열어 보세요. 별거 아니긴 하지만."

에린의 재촉에 그는 별다른 감흥도 없는 얼굴로 상자를 열었다. 그녀가 또 무슨 장난을 꾸민 건 아닐까 싶었다.
하지만 펠루스의 예상과 달리 그 안에 있던 것은.
'사파이어 브로치?'
조금 더 정확하게는 모조에 가까운 사파이어가 박힌 브로치가 들어 있었다.
수도에서 파는 것과는 감히 비교할 수도 없을 만큼 조잡한 느낌이 났다.
아마 이 마을 어딘가에서 산 것이겠지.
그러고 보니, 요즘엔 수국이 가장 찬란하게 피는 날 태어난 이들에게 사파이어가 박힌 물건을 선물…….
'…설마?'
거기까지 생각하던 펠루스의 사고가 멈췄다. 그럴 리가 없다는 것을 알지만, 혹시나 싶었다.
"전하."
그리고 어느덧 활짝 웃는 낯을 한 에린이 말했다.
"생일 축하드려요."

෴

내가 이렇게까지 온갖 무리수를 둬 가며 펠루스를 수국 축제에 데려온 이유는 간단했다.
수국이 가장 찬란하게 피는 날 태어난 이는 성인이 되기 전, 자신의 생일날에 사파이어를 선물 받지 못하면 단명한다.
하루 종일 호객 행위를 당하며 가장 많이 보았던 문구 중 하나다.

보는 사람의 기분을 찝찝하게 만들어서 물건을 사게 하려는 의도임을 알았지만, 그래도 마음에 걸렸다.

실제로 원작 속 펠루스는 성인이 된 후, 그리 오래 살지 못하고 죽었으니까.

게다가 현재 펠루스가 처한 상황을 보면, 그 누구도 그의 진짜 생일을 축하해 주지 않을 것 같았다.

펠루스의 진짜 생일을 알고 있는 건 아마 나를 제외하면 황제뿐일 텐데. 새삼 그가 펠루스의 생일을 축하해 줄 리는 없었다.

황제가 펠루스를 수국 축제가 한창인 이 마을로 보낸 것도 생일을 축하해 주기 위함이 아니라, 그의 트라우마를 자극하기 위함인 듯했으니까.

결국, 내가 아니면 펠루스는 또 한 번의 생일을 그냥 흘려보내야 하는 것이다.

그게 마음에 걸렸다.

나는 이미 펠루스의 유일한 가족인 황제가 그를 어떻게 대하는지 봐 버렸다.

기댈 곳 하나 없이 위태로운 삶을 이어 가는 펠루스의 모습을 알아 버렸다.

그러니 이건 아마 조금 과한 동정심이고, 오지랖일 것이다.

"어떻게 알았지?"

얼마간 말없이 내가 준 브로치만 바라보던 펠루스가 물었다.

그리 묻는 펠루스의 얼굴에는 여러 감정이 뒤엉켜 있는 듯했으나, 그의 목소리나 태도는 평온했다.

"황태자궁에는 사계절 내내 수국이 피어 있죠. 한겨울에도 과하다는 생각이 들 정도로 화려하고, 아름답게. 그래서 알았어요."

원작 소설을 읽은 덕분에 알았다고 할 수는 없었기에 나는 생각해 뒀던 변명을 입에 담았다.

그것이 부디 이상하게 들리지 않기를 바랐는데, 다행스럽게도 펠루스는 특별히 뭔가를 더 묻지 않았다.

"그래, 그랬군."

순순히 고개를 끄덕인 그는 곧, 다른 주제로 옮겨 갔다.

"그럼, 이 꽃들의 색을 바꾼 것도 영애가 한 짓인가?"

"네. 돈지……. 아니, 힘을 좀 썼어요."

보라색만 봐도 구역질이 날 지경이라는 사람을 수국이 잔뜩 피어 있는 장소로 불러내는 게 마음에 걸렸다.

그래서 나는 나름의 조치랍시고 미리 이곳에 와서 원래 있던 보라색 수국들을 전부 뽑아내고, 분홍색 수국을 심게 했다.

다른 곳은 몰라도 나와 펠루스가 이동할 예정인 길 주변만큼은 진한 분홍빛으로 가득하도록.

수국 축제를 위해 인위적으로 보라색 수국을 잔뜩 심은 것이었기에 가능한 일이었다.

"쓸데없는 짓을 했군."

그것이 펠루스가 처음으로 입 밖에 낸 감상이었다. 그 말을 뱉은 그마저도 놀랄 만큼, 퉁명스러운 어조였다.

그러나 정작 에린은 그런 것을 조금도 신경 쓰지 않는 눈치였다.

"제멋대로 군 건 죄송해요. 하지만 지금이 아니면 기회가 없을 것 같아서 그랬어요."

지금이 아니면 기회가 없다고? 그게 대체 무슨 말인 걸까.

그런 펠루스의 의문을 알아차리기라도 한 듯 에린이 덧붙였다.

"다음 전하의 탄신일을 맞이하기 전에 잘릴 것 같다는 느낌이 강하게 들었거든요."

"아."

그는 그녀의 대답에 눈에 띄게 안심했다. 그러고는 곧 혼란에 빠졌다.

안심? 대체 왜 그녀의 대답에 자신이 안심 따위를 하고 있는 거지?

"아, 전하께서 치졸하게 약속을 어기실 거란 의미는 아니에요. 전하께서는 그러실 분이 아니죠."

"그래, 그렇군."

뒤늦게 덧붙여진 칭찬인지 욕인지 알 수 없는 말을 펠루스는 제대로 듣지도 않고 넘겼다.

지금 그에게 중요한 것은 그런 게 아니었다.

"전하?"

그런 펠루스의 태도를 이상하게 여긴 그녀가 뭔가를 더 물으려던 찰나였다.

"왜 그러… 아, 잠깐만요."

마침 하늘 위로 축제의 하이라이트인 불꽃이 쏘아 올려졌다.

"저거 꼭 전하께서 마법을 쓰실 때와 비슷하지 않나요?"

"그건 아니……."

습관적으로 에린의 말을 부정하려던 펠루스의 말이 그대로 멎었다.

불꽃놀이가 한창인 하늘이 아니라, 자신을 응시하고 있던 에린과 눈이 마주친 탓이다.

펠루스의 상태를 살피듯, 그녀의 시선이 얼마간 그 자리에 머물렀다.

밑바닥이 훤히 보이는 호수처럼 투명한 푸른색 눈동자를 마주하고 있던 펠루스는 곧 자신을 둘러싼 주변의 시간이 느리게 흐르는 것 같은 진부한 착각을 했다.

마치 다른 세계에 홀로 동떨어진 것처럼 조금 전까지 주변을 가득 채우던 소음도 들려오지 않는다.

"그렇죠?"

그 착각이 깨지고, 그가 본래의 공간으로 돌아온 것은 에린의 웃음을 마주한 직후였다.

특별한 뜻이 있다기보다는 습관에 가까운 미소였다.

그럼에도 그것을 마주한 순간, 펠루스의 마음 한구석에 묵직한 무언가가 쿵, 내려앉았다.

생전 처음 느껴 보는 기묘한 감각과 함께 가슴이 답답해지고, 심장이 빠르게 뛰기 시작한다.

"…그래."

덕분에 무엇에 대한 대답인지도 모른 채 그는 무심코 답했다.

하지만 그럼에도 묘한 감각들은 사라지지 않았다.

설마, 자신도 모르는 사이 건강에 문제라도 생긴 걸까?

어쩌면 주변을 가득 채운 수국 때문에 심리적으로 큰 타격을 받은 걸지도 몰랐다.

아니면 마차 사고 당시 뒤집어썼던 저주의 부작용이 뒤늦게 나타난 걸 수도 있겠지.

'돌아가는 대로 의원부터 만나 봐야겠군.'

입이 무거운 이를 은밀히 수소문해야겠다고 펠루스는 생각했다.

"저기요, 전하. 제 말 듣고 계세요?"
"…어? 지금, 뭐라고 했지?"
스스로의 건강을 걱정하느라, 정작 곁에 있던 에린의 말을 듣지 못한 그가 한 박자 늦게 되물었다.
그러자 그녀가 한숨을 내쉬며 말했다.
"상태가 영 아니신 것 같으니, 이만 돌아가자고요."
"돌아가자고?"
"네."
"안 돼."
"네? 왜요?"
"그건……."
에린이 황당하다는 얼굴로 물었다. 사실 황당한 건 펠루스도 마찬가지였다.
주변이 온통 수국으로 둘러싸인 곳을 떠나자는데, 싫다고 말한 이유를 자신도 알 수가 없었다.
하지만 어쩐지, 지금 당장 이곳을 떠나고 싶지는 않았다.
주변에 핀 수국이 보라색이 아니라, 진한 분홍빛을 띠고 있어서라는 치졸한 변명을 할 만큼, 그는 지금의 순간이 조금 더 이어지길 바랐다.
그래서 펠루스는 그 마음을 적절히 포장해 입에 담았다.
"수국 축제인지 뭔지에 참가하느라 시간을 잔뜩 허비했으니, 저 불꽃이라도 끝까지 보고 가야 수지 타산에 맞겠지."
"…그런가요?"
에린은 의아한 얼굴을 했으나, 더 따져 묻지는 않았다.
덕분에 두 사람은 얼마간 허공 위에 쏟아지는 불꽃을 감상했다.

정말, 아무 말 없이 감상만 했다.

"전에 보던 것보다는 아니지만, 확실히 화려한 것 같아요."

결국 어색하기 짝이 없는 침묵을 견디지 못하고 그녀가 입을 열었다.

그 후로도 에린은 몇 번이나 불꽃놀이에 대한 제 감상을 재잘댔다.

하지만 펠루스는 가끔 고개를 끄덕이거나, 자잘한 리액션을 보일 뿐 대화를 주도하지는 못했다.

불꽃에 대한 이야기를 하려고 해도, 할 수가 없었다. 그는 단 한 순간도 하늘을 수놓은 불꽃에 관심을 둔 적이 없었으니까.

"계속 딴생각하시는 것 같은데, 역시 그냥 돌아가는 편이 낫지 않을까요?"

한숨처럼 덧붙여진 에린의 말에 펠루스는 그제야 고개를 들어 허공에서 흩어지는 불꽃을 응시했다.

한 줄기씩 쏘아진 불꽃들이 연달아 터지며 화려하게 하늘을 수놓는다.

아주 찰나, 세상을 화려하게 밝혔던 불꽃들은 그것으로 제 사명을 다하고 재가 되어 사라진다.

"저게 마지막 불꽃인 것 같아요."

그와 함께 덧붙여진 에린의 설명에 따르면, 수국 축제의 마무리를 위해 마지막은 모두 보라색 불꽃만을 쏘아 올리는 듯했다.

"보기 불쾌하시면 이만 갈까요?"

"…그래."

어쩐지 아쉬운 기분이 들었으나, 펠루스는 순순히 걸음을 옮겼다.

보라색 불꽃이 모두 쏘아지면 축제는 끝이 난다. 더 이상 이곳에 남아 있을 구실도 없는 것이다.

그래서 펠루스는 말없이 마차가 있는 곳을 향해 걷는 에린의 뒤를 따랐다.

그리고 그러다가 문득, 깨달았다.

불꽃놀이가 이어지는 동안, 주변에 있던 수국의 존재를 단 한 순간도 제대로 인지하지 못했다는 사실을.

수도로 돌아온 펠루스는 계획대로 의원부터 만났다. 그리고 건강에는 아무런 이상이 없다는 진단을 받았다.

그럼 자신의 불안정한 상태의 원인은 무엇이냐 따져 묻고 싶었으나, 그는 그리하지 않았다.

대륙 유일의 마법사인 자신도 모르는 기묘한 증상의 원인을 의사가 알 리 없다는 데 생각이 미친 탓이다.

만약 마차 사고 때 발현된 저주로 인한 문제라면, 더욱 알 리가 없겠지.

아마 현재 수도를 떠나 있는 아처가 돌아와 상태를 봐줄 때까지 기다려야 할 것이다.

"왜 그러세요?"

흠칫. 어느새 자신의 지척까지 다가와 질문을 던지는 에린 때문에 그는 크게 놀랐다.

그리고 또 그 기묘한 증상이 나타나기 시작했다.

또다시 심장이 빠르게 뛰고, 가슴이 답답해지며 속이 울렁거렸다.

"…가까이 오지 마."

"네? 그건 또 무슨······."

"그냥 오지 말라면 오지 마."

"……?"

에린은 황당하다는 얼굴로 펠루스를 응시했다.

그 역시 에린의 기분을 이해했다. 자신이 그녀였더라도 황당했을 것이다.

하지만 어쩔 수 없었다. 우선은 자신부터 살고 봐야 할 것 아닌가.

"그런데 영애는 왜 또 여기 있는 거지? 분명 개인 집무실에서 일하라고 했던 것 같은데."

"아, 진짜. 또 그 소리세요?"

이번에 들려온 목소리에는 짜증과 섭섭함이 섞여 있었다.

축제에서 돌아온 이후부터 에린은 다시 펠루스의 집무실로 출근해 함께 일하고 있었다.

펠루스가 특별히 이를 허락한 건 아니지만, 에린이 알아서 그렇게 하고 있었다.

"인수인계도 제대로 못 받았는데, 이 정도는 봐주셔야 하는 거 아닌가요?"

"전에도 말했지만, 내가 곁에 두고 일일이 일을 봐줘야 할 보좌관이라면 두지 않는 게 나아."

"아니, 계속 이런 식으로 하겠다는 게 아니라 일을 배울 시간을 좀 더 달라는 거죠."

"영애의 능률을 보면, 평생 배워도 모자랄 것 같은데?"

"아니, 그게 지금……."

어느 한쪽이 물러나지 않는 한 영원히 서로의 말꼬리나 잡고 있을 기세였다.

이를 알기에 에린은 한발 물러나기로 했다. 어른인 자신이 참아야지, 뭐 어쩌겠는가.

"알았어요. 그렇게까지 말씀하시면 당분간은 그리할게요."

당분간은, 펠루스는 그 부분을 지적하려다가 관뒀다.

두 사람이 투닥거리는 동안에도 처리해야 할 서류는 착실하게 쌓여 가고 있었으니까.

"그럼 다시 뵐 때까지 부디 평안하시길."

반쯤 빈정대는 것이 분명한 어조로 말을 마친 에린은 우아한 인사와 함께 집무실을 나섰다.

덕분에 오랜만에 홀로 남겨진 펠루스는 어쩐지 집무실이 텅 빈 것 같다는 생각을 했다.

✦

축제에서 돌아온 이후, 펠루스가 이상해졌다.

콕 집어 말하기는 어렵지만, 어쩐지 전보다 나를 더 의식하는 것 같다고 할까?

축제 때 받은 손수건을 세탁해서 돌려주어도 멍한 얼굴을 하다가 뒤늦게 놀라지를 않나. 아무튼 여러 가지로 이상했다.

태어나서 처음 받은 생일 선물 때문에 감동이라도 한 건가 싶었지만, 여전히 퉁명스러운 태도를 보면 그건 또 아닌 듯했다.

"그럼, 대체 왜 저러지?"

"예?"

"아, 혼잣말이었어요."

무심코 입 밖에 내 버린 말을 나는 적당한 웃음과 함께 수습했다.

나는 현재 시종의 안내에 따라 황제를 만나러 가는 길이었다.

수국 축제에서 돌아온 지 얼마 되지도 않았는데, 황제가 나를 찾은 것이다.

펠루스에게는 알리지 말고 오라는 말까지 덧붙일 정도로 은밀하게 말이다.

'또 무슨 말을 하려고.'

황제가 내게 펠루스의 험담을 하려 한다는 쪽에 아까 간식으로 먹다 남은 스콘을 걸 수도 있었다.

대략적인 시나리오도 예상할 수 있었다.

첫째, 우리 아들은 사실 미치광이 마법사야. 그러니 가까이하지 마.

둘째, 우리 아들은 사실 살인에 미친 살인마야. 그러니 가까이하지 마.

대충 그런 식이겠지. 아니면 공작가의 안위를 생각해서라도 처신 똑바로 하는 게 좋을 거야, 라든가.

사실 뭐가 됐든 보좌관을 관두라는 말만 하지 않으면 아무래도 좋았다.

"황태자가 사실 남자를 좋아한다는 걸 알고 있었나?"
"…네?"

나는 황제의 앞이라 표정 관리를 해야 한다는 사실도 잊을 만큼 놀랐다.

그건 조금 전까지 온갖 상상을 다 한 나조차도 결코 예상하지 못했던 말이었으니까.

나의 반응에 황제는 웃었다.

"역시, 몰랐던 모양이군."

"…네. 몰랐습니다."

나는 순순히 고개를 끄덕였다.

아, 어쩐지. 그래서 그때 댓글이 그렇게 난리가 났었구나.

뒤늦게 떠올린 사실에 나는 최대한 침착하게 기억을 더듬어 보았다.

내 기억이 맞는다면 중간에 나온 펠루스 시점 외전에서 댓글창이 한차례 난리가 났었다.

평균적으로 한 화에 열 개에서 스무 개 정도 달리던 댓글이 그 화에만 백 개가 넘게 달린 것이다.

나는 그 부분 역시 내용은 건너뛰고 댓글만 읽었는데, 기억이 맞는다면 펠루스가 게이가 아니냐는 내용이 잔뜩 달려 있었다.

원작 속 펠루스는 타국의 왕녀와 결혼한다.

그런데 원작이 진행되는 내내 여자한테 눈곱만큼의 관심도 없었던 그가 갑작스레 결혼을 결심한 이유가 문제였던 것이다.

'펠루스가 헤젤리아 왕녀와의 결혼을 결심한 건, 그녀가 의사의 꿈을 꾸다가 왕의 반대에 부딪혀 이를 포기한 사람이었기 때문이다.'

이것도 누가 댓글에서 친절하게 정리해 줘서 알았다.

망할, 지루하다고 건너뛰지 말고 다 읽었어야 했는데.

그랬다면 적어도 펠루스 게이 설 따위가 왜 등장했는지. 그 이유 정도는 알 수 있었을 테니까.

"그런데 폐하께서는 그 사실을 어떻게 알게 되신 건가요?"

나는 갑작스레 든 의문을 입 밖에 냈다.

펠루스가 그런 이야기를 스스로 황제에게 했을 리가 없다는 데 생각이 미친 탓이다.

　게다가 황제가 내게 거짓말을 했을 수도 있겠지.

　댓글 창에서 난리가 났던 걸 보면 거짓말을 했을 가능성은 낮은 것 같지만.

"황후에게 들었다. 황태자가 직접 그리 말했다더군."

"아, 그렇군요."

　황후라는 말에 나는 아무렇지 않은 척 고개를 끄덕였으나, 속으론 굉장히 불안해졌다.

　의도치 않게 죽은 황후를 언급한 탓에 황제의 기분이 상하지는 않았을까 싶었던 것이다.

　다행히도 황제는 그 점을 크게 신경 쓰지 않는 듯했다. 그 속내까지 알 수는 없으나, 적어도 겉으로는 그러했다.

"영애는 황태자에게 완전히 속은 거야."

　이어진 황제의 말에 무심코 고개를 끄덕이려던 나는 의아한 얼굴을 했다.

"제가 속았다고요?"

"그래. 그러니 혹여나 황태자의 마음을 얻을 생각으로 보좌관이 된 거라면, 포기해."

"……?"

　이건 또 무슨 신박한 개소리람.

　어이가 없었지만 나는 애써 웃는 낯으로 물었다.

"그게 무슨 말씀이신지?"

"황태자를 유혹해서 어떻게 해 보려는 거 아니었나? 그걸 위해 위험을 무릅쓰고 내 앞에서 나서기까지 했잖아."

　아뇨, 전혀 아닌데요. 제가 미쳤어요?

그 목석같은 인간을 어떻게 꼬셔? 심지어 게이라며?

그럼 펠루스를 꼬시는 것보단, 차라리 악녀인 베스를 꼬시는 게 더 승산이 있을 것 같았다.

"대체 왜 그런 오해를 하고 계신 건지 모르겠으나, 아닙니다. 저는 그럴 마음이 없어요."

나는 단호하게 고개까지 저어 가며 부정했다. 하지만 황제는 내 말을 믿지 않는 기색이었다.

"그래, 다들 그렇게 말하지. 그럴 마음은 없었는데, 그렇게 됐다."

"아뇨, 저는 정말 아니······."

"그래, 아닌 걸로 치지."

이런 미친. 무슨 벽이랑 대화하는 것도 아니고.

나는 내 정신 건강을 위해서라도 더 이상의 변명을 이어 가지 않기로 했다.

어차피 황제는 내 말을 믿어 줄 생각 따위 없는 듯했으니까.

그래서 나는 그냥 전부터 궁금했던 점을 묻기로 했다.

"폐하께서는 대체 왜 저를 보좌관으로 들이는 데 찬성하신 거죠?"

나를 펠루스를 꼬셔서 한탕 하려 하는 사람이라고 여겼으면, 보좌관으로 들이지 않는 게 정상이다.

그러나 황제는 그런 나를 순순히 펠루스의 보좌관으로 들였다.

"그게 영애 스스로의 의지는 아니라고 여겼으니까."

이건 또 무슨 소리지?

내가 이해할 수 없다는 얼굴을 하자, 황제는 가벼운 미소와 함께 말을 이었다.

"영애의 가문은 모르겠지만 영애 자체는 큰 욕심이 없는 사람 같았거든."

또 아를레인 공작가인가.

나는 황실의 사람들이 이토록 공작가를 불신하는 이유가 궁금했다.

그저 단순히 아를레인 공작가가 귀족파의 수장이기 때문은 아닌 듯했다.

분명 내가 모르는 뭔가가 있는 것 같은데.

"그렇게 궁금하면 직접 물어보는 것도 나쁘지 않겠지."

내 속을 훤히 읽기라도 한 듯, 황제가 말했다. 나는 무어라 대답하는 대신 짧게 웃었다.

안 그래도 조만간 공작가로 돌아가 내가 모르는 것들을 캐낼 생각이었다.

"아무튼 영애라면 주제넘게 자신의 역할 이상의 것을 해내려 하지 않고, 어쩌면 황태자에게 겸손의 미덕을 알려 줄지도 모른다고 여겼어."

"그것이 제가 전하의 보좌관이 될 수 있었던 이유군요."

"그래."

직설적으로 해석하자면, 무능하고 만만한 호구인 내가 펠루스의 발목을 잡아 주길 바랐다는 의미 같았다.

그리고 어찌 보면 그런 황제의 계획은 성공했다.

나는 그다지 유능하지 못한 보좌관이었으니까.

어쩐지 쓸쓸한 기분이 들었다.

"하아."

습관처럼 한숨을 내쉰 나는 서류 위로 펜을 가져갔다.

당연한 일이지만, 황제를 만나고 온 후로 계속 마음이 좋지 않았다.

내가 본의 아니게 황제가 원하는 대로 펠루스의 발목을 붙잡고 있었다는 사실을 깨달았으니까.

"지금 시위라도 하는 건가?"

"…네?"

갑작스레 들려온 펠루스의 물음에 나는 의아한 얼굴을 했다.

설마, 급하게 처리해야 할 서류 때문에 잠시 그의 집무실에 와 있는 걸 가지고 저러는 걸까?

하지만 그런 내 예상은 보기 좋게 빗나갔다.

"벌써 다섯 번째 한숨이야. 고민이 있으면 차라리 말을 해. 괜히 거슬리게 하지 말고."

짜증 섞인 펠루스의 말에 나는 잠시 고민했다.

무능한 보좌관이 된 것 같아 마음이 무겁다는 이야기를 하려면, 황제를 만났다는 사실과 만나서 어떤 이야기를 했는지까지 털어놓아야 한다.

황제의 당부처럼 그를 만난 사실을 비밀로 할 필요는 없지만, 굳이 사실대로 털어놓을 이유도 없었다.

"그냥 새삼 전하께서 눈이 참 높으신 것 같단 생각이 들어서요."

그래서 나는 진실을 숨기기 위해 적당히 아무 말이나 하기로 했다.

"…그건 또 무슨 소리지?"

"아니, 그렇잖아요. 대륙에서 가장 아름답다고 소문난 제가 이렇게 바로 옆에 있는데, 눈길 한번 안 주고 서류나 보고 계시고."

아, 이건 너무 아무 말이었나.

황제에게 펠루스가 남자를 좋아한다는 말을 들은 후라 무심코 뱉은 말이었는데. 너무 갔나 싶었다.

"…영애가 그런 쪽으로 내게 관심이 있는 줄은 몰랐군."

펠루스가 의외라는 얼굴을 했다.

"그런 건 아니고, 그냥 좀 신기해서요."

"신기하다고?"

"제 입으로 이런 말하긴 뭐하지만 전 매우 예쁜 편이잖아요."

그런 나의 말에 펠루스의 표정이 단번에 일그러졌다.

하지만 나는 아랑곳하지 않았다. 에린이 전 대륙을 통틀어 가장 미인이라는 사실은 원작 소설도 보증한 바였으니까.

"그러니 보통, 처음 만나면 깜짝 놀라서 얼굴부터 붉히고 보는 사람이 대부분인데, 전하께서는 그런 적이 없으시잖아요."

말을 마친 내가 보란 듯이 펠루스를 향해 상체를 조금 내밀었다.

내 얼굴을 좀 더 잘 봐 봐 하는 느낌으로.

쿠당탕!

"……."

"……."

그러자 이를 거부하듯 뒤로 물러나던 펠루스가 조금 전까지 자신이 앉아 있던 의자를 넘어뜨렸다.

그러고는 자기도 머쓱한지 괜히 정색을 했다.

"이게, 갑자기 무슨 짓이지?"

"아니, 그냥 뭐…….."

단체로 자신을 죽이러 온 암살자를 마주했을 때도 침착하던 펠루스가 겨우 이 정도에 놀라니 나도 당황스러웠다.

당연히 평소처럼 적당히 빈정거리며 받아칠 거라고 예상했는데, 대체 이 반응은 뭐지? 설마…….

'내 얼굴이 암살자 이상으로 충격적이라는 거야, 뭐야?'

설마, 그럴 리는 없겠지만 에린의 얼굴이 펠루스한테는 그 정도로 안 먹히는 건가 싶었다.

아, 그렇게 생각하니까 좀 짜증이 나는 것 같기도 하고.

"전하께서 이렇게 놀라실 줄은 몰랐어요. 만약 기분 상하셨다면 사과드릴게요."

그리 말한 나는 펠루스의 대답을 듣는 둥, 마는 둥 급하게 처리해야 할 서류들만 골라서 집어 들었다.

아무래도 펠루스가 원했던 대로 빠르게 사라져 주는 게 좋을 것 같았다.

⚜

에린이 자신의 집무실로 돌아간 직후, 펠루스는 넘어트린 의자를 바로 세웠다.

그러고는 혼란스러운 마음을 가라앉히려 애썼다.

평소의 그였다면, 에린이 얼굴을 조금 가까이 한 정도로는 결코 놀라지 않았을 것이다.

겨우 그 정도로 놀라기엔 펠루스가 지금껏 자라며 봐 왔던 것들이 워낙 엄청났다.

그러니 평소의 그라면, 오히려 그녀가 무안함을 느낄 정도로 담담한 태도를 보여야 했다. 그게 맞는데.

"…대체 왜지?"

아무리 생각해 봐도 이유를 알 수가 없었다.

에린을 보면, 그녀의 얼굴을 마주하면 축제 때 받았던 그 이상한 감각을 다시 느끼게 된다.

심장이 빠르게 뛰고, 속이 울렁거리는 감각.

펠루스가 태어나서 처음 느껴 보는 그 감각은 너무도 낯선 것이라, 그는 아직도 혼란에 빠져 있었다.

설마, 정말 마차 사고 당시에 당했던 저주의 잔해가 남아 있기라도 한 것일까?

그리 생각하면 모든 게 맞아떨어지기는 했다.

제아무리 뛰어난 의사라고 해도, 저주의 흔적을 읽어 내지는 못할 테니까.

그렇게 결론을 내린 펠루스는 책상 서랍을 뒤져 종이를 꺼냈다. 그러고는 서둘러 서신을 써 내려갔다.

잠시 수도를 떠나 있는 아처에게 어서 돌아와 자신의 상태를 봐 달라고 하기 위함이었다.

평소에는 잘 쓰지도 않던 온갖 권력을 남용한 덕분인지 펠루스는 금세 아처에게서 답장을 받을 수 있었다.

다만 그 내용은 제법 절망적이었다.

당장 출발해도 수도까지 두 달 이상 소요될 것으로 예상.

수도로 돌아오는 데 두 달 이상이 걸린다는 아처의 말에 펠루스는 별일 아니니 서두르지 않아도 된다는 답장을 보냈다.

두 달 동안 전전긍긍하며 아처를 기다리느니 다른 방법을 찾는 편이 낫다고 여긴 것이다.

똑똑.

그때, 적막을 깨고 들려온 노크 소리에 펠루스는 아처에게 받은 편지를 서랍 속에 넣으며 물었다.

"무슨 일이지?"

"드릴 말씀이 있어서요."

당연히 시종일 줄 알았는데 에린의 목소리가 들려왔다.

덕분에 그는 잠시 난감한 얼굴을 했으나, 결국 들어오라고 말했다.

"어쩐지 오랜만에 뵙는 것 같네요."

시답지 않은 이야기로 말문을 연 그녀는 펠루스와 제 앞으로 온 연회의 초대장들을 늘어놓았다.

"이번 사교 시즌에 참석할 연회를 고르셔야 하는데, 이건 저 혼자 결정할 문제가 아닌 것 같아서요."

전에 있던 보좌관은 적당히 제게 이익이 될 법한 행사에 펠루스를 참석시켰었다.

펠루스 역시 그 사실을 알고도 어느 정도 눈감아 주었고.

다른 일정에 차질이 생길 정도로 잦은 횟수만 아니면, 어떤 행사에 얼굴을 비치는가는 펠루스에게 그리 중요한 문제가 아니었다.

하지만 에린은 그 정도 요령도 부리지 못하는 듯했다.

그래서 펠루스는 답지 않은 친절을 베풀며 힌트까지 줬다.

"아를레인 공작가에서 열리는 연회는 어때?"

"공작가에서 열리는 연회요?"

하지만 에린은 옳다구나 하기보단 오히려 난감해하는 기색이었다.

"꼭 공작가일 필요는 없지 않을까요? 다른 연회도 많은데……."

"공작가에서 열리는 연회면 잠깐만 얼굴을 비쳐도 큰 화제가 될 테니, 나쁘지 않을 거라고 보는데?"

"그렇긴 하지만, 그래도……."

애매하게 말끝을 흐리는 에린의 태도에 펠루스가 의문 가득한 시선을 던졌다.

그러자 그녀가 마지못해 덧붙였다.

"제가 전하의 보좌관이라고 권력을 마구 남용하는 것처럼 보일지도 모르잖아요."

"상관없어."

고작 그 정도로 권력 남용이니, 뭐니 하는 말이 나올 리가 없다.

그런 말이 나온다고 해도 딱히 상관은 없고.

"하지만 그래도 역시, 전하께서 귀족파인 공작가의 연회부터 참석하시는 건 모양이 좀……."

"황제파의 귀족들은 그런 일로 흔들리지 않아. 오히려 아를레인 공작가의 행보를 의심하는 귀족파가 생기지는 않을지 걱정해야 할걸?"

펠루스가 그렇게까지 말했음에도 에린은 여전히 망설이는 기색을 보였다.

"문제가 더 있나?"

"그게……."

잠시 말끝을 흐리던 에린은 독촉 어린 펠루스의 시선에 어쩔 수 없다는 듯 입을 뗐다.

"전하께서는 아를레인 공작가를 싫어하지 않으셨나요?"

전혀 예상치 못한 타이밍에 들려온 질문이었다.

덕분에 그는 그대로 말문이 턱 막히는 것을 느꼈다.

단꿈에 빠져 있다가 한순간에 바닥으로 추락한 기분이었다.

반면 에린은 그럴 줄 알았다는 듯, 그게 당연한 반응이라는 듯 태연한 얼굴을 했다.

그 후, 길어지는 침묵에 눈치를 보던 그녀는 펠루스가 무난하게 참석할 수 있는 다른 연회를 권했다.

그리고 펠루스는 그런 에린의 말을 끝까지 부정하지 못했다.

※

그날 이후로 나는 펠루스의 집무실을 한동안 거의 찾지 않았다.

자체적으로 해결할 수 있는 건 알아서 해결했고, 그렇지 않은 것들은 모아 뒀다가 한 번에 물어보는 방법을 택했기 때문이다.

내가 그런 방법을 택한 이유는 간단하다.

펠루스가 나와 거리를 두고 싶어 하는 눈치였기 때문이다.

평소처럼 말로만 보좌관을 그만둬라, 마라 하는 것이 아니라 진심으로 내게 벽을 쳤다.

이런 상황에서 늘 그랬듯이 함께 업무를 보고 친해져 보겠다고 들러붙는 것은 역효과가 날 수 있었다.

그러니 당분간은 상황을 조금 더 지켜볼 겸 펠루스가 원하는 대로 해 주기로 했다.

그가 왜 나를 피하는가에 대한 건, 짚이는 곳이 너무 많아 오히려 짐작이 가질 않았다.

이거, 어쩐지 좀 망한 것 같기도 하고.

그런 생각을 하던 나는 서류를 처리하는 데 도움이 될 만한 서적을 발견하고는 그쪽을 향해 손을 뻗었다.

내 눈높이보다 조금 높은 지점에 있었으나, 까치발을 들면 굳이 사서를 부르지 않아도 꺼낼 수 있을 것 같았다.

"에린?"

익숙하게 나를 부르는 목소리에 나는 책을 향해 뻗었던 손을 거두고 고개를 돌렸다.

"베스? 네가 왜 여기 있어?"

말을 마친 나는 그대로 그녀가 있는 일 층 서고로 내려왔다.

"황궁에 볼일이 좀 있어서."

"볼일?"

"그래."

순순히 고개를 끄덕인 베스가 덧붙였다.

"널 만나러 왔어."

"날 만나러 왔다고?"

무심코 왜? 라는 질문을 던질 뻔한 나는 그대로 입을 다물었다.

그 속이 어떠하든, 겉으로나마 나와 베스는 아직 친구였으니. 이유는 충분했다.

오히려 아무 말도 없이 펠루스의 보좌관이 된 내가 다른 이들이 보기엔 더 이상하겠지.

"왜 인사 한마디도 없이 떠난 거야?"

"미안."

베스의 물음에 나는 무어라 변명을 늘어놓는 대신 짤막하게 덧붙였다.

"약혼이 깨진 일로 마음이 복잡했거든."

어느 정도는 사실이었다. 그게 베스에게 인사조차 하지 않고 떠난 이유는 아니었지만.

"약혼이 깨졌다고?"

베스는 크게 놀란 얼굴을 했다.

"그런 일이 있었으면 나한테도 말을 했어야지! 우린 친구잖아."

"미안."

그런 그녀의 말에 나는 같은 말을 반복했다.

"정말 미안해."

진심 어린 사과라기보단 지금의 상황을 정리하기 위해 꺼낸 말이었다.

베스 역시 그 점을 눈치챘을 테지만, 그녀는 이를 지적하지 않았다.

"그렇게 미안해할 것 없어. 이미 다 지난 일이고."

잠시 말을 멈춘 베스는 내 두 손을 꼭 잡으며 생긋 웃었다.

"우린 친구잖아."

"응. 그렇지."

아마 내가 소설 속 진짜 에린이었다면 그렇게 믿었을 것이다.

"그러니 다음부터는 고민이 있다면 주저하지 말고 털어놔 줘."

이렇게 겉으로는 당장 간이든 쓸개든 다 빼 줄 것처럼 구는데 어찌 신뢰하지 않을 수가 있겠어.

"알았지?"

"응, 알았어."

그런 베스의 말에 고개를 끄덕인 나는 그녀가 잡고 있던 손을 놓으며 말했다.

"이제 슬슬 가 봐야 할 것 같아. 할 일이 산더미거든."

"그래, 아쉽지만 하는 수 없지."

"응. 조심히 돌아가."

말을 마친 나는 그대로 미련 없이 몸을 돌렸다.

"있잖아, 에린."

"응?"

그런 베스의 부름에 나는 다시 그녀를 바라보았다.

"마지막으로 봤을 땐, 약혼을 한다더니 지금은 이렇게 황태자 전하의 보좌관이 되어 있고."

잠시 말을 멈춘 그녀가 나를 보며 웃었다.

"넌, 참 대단한 것 같아."

"……."

빈정거리는 건지, 아니면 진심으로 감탄을 하고 있는 건지 분간이 가질 않았다.

"그래. 고마워."

결국 나는 애매한 대답을 남긴 채 다시 집무실로 돌아왔다.

그날 밤, 나는 꿈을 꿨다.

꿈속의 나는 아주 질이 나쁜 귀족 영애가 되어 있었다.

아름다운 영애들을 시기하여 험담을 쏟아 내고, 약혼녀가 있는 영윤들에게 밀회를 청한 사람이.

나는 아무것도 하지 않았으나, 많은 사람들이 내가 그런 짓을 했다고 여겼기에 나는 그런 사람이 되어 있었다.

나와 가장 가까운 친구가 뒤에서 손을 써 두었기 때문이다.

그리고 나는 그 사실을 너무도 늦게 알았다.

덕분에 그 대가는 가장 잔인하고 참혹한 타이밍에 돌아왔다.

내가 사랑에 빠진 남자와 서로의 마음을 확인한 바로 그때,

"그녀가 먼저 날 유혹했어."

"나도 마찬가지야. 날 유혹한 건 아를레인 영애야."

갑작스레 나와 밀회를 했다는 사람들이 등장하고, 마치 짜기라도 한 것처럼 내 방에서는 그들과 주고받은 연서가 쏟아져 나왔다.

그 후로 나와 마음을 확인한 남자의 분노가 이어진 것은 당연한 일이었다.

내가 자신을 가지고 놀았다고 생각한 남자는 크게 분노해 칼을 뽑아 들었고, 칼끝은 나를 향했다.

그리고 그는 말했다. 죽음으로써 스스로의 무고함을 증명하라고.

그런 남자를 막아선 것은 내 전속 시녀인 데이지였다.

그녀는 내가 그런 짓을 했을 리 없다고. 그럴 사람이 아님을 알지 않느냐며 끝까지 나의 무고함을 주장한다.

하지만 배신감에 눈이 먼 남자는 자신을 막아선 데이지를 기어이 칼로 베어 죽인다.

꿈은 그것으로 끝이 났다.

내가 잠에서 깨어났기 때문이다.

"허억, 헉."
악몽에서 겨우 벗어난 나는 가쁜 숨을 몰아쉬었다.
잠에서 깨어났음에도 여전히 선명한 그 꿈은 소설 〈붉은 새벽〉에 등장하는 내용이자 내 미래였다.
원작 속 에린은 소설의 주인공이기에 남자 주인공인 오델론에게 죽임을 당하지는 않는다.
데이지를 죽인 오델론이 뒤늦게 이성을 되찾기 때문이다.
하지만 에린은 눈앞에서 데이지의 죽음을 목격한 충격으로 인해 오랫동안 자신의 방에 틀어박혀 나오지 못한다.
그녀가 다시 방 밖으로 나오는 건, 부친인 아를레인 공작과 카엘의 사망 소식을 접했을 때였다.
그렇게 모든 것을 잃은 에린은 결국 마지막으로 제 곁에 남은 베스에게 크게 의지한다.
연인인 오델론마저 믿지 않았던 자신의 무고함을 베스는 믿는다고 말했으니까.
'훗날, 진실이 밝혀지고, 모든 일의 배후가 베스였음을 안 후에는 큰 충격을 받지만…….'
그리고 이러한 상황은 모두 원작 소설의 내용을 바꾸는 데 실패할 경우, 내가 직접 겪어야 할 일들이었다.
가족들의 죽음, 아끼던 시녀의 죽음, 친구의 배신, 연인에게 버림받는 미래.
나는 그것들 중 단 하나도 겪고 싶지 않았다.

5장.
이상하고 이상한 (1)

   시간이 흘러 어느덧 펠루스와 함께 참석할 첫 연회 날이 되었다.
   말이 좋아 함께 참석하는 거지, 입장과 동시에 펠루스도 나도 서로에게 눈길조차 주지 않을 테지만.
   그 사실에 새삼 섭섭함을 느끼거나 하지는 않았다.
   다만 조금 불안하기는 했다. 나는 원작 소설을 바꿔야 하고, 이를 위해서는 펠루스의 도움이 필요하다.
   그런데 눈에 보이는 성과는 없고, 그렇다고 다른 부분에 있어서 진전이 있는 것도 아니니까.
   '펠루스의 곁에만 붙어 있지 말고 지금이라도 다른 방법을 찾아야 하나?'
   하지만 그리하기엔 당장 내게 주어진 다른 선택지가 없었다.
   아마 다른 선택지가 있었더라면, 애초에 펠루스의 곁에 있기를 택하지도 않았을 것이다.

"입장하실 시간입니다."

연회장 앞을 지키는 시종의 말에 나는 고민하던 것을 멈췄다.

그러고는 곁에 있던 펠루스의 옆에 섰다.

그와 팔짱을 낀 채 입장을 해야 하나 잠시 고민했으나, 그냥 이대로 있기로 했다.

아를레인 공작가의 모든 것을 싫어하는 펠루스가 나와 친밀해 보이는 모습으로 입장하려 하지는 않을 테니까.

"뭐 하고 있는 거지?"

"…네?"

"멍하니 있지 말고 잡아."

그리 말한 펠루스가 자신의 한쪽 팔을 내밀었다.

예상치 못한 행동에 내가 어리둥절한 얼굴을 하자, 그가 재차 덧붙였다.

"설마, 나와 사이가 좋지 않다는 걸 사방에 티 내고 다닐 생각은 아니겠지?"

"그러면 안 되나요?"

나는 진심으로 의아한 얼굴을 했다.

귀족파의 수장인 아를레인 공작의 딸과 황태자가 친밀해 보이지 않는다고 문제 될 건 없다.

아마 대부분은 펠루스가 나를 보좌관으로 삼은 것이 어떤 정치적 거래가 오갔기 때문이라고 생각할 테니까.

"안 될 건 없지만, 난 이쪽이 더 편해서."

말을 마친 펠루스가 내 손을 자신의 팔 위에 얹으며 덧붙였다.

"영애를 보좌관으로 들인 이후, 내게 들어오던 혼담이 절반 이상 줄어들었거든."

"아."

나는 그제야 그가 하려는 말을 이해했다.

펠루스는 나를 이용해 당장 눈앞에 쏟아지는 혼담을 피하려는 것이다.

제국 유일의 공작 영애나 대륙 제일의 미인과 같은 타이틀을 가진 이는 흔치 않다.

그리고 이런 에린의 경쟁 상대가 되는 것은 별로 현명하지 못한 선택이었다.

자존심 강한 귀족 영애들에게는 더욱 그렇겠지.

"확실히 제가 남다르긴 하죠."

"확실히 뻔뻔한 구석이 있는 거겠지."

"뻔뻔하다뇨. 제가 뭐 하나 빠지지 않는 건 사실이잖아요?"

당당한 나의 말에 펠루스는 어이가 없다는 듯 미간을 찌푸렸다.

그러다가 곧 의외라는 얼굴로 물어 왔다.

"내가 영애를 이용하려는 이유는 묻지 않는 건가?"

"뭐, 어차피 제가 손해 볼 건 없으니까요."

내가 펠루스의 보좌관이 된 것은 다른 사람들이 나를 온전한 그의 사람으로 보기를 원했기 때문이다.

물론 펠루스가 나를 이용하려는 건 조금 다른 방식이긴 했지만, 이쪽도 특별히 나쁠 것은 없었다.

냉정하게 서로의 이익만을 따지더라도 그랬다.

나는 원작 소설을 바꾸기 위해 펠루스가 필요했고, 그도 그런 내가 필요한 거라면 이보다 더 합리적인 관계는 없었다.

하지만 펠루스는 전혀 다른 부분을 걱정한 듯 의외의 말을 꺼냈다.

"나와 엮여서 혼삿길이 막힐 수 있는데도?"

"…혼삿길이요?"

그가 하리라고는 생각지 못할 만큼 섬세한 걱정이었다.

정작 나는 일말의 고민조차 하지 않은 걱정이기도 했고.

"전 결혼은 해도 되고, 안 해도 된다는 주의라서요."

내가 이렇게 속 편한 소리를 할 수 있는 건 에린의 상황이 매우 좋은 편이었기 때문이다.

그녀는 당장 먹고살 걱정을 할 필요도 없고, 가문의 이익에 따라 정략적인 결혼을 할 필요도 없었다.

'정략결혼은 무슨, 평생 결혼하지 말고 같이 살자고 난리일 텐데.'

아마 원작 소설 속에서도 그랬었던 것 같다.

공작도, 카엘도 오델론 같은 놈이랑 결혼하지 말고, 평생 공작가에서 함께 살자고 그랬었지.

"그러니까 전하께서 절 이용하시려는 이유가 뭐든 딱히 상관은 없어요. 다만……."

그가 남자를 좋아해서 그런 것이든, 혹은 다른 이유가 있는 것이든 아무래도 좋았다.

"대신, 처음에 약속했던 고용 기간은 지켜 주세요."

"영애는 정말 한마디도 지질 않는군."

약간의 한숨이 섞인 펠루스의 말에 나는 웃으며, 그에게 팔짱을 꼈다.

그렇게 연회장에 입장했을 때까지만 해도 상황은 나쁘지 않았다.

나와 펠루스가 처음으로 함께 모습을 드러낸 덕분에 단번에 이목이 집중되기는 했지만, 원하는 바였다.

적당히 주변의 시선을 끈 후, 각자의 자리로 흩어졌을 때까지만 해도 괜찮았었다.

귀찮은 일은 펠루스와 헤어져 연회장의 구석으로 향하기 무섭게 생겼다.

"안녕하십니까, 영애. 저는 제국의 동쪽에 위치한······."

"저는 라만 백작가의······."

초면의 귀족들이 내게 차례로 접근하기 시작한 것이다.

그 수가 워낙 많았던 터라 한 사람당 한두 마디씩만 나눴음에도 기가 다 빨리는 느낌이었다.

게다가 대부분이 내게 사심을 갖고 접근한 귀족 영윤들이었기에 친절하게 대하면서도 은근히 선을 그어야 했다.

덕분에 신경 써야 할 부분이 늘어나니 당연히 피곤함도 배가되었다.

슬슬 눈치를 봐서 자리를 떠야겠다는 생각을 할 즈음, 새로운 인물이 내게 접근했다.

"안녕하십니까, 아를레인 영애. 저는 엑스트 백작가의 세사 엑스트라고 합니다."

반반한 얼굴로 자신을 소개한 남자의 이름이 어쩐지 낯설지가 않았다.

어디서 들어 봤더라?

"이렇게 아름다운 분을 실제로 뵙게 되어 영광입니다."

말을 마친 남자는 두 눈을 곱게 접으며 웃었고, 나 역시 습관적으로 미소 지었다.

"안녕하세요, 엑스트 경. 저는 아를레인 공작가의 에린 세르틴 아를레인입니다. 저야말로 경을 뵙게 되어 영광이에요."

거리감이 잔뜩 느껴지는 딱딱한 인사에도 그는 여전히 웃는 낯으로 말했다.

"긴장을 하셔서 그런지 딱딱하시군요."

긴장을 한 게 아니라, 눈앞의 남자와 말을 섞고 싶지 않았다.

세사 엑스트라는 이름을 어디서 봤는지 떠올랐기 때문이다.

하지만 대놓고 당신과 엮이고 싶지 않다고 말할 수는 없었기에, 나는 말을 돌렸다.

"아뇨, 그냥 좀 피곤해서요. 경께서는 제게 특별히 볼일이라도 있으신가요?"

조금 무례하게 들릴 수도 있는 말이었으나 나는 아랑곳하지 않았다.

그는 대외적으로 제법 좋은 이미지를 갖고 있는 사람이었으나, 나는 그가 싫었다.

눈앞의 남자, 세사 엑스트는 원작 소설에서 자신이 에린과 밀회를 한 적이 있다고 주장한다.

베스에게 대가를 받고 에린을 모함한 것이다.

완벽한 함정을 만들기 위해 베스가 에린의 방에 숨겨 둔 가짜 연서를 만든 것 역시 눈앞의 남자였다.

"특별히 용건이 있는 건 아닙니다. 그저, 제가 후원하는 아이들에 대한 이야기를 들려 드리고 싶어서요."

"그렇군요."

나는 대충 고개를 끄덕였다.

게다가 그는 자신이 후원하는 고아원의 아이들에게 추잡한 손을 뻔기까지 한다.

예쁘장한 외모를 가졌으면 남자, 여자, 어린아이 할 것 없이 가리지 않고 건드린 것이다.

"고아인 데다, 평민이기는 하지만, 그곳에는 뛰어난 재능을 가진 아이들이 많습니다. 그런 아이들이 꿈을 펼칠 수 있게 도와주는 것이 제 삶의 낙이죠."

예의상 참 좋은 분이시군요, 정도의 말이라도 해야 했지만, 차마 입이 떨어지지 않아 그저 웃고 말았다.

그런 나의 미적지근한 태도에 슬슬 기분이 상했는지 남자가 애써 짜증을 감춘 낯으로 물었다.

"계속 말이 없으신 것 같은데, 어디 불편하십니까?"

"네. 몸 상태가 조금 좋지 않은 것 같네요."

나는 옳다구나 하고 고개를 끄덕였다. 상태가 좋지 않으니 좀 꺼져 달란 의미였다.

"이런, 제가 무심했군요. 편히 쉬실 수 있도록 마차까지 모셔다 드리겠습니다."

하지만 남자는 전혀 달갑지 않은 제안을 하며, 내 손목을 잡았다.

"아뇨, 괜찮습니다."

나는 이를 거절하기 위해 붙잡힌 손목을 빼내려 했으나, 그는 오히려 잡은 손에 힘을 주며 말했다.

"사양하실 것 없습니다. 그것이 신사 된 자의 도리니까요."

그리 말한 남자가 이번에는 슬쩍 내 어깨에 손을 올리려고 했다.

치근덕거리는 것이 분명한 손길에 나는 신고 온 구두로 실수인 척 남자의 발을 밟아 줘야 하나 고민했다.

그러나 아쉽게도 고민은 미수에 그쳤다.

"으윽! 끄아아악!"

누군가가 내게 치근덕거리던 남자의 손을 그대로 비틀어 꺾어 버린 탓이다.

"내 보좌관에게 함부로 손을 대다니."

자신의 손목을 비튼 이의 얼굴을 마주한 세사 엑스트의 얼굴이 하얗게 질렸다.

그 사실을 비웃듯 이어진 말은 더욱 싸늘했다.

"그건 황태자인 나의 권위에 도전하겠다는 뜻으로 해석해도 되겠지?"

남자의 손을 꺾어 버린 인물은 다름 아닌 펠루스였다.

그 사실에 당황하던 남자는 곧 억울한 얼굴을 했다.

"아, 아닙니다. 제가 감히, 그럴 리가요!"

"그런 게 아니라면, 대체 무슨 배짱으로 내 보좌관을 함부로 대한 거지?"

"저, 저는 아를레인 영애를 함부로 대한 적이 없습니다!"

"그래?"

한사코 부정하는 남자의 말에 펠루스는 조소하며 다시 한번 그의 손목을 꺾었다.

덕분에 남자는 또다시 비명을 질렀고, 펠루스는 적당한 타이밍에 손을 놨다.

"이, 이게 대체 무슨 짓이십니까!"

"왜? 나는 아무 짓도 하지 않았어. 내 말이 틀린가?"

뻔뻔한 펠루스의 대답에 남자는 물론이고 곁에 있던 나도 당황했다.

…쟤 왜 저래?

세사 엑스트가 내게 치근덕거린 것은 사실이지만, 이렇게 공개적으로 추궁과 망신을 당할 정도는 아니었다.

"왜 그런 얼굴을 하고 있는지 모르겠군. 조금 전까지 내 보좌관에게 함부로 손을 대던 그 기세는 다 어디 갔지?"

하지만 펠루스는 이 정도는 당연한 일이라는 듯, 그를 몰아붙였다.

"설마 이제 와 자신이 피해자인 척 굴 생각인가? 참으로 가증스럽군."

다시 보니, 펠루스의 상태가 조금 이상했다.

이유는 모르겠지만 기분이 굉장히 나빠 보였다.

설마, 그사이에 누가 시비라도 걸었나? 그래서 저러나?

평소의 펠루스 역시 빈말로라도 성격이 좋다고는 할 수 없었으나, 지금의 그는 마치 고삐 풀린 맹수 같았다.

덕분에 나는 한숨처럼 입을 뗐다.

연회장 한복판에서 진흙탕 싸움을 벌이는 펠루스를 더는 두고 볼 수 없었기 때문이다.

"저기요, 전하?"

"이젠 더 이상……. 왜? 무슨 일이지?"

그는 독설을 이어 가려다 말고, 나를 응시했다.

"이제 그만하세요."

나는 철없는 아들을 타이르는 보호자의 심정으로 말했다.

하지만 펠루스는 내 참견이 마음에 들지 않는 눈치였다.

"내가 왜?"

"보는 눈이 많잖아요."
"그게 무슨 상관이지?"
당당하기 짝이 없는 물음에 나는 속이 터지기 직전이었다.
"전하, 오늘만 사세요?"
"…뭐?"
"아니, 그냥 제발 그만하고 돌아가요."
내가 옷자락까지 붙잡아 가며 사정하자, 그가 한숨을 내쉬었다.
정작 땅이 꺼져라 한숨을 내쉬고 싶은 건 나였는데 말이다.
"알았어."
하지만 다행스럽게도 펠루스는 생각보다 순순히 돌아섰다.
"다시 한번 내 보좌관을 건드렸다간, 오늘처럼 싱겁게 끝나지 않을 거야."
"……."
"명심해."
대신 그는 세사 엑스트에게 경고 아닌 경고를 남기는 것을 잊지 않았다.

"전하."
"……."
"전하?"
"……."
"끝까지 대답 안 하실 거예요?"
황궁으로 돌아오는 마차 안에서 나와 펠루스는 내내 이 상태였다.
그는 나를 완전히 없는 사람 취급했고, 덕분에 나는 벽과 대화

하는 기분을 느껴야 했다.

설마, 아까 내가 중간에서 말렸다고 삐친 거야?

"전하, 삐치셨어요?"

"……."

아오! 진짜 저 치졸한 놈! 나이도 먹을 만큼 먹었으면서 왜 저래?

내가 네 보좌관이지 보모냐!

…라는 말이 목구멍까지 차올랐으나, 나는 애써 웃는 낯을 했다.

"무엇 때문에 그리 화가 나셨는지 모르겠지만……."

"왜 그자를 감싼 거지?"

"…예?"

"그자 때문에 곤란해하고 있는 거 아니었나?"

내가 무슨 말을 해도 입을 꾹 다물고 있을 때는 언제고, 이렇게 막무가내로 질문을 던지다니.

점점 극한으로 치닫는 보좌 활동에 나는 아주 찰나, 퇴사를 고민했다.

슬프게도 금세 포기해야 했지만.

"제가 그분 때문에 곤란했던 건 맞아요. 하지만 겨우 그런 일로 전하께 질 나쁜 소문이 붙는다면 그게 더 손해죠."

이걸 한두 살 먹은 애도 아니고, 곧 성인식을 앞둔 황태자, 그것도 무려 소설 속 악역인 펠루스에게 일일이 설명해 줘야 할 줄은 몰랐다.

"고작 백작 영윤 하나를 다그친 정도로 내 권위가 흔들릴 것 같나?"

무심하게 떨어진 펠루스의 물음에 나는 입을 다물었다.

평소처럼 빈정거리는 것이 아니라, 진심으로 궁금해 묻는 투였기 때문이다.

"그건……."

나는 무어라 말을 꺼내야 할지 알 수 없었다.

솔직하게 말하자면 충분히 그럴 수 있다고 생각했다. 그렇지 않았다면 펠루스를 말리지도 않았겠지.

하지만 평소처럼 간단히 진심을 내뱉기엔 눈앞에 있는 펠루스의 표정이 지나치게 진지했다.

내가 곧바로 말을 잇지 못하자 그가 재촉하듯 말했다.

"영애의 눈에는 정말 내가 고작 보좌관 하나 지키지 못할 정도로 무능해 보이냔 소리야."

"…왜 이야기가 그렇게 되는 거죠?"

무심코 그리 물은 나는 그제야 펠루스가 화난 이유를 깨달았다.

그는 지금 자신이 처한 상황에 화가 난 것이다.

황태자라는 무소불위의 권력을 휘둘러도 이상할 것 없는 자리에 있음에도 이런 취급을 받아야 하는 자신의 상황에.

"아."

거기까지 생각이 닿자 뒤늦게 연회장에서 날뛴 펠루스의 진짜 의도를 알아챌 수 있었다.

그는 지금까지 벼르고 있었던 것이다.

황제의 권위에 눌려 실권을 잡지 못한 황태자라며 자신을 은근히 무시하는 귀족들을.

즉, 세사 엑스트에게 경고를 빙자한 망신을 준 것은 그를 본보기로 삼기 위함이었던 것이다.

앞으로 자신에게 반하는 행동을 보이는 자는 세사 엑스트처럼 될 것이라고.

아무래도 세사 엑스트는 내가 걱정했던 것처럼 펠루스에게 큰 걸림돌이 될 정도의 인물은 아니었던 모양이다.

그러니 이렇게 버리는 패로 사용한 거겠지.

그래, 어쩐지 이상하다 했다.

펠루스가 바보도 아니고, 아무 이유도 없이 일을 그렇게 크게 벌였을 리가 없지.

그렇게 생각하면 내게 화를 내고 있는 태도 역시 설명이 가능하다.

중간에 눈치 없이 끼어들어 자신의 계획을 방해한 나한테 화가 날 만도 하지.

망할, 그런 것도 모르고 괜히 나섰네.

"…나?"

"네?"

잠시 딴생각에 빠져 있느라 펠루스가 한 말을 제대로 듣지 못했다.

덕분에 그는 제법 짜증이 난 얼굴을 했다.

"아까 연회장에서……."

연회장에서? 설마 자길 왜 말렸냐며 성질이라도 내려는 건가.

나는 괜히 식은땀이 나는 것을 느끼며 이어질 펠루스의 말을 기다렸다. 그러자 그는,

"아니, 아니야. 못 들은 걸로 해."

그대로 입을 다물어 버렸다.

…뭐지. 성질을 내려던 게 아니었나?

나는 슬쩍 펠루스의 눈치를 봤다. 그새 기분이 풀리기라도 한 건가 싶었다.

"뭘 그렇게 봐? 나한테 불만이라도 있나?"

응, 아닌 거 같네.

나는 서둘러 고개를 저으며 아무것도 아니라는 말을 했다.

그러자 그는 여전히 불만 가득한 얼굴로 나를 응시하다가 이내 한숨처럼 말했다.

"일주일 정도 휴가를 줄 테니. 쉬면서 머리 좀 식히고 와."

"휴가요?"

"그래."

나는 진심으로 의아함을 감출 수 없었다. 뜬금없이 웬 휴가?

"전하, 어디 아프세요?"

"뭐?"

"여름휴가를 주실 시기는 아닌데, 혹시 착각하셨나 싶어서요."

지금은 슬슬 겨울보다 봄에 가까워져 가는 시기였다.

그러고 보니 곧 에린의 생일이었던 것 같기도 하고.

"…휴가를 줘도 난리인 걸 보면, 그동안의 생활이 제법 편했던 모양이지?"

"아뇨, 그건 아닌데요."

당장 내게 준 휴가를 취소할 기세인 펠루스의 말에 나는 고개를 저었다.

"그럼 쓸데없는 소리 하지 말고 순순히 가는 게 어때?"

"알았어요. 그럴게요."

나는 순순히 고개를 끄덕였다. 그의 말마따나 휴가를 준다는데 그걸 굳이 마다할 이유는 없었다.

게다가 안 그래도 카엘이 수시로 안부를 묻는 편지를 보내오는 통에 한번 가 보기는 해야 했다.

대충 에린의 생일에 맞춰서 가면 되겠지. 알아내야 할 것도 있고.

"그럼 다음 주 정도에 휴가를 쓰고 싶은데 가능할까요?"

"마음대로 해."

먼저 내게 휴가를 주겠다고 말한 주제에 그는 또 뭔가 마음에 들지 않아 하는 기색이었다.

"감사해요."

하지만 나는 이를 모르는 척했다.

휴가를 주겠다는 제안을 무르는 것만 아니면 아무래도 좋았으니까.

❦

펠루스가 마차 안에서 자신이 화가 난 이유를 에린에게 말하지 않은 것은 그도 이유를 몰랐기 때문이었다.

머저리 같은 소리였으나, 정말 그랬다.

펠루스는 자신이 그녀에게 화가 난 이유를 알 수 없었다.

연회장에서 에린이 다른 영윤들과 대화를 나눌 때부터 기분이 썩 좋지 않았다.

뭐가 좋다고 상대가 무슨 말만 하면 실실 웃는 건지.

세사 엑스트인지 뭔지를 상대할 때도 마찬가지였다.

인간의 본질은 변하지 않는다.

연회장처럼 공개적인 곳에서 그 같은 추태를 부렸다는 건, 타인의 눈이 닿지 않는 곳에선 더한 짓을 하고 있단 소리다.

 그런 이를 공개적으로 망신 준다고 해서 문제가 생기지는 않는다.

 혹여나 잡음이 생긴다면 뒤를 캐내어 약점을 들쑤신 후 입을 다물게 하면 된다.

 물론 펠루스가 처음부터 이 모든 것을 계산하고 움직인 것은 아니었다.

 그가 연회장에서 에린에게 치근덕대던 세사의 손목을 꺾은 것은 매우 충동적으로 벌어진 일이었다.

 자신이 손목을 꺾은 사내가 세사 엑스트라는 사실도 펠루스는 뒤늦게 알았다.

 엑스트 백작가는 펠루스에게 그리 절실한 패는 아니었다. 그러나 그렇게 버릴 패도 아니었다.

 귀족파의 수장인 아를레인 공작가와 황제파 소속의 엑스트 백작가.

 두 가문을 두고 저울질을 한다면 펠루스는 엑스트 백작가의 손을 들어 주어야 했다.

 하지만 펠루스는 그리하지 않았다.

 오히려 그는 그 일이 있은 후, 세사 엑스트가 뒤에서 벌인 추악한 일들을 문제 삼아 백작을 협박했다.

 덕분에 세사 엑스트는 제 가문에서 쫓겨났고, 더 이상 귀족이 아니게 되었다.

 사락-

 서류 더미 옆에 놓인 한 장의 서류에 무심코 시선을 주던 펠루스가 그것을 집어 들었다.

에린이 남겨 두고 간 휴가 계획서였다.

여름휴가를 줄 시기는 아니네 어쩌네 할 때는 언제고, 이렇게 칼같이 휴가를 사용해 떠나다니.

그런 그녀의 행동이 펠루스는 마음에 들지 않았다.

자신이 이렇게 속이 좁았나 싶을 정도로 마음에 차지 않는 일 투성이였다.

가장 최악이었던 건.

'아까 연회장에서……'
'아니, 아니야. 못 들은 걸로 해.'

에린에게 이상한 질문을 할 뻔했다는 사실이다.

그때의 펠루스는 그녀에게 혹, 연회장에서 만난 사내들 중 신경 쓰이는 인물이 있냐고 물을 뻔했다.

그런 것을 물어서 대체 어디에 쓰겠다고.

왜 그런 질문을 하려 했던 건지, 그는 스스로도 그 이유를 알 수 없었다.

༺༻

"누님, 이것도 좀 드셔 보십시오. 황궁에 들어가신 후로 너무 야위신 것 같습니다."

"그래, 내가 보기에도 그런 것 같구나."

말을 마친 카엘은 내 접시에 고기 한 점을 더 썰어서 올려놨고,

공작은 요리사를 시켜 메인 요리를 더 가져오게 했다.

그런 두 사람의 행동에 나는 조금 어이가 없었다.

이미 내 접시 위에 놓인 음식들만 해도 탑을 쌓고도 남을 지경이었으니까.

그리고 야위기는 무슨, 너무 잘 먹어서 오히려 살이 더 찌지는 않았을까 걱정될 지경인데.

"저, 누님. 그런데 혹시, 최근에 돌고 있는 황태자 전하에 대한 소문을 아십니까?"

"카엘."

갑작스러운 카엘의 물음에 공작이 그를 부르며 말을 끊었다.

"⋯소문?"

내가 무심코 되묻자 카엘은 아차 싶은 얼굴이었고, 공작 역시 낭패라는 기색을 보였다.

두 사람의 반응을 보아하니, 결코 좋은 내용은 아닌 듯했다.

"혹시, 나와 관련된 소문이니?"

"⋯⋯."

돌아오는 대답이 없는 것을 보니, 맞는 모양이었다.

"어떤 내용인데?"

"그건⋯⋯."

"아무것도 모르고 있다가 다른 사람을 통해서 듣는 것보단, 너한테 듣는 편이 나아."

질 나쁜 소문이 도는 정도야, 펠루스의 보좌관이 된 순간부터 각오했던 일이다.

게다가 사실, 내용도 대충 예상할 수 있을 것 같았다.

내가 작정하고 황태자를 유혹하려 한다, 어쩐다 하는 내용이겠지.

"그러니 어서 말해 봐."

나의 재촉에 한참을 고민하던 카엘이 결국 마지못해 입을 뗐다.

"황태자 전하께서······."

그러고도 마음을 정하지 못했는지 또 얼마간 말끝을 흐렸다.

그런 그를 눈짓으로 재촉한 나는 이어질 말을 기다렸다.

"누님께 빠져서 정신을 못 차리신다고."

"···뭐?"

나는 순간 두 귀를 의심했다. 누가 누구한테 빠져?

"질투에 눈이 머신 탓에 누님께 접근한 사내의 손목을 그 자리에서 꺾어 버리셨다고."

"······."

아니, 완전히 틀린 말은 아닌데. 이유가 그게 아닐 텐데······.

"조만간 누님께 정식으로 청혼하실지도 모른다는 이야기도 들었습니다."

"······."

쐐기를 박듯 이어진 카엘의 말에 나는 진심으로 할 말을 잃었다.

어떻게 소문이 나도 이렇게까지 사실과 반대로 날 수 있는 걸까.

차라리 내가 작정하고 펠루스를 유혹하려 들었다는 소문이 더 신빙성 있을 판이다.

"누님."

카엘의 부름에 나는 간신히 가출했던 넋을 되찾고 그를 응시했다.

"소문이 사실입니까?"

혹여나 소문이 진실일까, 조심스레 물어 오는 카엘의 태도에 나는 헛웃음이 나왔다.

그럴 리가 있겠니?

"그래. 나 역시 소문의 진실에 대해 듣고 싶구나. 황태자 전하와는 대체 무슨 사이인 거지?"

아니, 공작님까지…….

나는 억울함을 감추지 못한 얼굴로 고개를 저었다.

"전하와 저는 절대 그런 사이가 아니에요. 전하께서 제게 푹 빠져 계시다니, 완전 헛소문이라고요."

"정말입니까?"

"정말이냐?"

"네. 절대 아닙니다."

두 사람의 물음에 나는 단호하게 답했다.

아니 땐 굴뚝에 연기가 나도 유분수지, 이건 뭐 거의 혼자 캠프파이어를 하고 앉았다.

"심지어 전하께서는 남……."

억울함에 무심코 입을 뗀 나는 그대로 입을 닫았다.

남의 비밀을, 그것도 펠루스가 남자를 좋아한다는 사실을 함부로 떠들고 다녀서는 안 될 것 같았다.

"남?"

"나, 날! 엄청 싫어하신다고요! 그 말을 하고 싶었어요."

서둘러 상황을 수습한 나는 열심히 웃어 보였다.

덕분에 공작과 카엘은 내가 애서 아무렇지 않은 척을 한다고 여겼는지 나를 한층 더 짠한 얼굴로 보았다.

나는 굳이 그들의 오해를 정정하려 하지 않았다. 그저 무사히 화제를 돌린 것에 만족했다.

"그렇다면 네 마음은 어떠냐?"

"네?"

별안간 들려온 물음에 나는 고개를 들어 공작을 빤히 응시했다.

내 마음은 어떠냐고?

그건 또 무슨 의미로 던진 질문인가 싶어 그저 두 눈만 깜빡였다.

그런 내 속을 들여다보기라도 한 것인지 그는 곧 친절한 설명을 덧붙였다.

"너는 황태자 전하를 마음에 두고 있지 않은 것이냐?"

응? 왜 또 이야기가 그렇게 되나 싶었던 나는 열심히 고개를 저었다.

"그럴 리가요. 다시 한번 말씀드리지만 저와 황태자 전하는 서로에게 그 어떤 이성적인 감정도 품고 있지 않아요."

"네가 믿는 신을 걸고 맹세할 수 있느냐?"

"신이요?"

…나 무교인데?

하지만 정말 그렇게 말할 수는 없었다.

나는 무교지만, 에린은 신과 종교에 대한 믿음이 굳건한 사람이었으니까.

덕분에 나는 잠시 갈등하는 척을 하다가 고개를 끄덕였다.

"제가 믿는 신께 맹세할게요."

원작 속 에린의 신에 대한 믿음은 상당히 두터웠다.

소설의 초반까지만 해도 그녀는 수시로 신전에 기도를 하러 가고, 막대한 기부금을 내는 등 매우 성실한 종교 생활을 이어 나간다.

오델론과의 사이가 틀어지고, 공작과 카엘, 그리고 데이지가 죽고 난 후에는 신을 원망하게 되지만.

"그렇다면 다행이구나."

어딘가 묘하게 의미심장한 공작의 말에 나는 약간의 의문을 품은 눈으로 그를 응시했다.

그런 내 시선을 알아챈 공작이 이내 덧붙였다.

"그분은 결코, 네 짝으로 어울리지 않으니까."

여전히 의미심장한 공작의 발언에 나는 아무것도 모르는 척 물었다.

"왜 그렇게 생각하세요?"

"왜라니? 정말, 그 이유를 모른단 말이냐?"

"네. 잘 모르겠어요."

"황태자 전하께 귀족파인 우리 가문은 그저 눈엣가시일 뿐이야."

그저 정치적인 노선이 다르기 때문이라는 듯 말했으나, 나는 직감할 수 있었다.

결코 그게 다가 아니라는 걸. 내가 모르는 무언가가 있다는 걸.

그래서 나는 다시 한번 질문을 던졌다.

"만약 그게 전부라면, 황태자 전하께서 원하시는 한 얼마든지 정략적인 결혼이 이루어질 수도 있는 것 아닌가요?"

황태자인 그가 아를레인 공작을 회유하기 위해 나와 정략결혼을 할지도 모른다는 건 크게 이상할 것 없는 가정이었다.

귀족 사회에선 길가에 굴러다니는 돌멩이보다 흔한 게 정략결혼이니까.

에린에게 평생 결혼하지 말고 자신과 살자고 말하는 아를레인 공작이 특이한 거였다.

"전하께서 공작가의 힘을 원하실 일은 없을 거란다. 그리고 만약 그런 일이 생긴다고 해도 난 네게 정략결혼을 강요할 마음이 없어."

무서울 정도로 단호한 태도로 공작이 덧붙였다.

"나는 너의 행복을 바란단다."

"그렇군요."

저렇게까지 말하는 것을 보면 역시 뭔가가 있는 게 확실했다.

"그보다 제 생일 말인데요."

하지만 나는 더 이상 캐묻지 않기로 했다. 어차피 물어 봤자 대답해 주지도 않을 테니까.

순순히 대답해 줄 거였다면 애초에 숨기지도 않았겠지.

결국 내가 스스로 알아내는 수밖에 없었다.

식사 시간은 그렇게 끝났다.

화제는 자연스레 바뀌었고, 누구도 그 사실에 불만을 갖지 않았다.

겉으로 보기엔 매우 평화로운 시간이었다.

공작과 카엘은 며칠 후에 있을 내 생일에 무엇을 할지 꾸준히 물어 왔고, 나는 원래의 에린이 좋아했을 법한 것들을 말했다.

승마, 사냥, 나들이 등.

앞에 두 개는 너무 위험하다는 이유로 기각되었고, 결국 간단히 음식을 준비해 나들이를 가는 쪽으로 결론이 났다.

"아가씨."

"응?"

막 하녀들의 시중을 받으며 목욕을 마친 내가 방으로 들어서자 기다렸다는 듯 데이지가 나를 불렀다.

"오랜만에 머리나 말려 드릴까요?"

"나야 좋지."

마침 그녀에게 묻고 싶은 것이 있었던 나는 뒤에 따르던 하녀들을 모두 내보낸 후, 데이지와 단둘이 방에 남았다.

"너무 늦은 인사 같지만, 그동안 잘 지냈어?"

"저야 늘 잘 지냈죠. 아가씨가 안 계셔서 조금 쓸쓸했던 것만 빼면요."

"저런, 내가 얼른 승진해서 시녀를 데려올 수 있는 몸이 되도록 노력해야겠네."

불신 지옥에 빠진 펠루스가 이를 허락해 주는 날이 올지 의문이긴 하지만.

"참, 데이지 너한테 물어보고 싶은 게 있어."

"저한테요?"

분홍색 머리카락을 한 올 한 올 조심스레 빗어 내리던 그녀가 의아한 얼굴을 했다.

나는 고개를 끄덕이며 말했다.

"아버지에 대한 이야기야. 나에 대한 건 늘 빠짐없이 듣기를 원하시면서, 정작 자신에 대한 이야기는 잘 해 주지 않으시니까."

"공작님에 대한 이야기라면 저도 아는 바가 거의 없어요."

"물론 그렇겠지. 하지만 적어도 나보다는 많이 알 것 같아서,

그래서 부탁하는 거야."

데이지 역시 아주 많은 것을 알고 있지는 못할 것이다. 그녀 역시 나보다 겨우 삼사 년 정도를 더 살았을 뿐이니까.

하지만 나와 달리 데이지는 이 저택의 고용인이다.

공작가의 식구인 내 앞에서 할 수 있는 말과 같은 고용인인 데이지의 앞에서 할 수 있는 말은 전혀 다르다.

나는 들을 수 없는 이야기를 그녀는 얼마든지 들을 수 있다는 뜻이다.

"어떻게 안 될까?"

애원에 가까운 나의 부탁에 데이지는 고민하는 기색을 보였다. 그러다가 곧 어쩔 수 없다는 듯 입을 뗐다.

"…알았어요. 대신, 제가 말했다는 건 비밀로 해 주셔야 해요. 아셨죠?"

"당연하지."

내게 몇 번이나 다짐을 받아 낸 후에야 그녀는 입을 열었다.

공작가에서 오래 일한 집사와 하녀들의 입을 통해 들은 이야기라고 했다.

"공작님께선 젊으셨을 적에 어마어마한 인기를 자랑하셨다고 해요. 어느 정도였냐면 어떤 귀부인께서는 두 눈을 감는 순간까지 공작님을 잊지 못하셨다는 말이 있을 정도래요."

"그래?"

"네. 그리고 돌아가신 마님 역시 엄청나게 아름답고 대단한 분이셨는데, 두 분은 정략적으로 만나셨지만 운명적인 사랑을 하셨대요."

"그렇구나."

내가 알고 싶은 이야기는 이런 것이 아니었으나, 일단은 맞장구를 쳐 주었다.

계속 듣고 있다 보면 하나 정도는 걸리겠지 싶었다.

"공작님께서 돌아가신 마님을 만나신 건 황태자 전하의 스승이셨을 때라고 들었어요."

"…전하의 스승?"

잔잔한 호수에 돌멩이가 던져진 것처럼 나는 크게 동요했다.

의외인 정도가 아니라, 전혀 상상치도 못했던 사실이다.

"아버지께서 황태자 전하의 스승이셨다고?"

"네. 저도 그 점이 의외라서 여쭤봤는데, 여기서 말하는 황태자 전하는 현재의 전하가 아니시더라고요."

그게 대체 무슨 소리인가 싶어 뭔가를 더 물으려던 나는 불현듯 그 말을 이해했다.

원작 소설에 따르면 펠루스에게는 배다른 형이 한 명 있었다.

'루딘 하이시온 루데릭.'

그는 펠루스의 형이자, 장차 루릭스 제국의 황제가 될 몸이었다.

믿었던 시녀가 차에 탄 독을 마시고 단명하지만 않았더라면 말이다.

"그러니까 아버지께서 루딘 황태자 전하의 스승이셨다는 거지?"

"네. 게다가 그땐, 당시 황자 전하셨던 지금의 황태자 전하께서도 공작가에 자주 출입하셨다고 들었어요."

"그럼, 출입이 뜸해지신 시기가 언제인지도 알고 있어?"

"확실하지는 않지만, 루딘 황태자 전하 시해 사건 이후인 것 같았어요."

"그래?"

뭔가가 조금씩 맞아떨어지는 느낌이다.

전에 펠루스가 내게 아를레인 공작가와 오델론 사이에 접점이 있다고 말한 이유를 알 것 같았다.

그는 아를레인 공작을 의심하고 있는 것이다.

하지만 안타깝게도 공작은 루딘 황태자 독살 사건과 조금의 연관도 없었다.

루딘의 차에 독을 탔다고 알려진 시녀 역시, 사실은 무고했다. 잔에 독을 탄 진짜 범인은 바로 오델론이었다.

오델론이 루딘의 잔에 독을 탄 것은 그에게 특별히 억하심정이 있어서는 아니었다.

오히려 오델론은 루딘을 제법 좋아했고, 친형처럼 잘 따랐다.

원작 속 오델론은 어린 나이에 잠시 제국에 유학을 오게 된다. 말이 좋아 유학이지, 볼모와 다를 것 없는 처지였다.

덕분에 상당히 형편없는 취급을 받게 되는데, 그런 그를 유일하게 따뜻하게 대해 준 사람이 바로 루딘이었다.

내가 이러한 사실을 기억하고 있는 건, 오델론이 원작에서 에린을 보며 루딘을 떠올리기 때문이다.

에린이라는 여자는 온실 속 화초처럼 곱게 자랐으며, 타인에게 온정을 베풀 줄 알고, 사람을 잘 믿는 것까지. 전부 루딘을 생각나게 했다.

원작 속 오델론이 처음 에린에게 끌린 것은 그런 이유 때문이었다.

그녀가 루딘과 닮아서, 그를 생각나게 했으니까.

그 정도로 오델론은 루딘을 소중하게 여겼다.

그런 그가 루딘을 독살한 것은 펠루스의 모친인 아리아 황후 때문이었다.

아리아는 펠루스를 황태자로 만들기 위해 루딘을 살해할 계획을 세운다. 오델론은 그런 아리아의 계획 중 하나였다.

그녀는 오델론에게 루딘을 죽이는 데 성공할 경우, 어마어마한 부와 명예를 주겠노라 약속한다.

그것이 그저 사탕발림이고, 지켜지지 않을 약속이라는 건 아직 어린 오델론도 알 수 있었다.

그래서 그는 처음에 이를 단호하게 거절한다.

하지만 그로 인해 황후로부터 끊임없이 목숨을 위협받는 상황에 놓이자, 결국 오델론은 뒤늦게 그녀의 제안을 받아들이고 만다.

자신을 친동생처럼 여기던 루딘의 잔에 독을 타고, 그 죄를 루딘이 아끼던 전속 시녀에게 뒤집어씌운 것이다.

그 후 오델론은 아리아 황후가 손을 쓸 틈도 없이 부친인 국왕의 병을 핑계로 슬로레인으로 돌아간다.

덕분에 오델론은 살아남지만, 제국의 황실은 발칵 뒤집힌다.

"범인은 전속 시녀로 결론이 났었지? 현재의 황태자 전하께서는 다른 이를 범인으로 지목하셨지만."

그리고 모든 진실은 원작 소설이 시작되고 얼마 안 가 밝혀진다.

당연히 공개적으로 밝혀지는 건 아니고, 독자들에게만.

오델론이 제 입으로 펠루스에게 범행 사실을 자백한 것이다.

"네. 맞아요."

그런 나의 말에 데이지가 고개를 끄덕였다.

워낙 유명한 사건이니 그녀 역시 모르지 않을 것이다.

루딘 황태자 시해 사건의 범인으로 지목된 시녀를 심문하던 도중 펠루스가 그녀를 베어 죽인 일도.

심지어 그 시녀는 루딘은 물론이고, 펠루스와도 제법 친밀한 관계였다.

아쳐와 루딘, 그 시녀. 이렇게 셋은 펠루스가 유일하게 마음을 연 사람들이기도 했다.

"그런데 전하께서는 왜 그런 의심을 하신 걸까요?"

데이지가 의문 가득한 얼굴로 물었다.

그거야 펠루스는 처음부터 오델론을 의심했으니까 그런 거겠지.

"당시에 공작님께선 알리바이가 매우 확실하셨다고 들었는데 말이죠."

"뭐? 그게 무슨 소리야?"

나는 못 들을 말을 들은 사람처럼 놀란 얼굴을 했다.

펠루스가 오델론이 아니라, 아를레인 공작을 의심했다고?

"아, 모르셨어요?"

나의 물음에 데이지는 아차 싶은 얼굴을 했다.

점점 더 굳어져 가는 그녀의 표정만큼이나 나 역시 혼란스러웠다.

원작 속 펠루스가 아를레인 공작을 의심하지 않은 것은 아니다.

하지만 데이지의 말처럼 공개적으로 공작을 용의자로 지목하며, 일을 키운 적은 없었다.

펠루스의 직접적인 의심은 오로지 오델론만을 향했다.

그런데 그가 원작과 달리 아를레인 공작을 의심했다고?

"확실해?"

"네. 제가 들은 바로는요."

그녀의 말을 듣고 나니, 전혀 예상치 못한 곳에서 흩어진 퍼즐 조각을 찾은 기분이었다.

원작과 달리 펠루스가 아를레인 공작을 직접적으로 의심하고 있었다면, 공작의 딸인 나를 첫 만남에 다짜고짜 죽이려 든 것도 무리는 아니었다.

펠루스의 입장에서 공작은 자신의 형을 죽인 원수고, 나는 그런 공작이 아끼는 딸이었으니까.

문제는 그가 왜 그런 의심을 품었냐는 건데.

"있잖아. 그 시해 사건, 혹시 내가 크게 아프고 난 후의 일이야?"

나는 소설을 읽어 알고 있는 에린의 과거를 들어 가며 구체적인 시기부터 알아내고자 했다.

"아가씨께서 아프셨을 때요? 대략 언제쯤을 말씀하시는 건가요?"

"그러니까 내가 열병을 심하게 앓아서 죽을 뻔한 이후?"

나의 말에 데이지는 천천히 기억을 되짚듯 얼마간 말이 없었다.

그리고 그 후에 돌아온 대답은 내가 전혀 예상치 못한 것이었다.

"아가씨께서 그 정도로 심하게 열병을 앓으셨던 적이 있나요?"
"응?"
"아무리 생각해 봐도 없는 것 같아서요. 보통, 아가씨의 건강이 나빠지면 바로 신관께서 달려오셔서 치료해 주시잖아요."
"뭐?"
나는 순식간에 혼란에 빠졌다. 이게 대체 무슨 소리지?
"…확실해? 공작가 전체가 발칵 뒤집힐 정도로 내가 심하게 아팠던 적이 없어?"
조금 다급하기까지 한 나의 물음에 데이지는 고개를 끄덕였다.
"그런 일이 있었더라면, 집사님께서 제게 말씀해 주셨겠죠. 특별히 주의를 기울이라는 의미에서요."
데이지의 말이 옳았다.
에린을 끔찍하게 아끼는 건 아를레인 공작가의 고용인들 역시 마찬가지다.
그러니 아마 그런 일이 있었더라면 특별히 더 주의를 기울이라며 전속 시녀인 데이지에게 신신당부를 했겠지.
"그럼 내 등 뒤에 있는 흉터는? 열병을 심하게 앓은 탓에 몸에 있는 독소를 빼내겠다며 바늘을 몇 개씩이나 꽂았잖아."
"…등에 바늘을요? 아무리 아가씨를 치료하기 위해서라지만 그런 짓을 어떻게 해요?"
그리고 아가씨의 몸에 흉터가 있다면 제가 모를 리 없잖아요.
덧붙여진 그녀의 말에 나는 순간 멍한 얼굴을 하다가 이내 고개를 저었다.
"아냐, 그럴 리가 없어. 거울 가져와 봐."
나의 요구에 데이지는 순순히 거울을 가져다주었다.

에린의 몸에 빙의한 지는 제법 되었으나, 내 시선이 닿지 않는 등을 살피는 것은 이번이 처음이었다.

거대한 전신 거울 앞에 선 나는 데이지가 가져온 작은 거울이 내 등을 비추게 했다.

그러자 그곳에는,

"이것 보세요. 아무것도 없잖아요."

그녀의 말처럼 아무것도 없었다. 원작 소설에 따르면 에린의 등 뒤에 있어야 할 바늘 자국은 어디에도 없었다.

분명, 그녀가 성인이 된 후에도 사라지지 않을 만큼 진한 흉터가 남았다고 했는데…….

"아가씨, 괜찮으세요?"

"…괜찮아. 아무래도 내가 착각을 했나 봐."

나는 애써 아무것도 아니라는 듯 웃었으나 데이지가 바보가 아닌 이상, 수상한 낌새를 눈치채지 못했을 리 없다.

덕분에 이러지도 저러지도 못하는 그녀를 향해 나는 화제를 돌릴 만한 질문을 던졌다.

"그보다 아까 하려던 이야기나 마저 해 주지 않을래? 아버지가 어머니를 처음 만나셨을 때의 일 말이야."

사실 전혀 궁금하지 않았지만, 이보다 그럴듯한 주제가 없었다.

"아, 네. 그런 거라면 얼마든지 말씀드릴게요."

데이지도 그 사실을 알아차렸는지 옳다구나 하는 마음으로 이야기를 시작했다.

"두 분 다 워낙 외모면 외모, 가문이면 가문, 뭐 하나 빠지는 게 없는 분들이시잖아요. 그래서 두 분을 열렬히 사모하는 분들도 많았다고……."
 그리고 나는 그 모든 이야기들을 한 귀로 듣고 흘렸다.

 나는 내가 소설 속에 들어왔다고 여겼다. 하지만 이제는 모든 것이 혼란스럽기만 하다.
 나는 정말 책 속에 들어온 게 맞는 걸까? 만약 그렇다면 왜, 이렇게 어딘가 하나씩 뒤틀려 있는 거지?
 그리고 이러한 점과 더불어 줄곧 고민해 왔던 문제가 하나 있었다.
 나는 분명 〈붉은 새벽〉이라는 소설을 읽었다고 생각했다.
 소설에 빙의하기 전, 나는 이런 중세 유럽풍의 시대가 아니라 현대의 대한민국에 살던 평범한…….
 그래, 거기까지는 알겠다.
 문제는, 내가 현대에 살던 평범한 사람이었다는 것까지만 기억난다는 사실이다.
 이름도, 가족도, 친구도 나를 둘러싼 대부분의 것이 기억나지 않았다.
 보통은 타인의 몸에 빙의하더라도 빙의하기 전의 기억을 갖고 있기 마련이다.
 하지만 나는 그렇지 못했다.
 이것이 의미하는 바는 대체 무엇일까.

6장.
이상하고 이상한 (2)

에린이 돌아왔다.

휴가를 사용하겠다고 말한 기간이 지났으니, 황궁으로 돌아오는 건 당연한 일이다.

그리고 그 당연한 사실에 펠루스는 들떠 있었다.

그는 그 사실을 부정하겠지만, 펠루스를 제외한 황태자궁의 모든 이들이 알고 있었다.

'전하께서 매우 기분 좋은 일이 있으신 모양이구나!'

그들이 그런 생각을 한 건, 펠루스의 미세하지만 극단적인 변화 때문이었다.

에린이 휴가를 간 이후 펠루스의 기분은 줄곧 좋지 않았다. 오히려 매우 나쁜 상태였다.

펠루스의 성격상 대놓고 패악을 부리거나 하지는 않았으나, 특유의 냉랭한 분위기만으로도 많은 이들이 두려움에 떨었다.

펠루스가 마실 차의 온도를 평소보다 일 도 정도 낮게 탄 시녀는 오늘이 자신의 제삿날이구나 싶었고, 황태자궁의 복도를 청소한 하인들은 창틀의 먼지 하나 남기지 않았음에도 단체로 유서를 작성해 두었다.

물론 이 모든 일에 펠루스 본인의 의지는 조금도 들어가지 않았다.

애초에 그는 제 기분에 따라 아랫사람을 마구 죽이는 타입은 아니었다.

그저 고용인들이 알아서 그렇게 느낄 만큼 그의 기분이 좋지 않았던 것뿐이다.

그리고 그런 상황에서 얼음장처럼 차가웠던 펠루스의 분위기가 평소보다 말랑해진 것을 눈치채지 못할 이는 없었다.

다들 황태자가 죽고 못 산다는 보좌관이 황궁으로 돌아와 그의 기분이 좋아진 거라며 남몰래 떠들어 댔다.

그렇게 그들 몰래 퍼지기 시작한 소문은 봄바람을 타고 제법 부풀려진 상태였다.

그리고 나중에는 오랜만에 재회한 두 사람이 함께 있는 모습을 본 고용인들이 죄다 아무것도 모르는 척 자리를 피할 정도가 되었다.

"공작께서는 안녕하시던가?"

하지만 당연하게도 에린을 향한 펠루스의 물음에서 핑크빛 기류 같은 건 찾아볼 수 없었다.

오히려 안부를 묻는 건지, 비아냥거리는 건지 구분하기 어려울 지경이었다.

덕분에 펠루스의 의도는 분명 전자에 있었음에도 에린은 이를 다르게 받아들였다.

"매우 안녕하세요. 저한테 꼬박 사흘에 걸쳐서 생일 축하 파티를 열어 주실 정도로요."

자신의 말을 비꼬는 것으로 오해하고 받아친 에린의 대답에 무어라 해명하려던 그는 문득 다른 부분에 주목했다.

"생일 축하 파티?"

그가 알기론 아를레인 공작의 생일은 이맘때가 아니었다. 에린의 동생 역시 마찬가지였고. 그렇다는 건……

"네. 제 생일 파티요. 오랜만에 집에 가기도 했고, 아무튼 성대하게 열어 주셨어요."

무슨 문제라도 있느냐는 태도에 펠루스는 왜 미리 말하지 않았냐고 물을 뻔했다.

하지만 가까스로 이성을 붙잡은 채 입을 닫았다.

천천히 다시 생각해 봐도 문제가 될 만한 부분은 없었다.

에린이 자신의 생일에 대해 알리지 않은 건 어디까지나 개인의 자유였다.

애초에 두 사람은 서로 생일을 알리며 선물을 주고받을 정도로 친밀한 관계가 아니었다.

그러니 어찌 보면 이게 당연한 건데, 괜히 짜증이 나고 기분이 상했다.

그래서 그는 제 앞에서 보란 듯이 웃는 에린을 향해 말했다.

"그래, 남은 일하느라 바쁜데 혼자 행복한 휴가를 즐겼다니. 참으로 다행이군."

"네. 너무 행복했어요. 아버지랑 저, 칼, 그리고 데이지까지. 매우 즐거웠답니다."

"칼?"

"네. 칼이요."

에린이 다정하기 짝이 없는 어조로 칼이라는 이름을 재차 입에 담았다.

덕분에 그는 다시 한번 기분이 상했다.

칼이란 놈은 또 누구인가 싶었다.

대체 누구기에 남의 보좌관 생일 파티에 끼어든단 말인가.

칼이 에린의 동생인 카엘의 애칭임을 눈치채지 못한 펠루스는 또다시 크게 기분이 상했다.

그래서 그는 다소 충동적으로 입을 뗐다.

"30분. 그 안에 준비를 마치고 나와."

"준비? 무슨 준비요?"

어리둥절한 얼굴을 한 에린에게 그는 산뜻한 어조로 말했다.

"휴가도 끝났으니, 이제 일해야지."

휴가에서 돌아오자마자 외근이라니. 이 악덕 상사 같으니라고.

나는 짜증스러운 마음을 애써 삼킨 채 펠루스를 따라나섰다.

그는 나를 수도의 번화가로 데려왔다.

식당, 제과점, 무기상, 보석상 등 없는 게 없고, 또 인파가 많은 곳 말이다.

그나마 지금은 아직 이른 시간이라 그런지 한산한 편이었다.

"여긴 대체 왜 오신 거죠?"

"사야 할 것이 있어서."

"사야 할 것이요? 설마, 폐하께서 시키신 건가요?"

그런 나의 물음에 펠루스는 말이 없었다.

특별히 부정하지 않는 것을 보아하니 아무래도 내 짐작이 맞는 것 같았다.

수국 축제 이후로도 황제는 종종 펠루스에게 자질구레한 심부름을 시키곤 했으니까.

"나 참. 그 많은 시종들은 다 뭐 하고 또 전하께 이런 잔심부름을 시키신대요?"

나는 대놓고 투덜거렸다.

항상 일손이 부족해 과로사하기 직전인 펠루스에게 잔심부름까지 시키는 황제의 치졸함에 진절머리가 났다.

게다가 황제는 한번 심부름을 시켰다 하면 제대로 시키는 인간이었다.

평소 펠루스가 하는 외근의 팔 할은 황제가 시킨 심부름 때문이라고 해도 과언이 아닐 정도다.

오늘은 또 얼마나 시켰으려나.

"지금 그 말, 황족 모독이야. 잘못하면 영애의 목이 날아갈 수도 있다고."

"어머, 제가 무슨 말을 했다고 그러세요. 전 하나도 기억이 안 나는데?"

"…정말, 영애는 종잡을 수가 없군."

"그게 제 매력인 걸로 해 두죠."

뻔뻔한 나의 말에 미간을 찌푸린 펠루스는 그대로 말없이 목적지까지 걸었다.

"근데 제가 드린 브로치는 왜 안 하고 다니세요?"

문득, 그가 단 한 번도 내가 준 브로치를 달고 다닌 적이 없다는 데 생각이 미쳐 한 질문이었다.

"…그런 걸 어떻게 하고 다녀."

"하긴, 전하께서 하고 다니시긴 좀 그렇죠?"

시골에서 산 것이기도 하고, 아무래도 싸구려니까. 황태자인 펠루스가 하고 다니기엔 확실히 너무 초라해 보였다.

"다음에는 좀 더 제대로 된 걸 사 드릴게요."

"…다음?"

"네."

내가 순순히 고개를 끄덕이자 그가 단호하게 답했다.

"됐어. 그거 하나로도 족해."

처치 곤란한 선물은 하나로 충분하다는 뜻인가?

"그래요, 그럼. 다음은 없는 걸로 할게요."

그렇게까지 말한다면야 나 역시 더 권할 마음은 없었다.

"…꼭 이럴 때만 내 말을 잘 듣는군."

"말을 잘 들어도 지적을 하시니, 어찌할 바를 모르겠네요."

"적어도 두 번은 권하는 게 예의 아닌가?"

"어머, 그건 너무 구시대적인 사고방식 아닌가요? 요즘은 상대가 아니라면 그냥 아닌 거죠."

그렇게 펠루스를 놀리다 보니, 금세 목적지에 도착했다.

"무기상? 여긴 왜 오신 거죠?"

나는 의아한 얼굴로 물었다. 아무리 생각해도 펠루스가 직접 방문할 필요 없는 장소였다.

"영애의 말을 빌리자면, 잔심부름을 하러 왔지."

"…설마, 폐하께서 이번에는 무기를 사 오라고 하신 건가요?"

에이, 설마. 아무리 황제라도 그런 또라이 같은 심부름을……

"그래."

시켰구나. 이 또라이 새끼.

펠루스의 덤덤한 대답에 나는 할 말을 잃었다.

살다 살다 이런 진상은 처음이라 무슨 말을 해야 할지 도통 알 수가 없었다.

어휴, 진짜 이 뭣 같은 황제 자식.

나는 속으로 열심히 황제를 씹어 대며 펠루스를 따라 무기상 안으로 들어왔다.

가장 먼저 눈에 들어온 것은 검이나 방패, 활, 도끼 등 비주얼 부터 살벌한 무기들이었다.

…정말, 다시 생각해도 어이가 없다. 황태자에게 무기 심부름 을 시키는 황제라니.

물론 저렇게 눈에 띄는 걸 대놓고 사 오라고 하진 않았겠지만. 무슨 의도로 이런 심부름을 시키는 건지 알 수가 없었다.

이유 없이 진상을 부리는 건지, 아님 무슨 꿍꿍이가 있는 건지.

"영애가 볼 땐, 이게 나은가? 아님 저게 나은가?"

"전, 이거요."

그나마 다행인 건 명령 때문에 온 것이기는 해도, 펠루스가 나름 흥미 가득한 눈으로 무기를 구경하고 있다는 사실이었다.

나 역시, 눈이 가는 물건이 없진 않았다.

펠루스가 구경하는 것에 비하면 무기라 부르기도 뭐한 것이었 지만.

예를 들면, 손잡이에 루비가 박힌 단도 같은 것 말이다.

이런 거라면 평소에 호신용으로 들고 다녀도 괜찮지 않을까? 으음, 어쩐다.

"영애에게 동생이 한 명 있다고 했던가?"

"네. 맞아요. 참 착하고 괜찮은 아이죠."

어느새 다가온 펠루스의 물음에 나는 고개를 끄덕였다. 그러고는 성실하게 대화를 이어 나갔다.

가령 카엘이 이번에 아카데미에서 수석을 했다든가, 자수 실력이 나보다 월등하게 뛰어나다든가.

"그래? 영애를 전혀 닮지 않았나 보군."

"…그거 대체 무슨 뜻이죠?"

"꼭 말로 해 줘야 아나?"

"……."

나는 짜증스러운 기색을 억누른 채 고개를 저었다. 별로 알고 싶지 않았다.

안 궁금하니까 조용히 해.

"근데 제 동생에 대한 건 왜 물으시죠?"

"그냥, 갑자기 궁금해서."

그리 말한 펠루스의 시선이 찰나, 무기가 아닌 다른 곳에 머물렀다.

그곳에는 무기상 주인과 가족들이 함께 그려진 그림이 있었다.

남편과 두 딸, 그리고 무기상 주인이 함께 그려진 그림은 화목한 가정의 정석을 보여 주는 듯했다.

그린 듯이 화목한 가정.

설마, 내게 카엘에 대해 물어본 건 평범한 가족의 모습이 궁금해서 그랬던 걸까?

자신은 결코, 저 그림 속 가족들처럼 될 수 없음을 알아서?

하지만 내가 그런 의문을 미처 입에 담기도 전에 펠루스는 이미 진열된 무기들을 살피고 있었다.

덕분에 괜히 더 마음이 쓰였다. 그가 이미 포기와 체념에 익숙해진 삶을 살고 있는 것 같아서.

"전하."

그래서 나는 충동적으로 입을 열고 말았다.

"저희 오늘 하루는 그냥 농땡이 칠까요?"

"…뭐?"

그건 또 무슨 해괴한 소리냐는 듯 펠루스의 미간이 좁혀진다.

나는 혹시나 하는 마음에 주변을 두리번거린 후, 그에게만 들릴 정도의 목소리로 말했다.

"폐하고 뭐고 잠시 다 잊자고요."

"그게 말이 된다고 생각……."

"뭐 어때요? 고작 하루뿐인데."

나는 자신만만한 태도로 펠루스를 잡아끌었다.

다짜고짜 손목이 잡히자, 그는 당황한 얼굴로 내 손을 쳐 냈다.

아, 이건 너무 무례했나?

의욕이 앞서다 보니 멋대로 황족인 그의 몸에 손을 대고 말았다.

"아, 정말 죄송해요."

무어라 변명하려던 나는 우선 사과부터 했다.

하지만 펠루스는 나와 눈도 마주치고 싶지 않은지 내 시선을 피한 채 싸늘하게 대꾸했다.

"…영애는 원래 이렇게 제멋대로인가?"

게다가 열이 받아서 그런지, 귓가가 조금 붉은 것 같기도 했다.

진짜 단단히 화가 났구나.

"자꾸 멋대로 굴어서 죄송해요. 기분 상하셨다면 진심으로 사과드릴게요."

"……."

"앞으로는 전하의 동의가 없는 신체 접촉은 일절 하지 않겠습니다."

나는 스스로가 얼마나 무해한 사람인지 보여 주기 위해 펠루스로부터 두 걸음 뒤로 물러났다.

하지만 그럼에도 그는 여전히 반응이 없었고, 결국 나는 다급하게 덧붙였다.

"제가 믿는 신을 걸고 약속드릴게요."

물론 나는 무교다.

하지만 에린은 독실한 신자니까 이 정도면 펠루스도 믿어 주겠지.

"그런 말은 안 믿어."

하지만 돌아온 대답은 예상외로 부정적이었다.

"왜요?"

"영애가 믿는 신은, 믿는 사람한테나 신이지 나한테는 아니니까."

믿는 사람한테나 신이라. 근데 종교라는 게 원래 그런 거 아닌가?

내가 의문을 표하려던 찰나, 펠루스가 조소 섞인 말을 이었다.

"만약 그런 게 진짜 신이라고 해도 난 믿지 않아. 그딴 게 신이라면 없는 게 낫지."

"…그거 신성모독 아니에요?"

이런 말을 아무 데서나 해도 되는 건가 싶어 나는 진심으로 걱정이 됐다.

"툭하면 황족 모독을 일삼는 영애가 나를 지적할 처지인가?"

"지적이라뇨? 전 혹시나 전하께서 신성모독으로 잡혀가실까 봐

염려되어 그런 것뿐이에요."

그렇게 대꾸한 나는 조심스럽게 펠루스의 옷자락을 잡았다.

그의 동의가 없는 신체 접촉을 하지 않기 위함이었다.

"쓸데없는 이야기는 그만하고, 이제 진짜 나가요. 농땡이나 칩시다!"

그렇게 일탈을 시작한 나와 펠루스는 자연스럽게 거리의 사람들 사이로 섞여 들었다.

"아니, 저기 저 사람들 좀 수상하지 않아?"

"그러게? 얼굴이 제대로 보이는 것도 아닌데 희한하게 자꾸 눈길을 끄는 매력이 있네?"

"연극배우 아니야? 요즘 배우들은 얼굴만 보고 뽑는다며?"

…고 생각했다.

나와 펠루스를 가리키는 것이 분명한 대화에 나는 어찌해야 할지 알 수 없었다.

이럴 줄 알았으면, 로브만 믿지 말고 가발이나 다른 변장 도구를 챙겨 오는 건데.

이래서야 일탈은커녕 이동하는 것만으로도 진이 다 빠질 것 같았다.

"일단 아무 건물이나 들어갈까요?"

"그게 좋을 것 같군."

대답을 마친 펠루스는 나를 가장 가까이에 있던 건물까지 데려갔다.

아닌 척 우리를 따라오려던 사람들은 경비병에게 가로막혀 건물 안으로 들어오지 못했다.

그 사실에 나는 크게 안도했다.

"운이 좋았네요. 가장 가까이에 있던 건물이 마침 귀족들만 출입할 수 있는 곳이라니."

우리가 들어온 곳은 그 건물 안에서도 경비가 가장 삼엄하기로 유명한 보석상이었다.

"그래, 그건 참 다행인데. 앞으로는 어쩔 생각이지?"

펠루스의 물음에 나는 잠시 고민에 빠졌다.

확실히 계속 보석상 안에만 있을 수는 없는 노릇이다. 그럴 거였다면, 애초에 일탈이니 뭐니 하는 말을 꺼내지도 않았겠지.

하지만 바깥에는 아직도 우리를 쫓아오던 사람들이 잔뜩 있었다.

건물까지 따라오지 못했으면 그냥 돌아가면 좋으련만 우리가 나오기를 기다리듯 자리를 지키는 이가 대다수였다.

아니, 우리가 대체 뭐라고 이렇게까지 한담?

"…일단은 보석상에 신세를 졌으니, 뭐라도 사면서 생각해 보는 게 어떨까요? 마음에 차는 게 있으시면 제가 사 드릴게요. 아, 새 브로치는 어떠세요?"

"보아하니 당장은 뾰족한 수가 없나 보군."

예리한 펠루스의 말에 나는 어쩔 수 없이 고개를 끄덕였다.

"맞아요. 하지만 원하는 걸 고르시라는 말은 진심이었어요. 전에 사 드린 건 아무래도 눈에 차지 않으실 테니까."

명색이 황태자인 펠루스의 생일 선물인데, 거리에서 산 브로치 하나로 때울 수는 없겠지.

"됐어. 아까도 말했지만 이미 충분해."

"브로치를 착용할 일이 없으셔서 그런 거라면 검에 보석을 박아 넣은 건 어떨까요?"

"보석을?"

"네. 아까 무기상에서 보니까 제법 괜찮을 것 같더라고요."

"…그건 귀족 영애들이 호신용으로 들고 다닐 단도를 제작할 때 쓰는 방법이잖아."

펠루스는 질색을 했다. 보기엔 예쁠지 몰라도 실용성은 떨어질 거란 의견이었다.

"그럼 따로 원하는 선물이라도 있으세요?"

"없어. 몇 번이나 말했지만 필요 없다니까."

그는 짜증 섞인 말투로 다시 한번 거절의 뜻을 표했고, 이에 나는 한숨처럼 말했다.

"사람이 선물을 준다고 하면 그냥 군말 없이 받으시면 안 되나요? 대체 왜 싫으시다는 건데요?"

"그건……."

펠루스가 잠시 말끝을 흐렸다.

설마, 이유 없이 그냥 버릇처럼 거절을 해 왔던 건가?

"영애의 뭘 믿고 선물을 사 달라고 해? 지금 목에 걸고 있는 목걸이만 해도 별로인데."

…는 내 착각이었다.

펠루스는 제법 냉정한 답을 내놓았다. 하지만 그러면서도 은근히 내 눈치를 살폈다.

그 기묘한 행동이 나는 이해가 되지 않았다.

대체 뭐 하자는 걸까.

하지만 그것과 별개로 나는 이미 기분이 상한 상태였다.

"이거 제가 고른 거 아니에요. 칼이 저한테 아카데미 입학 선물로 사 준 거라고요."

"뭐?"

차라리 그가 내 센스를 지적했더라면 대놓고 싸우기라도 할 텐데. 남동생인 카엘이 엮이니 상황이 이상해졌다.

얼떨결에 나도 아니고, 내 동생의 센스를 지적한 꼴이 된 펠루스의 표정 역시 미묘하게 굳어졌다.

아마 그도 나와 비슷한 마음일 것이다.

"방금 한 말은 정정하지. 그 목걸이 별로인 게 아니라······."

그런 내 예상이 맞았음을 증명하듯 펠루스가 서둘러 덧붙였다.

어떻게든 상황을 수습해 보려 애쓰는 모습에 눈물이 다 날 지경······.

"최악이야."

"···예?"

···이었는데, 응?

나는 진심으로 얘 뭐지 싶은 얼굴로 그를 응시했다.

"···이거 수도 최고의 보석상에서 구입한 아쿠아마린 목걸이인데요?"

나는 혹여나 펠루스의 시력에 이상이라도 있을까 봐 하고 있던 목걸이를 그의 눈앞까지 들이밀어 주었다.

"다시 봐도 최악이니까, 그거 버려."

그러자 펠루스는 정색을 했다.

아니 지금, 뭐라는 거야. 이 소중한 걸 버리라니?

"예쁘기만 한데, 왜 버려요? 그리고 예쁘지 않더라도 선물한 상대의 성의를 생각해서 버리면 안 되죠."

지금 내가 하고 있는 목걸이는 카엘이 아카데미에서 장학금을 받은 기념이라며 사 준 것이었다.

 자기가 장학금을 받아 놓고 대체 왜 나한테 목걸이를 사 준 건지 의문이지만, 아무튼 그랬다.

 "영애는 정말 종잡을 수 없는 사람이군. 내겐 그렇게 벽을 치더니 다른 사람이 주는 건 거절하지 않으니 말이야."

 빈정대는 것이 분명한 펠루스의 말에 나는 어이가 없었다.

 "제가 언제 전하한테 벽을 쳤어요?"

 "연회장에서는 그래 놓고……. 지금은 이러잖아."

 연회장? 대체 뭘 말하는 건지 모르겠다. 설마, 그때 다른 영윤들이랑 대화 좀 했다고 이러는 거야?

 찰나 떠오른 의문은 어이가 없을 만큼 황당한 것이었다.

 "전하, 혹시……."

 입을 열어 진실을 물으려던 나는 그대로 입을 닫았다.

 에이 설마, 아니겠지.

 펠루스가 애도 아니고, 그런 일로 이렇게 유치하게 굴 리가 없다. 넌 나랑만 놀아야 돼! 를 주장하는 유치원생도 아니고.

 나는 고개를 저어 찰나 떠오른 의심을 머릿속에서 지워 냈다.

 "무슨 말씀이신지 모르겠지만 아닌데요."

 "맞잖아."

 아니, 뭐 이런……. 요즘 초딩들도 이렇게 싸우진 않겠다.

 "이봐."

 "네?"

 "…영애 말고."

 그리 말한 그는 직원을 불러다가 얼마간 대화를 나눴다. 그러자 직원은 두 눈을 빛내며 보석상 안쪽으로 향하더니, 거대한 상자를 꺼내 왔다.

　그와 함께 가게 주인으로 보이는 여자 역시 우리 쪽으로 다가왔다.

　"말씀하신 것들입니다."

　직원이 들고 온 상자를 열자 그 안에는 척 보기에도 값비싸 보이는 장신구 세트가 여럿 들어 있었다.

　사파이어, 루비, 페리도트, 다이아몬드 등 다양한 색감의 보석을 한데 모아 놓으니 눈이 부실 지경이다.

　"푸른색 계열의 보석은 전부 빼. 특히 아쿠아마린은 반드시 제외하도록."

　그 와중에 칼같이 보석을 골라내는 펠루스를 보며 나는 설마 했다.

　그리고 설마는 결국 사람을 잡았다.

　"지금 전부 가져가실 건가요?"

　"아니. 오늘은 목걸이 하나만 가져갈 테니, 나머지는 아까 말한 장소로 보내 줘."

　"네, 알겠습니다."

　말을 마친 직원은 이게 무슨 횡재냐 싶은 얼굴로 상자를 다시 가져갔다.

　"자, 받아."

　펠루스의 말에 나는 그가 내민 목걸이를 응시했다.

　중앙에 붉은색 루비가 박혀 있는 목걸이는 분명 매우 아름다웠지만, 나는 이걸 받을 이유가 없었다.

　"제가 이걸 받을 이유는 없어요."

　"거봐, 나한테만 벽 치는 거 맞네."

"……."

아니, 진짜! 유치하게 굴어도 정도가 있지!

나는 펠루스가 대체 어디까지 유치해질 수 있는지 진심으로 궁금했다.

"그게 아니라면 왜 내가 주는 목걸이는 받지 않겠다는 거지?"

"받을 이유가 없으니까요."

"선물이잖아."

"이유가 없는 선물은 선물이기보단 뇌물일 가능성이 크죠."

그런 나의 말에 펠루스는 미간을 찌푸렸다.

"그럼 영애가 내게 준 브로치도 뇌물인가?"

"아뇨, 그건 생일 선물로 드린 거잖아요."

"나도 마찬가지야."

영문 모를 소리를 하는 펠루스를 향해 나는 의아한 얼굴을 했다.

그러자 그는 들고 있던 목걸이를 다시 한번 내밀며 덧붙였다.

"이거, 영애의 생일 선물이라고."

"…네?"

나는 그게 무슨 소리냐는 듯 반문하다가 한 박자 늦게 깨달았다. 그러고 보니 에린의 생일이 며칠 전이었지.

"아, 그럼 이게 제 생일 선물인 건가요?"

"그래."

상당히 의외였다. 본인의 생일조차 챙기지 않는 펠루스가 에린의 생일을 챙겨 줄 줄이야.

"그러니 잃어버리지 마."

그리 말한 그가 내 손에 목걸이를 쥐여 줬다.

이유 없는 선물이면 모를까, 생일 선물이라고 하니 거절할 명분도 없었다.

"만약 잃어버리면 어떻게 되는 거죠?"

"벌써 잃어버릴 생각부터 하는 건가?"

펠루스가 싸늘하게 표정을 굳혔다.

장난으로라도 목걸이를 잃어버렸다고 했다간 가만두지 않을 기세다.

금고라도 하나 마련해서 넣어 놔야 하나?

철컥-

그때, 등 뒤에서 이상한 소리가 들렸다.

그와 더불어 뒤에서 느껴지는 펠루스의 인기척에 나는 의심을 담아 물었다.

"거기서 뭐 하세요?"

펠루스는 물음에 답하는 대신 내 몸을 반 바퀴 돌렸다. 덕분에 나는 얼떨결에 그와 눈이 마주쳤다.

"이제야 좀 봐 줄 만하군."

나는 그제야 카엘의 목걸이가 그의 손에 있다는 사실을 깨달았다.

내 목에는 펠루스에게 받은 루비 목걸이가 걸려 있다는 사실도.

"…아니, 지금 뭐 하시는 거예요?"

"뭐가?"

"남의 목걸이는 왜 갈취하시냐고요."

"갈취라니, 잠깐 맡아 준 것뿐이야."

그 말이 사실이었는지 펠루스는 순순히 내게 목걸이를 돌려주었다.

"…뭐지?"

나는 여전히 황당함을 감추지 못하면서도 다시 카엘이 준 목걸이를 하려고 했다.

"미리 경고하지."

그런데 그때, 펠루스가 의미심장하게 말문을 열었다.

어쩐지 예감이 좋지 않았다.

"그 목걸이, 잃어버리면 해고야."

역시나, 또 시작인가 싶어 한 소리 하려 했는데. 그의 표정이 썩 좋지 않았다.

덕분에 늘 그랬던 것처럼 그건 계약 위반이고, 부당한 일이라며 따져야 하는데 그럴 수가 없었다.

"…알았어요. 조심해서 잘 보관할게요."

결국, 섣불리 해서는 안 될 약속임을 알면서도 고개를 끄덕이고 말았다.

보석상에서 나온 나와 펠루스는 건물의 지하로 이동했다.

"이 건물 지하에 바깥과 이어진 통로가 있어."

일반인에게는 잘 알려지지 않은 통로라고 했다.

"그런 건 또 어떻게 아셨어요?"

"몰래 바깥을 돌아다니려면 이 정도는 필수지."

펠루스의 대답에 나는 황족의 삶이란 이런 거구나 싶어 고개를 끄덕였다.

지하 통로는 낡고 어두컴컴했으며 이상한 소리까지 들려왔다.

누군가가 흐느끼는 소리와 고함을 치는 소리가 내 고막을 때렸다.

심지어 한두 사람의 목소리가 아닌 것 같았다.

…여기, 대체 뭐야?

귀족이 아니면 들어올 수 없다는 말을 들었을 때부터 뭔가 있으리란 생각은 했지만, 이런 식일 줄은 몰랐다.

"거슬리겠지만, 신경 쓰지 마. 귀족들의 일탈 같은 거니까."

우습게도 정작 그렇게 말한 펠루스는 역겨워 죽겠다는 얼굴이었다.

"여기가 대체 뭐 하는 곳인데요?"

"사창가 비슷한 곳이지."

펠루스가 무심하게 대꾸했다. 하루 이틀 봐 온 꼴이 아니란 얼굴이었다.

"그렇군요."

나 역시 마찬가지로 무심하게 고개를 끄덕였다.

귀족들의 일탈 장소라는 이야기를 듣고 난 후, 어느 정도 짐작했던 사실이었다.

"의외로군."

중얼거림에 가까운 펠루스의 말에 나는 잠시 그를 응시했다. 그러다가 무어라 말을 꺼내려던 찰나.

툭.

"꺄아아악!"

천장에서 손바닥만 한 거미가 얼굴 위로 떨어졌다. 이런 미친! ×프킬라 어디 있어!

덕분에 나는 다급하게 손을 휘저으며 앞으로 달려갔다.

"…영애?"

뒤에서 당황한 펠루스의 목소리가 들려왔으나, 이미 그딴 건

안중에도 없었다.

그저 속으로 할 수 있는 욕이란 욕은 다 했다.

이런 ××!

그런 내가 달리기를 멈춘 것은 나를 쫓아온 펠루스에게 손목을 잡힌 후였다.

"우선 진정을 좀……."

하지만 그런 펠루스의 말은 제대로 끝을 맺지 못했다. 그에게 손목을 잡힌 반동으로 내가 얼떨결에 벽 치기를 한 탓이다.

"……."

"……."

덕분에 나와 펠루스는 코앞에서 서로의 얼굴을 마주하게 되었다.

겉으론 태연한 척하고 있었지만 나도, 그도 굉장히 당황한 상태임을 알 수 있었다.

나는 민망함에 귓가가 불타오르는 것을 느끼며 뒤늦게 정신을 차렸다.

에, 에헴!

헛기침을 한 내가 몸을 뒤로 물리자, 펠루스 역시 벽에 바짝 붙어 있던 몸을 뗐다.

"죄, 죄송해요. 제가 워낙 미친 박력의 소유자라."

"…그건 또 무슨 헛소리지?"

당황한 나머지 아무 말이나 입에 담은 내게 펠루스는 평소처럼 삐딱하게 굴었다.

하지만 그런 그의 태도 역시 평소보다는 조금 어색했다.

※

뒤늦게 나는 결코 고의는 아니었다. 절대 그럴 의도는 없었다. 정도의 변명을 덧붙이며 상황을 수습했다.

정작 펠루스는 그때의 일을 별로 입에 담고 싶어 하지 않는 기색이었지만.

똑똑.

"…으음, 들어와."

이른 새벽부터 방문을 두드리는 소리에 잠이 깬 나는 무심코 그리 답했다.

무의식중에 공작가에서 시중을 받던 일을 떠올린 탓이다.

"아직 안 일어났나?"

"…전하?"

내가 뒤늦게나마 정신을 차린 것은 결코 들려서는 안 될 목소리가 들린 후였다.

"이 시간에 여긴 왜 오셨어요?"

"이거 가져."

그리 말한 펠루스는 침대 옆 테이블에 상자 하나를 올려 두었다.

그 뜬금없는 행동에 나는 미간을 찌푸렸다.

"뭔지는 모르겠지만 싫어요."

"안 받으면 해고야."

아 진짜. 그놈의 해고.

해고가 무슨 동네북이냐! 여기가 현대였으면 콱 노조에 찔러 버리는 건데!

"그래도 안 받아요. 뇌물 사절."

"뇌물은 영애가 나한테 준 브로치지."

단호하게 대꾸한 펠루스가 말을 이었다.

"영애는 나한테 청탁할 일이 있지만, 난 영애에게 청탁할 일이 없으니 뇌물은 성립되지 않아."

"……."

구구절절 맞는 말이라 반박할 수 없었다. 사실, 졸려서 그럴 정신도 없었다.

"그럼, 난 이만."

그리 말한 그는 내가 무어라 할 틈도 없이 제 할 말만 하고 나가 버렸다.

"……?"

대체 뭐가 그리 급하다고 이렇게 이른 시각에 찾아와서 던져 주듯 뭔가를 주고 가 버리는 걸까.

의문이 생겼으나, 지금은 밀려오는 졸음을 해결하는 것이 우선이었다.

"…이게 다 뭐라고요?"

"전부 황태자 전하께서 보내신 겁니다."

시종의 한마디에 나는 할 말을 잃었다.

아침부터 다짜고짜 너나 가지라며 상자를 두고 가더니, 이건 또 뭐 하자는 건가 싶었다.

"이쪽은 아일렌 광산에서 캐낸 원석을 세공하여 만든 루비 목걸이 세트고, 이쪽은 마찬가지로 아일렌 광산에서 나온 다이아몬드를 세공하여 만든 귀걸이 세트입니다."

시종의 설명을 들으며 눈앞의 보석들을 살피던 나는 그것들이 펠루스와 함께 나간 날 보석상에서 산 것임을 깨달았다.

"전부 다시 가져가세요."

무슨 의도로 건넸는지 알 수 없는 선물은 받지 않는 게 현명하다. 그 상대가 펠루스라고 해도 말이다.

"하지만 전하께서······."

"전하께는 제가 잘 말씀드릴게요."

펠루스가 순순히 내 말을 들을 것 같지는 않았다. 그랬더라면 애초에 이렇게 막무가내로 보석들을 보내지도 않았겠지.

하지만 전에 들었던 것처럼 내가 그를 쥐락펴락한다는 소문이 돌고 있다면, 내 말 한마디에 시종은 흔들릴 것이다.

"···전하께 직접 말씀드리시겠다고요?"

그리고 아니나 다를까, 시종이 고민하는 기색을 보였다.

"네. 그러니 얼른 정리해 주세요."

나는 여유롭게 타이밍을 재다가 웃으며 말했다. 그러자 시종은 결국, 가져왔던 보석들을 다시 상자 안에 넣었다.

"···예. 알겠습니다."

"가능하면 빨리 보석상에 연락해서 가져가라고 해 주세요."

말을 마친 나는 만족스러운 얼굴을 했다.

"누구 마음대로 다시 가져가라는 거지?"

뒤이어 낯익은 목소리가 들려오기 전까지는 말이다.

"그걸 산 건 나인데, 영애가 무슨 권리로 돌려보내겠다는 거야?"

펠루스는 상당히 불쾌하단 낯을 하고 있었다.

쳇, 타이밍 한번 안 맞네.

하지만 나는 아무렇지 않은 척 웃으며 알은체를 했다.

"아, 오셨어요? 전하."

"말 돌리지 말고, 대답이나 해."

어휴, 정말. 나는 한숨을 내쉬며 입을 열었다.

"생일 선물이라면 그때 주신 목걸이로 충분해요. 게다가 아침에 단도까지 주고 가셨잖아요."

비몽사몽하고 정신이 없었던 터라 얼떨결에 받았는데, 잠에서 깨고 나니 후회스러웠다.

펠루스가 두고 간 상자에서 나온 단도의 비주얼이 장난 아니었던 것이다.

척 보기에도 나는야 눈이 튀어나올 정도로 비싼 단도! 라고 적혀 있는 것 같았다.

손잡이에는 무려 거대한 붉은색 루비까지 박혀 있었다.

"그런 걸 좋아하는 게 아니었나?"

펠루스가 이해할 수 없다는 얼굴을 했다.

나는 어디서부터 설명해야 할지 고민하다가 입을 열었다.

"부담스럽잖아요. 전 그래서 비싼 선물은 선호하지 않아요."

단호한 나의 대답에 펠루스는 잠시 고민하는 기색을 보였다. 그러다가 곧 어쩔 수 없다는 듯 입을 뗐다.

"…새로 산 게 아니야. 쓰던 건데 필요 없어져서 준 거지."

"왜 필요 없어지셨는데요?"

"그건……."

잠시 머뭇거리던 그가 말을 이었다.

"날을 갈아 달라고 했더니, 검 손잡이에 쓸데없는 짓을 했더군."

아무래도 손잡이에 박혀 있는 루비를 말하는 듯했다.

그러고 보니 전에 손잡이에 장식이 있는 건 실용성이 떨어져서 싫다고 했었지?

"쓰던 거라고 해도 비싼 거잖아요. 역시 싫어요."

하지만 그럼에도 여전히 부담스러운 건 마찬가지였다.

펠루스가 준 단도가 아까 시종이 보여 준 보석들보다 비싸 보였으니까.

"그거 싸구려야."

내 속마음을 읽기라도 한 듯, 들려온 대답에 나는 두 눈을 크게 떴다.

"싸구려라고요?"

"그래, 저잣거리 어딘가에서 산 걸 들고 다니던 거니까."

흐음, 대단히 의심스러운 대답이었다. 저잣거리 어딘가에서 산 단도가 저 정도로 고급스럽다고?

"못 믿겠다면 당장 사람을 풀어 그 가게 주인을 잡아 오지."

"…아뇨, 그러실 필요 없어요."

나는 고개를 저었다. 가게 주인은 또 무슨 죄인가 싶었다.

게다가 펠루스가 이렇게까지 하며 내게 거짓말을 할 이유가 없었다. 아마 진실이겠지.

"알았어요. 그럼, 보석들은 전부 돌려보내고 단도만 받는 걸로 할게요."

"…그래, 마음대로 해."

펠루스가 졌다는 얼굴을 했다. 하지만 이건 나로서도 꽤 많이 양보한 것이었다.

대체 왜 이런 일로 펠루스와 내가 서로 양보 따윌 하고 있어야 하는 건지 모르겠지만.

"아, 그리고 먼저 일탈을 입에 담은 제가 이런 말을 하긴 우습지만, 폐하께서 시키신 심부름은 정말 이대로 넘어가도 되는 걸까요?"

"글쎄."

나는 혹여나 그에게 피해가 가지 않을까 전전긍긍하고 있는데, 정작 펠루스는 별 감흥이 없어 보였다.

설마, 혼자 뒤집어쓸 생각은 아니겠지?

"만약 폐하께서 책임을 물으시면 꼭 제 이름을 파셔야 해요. 저랑 같이 사러 나갔는데 문제가 생겼고, 다 제 탓이라고. 아셨죠?"

나는 열심히 신신당부를 했고, 펠루스는 대충 고개를 끄덕였다.

어째, 이거 좀 불안한데. 내가 따로 황제를 만나서 밑밥을 깔아 놔야 하나?

☙

"말씀하신 보석은 모두 처분하여 아를레인 영애의 이름으로 시설에 기부했습니다."

"그래? 잘했군."

서류를 살피던 펠루스는 시종의 말에 고개를 끄덕였다.

오늘의 그는 어쩐지 기분이 좋아 보였다.

덕분에 시종은 평소보다 편안한 마음으로 보고를 마칠 수 있었다.

"아, 영애의 기분은 어때 보이던가?"

그런 펠루스의 물음에 시종은 생각에 잠겼다. 기분이 어때 보였냐고?

무려 제국의 황태자인 그에게 다양한 선물들을 받았으니, 당연히 기분이 좋아… 보여야 하는데.

"좋아 보이던가?"

"…아뇨, 좋아하시는 것 같지는 않았습니다."

말을 마친 시종은 슬쩍 눈치를 봤다.

혹여나 펠루스의 기분이 다시 나빠지면 어쩌나 싶었던 것이다.

"그래? 아직도 짜증을 내던가?"

다행스럽게도 그는 예상한 일이라는 듯 담담하게 물었다.

그 사실에 안심한 시종은 순순히 진실을 말했다.

"아뇨. 그건 아니고 오히려 매우 조용하신 편입니다."

시종의 말에 펠루스는 그게 무슨 소리냐는 얼굴로 물었다.

"기분이 좋은 건 아닌데, 조용하다고?"

"예. 굳이 말하자면, 평소와 똑같으십니다. 선물을 받았다는 자각이 없으신 느낌?"

"하."

펠루스는 어이가 없다는 듯 웃었다. 결코 유쾌한 웃음은 아니었기에 시종은 그대로 얼어붙었다.

"평소와 다르지 않다고?"

재차 이어진 펠루스의 물음은 중얼거림에 가까웠다. 하지만 겁에 질린 시종은 예? 예! 하는 얼빠진 대답을 내놓았다.

"그래, 알았어. 이만 나가 봐."

"네? 아, 네!"

갑작스레 떨어진 허락에 시종은 서둘러 집무실을 빠져나갔다.

덕분에 홀로 남겨진 펠루스는 그대로 두 눈을 감은 채 의자에 몸을 기댔다.

그는 지금 과로사하기 직전이었다.

에린과 함께 밖에서 하루를 보낸 탓에 밀린 업무를 전부 몰아서 처리해야 했기 때문이다.

덕분에 피곤하긴 했지만 의외로 펠루스의 기분은 나쁘지 않았다.

단도를 선물 받고도 별 감흥이 없는 에린의 태도가 마음에 걸리기는 했지만.

사실 황제가 심부름을 시켰다는 건 거짓말이었다.

그런 핑계라도 대지 않으면 에린이 자신을 따라올 리가 없다고 여겨 급하게 지어낸 말이었다.

아를레인 공작이 아끼는 딸의 생일 선물을 챙겨 주지 않았을 리 없지만, 그래도 에린에게 뭔가를 선물하고 싶었다.

그러니까 이건, 말하자면 일종의 특별 수당 같은 거였다.

처음보다 서류 처리도 제법 잘하게 됐고, 의외로 오래 버티기도 했으니까.

그래서 펠루스는 에린이 갖고 싶어 하는 선물을 알아내기 위해 그녀를 데리고 수도의 번화가로 향했다.

의도치 않게 몰린 인파 때문에 귀찮아지긴 했지만, 어찌어찌 보석상에 들어가게 됐다.

그리고 그때, 귀족 영애들이 보석이나 꽃을 좋아한다고 했던 아처의 말이 떠올랐다.

아마 에린도 비슷하지 않을까 싶었지만 아쉽게도 그녀는 보석에 큰 관심을 보이지 않았다.

오히려 제게 브로치를 사 주겠다는 말이나 하고 있었다. 지금 중요한 건 그게 아닌데.

그래서 그는 에린이 더 이상 브로치에 대한 이야기를 하지 못하도록 화제를 돌렸다.

 문제는 그렇게 돌린 화제에서 또 칼이라는 남자의 이름이 나왔다는 것이다.

 이번에는 목걸이를 사 줬다고 했다.

 그 사실을 알게 된 펠루스는 선수를 빼앗긴 것 같은 느낌에 기분이 크게 상했다.

 그래서 그는 충동적으로 다른 목걸이를 구입해 에린의 목에 걸어 줬다.

 더불어 그와 동시에 마음을 정했다.

 아까 에린이 무기상에서 봤던 호신용 단도가 제법 괜찮아 보인다는 말을 했으니 선물은 그걸로 하자.

 무기상은 그저 황제의 심부름을 하러 왔다는 거짓말을 그럴듯하게 만들기 위해 들른 장소에 불과했으나 의외의 수확을 얻었다.

 완벽하게 만족할 만한 답은 아니었지만, 아무렴 어떤가. 에린의 입에서 괜찮다는 말이 나왔는데.

 '단도의 손잡이를 장식할 보석은 목걸이와 어울리는 루비가 좋겠지.'

 빠르게 생각을 정리한 펠루스는 황궁으로 돌아오자마자 호신용 단도를 제작하는 이들 중 최고라 불리는 장인들을 은밀하게 불러 왔다.

 '돈은 얼마를 써도 상관없다. 아니, 오히려 많이 사용할수록 좋아. 단, 그 값을 눈치채지 못할 정도로 깔끔해야 해. 메인 장식은 루비를 사용해야 하고.'

화려하면서 심플하게 해 달라는 것만큼이나 까다로운 요구였다.
비싼 장식을 죄다 넣으면서 그런 티를 내지 말라니. 뭐 이런 해괴한 요구가 다 있나 싶었다.

'기한은 내일 오전까지.'

게다가 시간마저 매우 촉박했다.
어떻게 보더라도 무리한 요구였으나, 그들은 결국 해냈다.
제국 최고의 장인들이 밤새 머리를 싸매고, 고민한 끝에 펠루스의 품위 유지비로 책정된 일 년 치 예산 중 삼분의 이를 재료비로 사용한 역작을 탄생시켰다.
그리고 그렇게 탄생한 단도는 펠루스가 사용하다가 실용성이 떨어져 필요 없어진 것처럼 포장되어 에린에게 전해졌다.

※

같은 일을 계속 반복하다 보면 실력이 늘 수밖에 없나 보다.
처음에는 그저 서류를 읽는 것만으로도 벅찼는데, 이젠 빠르게 정리를 마치고 쉴 틈을 만들 수도 있었다.
그리고 그 여유만큼 다른 곳에 주의를 기울이는 일도 많아졌다.
예를 들면 펠루스에게 선물 받은 단도라거나.
"아무리 봐도 저잣거리에서 팔 만한 물건은 아닌데."
팔더라도 싸구려라고 칭할 정도로 값이 쌀 것 같진 않았다.
검에 박힌 장식이 모두 가짜라고 해도 이건 너무 섬세했다.

하지만 또 그렇게 생각하기엔 펠루스가 거짓말까지 해 가며 내게 비싼 선물을 안겨 줄 이유가 없었다.

내가 뭐 예쁘다고 이런 걸 줘?

"그래, 요즘 이상한 일이 너무 많았지."

공작가에서 충격적인 사실을 연달아 접하다 보니 의심병이 도진 모양이다.

"좋아 죽겠다는 얼굴이군."

서류 정리를 빠르게 끝낸 나는 카엘이 보낸 편지를 읽고 있었다.

"내게 자랑이라도 하는 건가?"

대뜸 들려온 펠루스의 말에 나는 황당하단 얼굴을 했다.

내가 카엘의 편지를 너한테 자랑해서 뭐 하겠니.

"갑자기 왜 시비를 걸고 그러세요?"

"시비라니? 그럼 나더러 근무 중에 딴짓하고 있는 걸 그냥 놔두라는 소리인가?"

요약하자면 자긴 눈코 뜰 새 없이 바쁜데 왜 나 혼자 놀고 있냔 소리였다.

"제가 해야 할 일을 다 마쳐서 쉬고 있었던 건데, 문제가 되나요?"

나는 곧장 그의 말에 반박했다.

펠루스 얘는 목걸이 때도 그렇고 왜 카엘에 대한 이야기만 나오면 이 모양인지 모르겠다.

혹시 나 모르게 둘이 원수라도 진 걸까?

…라고 생각했는데, 문득 전혀 다른 가능성이 머릿속을 스쳤다. 설마?

"전하, 혹시 푸른색 눈동자를 가진 사람이 취향이세요?"

그럴 가능성은 낮다고 생각하지만, 혹시 펠루스가 카엘을 좋아하나?

"…뭐?"

펠루스는 그답지 않게 당황한 얼굴을 했다.

뭐야, 왜 당황하는 건데. 설마 내 짐작이 맞는 거야?

"갑자기 그런 건 왜 묻는 거지?"

"그냥 문득, 궁금해져서요."

대충 얼버무린 나는 혹시나 하는 마음에 재차 물었다.

"혹시 유능하고, 활동적인 사람도 좋아하세요?"

아, 이건 너무 애매한 질문인가? 그렇게 생각한 나는 조금 더 구체적인 내용을 덧붙였다.

"예를 들면 승마나, 수영에 재능이 있다거나?"

운동을 잘하는 건 공작가의 유전적 특징인 건지, 에린은 물론이고 카엘 역시 승마나 사격, 수영 등에 재능이 있었다.

"…그런 사람을 굳이 싫어할 이유가 있나?"

그는 별걸 다 묻는다는 얼굴이었으나, 나는 갑자기 뒤통수를 세게 얻어맞은 것 같았다.

아니, 세상에! 펠루스 너, 우리 카엘 좋아하는구나!

"전하께서 보는 눈이 있으시네요!"

"…뭐?"

무슨 소리를 하는 거냐는 듯 미간을 찌푸린 펠루스를 무시한 채 나는 연신 고개를 끄덕였다.

그제야 그동안 카엘의 이름만 나오면 으르렁거렸던 그의 반응을 이해할 수 있었다.

펠루스는 카엘을 좋아하지만, 대놓고 그런 티를 낼 수는 없는 처지이다.

그런데 그런 자신의 앞에서 카엘에게 목걸이를 선물 받았다며 좋아하는 내가 얼마나 얄밉고 꼴 보기 싫었을까.

아마 내게 목걸이를 사 준 것도 카엘이 내게 목걸이를 선물했다는 사실을 질투했기 때문일 것이다.

그래, 그렇게 생각하니 앞뒤가 착착 들어맞았다.

아무리 생일 선물이라지만 솔직히 목걸이는 좀 뜬금없었으니까.

"역시, 그런 거였어."

"뭐가 그런 거였다는 거지?"

"아, 아무것도 아니에요."

여전히 의아한 기색이 가득한 그를 향해 나는 생긋 웃는 낯으로 고개를 저었다.

생각해 보니 펠루스는 내게 자신이 남자를 좋아한다는 사실을 밝힌 적이 없다.

그렇다면 적당히 모르는 척 넘어가 주는 게 예의겠지.

"그보다 여쭤보고 싶은 게 있어요."

그렇게 결론을 내린 나는 자연스레 화제를 돌릴 겸, 급하게 의논도 할 겸, 다른 주제를 입에 담았다.

"곧 다가올 행사에 대한 건인데. 제가 전하의 보좌관으로서 참석할지, 아님 공작가의 사람으로서 참석할지 정해야 하거든요."

"신전에서 치러질 봄의 여신제 말인가?"

"네, 맞아요."

내가 고개를 끄덕이자, 펠루스는 잠시 고민하는 기색을 보이더니 이내 말했다.

"내 보좌관으로서 참석해도 상관은 없지만, 아를레인 공작이 좋아할지 모르겠군."

"아버지께서는 크게 신경 쓰지 않으실……."

무심코 말을 꺼낸 나는 뒤늦게 아를레인 공작이 매년 신전에 내고 있는 어마어마한 기부금을 떠올렸다.

게다가 지금의 그는 원작 소설에서 봤던 묘사보다 훨씬 더 신전과의 관계를 중요시하는 것 같았다.

"…것 같진 않네요."

내가 펠루스의 보좌관으로 참석한다 해도 말리지는 않겠지만, 섭섭해하긴 할 것이다.

하지만 그렇다고 해서 황태자의 보좌관으로 입궁까지 한 마당에 공작가의 사람으로 참석하기도 뭐했다.

"정 그러면 영애가 직접 수를 놓은 손수건은 공작에게 주는 걸로 하지."

"아, 그럼 그나마 기분이 풀리실 수도 있겠네요."

펠루스의 의견에 나는 고개를 끄덕였다.

원작에 따르면 에린은 이 년에 한 번 돌아오는 봄의 여신제마다 공작에게 직접 수를 놓은 손수건을 선물했다.

신전에 제출할 손수건에 수를 놓으면서 공작의 몫도 함께 만든 것이다.

루릭스 제국에서 열리는 봄의 여신제에는 한 가지 전통이 있었다.

미혼의 귀족 영애라면 봄의 여신제 때마다 직접 손수건에 수를 놓고, 그것을 경매에 내놓는다.

가장 비싼 값에 손수건을 팔면 그해의 레이디가 되는 건데, 이

때 자신이 속한 가문의 영애가 수를 놓은 손수건은 사지 않는 게 규칙이었다.

하지만 그 규칙을 지키는 이는 드물었다.

어설픈 솜씨로 올해의 레이디가 된다면 비웃음거리만 될 테니, 그 정도까진 아니더라도 다들 암암리에 타인을 시켜 자신의 가문에 속한 레이디의 체면을 살려 주곤 했다.

문제는 에린의 경우, 그마저도 시도하기 어려울 만큼 자수 솜씨가 형편없었다.

소설로만 봤을 때는 얼마나 심각한지 감이 잡히질 않았는데. 내가 직접 해 본 결과 매우 형편없었다.

물론 딸 바보인 공작의 눈에는 그마저도 곱고 예뻐 보였겠지만.

아무튼, 이런 상황에서 내가 만약 아를레인 공작가의 사람이 아니라, 펠루스의 보좌관으로서 참석한다면 수를 놓은 손수건은 펠루스에게 줘야 한다.

다행스럽게도 지금은 펠루스가 그걸 사양했으니, 공작에게 선물해도 되겠지만.

"그런데 괜찮으시겠어요? 레이디의 손수건을 하나도 받지 못한 황태자라는 타이틀은 좀……."

사실 펠루스가 그런 걸 신경 쓸 타입은 아닌 것 같지만, 그래도 황족의 체면이라는 게 있지 않나 싶었다.

"상관없어. 그리고 영애의 손수건이라면 받지 않는 게 나아."

"네? 왜요?"

반사적으로 묻고 보니, 느낌이 좋지 않았다. 아무래도 좋은 소리가 나올 것 같진 않은데.

"형편없는 솜씨일 게 불 보듯 뻔하니까."

예상은 적중했다. 그는 빈정대는 것이 분명한 어조로 내 자수 솜씨를 비판했다.

"이런, 들켰네요."

나는 무어라 화를 내는 대신 순순히 인정했다. 솔직히 내가 봐도 에린의 자수 솜씨는 좀 아니었다.

"…의외로군."

"뭐가요?"

"화 한번 내지 않고 순순히 인정할 줄은 몰랐어."

"뭐, 맞는 말이니까요."

괜히 필사적으로 부정해 봐야 나만 더 우스워진다. 그리고 난 솔직히 부정해야 할 필요성을 느끼지 못했다.

"자수 하나 못 놓는다고 큰일이 나는 것도 아닌데요, 뭐."

자수 좀 못 놓으면 어떤가, 내가 자수 솜씨로 먹고사는 것도 아닌데.

※

펠루스가 돌아가고 난 후, 나는 필요한 책을 빌리기 위해 본궁의 도서관에 왔다.

"아오, 진짜! 왜 이렇게 다 위쪽에 몰려 있고 난리야."

꺼내려던 책에 손이 닿지 않아 받침대를 디디고 서 있는데, 뒤에서 익숙한 목소리가 들려왔다.

"오랜만이야."

고개를 돌리자, 그곳에는 나를 향해 웃고 있는 베스가 있었다.

나는 최대한 떨떠름한 기색을 숨기려 노력하며 웃었다.

"그래, 오랜만인 거 같네."

영혼 없는 대답을 내뱉은 나는 그대로 꺼내려던 책을 두고 받침대에서 내려왔다.

데자뷔도 아니고, 대체 왜 도서관만 오면 베스와 마주치는 걸까.

"그런데 여긴 어쩐 일이야?"

"필요한 책이 좀 있어서."

그리 말한 베스가 들고 있던 책들을 보여 주었다. 전부 기초적인 자수 도안이 기록된 책이었다.

나는 의아함을 감추지 못하고 물었다.

"너한테는 필요 없지 않아? 이 정도 도안은 눈 감고도 작업할 수 있잖아."

"왜? 너도 내가 심술을 부리는 것 같니?"

날이 잘 벼려진 칼 같은 물음에 나는 잠시 말을 골랐다.

아무래도 여신제 때만 되면 기초 서적을 싹 쓸어 가는 베스의 행동을 지적한 사람이 있었던 모양이다.

"다른 영애들이 기초도 모르는 작품을 내놓도록 해서 더욱 주목을 받고 싶어 하는 거라고, 너도 그렇게 생각해?"

원래의 에린이라면 이 부분에서 크게 당황했을 테고, 베스는 자신을 의심한다며 그녀를 몰아붙였을 것이다.

"아니, 그럴 리가. 넌 그냥 기초를 중요시하는 것뿐이잖아."

하지만 나 역시 그럴 필요는 없었다. 이로 인해 베스가 이상한 점을 눈치챈다면 뭐, 어쩔 수 없지.

"그래서 다른 영애들이 고난도의 자수 서적을 볼 때, 넌 기초 서적을 보고 있는 거잖아. 그게 왜 심술이야?"

베스가 소설 속 악역이긴 하지만 그렇다고 그녀의 진심과 노력을 폄하할 생각은 없었다.

다른 영애들은 어떻게 생각할지 모르나, 베스는 정말 기초를 중요하게 여기는 것뿐이었다.

그런 내 대답이 의외였는지 베스는 잠시 속을 알 수 없는 얼굴을 하다가 이내 말했다.

"그렇게 말해 줘서 고마워. 역시, 넌 내 가장 소중한 친구야."

진심과 가식이 미묘하게 뒤섞인 대답이었다.

"그런데 넌 따로 자수 연습 안 해?"

"하고 싶기는 한데, 영 짬이 안 나서 거의 손도 못 댔어."

"어머? 짬이 안 나도 짬을 내서 할 생각을 해야지."

그렇게 시작된 대화는 자연스레 여신제 때 선보일 자수에 대한 쪽으로 이어졌다.

"설마, 너 황태자 전하의 보좌관이 됐다고 대충 할 생각은 아니겠지? 만약 그런 거라면 솔직히 좀 실망일 것 같아."

"…어?"

그리 말한 베스가 들고 있던 책 중 하나를 내게 건네며 말했다.

"누군가는 자신이 직접 수를 놓은 손수건을 여신제에 출품하는 게 평생의 소원인 사람도 있으니까."

너도 그런 사람들에 대한 예의는 갖춰야지.

그렇게 말한 베스는 이만 가 봐야겠다며, 내게 인사를 한 후 도서관을 나섰다.

나는 그 뒷모습을 잠시 복잡한 얼굴로 바라보다가 몸을 돌렸다.

'예의는 갖춰야 한다, 라.'

7장.
이상하고 이상한 (3)

"…자수를 못 놓는다고 큰일이 나진 않는다고 말한 지 반나절도 지나지 않은 것 같은데, 내 기억이 잘못된 건가?"

그런 펠루스의 물음에 나는 바늘을 움직이느라 고개도 들지 않은 채 답했다.

"그때까진 그렇게 생각했는데 생각이 바뀌었어요. 누군가에게는 평생 꿈일지도 모르는 일이니까 저도 예의상 구색은 갖춰야 한다고… 앗!"

펠루스의 말에 대꾸하느라 집중력이 흩어진 탓인지 바늘로 손가락을 찔러 버렸다.

피가 날 정도로 깊게 찌른 건 아니니 다행인 건가.

"이봐! 지금 뭐 하는 거야!"

"아, 깜짝이야! 왜 소리를 지르고 그러세요?"

바늘에 찔린 것보다 펠루스가 소리를 지른 것 때문에 더 놀랐다.

"왜 소리를 지르긴, 화가 나서 그렇지!"

"…왜 화가 나시는데요?"

나는 진심으로 궁금했다. 내가 내 손을 찌른 것뿐인데, 왜 자기가 찔리기라도 한 것처럼 화를 내나 싶었다.

"그거야……."

펠루스 역시 그 점이 이상했는지 잠시 말끝을 흐렸다. 그러다가 이내 덧붙였다.

"…영애가 다치면 당장 급한 서류들을 나 혼자 봐야 하니까. 그래서 그런 거지."

"아, 그러시군요."

나는 떨떠름하게 대꾸했다. 뭐, 그런 이유라면 할 말이 없긴 하다.

가뜩이나 여신제 준비 때문에 정신이 없는 상황에서 일손이 줄어드는 건 큰 손실일 테니까.

"근데 아무리 그래도 그렇지 피 한 방울 안 나는데, 왜 이렇게 호들갑을 떨고 그러세요?"

"피가 나지 않는다고 부상이 아닌 건 아니니까."

뭐 이런 상처에 부상씩이나. 그렇게 안 봤는데 펠루스가 은근히 담이 작은 것 같다.

"상태를 보아하니, 당장 의원을 불러야겠군."

…라는 생각을 하기 무섭게 그가 시종을 시켜 의원을 부르려 했다. 아니, 저기요?

"전하, 이런 일로 의원을 부르시면 사람들이 욕하지 않을까요?"

인력 낭비도 이런 낭비가 없을 테니 말이다.

"누가?"

"어……."

"감히 누가 나를 욕한다는 거지?"

…그러게? 입지가 좁긴 해도, 황태자인 펠루스에게 욕을 할 사람이 있으려나?

"음, 황제 폐하께서 한 소리 하지 않으실까요?"

그래, 황제라면 능히 그러고도 남을 것 같았다. 한 소리 하는 정도가 아니라 기다렸다는 듯 꼬투리를 잡지 않을까?

"하루 이틀 겪는 일도 아니니 상관없어."

아니, 이건 이거대로 너무 짠 내 나는 대답이잖아.

결국 나는 입을 다물 수밖에 없었고, 급하게 불려 온 의원이 내 손가락에 난 상처…라고 말하기도 민망한 것을 살피게 됐다.

"상태는 어떤가? 나중에 덧날 위험은 없는 거겠지?"

그런 펠루스의 물음에 나는 기가 차다 못해 어이가 없었다.

이 정도로 상처가 덧나네 마네 하면 세상에 바느질로 먹고사는 사람들은 이미 다 죽었게?

"걱정하실 필요 없습니다. 상처에 별다른 문제는 없으니까요."

펠루스의 물음에 의원이 진지한 얼굴로 답했다. 덕분에 나는 더 민망해졌다.

"그것 보세요. 전 멀쩡하다니까요!"

"하지만……."

의원이 내 말을 자른 후, 말끝을 흐렸다. 나는 아주 약간 고개를 든 불안감을 애써 감추며 그를 응시했다.

"혹시 모르니 연고를 처방해 드리겠습니다. 그러니 제때 잘 발라 주세요."

바늘에 한 번 찔린 것을 가지고 연고라니. 심지어 척 보기에도 귀한 상처에 바르는 약 같았다.
"…감사, 합니다."
차마 고개를 들지 못할 정도로 민망함이 밀려왔다.
대체 왜 일을 벌인 건 펠루스인데, 민망함과 미안함은 내 몫인지 모르겠다.
"이렇게 부주의하면서, 무슨 자수를 놓겠다고 설치는 거지?"
"…네?"
그 와중에 펠루스는 옆에서 한술 더 뜨고 있었다.
"이런 식으로 할 거면 하지 마."
마치 내가 대형 사고라도 친 것처럼 말하는 그의 태도가 어이없었다.
그래서 나는 의원이 돌아가기 무섭게 보란 듯이 다시 바늘을 잡았다.
"…지금 뭐 하는 거지? 그렇게 다치고도 정신을 못 차렸나?"
"아니, 다치긴 누가 다쳤다고 그러세요?"
나는 여전히 자수틀에 시선을 고정한 채로 말을 이었다.
"그런 사소한 상처 하나에 연연하고 그러시면, 이 넓은 제국은 어떻게 다스리시려고요."
"황제 폐하께서 아직 건재하신 마당에 그런 걱정은 너무 이르지 않나?"
"사람 일은 모르는 거니까요."
실제로 원작 속 황제는 어떤 예고도 없이 갑자기 죽음을 맞는다.
덕분에 펠루스가 황제의 죽음을 사주한 것이 아니냔 말도 돌지만 그건 사실이 아니었다.
아마 병으로 죽었다고 했던 것 같은데, 정확한 건 기억이 나지 않는다.

"영애는 진심으로 내가 황제가 될 수 있다고 믿나?"

순수한 의문이 담긴 펠루스의 물음에 나는 바쁘게 움직이던 손을 멈추고 그를 응시했다.

"전하께서는 제국의 유일한 황태자이시잖아요."

"사람 일은 모르는 거라며."

"그렇긴 하지만, 어쩐지 제 예상으론 전하께서 황제가 되실 것 같아요."

"그런 말, 함부로 입에 담아서 좋을 게 없을 텐데?"

"그 정도는 저도 알아요."

자기가 먼저 말을 꺼냈으면서 뭐 어쩌라는 건지.

"전하가 물어보신 거니까 솔직하게 답한 거지. 저도 다른 곳에서는 함부로 입 안 열어요."

말 한번 잘못했다가 목이 날아가는 세상이니까.

질문을 던진 게 다른 사람이었다면, 아마 좀 더 신중하게 대답했을 것이다.

이런 생각이 드는 걸 보니, 확실히 내가 펠루스를 전보다 훨씬 편하게 생각하는 것 같긴 했다.

"그건, 내가 만만하다는 소리처럼 들리는군."

"…왜 매사를 그렇게 꼬아 들으시는지 모르겠네요."

"나고 자란 환경이 좋지 못하니, 어쩔 수 없지."

그리 말한 펠루스의 표정은 나쁘지 않았다. 오히려 좋아 보이기까지 했다.

뭐지? 자기 집안이 콩가루라는 말이 저렇게 웃으면서 할 소리인가?

나는 마땅히 대꾸할 말을 찾지 못하고, 고민하다가 겨우 한마디를 내뱉었다.

"음, 힘내세요."

"…뭐지? 그 성의 없는 위로는?"

"아무것도 안 하는 것보단 낫지 않나요?"

"차라리 아무것도 안 하는 게 나을 것 같은데?"

"아, 네. 알겠어요. 다음부터는 입 꾹 다물고 있을 테니까. 이만 돌아가 주시겠어요?"

저도 이제 개인적인 시간을 가져야 할 것 같아서.

덧붙여진 말에도 펠루스는 자리를 뜰 생각이 없어 보였다.

"볼일이 더 남으셨나요?"

귀찮아하는 기색이 역력한 나의 물음에 펠루스는 기다렸다는 듯 입을 열었다.

"내일이 무슨 날인지 알고 있나?"

"무슨 날……."

무심코 무슨 날이냐고 물을 뻔한 나는 문득 한 가지 사실을 떠올렸다.

"다, 당연히 알죠! 테라스 백작가에서 주최한 무도회가 있는 날이잖아요."

내 기억이 맞는다면 테라스 백작가에서 주최한 무도회는 함께 참석한 이들끼리 옷을 맞춰 입고 가는 것이 관례였다.

특이한 것은 성별이나 나이에 상관없이 적용된다는 점이었다.

가족과 함께 참석했든, 친구와 함께 참석했든 예외 없이 옷을 맞춰 입어야 했다.

"아닐 텐데."

"아니라고요?"

나는 의아하단 얼굴을 했다. 그럴 리가 없을 텐데.

"전하의 일정을 관리하는 사람으로서 맹세하건대. 아마 맞을……."

하려던 말이 툭 끊어졌다. 예고도 없이 코앞까지 얼굴을 들이민 펠루스 때문이었다.

"…지금, 뭐 하세요?"

애써 놀란 가슴을 진정시킨 내가 물었다. 그러자 그의 무심한 붉은색 눈동자와 잠깐 눈이 마주쳤다.

"머리에 뭐가 묻어서."

담담한 대답과 함께 펠루스는 담백한 태도로 내 머리 위에 있던 실밥을 떼어 보여 주었다.

"아."

"아까도 느낀 거지만, 영애는 참 칠칠치 못하군."

당황한 티를 내고 만 나와 달리 그는 태연하게 뒤로 물러나며 제자리를 찾았다. 가까웠던 거리가 순식간에 멀어진다.

"그리고 무도회가 아니라 사냥 대회야. 일주일 전에 백작으로부터 직접 들었지."

덧붙여진 펠루스의 말에 가출했던 넋이 돌아왔다.

"아니, 그 중요한 걸 왜 이제야 말씀하세요?"

"깜빡했으니까."

"……."

당당하기 짝이 없는 대답에 나는 도리어 할 말이 없어졌다. 어이가 없다는 얼굴로 한숨을 내쉰 내가 조금 늦게 입을 뗐다.

"그럼 의상은 따로 정하지 않아도 되는 거죠?"

"그래. 무도회가 아닌 사냥 대회니까, 그럴 필요 없지."

기분 탓인지 모르겠지만, 그는 조금 아쉬워하는 것 같았다. 의외로 무도회를 즐기는 타입인가?

"근데 그럼, 그 말 하려고 안 가고 계셨던 거예요?"

"그래."

펠루스가 고개를 끄덕였다. 나는 긍정의 대답이 들려오기 무섭게 물었다.

"그럼, 이젠 정말 볼일 다 끝나신 거죠?"

어쩐 일인지 이번에는 대답이 쉬이 돌아오지 않았다.

그 사실이 답답했던 나는 반강제로 펠루스의 등을 떠밀어 밖으로 내보냈다.

"이젠 정말 쉬고 싶어요, 전하. 안녕히 주무시고, 내일 뵙는 걸로 해요."

그러고는 펠루스가 무어라 할 틈도 없이 문을 닫아 버렸다.

방문이 닫히고 어느 정도 시간이 지난 후, 나는 침대에 걸터앉았다.

"아, 진짜. 깜짝이야."

아무리 자기가 남자를 좋아해도 그렇지 뭐 이렇게 자각도 없이 불쑥 얼굴을 들이밀고 난리람.

그땐 정황이 없어 몰랐는데, 다시 떠올리고 보니 얼굴이 화끈 달아올랐다.

정말, 심장에 해로운 얼굴이라니까.

소년과 남자의 경계에 있는 펠루스는 솔직히 두말하면 잔소리란 생각이 들 정도로 잘생겼다.

그러니 고작 머리에 붙은 실밥을 떼어 주는 것만으로도 상대를 당황시킬 수 있는 것이다.

"그래, 그런 얼굴을 불쑥 들이미는데 놀라지 않을 사람이 어디 있겠어?"

어느덧 침대에 있던 쿠션을 꽉 끌어안은 내가 연신 고개를 끄덕였다.

이건 절대 내가 얼빠인 게 아니라, 펠루스가 쓸데없이 잘생긴 거였다.

༺ ༻

바늘을 쥔 베스의 손이 능숙하게 손수건 위를 수놓았다. 순식간에 하얀 손수건 위로 나무가 자라고, 꽃이 핀다.

제법 복잡한 도안이었음에도 그녀는 금세 원하던 모양을 완성해 냈다.

일곱 살 때부터 거의 매일 손에서 바늘을 놓지 않았기에 가능한 일이었다.

객관적으로 봤을 때, 베스의 자수 솜씨는 매우 뛰어난 편이었다. 하지만 죽은 백작 부인은 그 사실을 인정하지 않았다.

'어머니, 제가 봄의 여신제에서 올해의 레이디가 되었어요.'
'에린은 여전히 아름답더구나.'

로레즈 백작 부인은 베스가 처음으로 올해의 레이디가 되었을 때부터 단 한 번도 그녀의 재능을 인정하지 않았다.

'너는 더 아름다워야 해.'

'그 아이보다 아름답지 못하다면, 네게 무슨 쓸모가 있겠니.'

조금 더 정확하게는 관심이 없었다. 그녀는 자신의 딸인 베스에게 관심도 애정도 없었다.

똑똑.

거기까지 생각하던 찰나, 노크 소리와 함께 누군가가 방 안으로 들어왔다.

"아버지."

베스가 나긋한 목소리로 상대를 불렀다.

덕분에 백작의 짙은 녹색 눈동자가 그녀를 응시했다. 자신의 딸을 보는 눈이라기엔 지나치게 차가웠다.

"제가 자수를 놓는 게 그렇게 못마땅하신가요?"

"그래, 여신제 따위가 뭐라고 그리 공을 들여 준비한단 말이냐."

한심하단 얼굴로 자신을 응시하는 백작을 향해 베스가 완성된 손수건을 내밀었다.

"아버지께서 늘 그러셨잖아요. 가문에 이득이 되는 사내와 결혼하라고."

분명, 백작은 베스에게 그리 말했었다.

"자수야말로 숙녀의 기본 교양이죠. 게다가 올해의 레이디가 된다면 나름 가산점이 있지 않겠어요?"

"정말 그게 목적이냐?"

짤막한 백작의 물음에 베스는 침묵했다.

"역시, 아직도 아를레인 영애에게 열등감을 느끼는 모양이구나."

백작은 웃기지도 않는다는 듯, 그녀를 비웃었다.

"그래서 결국, 너도 네 어미와 같은 길을 가겠다는 소리냐?"

"그렇다면 어쩌시겠어요?"

담담한 베스의 대답에 그는 말문이 막힌 듯, 잠시 입을 다물었다.

아내가 죽고 난 후, 자신의 딸은 어딘가 심하게 잘못되었다.

볼모만도 못한 처지의 왕자와 눈이 맞지를 않나, 쓸데없는 일에 나서지를 않나. 모든 것이 엉망이었다.

전에는 그래도 고분고분 말을 잘 듣는 아이였던 것 같은데.

실망이 이루 다 말할 수 없을 만큼 컸다.

"한심한 것."

그 말을 끝으로 백작은 뒤도 돌아보지 않은 채 방을 나섰다.

덕분에 홀로 남겨진 베스는 무심한 눈으로 들고 있던 손수건을 탁자에 내려놓았다.

"…열등감, 이라."

마냥 아니라고 부정할 수는 없었다. 하지만 단순히 열등감만 있는 것은 아니었다.

솔직히 말하자면 베스는 에린 세르틴 아를레인이 재수 없었다. 끔찍하게 싫었다.

그녀는 자신과 뭐가 그리 달라서, 그렇게 행복하단 말인가.

대체 무엇이 그렇게 행복해서 늘 웃고, 당연하다는 듯 모두에게 사랑받는단 말인가.

부친인 아를레인 공작도, 남동생인 카엘도 모두가 에린을 사랑했다.

그리고 이제는 그 얼음 같던 황태자의 마음까지 녹였다는 소문이 들려온다.
 많은 이들이 당연하다는 듯, 에린 세르틴 아를레인을 사랑한다.
 마치 모든 이야기의 중심에 그녀가 서 있는 것처럼 군다. 베스는 그 사실이 끔찍하리만큼 싫었다.

 '베스. 그렇게 책을 전부 빌려 가 버리면 다른 사람들은 어떡해? 아예 기초도 모르는 영애들이 난감해할 거야.'
 '너도 날 의심하는 거야? 내가 너한테 질까 봐 기초 서적을 전부 가져가는 것 같니?'
 '그런 게 아니야, 난 그저……'

 친구라더니, 가장 먼저 자신을 의심하는 꼴도, 다른 사람을 배려한답시고 나서는 꼴도 마음에 들지 않았다.
 친구라며, 가장 친한 친구라며. 근데 왜 나를 못 잡아먹어 안달인 이들의 편을 드는 건데?
 그런 에린의 모습을 보고 있으면 잠시나마 그녀를 친구라 여긴 스스로의 모습이 바보같이 느껴졌다.
 그렇게 베스의 안에서는 조금씩 에린을 원망하는 마음이 생겨났다.
 늘 자신의 눈치를 보는 꼴도 마음에 들지 않았고, 착한 척 답답하게 구는 것도 짜증 났다.
 내가 원하는 모든 걸 다 가져 놓고 넌 왜 그따위로밖에 못 살아? 왜 멍청하게 굴어?
 쌓이고, 고여 버린 감정이 조금씩 썩어 갈 즈음이었다.

'아니, 그럴 리가. 넌 그냥 기초를 중요시하는 것뿐이잖아.'

'그래서 다른 영애들이 고난도의 자수 서적을 볼 때, 넌 기초 서적을 보고 있는 거잖아. 그게 왜 심술이야?'

에린이 변했다.

마치 다른 사람이라도 된 것처럼 변해 버렸다.

덕분에 베스는 혼란스러워졌다. 지금껏 자신이 미워했던 에린과 전혀 다른 사람을 마주하는 기분이었다.

혼란스럽고, 동시에 원망스러웠다.

대체 왜 너는 이제야 내가 원했던 말을 들려주는 걸까.

난, 이미 네가 끔찍하게 싫은데. 그래서 손수 판까지 벌여 놨는데.

※

"어머, 오랜만에 뵙는 것 같아요. 아를레인 영애."

테라스 백작가의 사냥터에 입장하고, 펠루스와 헤어지기 무섭게 여기저기서 알은척을 해 왔다.

"그러네요. 잘 지내셨죠?"

나는 누군지 기억도 나지 않는 영애의 얼굴을 보며 적당히 웃었다.

일주일 전, 갑작스레 행사 내용이 바뀌었음에도 사냥터는 사람들로 북적였다.

심지어 무도회에 초대받지 않았던 사람들까지 오고 싶어 안달이었다고 한다.

백작의 사냥터가 온갖 희귀한 사냥감이 득실거리기로 유명한 탓이다.

부를 가져다준다고 소문난 금빛 공작새나, 은빛 뿔을 가진 사슴 등.

게다가 대부분이 위험하지 않고, 잡는 데도 별 어려움이 없는 사냥감이었기에 더욱 많은 이들이 탐냈다.

"몇 년 만의 사냥 대회인지 모르겠네요."

"불미스러운 일로 인해 제법 오랫동안 사냥터를 개방하지 않겠다는 뜻을 밝히셨으니까요."

"네. 그러셨다고 들었어요."

그들이 입에 올린 불미스러운 일이란, 루딘 황태자 시해 사건을 뜻했다.

전 제국을 떠들썩하게 한 이 사건 이후로 사교계는 오랜 시간 침체기를 겪었다.

덕분에 대부분의 귀족들은 외부 활동을 거의 하지 않았고, 당연히 사냥터 같은 곳도 오랫동안 개방되지 않았다.

"진범이 따로 있다던데, 진짜일까요?"

"글쎄요. 진실은 범인만이 알겠죠."

"정말이지, 소름 끼쳐요."

한낱 귀족 영애들이 입에 담아도 될 주제는 아니었다. 그 사실을 그녀들도 아는지 목소리를 낮춰 수군대기 시작했다.

나는 남의 일을, 그것도 누군가의 죽음을 가십거리로 소비하는 그들의 행동이 마음에 들지 않았다. 그래서였다.

"어머, 전하!"

내가 아무것도 모르는 척, 반갑게 펠루스를 부른 것은.

"매일 뵈었지만, 여기서 뵈니 더 반갑네요. 지금 입고 계신 옷 정말 잘 어울리세요."

내가 열심히 재잘거릴수록 곁에 있던 영애들의 표정은 굳어만 갔다.

혹여나 내가 자신들이 했던 말을 입 밖에 내지는 않을까 불안해하는 눈치였다.

반면 영문을 모르는 펠루스는 의아한 듯, 미묘한 표정을 짓다가 조용히 다가왔다.

"영애."

펠루스가 나와 그만 들을 수 있는 정도의 거리까지 다가와 속삭이자 주변에서 난리가 났다.

실상은 그가 나를 부른 것뿐인데, 다들 온갖 상상의 나래를 펼치고 있는 모양이다.

"그새 뭘 잘못 주워 먹었나? 왜 안 하던 짓을 하고 그러지?"

"……."

거봐, 이럴 줄 알았지.

하지만 나도 펠루스도 표정에는 큰 변화가 없었다.

이렇게 많은 사람이 보고 있는 앞에서 평소처럼 티격태격할 수는 없으니까.

"필요에 의해 전하를 이용한 것뿐이에요."

틀린 말은 아니었다. 죽은 황태자의 이야기를 가볍게 입에 담는 모습이 보기 싫어 펠루스를 이용했으니까.

내가 웃는 낯으로 당당하게 말하자, 그는 어이가 없다는 얼굴을 했다.

그러다가도 금세 표정을 숨긴 채 말했다.

"그렇다면 나도 영애를 이용해야겠군. 그게 공평하지."

내가 무어라 대꾸할 틈도 없이 펠루스가 몸을 뒤로 물렸다. 더 이상 은밀한 대화를 주고받을 필요가 없단 의미였다.

그가 나를 향해 한 손을 내밀었다.

잡아. 소리 없이 입만 움직여 전달된 명령에 나는 순순히 손을 얹었다.

주변에서 누군가 숨을 들이켜는 소리가 들려왔다. 누군가는 소문이 진짜였다고 수군댔다.

펠루스는 나를 이용한다고 했지만, 이건 나도 바라던 바였다.

지금은 사냥터에 입장한 지 제법 시간이 흐른 후다.

이런 시기에 당당하게 손을 잡고 돌아다닐 수 있는 건 부부나, 결혼을 앞둔 연인 정도였다.

혹은, 곁에 있는 사람이 온전한 자신의 편임을 과시하고 싶은 경우거나.

내가 노리는 것은 후자였다.

아마 대부분의 사람들은 전자를 떠올릴 것이다. 소문처럼 나와 펠루스의 사이가 범상치 않다고.

하지만 후자의 경우도 떠올리지 않을 수는 없을 것이다. 나는 그걸로 족했다.

"왜 아무 말이 없지?"

갑작스레 들려온 펠루스의 물음에 나는 의아한 얼굴을 했다. 그러는 그도 별말 없이 나와 사이좋은 척하느라 바빴으면서.

"어설프게 다정한 척 입을 여는 것보단 그냥 방긋 웃고 마는 게 낫지 않을까요?"

"그게 아니라……."

그리 말한 펠루스의 표정이 조금 일그러졌다. 언뜻 한숨을 내쉰 것 같기도 했다.

"보통은 화를 내야 하지 않나?"

"왜 화를 내야 하죠? 전하께서 절 억지로 끌고 가고 있는 것도 아니고."

이해하기 힘든 물음이었다. 미리 날 이용하겠다는 말까지 했으면서 뭐가 그리 두려워 이렇게 무르게 구는 건지.

"게다가 저도 바라던 상황이라서요. 전하랑 이렇게 손잡고 걷는 거."

말하고 보니 펠루스에게 사심이라도 있는 것처럼 들렸지만, 뭐 어떤가 싶었다.

이렇게 말해도 알아서 찰떡같이 알아듣겠지.

"…지금 이게 좋다고?"

"네."

나의 긍정을 끝으로 펠루스는 다시 얼마간 말이 없었다. 덕분에 이어진 침묵이 어색했던 나는 괜히 아무 말이나 꺼냈다.

"근데 여기선 누가 가장 사냥에 능하신가요?"

하나도 궁금하지 않았지만, 사냥터에서 마땅히 꺼낼 주제가 없었다.

"가장 많은 사냥감을 잡아 온 사람에겐 기념으로 배지를 준다던데."

"…배지가 탐나나?"

"네?"

아, 그런 뜻으로 들렸나? 딱히 그런 건 아닌데.

어떻게 생겼는지도 모르는 배지보단 사냥 자체에 흥미가 있었다. 총을 잡아 볼 기회는 흔치 않으니까.
"그래, 알았어. 최대한 빠르게 다녀올 테니, 얌전히 있도록 해."
하지만 펠루스는 내가 무어라 해명할 틈도 없이 자기가 하려던 말만 마치고 그대로 훌쩍 가 버렸다.

※

테라스 백작은 제 사냥터에 몰려든 귀족들을 보며 뿌듯한 얼굴을 했다.
사냥 대회의 시작은 매우 순조로웠다. 참가한 이들의 수만 봐도 그랬다.
개인적인 사정이 있어 불참한 아를레인 공작과 공자, 그리고 문제가 생겨 조금 늦게 도착할 것 같다는 로레즈 백작 영애를 제외하면 대부분의 고위 귀족들이 참석했다.
게다가 공식 석상에 아주 드물게 얼굴을 비치는 황태자까지 이곳에 있으니. 그야말로 대박이었다.
그들의 손에 잡힐 사냥감들이 조금 아쉽기는 했으나, 그래도 이만하면 남는 장사였다.
이번 사냥 대회에 참석하고 싶어 안달이 난 귀족들에게 중개상을 통해 초대장을 팔아먹고 거금을 챙겼다.
그리고 애초에 귀족들의 어설픈 사냥 실력으론 한 사람당 기껏해야 한 마리를 겨우 잡을까 말까 할 것이다.
타앙!
"벌써 스물다섯 마리째네요."
"……."

"몰랐는데, 황태자 전하께서 사냥에 소질이 있으신가 봅니다."

분명 그래야 하는데. 펠루스가 백작의 사냥터를 초토화시키고 있었다.

뭐지? 평소에는 사냥에 관심도 없는 거 같더니. 왜 하필 오늘!

…설마, 황태자가 참석한다는 사실을 빌미로 초대장을 비싸게 팔아넘긴 게 걸렸나? 그것 때문에 심기가 불편해져서 저러는 건가?

온갖 생각을 다 하던 백작은 불안과 초조함 속에 떨었다. 물론 그런 와중에도 펠루스의 사냥을 감히 말릴 생각은 하지 못했다.

사냥 대회라는 이름으로 개최한 행사에서 사냥을 못 하게 할 수는 없는 노릇이니까.

하지만 이대로 놔뒀다간 아끼던 사냥감들의 씨가 마르는 것은 시간문제였다.

"저, 전하?"

철컥— 타앙!

테라스 백작의 부름과 동시에 방아쇠를 당긴 펠루스가 뒤늦게 고개를 돌렸다.

"무슨 일이지?"

그새 또 사슴 한 마리를 잡은 펠루스 때문에 백작은 울고 싶은 심정이었다.

'쟨 또 왜 이렇게 쉽게 잡혀!'

귀하지만 잡기 쉽다는 소문은 거짓이었다.

공격적인 성향이 덜한 대신, 발이 굉장히 빨라서, 어설픈 실력으론 털끝 하나 건드리지 못할 텐데.

타앙! 탕탕탕!

"아, 씨. 왜 이렇게 빨라?"

바로 옆에서 총알만 낭비하고 있는 이들의 모습에 백작은 더욱 혼란스러워졌다.

그래, 저게 정상인데 말이지.

"저, 전하께서 너무 무리를 하고 계시는 것 같아서요. 잠시 쉬시는 건······."

"됐어."

일말의 망설임도 없는 거절에 백작은 당황했다. 아니, 벌써 스물여섯 마리째인데 양심이 있으면 좀 쉬어라!

타앙!

물론 그런 백작의 바람은 이루어지지 않았다.

"스물일곱 마리째입니다!"

근처에 있던 귀족 영윤 하나가 존경스럽다는 얼굴로 숫자를 셌다. 백작의 속에서 천불이 난 것은 당연한 일이었다.

"그, 제가 감히 전하께 드릴 말씀이 있는데 잠시만 시간을 내주시면 안 되겠습니까?"

다급한 백작의 말에 펠루스는 사냥감을 향해 겨누고 있던 총구를 내렸다.

"급한 일인가?"

"예! 급한 일입니다."

자신의 사냥터가 궤멸하는 꼴을 두고 볼 수 없었던 백작이 다급하게 말했다.

그러자 펠루스는 어쩔 수 없다는 듯 곁에 있던 시종에게 총을 맡긴 후 백작을 따라나섰다.

백작은 그를 천막으로 데려왔다.

"송구한 말씀이나 혹시 제가 전하의 심기를 거스른 일이 있다면 부디 용서해 주십시오!"

펠루스가 천막 안으로 들어오기 무섭게 백작이 고개를 숙였다.

무엇이 그의 심기를 거슬렀는지 모르겠으니 일단 고개부터 숙이고 보자는 전략이었다.

"내게 용서를 구하고 싶다?"

펠루스가 특유의 서늘한 눈빛으로 자신을 응시하자, 백작이 움찔했다.

"…네, 그렇습니다."

덕분에 그는 반 박자 정도 늦은 대답을 해야 했다.

이렇게 싸늘한 눈빛을 받을 때마다 백작은 펠루스가 아직 어린 소년이라는 사실이 믿기지 않았다.

"하나만 묻지."

"예? 예! 무엇이든 하문하십시오."

백작의 대답에 잠시 망설이는 기색을 보이던 펠루스가 물었다.

"지금까지 나보다 많은 사냥감을 잡은 자가 있나?"

"그게……."

전혀 예상치 못한 질문이었기에 테라스 백작은 크게 당황했다.

자신을 이용해 사리사욕을 채운 사실을 눈치채고 분노한 게 아니었단 말인가?

아니면 다 알고 있으면서도 괜히 다른 소리를 하며 떠보는 건가?

"…아뇨, 없습니다."

백작은 일단 사실을 고했다. 어쩐지 있어도 없다고 해야 할 것 같은 느낌이 들었다.

"그렇군."

예상이 적중했는지 그가 무심코 중얼거렸다. 그러고는 재차 입을 뗐다.

"그럼 상품으로 준비된 배지를 내가 가져가도 되는 건가?"

"예?"

펠루스의 물음에 백작은 어리둥절한 얼굴을 했다.

배지? 설마, 사냥 대회의 우승 상품인 그 싸구려 배지를 말하는 건가.

잠시 고민하던 백작은 순순히 고개를 끄덕였다.

"…예. 물론입니다."

이런 상황에서 배지 같은 거야 아무래도 좋았다.

애초에 그리 귀한 것도 아니고, 그냥 사냥 대회의 상징에 불과했으니까.

"그래, 그럼 그렇게 알고 있도록 하지."

그리 말한 펠루스의 기분이 묘하게 좋아 보였다.

마치 간절히 원하던 것을 손에 넣은 사람처럼 말이다.

'에이, 설마.'

백작은 속으로 고개를 저었다.

황태자씩이나 되는 이가 그런 싸구려 배지 따위에 연연할 리가 없다. 그저 자신의 착각이겠지.

"저, 주인님 어디 계십니까? 큰일 났습니다!"

그때, 막사 바깥에서 테라스 백작을 찾는 집사의 목소리가 들려왔다.

이에 몸을 돌린 백작이 무어라 대꾸할 틈도 없이 막사 안으로 달려온 집사가 말했다.

"아를레인 영애께서 사냥터에 있는 호수에 빠지셨습니다!"
 다급한 집사의 말에 백작은 당황한 얼굴을 했다.
 하필 사냥터를 개방한 날 사고가 터지다니. 날벼락도 이런 날벼락이 없었다.
 "…호수에 빠져? 그게 무슨 소리지?"
 먼저 정신을 차리고, 질문을 던진 것은 펠루스였다. 그는 거의 본능적으로 집사를 다그쳤다.
 "당장 그녀가 있는 곳으로 안내해!"
 설명을 들을 시간도 아깝다는 듯, 조급하게 구는 펠루스의 모습에 집사는 두 사람과 함께 서둘러 막사를 빠져나왔다.

❦

 펠루스를 배웅하고 난 후 찾아온 시간은 굉장히 무료했다.
 함께 대화를 나눈 영애들이 없는 것은 아니었으나, 그럼에도 무료했다.
 뭐 재밌는 일 안 생기려나?
 기껏 사냥 대회에 참석했는데 남자들이 돌아올 때까지 얌전히 있어야 한다니, 너무 아쉬웠다.
 물론 그렇다고 자진해서 위험에 뛰어들 생각은 없지만.
 "저, 아를레인 영애……."
 나는 생전 처음 보는 영애의 부름에 의아한 얼굴을 했다. 은은한 금발이 인상적인 영애였다.
 "제게 무슨 볼일이라도 있으신가요?"
 그러자 그녀는 조금 머뭇거리는가 싶더니 곧 입을 열었다.

"괘, 괜찮으시면, 영애와 함께 차를 마실 수 있는 영광을 주시겠어요?"

차 한 잔 마시는 데 무슨 영광까지야.

나는 순순히 그러겠다고 대답하려 했으나, 찰나 머릿속을 스치는 생각이 있었다.

사냥 대회에 참석한 이들 중 에린에게 호의적인 이들은 거의 없다.

호의적인 인물이 있었다고 해도 조금 전 보란 듯이 펠루스의 곁에서 시선을 끌었으니, 지금은 또 마음이 어찌 변했을지 모를 노릇이다.

"안녕하세요, 아를레인 영애."

그때 불쑥 갈색 머리의 영애가 웃으며 인사를 건네 왔다. 그러고는 먼저 와 있던 금발의 영애를 응시하며 말했다.

"영애도 참, 수줍음이 많으셔서 탈이에요. 아를레인 영애의 의사를 여쭤봐 달라고 부탁드렸는데 너무 늦으셔서 걱정했어요."

진심으로 걱정했다고 보기엔 무리가 있을 정도로 날카로운 어조였다.

이에 겁을 먹은 듯 금발의 영애가 고개를 숙였다.

"…걱정 끼쳐 드려서 죄송해요."

"아니에요. 하루 이틀 있는 일도 아니고. 다만, 다음에는 제가 걱정하는 일이 없도록 해 주셨으면 좋겠어요. 저희는 친구잖아요."

"무, 물론이죠!"

친구는 무슨, 누가 봐도 상하 구분이 확실한 관계였다.

하지만 그렇다고 타인의 인간관계에 일일이 간섭하고 싶은 마음은 없었기에 조용히 있었다.

"아, 너무 저희끼리만 이야기해서 죄송해요. 제 옆에 계신 영애께서 낯을 조금 가리시거든요."

"그렇군요."

그럼 처음부터 낯을 안 가리는 사람이 직접 왔으면 될 일이다.

무슨 사교계의 일진들도 아니고, 왜 내 안부를 다른 사람의 입을 통해 묻는지 모르겠다.

"…죄송하지만."

거기까지 생각한 나는 머뭇거리는 척 말을 이었다.

"저도 낯을 좀 가리는 편이라서, 일단 먼저 오신 분과 이야기를 나눈 다음 결정하고 싶은데, 어려울까요?"

먼저 온 금발의 영애가 그나마 속이 덜 시커메 보여서, 대화를 나누기에 적합할 것 같았다.

"…두 분만요?"

"네. 물론 어렵다면 어쩔 수 없고요."

"아, 아뇨. 아니에요! 제가 늦게 온 몸이니 당연히 자리를 비켜드려야죠."

완전한 허락이라 하기엔 미묘한 대답이었건만, 그녀는 내가 당장 자신을 거절하지 않았다는 사실에 의의를 두려는 듯했다.

"그럼 두 분이서 말씀 잘 나누세요."

그렇게 말한 그녀는 순식간에 자리를 떠났고, 나와 금발의 영애만이 남았다.

덕분에 나는 고민 없이 입을 열 수 있었다.

"아까 그 영애와는 어떤 사이신가요?"

"…네?"

잠시 당황한 얼굴을 하던 그녀는 내 눈을 어색하게 피하다가 겨우 답했다.

"…그분과는 친구예요."

스스로 말하고도 자신이 없어 보였다. 갈 곳을 잃은 시선과 떨리는 손이 증거였다.

"저, 아를레인 영애만 괜찮으시다면 조금 걸어도 될까요?"

하지만 그녀는 그것을 티 내고 싶지 않았는지 산책을 제안했고, 나는 이를 받아들였다.

"좋아요."

그렇게 시작된 산책은 나쁘지 않았다.

오랜만에 바깥을 마음껏 돌아다닐 수 있는 것도 좋았고, 그녀와 나눈 대화도 제법 재밌었다.

"왜 제게 차를 마시자 제안하신 건가요?"

물론 그렇다고 해서 원래의 목적을 잊지는 않았다. 나는 그녀가 내게 접근한 이유를 알고 싶었다.

"물론 감사한 말씀이지만, 친분이 없는 이에게 할 만한 제안은 아닌 것 같아서요."

"그건……."

그래서 일부러 인적이 드문 호숫가에 도달했을 때에 맞춰 질문을 던졌다.

듣는 귀가 없다면 그녀가 조금이라도 편하게 말을 꺼낼 수 있지 않을까 싶어서였다.

"그건, 그냥 제가 아를레인 영애에게 개인적인 관심이 있어서. 그래서 그런 거였어요."

"아하, 그러셨군요."

하지만 그녀는 쉽게 진실을 털어놓을 마음이 없어 보였다.

뭐, 어쩔 수 없지. 그녀의 입장에서는 나 역시 믿을 수 없는 사람일 테니까.

"저, 그럼 저도 하나만 여쭤봐도 될까요?"

그리 물은 그녀는 내가 별다른 거절의 뜻을 보이지 않자 곧장 덧붙이듯 물어왔다.

"황태자 전하와는 정확하게 어떤 사이신가요?"

"아, 그건……."

함부로 대답하기 곤란한 질문이었다.

사실대로 말하자니 모두를 기만했음을 인정하는 꼴이고, 그렇다고 연인이다. 결혼할 사이다. 라는 식의 거짓말을 하기엔 후폭풍이 두려웠다.

"전하께서 영애를 매우 아끼셔서 곁에 두신다는 소문이 있던데."

조심스레 이어진 물음에 나는 어색한 웃음으로 답했다.

자세한 건 답하기 곤란하다며 얼버무리면서도 다양하게 해석할 여지를 남긴 것이다.

"…소문이 사실, 이었군요."

그녀는 조금 놀란 기색을 보이다가 곧 침착한 얼굴을 했다. 찰나, 그녀의 얼굴에 스산한 빛이 스친 것도 같았다.

설마, 착각이겠지?

"그건 그렇고, 이제 그만 돌아… 어?"

"제가 말씀드렸잖아요."

돌아가야 하지 않겠냐는 말을 하려고 했다.

그런데 발이 미끄러지면서 내 몸이 천천히 뒤로 기울어졌다.

실수로 발을 헛디딘 것이 아니다. 누군가가 의도적으로 나를 민 것이다.

바로 내 옆에 있던 금발의 영애가.

"영애한테 개인적인 관심이 있었다고."

느릿하게 이어진 말과 함께 영애는 싸늘하게 웃었다.

그런 그녀의 얼굴을 마지막으로 시야에 담은 채 나는 호수에 빠졌다.

❧

"영애! 영애는 어디 있지?"

"그, 그게……."

절박하게 에린을 찾는 펠루스의 모습에 천막 안에 있던 의원들은 크게 당황했다.

아를레인 영애와 황태자가 보통 사이가 아니라더니!

"죽고 싶은 게 아니라면 당장 말해!"

"그, 그게……. 가장 오른쪽에 있는 천막 안에 계십니다!"

의원 하나가 다급하게 방향을 알려 주자 그는 뒤도 돌아보지 않고 뛰어갔다.

호수에 빠졌다니.

얌전히 있으라고 그렇게 이야기를 했는데, 대체 어쩌다가 이런 사고를 당한 건가 싶어 속이 바짝 타들어 갔다.

천막 안에 있다는 걸 보면, 어찌어찌 구해지긴 한 것 같은데. 아직 눈을 뜨지 못한 상태면 어쩌지?

이대로 영원히 깨어나지 못하면 어쩌지?

별의별 생각이 다 들었다.

그래서 그는 에린이 있는 천막까지 단숨에 뛰어왔으면서, 정작 안으로 들어가기를 망설였다.

두 눈을 감은 채 시신처럼 싸늘하게 누워 있는 그녀의 모습을 마주한다면 견딜 수 없을 것 같았다.

"황태자, 전하?"

그러다가 막 천막에서 나오던 의원과 마주쳤다. 펠루스는 고민 끝에 겨우 입을 뗐다.

"영애의 상태는 좀 어떻지?"

"그게……."

그저 잠시 말끝을 흐린 것뿐인데, 불안감이 엄습했다.

"…일단, 안으로 드시지요."

펠루스는 끝까지 말을 아끼는 의원 때문에 여전히 불안한 마음을 감추지 못했다.

"저쪽에 계십니다."

에린은 제법 넓은 천막의 끄트머리에 있는 침대 위에 있었다.

펠루스는 그녀에게 시선을 고정한 채, 걸음을 옮겼다. 마침내 손을 뻗으면 에린에게 닿을 수 있을 거리까지 온 그는.

"허억! 깜짝이야……. 전하, 여긴 언제 오셨어요?"

멀쩡하게 침대에 앉아 과일을 먹고 있던 에린과 마주했다.

※

처음 맛보는 과일에 정신이 팔린 나는 그가 천막 안에 들어왔다는 사실을 뒤늦게 알아챘다.

"하."

그 사실이, 혹은 내 모습이 어이가 없었는지 펠루스가 헛웃음을 터트렸다.

뭐, 그럴 만도 하다. 나는 호수에 빠졌다는 말이 무색할 정도로 멀쩡했으니까.

물에 빠진 생쥐 꼴이라는 점만 빼면 평소와 다를 것이 없었다.

"영애의 상태는 어떻지?"

그래도 혹시나 싶었는지 펠루스가 의원에게 물었다. 이에 돌아온 대답은 간단하고도 단호했다.

"멀쩡하십니다. 애초에 호수에서도 스스로 헤엄쳐서 나오셨고요."

"…스스로 헤엄을 쳐서 나왔다고?"

펠루스는 제 귀를 의심하는 기색이었다.

활동적인 디자인이라고는 하나, 내가 드레스를 입은 채로 호수에서 스스로 헤엄쳐 나왔다는 사실이 믿기지 않는 듯했다.

"아 그게, 제가 원래 운동 신경이 좋은 편이라서요."

나는 애매하게 웃었다. 정확하게는 진짜 에린의 능력이었다.

그녀는 소설 속 주인공답게 못하는 게 없는 능력자였다. 딱 하나, 자수를 빼면 말이다.

"그러니 너무 걱정하실 것 없어요. 전하께서는 저를 너무 과보호하시는 경향이…….''

그런 내 말은 끝을 맺지 못했다. 펠루스가 나를 덥석 끌어안은 탓이다.

"정말, 죽고 싶어?"

"…어."

아무리 봐도 호수에 빠져 죽을 뻔한 사람한테 할 말은 아닌 것 같은데.

물론 눈치 없이 그 사실을 입 밖에 내지는 않았다.

"진짜, 죽을 수도 있었다고."

평소처럼 화를 내는 것이 아니라, 속에 담아 두었던 말을 차례대로 꺼내는 그의 모습이 낯설었다.

"내 곁에 있겠다는 건 그런 의미야. 언제 사고로 위장당해 죽을지 모르는 삶을 사는 것."

말을 마친 펠루스가 나를 자신의 품에서 떼어 냈다. 덕분에 마주한 얼굴은 무심하고, 무표정했다.

하지만 나는 그가 금방이라도 울 것 같다는 생각을 지울 수 없었다.

8장.
폭풍 전야 (1)

 덕분에 무슨 말을 해야 좋을지 알 수 없었다.
 펠루스는 이미 형인 루딘 황태자를 잃은 경험이 있다. 어쩌면 모친인 황후도 비슷한 방식으로 잃었을지 모른다.
 그러니 내가 호수에 빠졌다는 소식을 듣고, 또 같은 일이 벌어졌을지도 모른다는 생각을 하며 달려왔을 가능성이 컸다.
 "…죄송해요."
 내가 사과할 일은 아니었지만, 그럼에도 사과해야 할 것 같은 기분이 들었다.
 "앞으로는 더 조심하도록 할게요."
 오늘 같은 상황은 내가 조심한다고 해서 해결될 일이 아니었지만, 지금은 이렇게 말하는 게 최선이었다.
 "…그래."
 내가 순순히 사과하자, 할 말이 없어졌는지 펠루스가 어정쩡한 대답을 했다.

일단 기분은 좀 풀린 건가? 안심해도 되는 거겠…….

"에취!"

아, 이런. 어쩐지 예감이 좋지 않았다. 설마, 호수에 좀 빠졌다고 감기에 걸린 건 아니겠지?

그러고 보니 몸이 좀 으슬으슬 추운 것 같기도 하고.

"푸에취!"

"…정말, 가지가지 하는군."

연달아 재채기를 하며 코를 훌쩍거리는 내 모습을 펠루스가 한심하단 얼굴로 쳐다봤다.

거참, 조금 전까지 온갖 걱정은 다 한 것처럼 굴더니. 이럴 땐 또 매정하다니까.

"내가 보좌관을 둔 건지, 상관을 둔 건지."

그리 중얼거린 펠루스가 겉옷을 벗어 내게 덮어 주었다. 그러고는 나를 안아 들었다.

'…응?'

그 일련의 동작이 너무도 자연스러워 나는 잠시 멍한 얼굴로 그를 응시했다.

그러다가 이대로 천막을 나가려는 펠루스를 향해 뒤늦게 말했다.

"당장 내려 주세요!"

아니, 얘는 진짜. 아무리 남자를 좋아해도 그렇지, 뭐가 이렇게 아무렇지 않은 건지 모르겠다.

정작 나는 의도치 않게 벌어진 접촉 때문인지 심장이 뛰어 죽겠는데.

"싫어."

"아니, 진짜……."

무어라 더 항의하려던 나는 문득 어떤 사실을 깨닫고 큰 충격을 받았다.

"잠깐, 근데 이 옷 혹시 황실 디자이너의 작품인가요?"

"아마 그렇겠지."

무심한 펠루스의 대답에 나는 경악했다.

"그럼, 이거 엄청 비싼 옷 아니에요? 게다가 물에 젖으면 안 되는 소재 같은데……."

거기까지 말한 나는 이미 제법 젖어 있는 옷자락을 본 후 말을 잃었다.

이번엔 아까와 다른 의미로 심장이 뛰었다. 세상에, 펠루스 너 제정신이니?

나는 최대한 펠루스가 덮어 준 겉옷에 몸을 붙이지 않으려 노력하며 말했다.

"이 옷을 조금이라도 살리고 싶으시면 절 빨리 내려 주시는 게 좋을 거예요!"

"…이런 상황이면 보통은 다른 걸 지적하지 않나?"

"다른 거요?"

"이렇게 갑자기 안아 든 행동을 지적한다든가, 아님 자신이 무겁지는 않을까 걱정한다든가."

글쎄. 에린의 몸에 빙의한 이상 적어도 후자에 대한 걱정은 하지 않아도 될 것 같은데.

주인공 버프라도 있는 건지, 이 몸은 아무리 먹어도 살이 잘 찌지 않는 체질이었다.

덕분에 이곳에 온 후로 나는 다이어트를 해야겠단 생각을 단한 번도 하지 않았다.

뭐, 그래도 예의상 물어봐 주긴 해야겠지?

"제가 많이 무거우세요?"

"그래. 너무 무거워서 팔이 떨어질 것 같아."

"……."

아니, 이 자식이?

나를 놀리려고 하는 말임을 알지만 면전에 대고 저런 말을 들으니 짜증이 나는 건 사실이다.

심지어 내가 먼저 안아 달라고 한 것도 아니고, 자기가 안아 든 거면서.

"저처럼 가녀린 레이디에게 어찌 그런 말씀을 하실 수 있죠? 이럴 거면 그냥 내려 주세요."

"나도 그리하고 싶지만, 영애가 내 보좌관인 이상 그럴 수는 없지."

…아니, 이건 또 무슨 논리야?

나는 기가 막힌다는 얼굴을 했다. 그가 또 어떤 궤변을 늘어놓을지 진심으로 궁금해졌다.

"영애가 친 사고의 수습은 내가 해야 한다는 의미야."

"전 사고를 친 게 아니라 당한 건데요? 그것도 생전 처음 본 사람 때문에."

사실을 정정한 나의 대답에 펠루스의 표정이 굳어졌다.

"…그건 또 무슨 소리지?"

반응을 보아하니 아무 소식도 듣지 못한 채 정말 달려오기만 한 모양이다. 그런 그를 위해 나는 입을 열었다.

"글쎄요. 이름을 물어볼 새도 없이 호수에 빠진 터라."

말하고 보니 확실히 이상한 상황이었다. 서로 통성명도 하지 않은 채 대뜸 차를 마시러 가자는 제안을 하다니.

결국 차를 마시는 대신 산책을 했지만, 지금 생각해 보면 진짜 목적은 이쪽이 아니었을까?

"이름을 모른다면, 생김새는 기억하나? 머리색이라든지 눈동자 색이라든지."

"머리색이라면 기억나요. 약간 은은한 금발이었고, 눈동자 색은 회색이었던 거 같아요."

나는 나를 밀었던 영애의 인상착의를 간단히 설명했다.

내가 설명을 마치자 펠루스는 곁에 있던 시종에게 명령해 금발의 영애들을 모두 한곳에 모으라고 명했다.

그러고는 여전히 나를 안은 채 천막을 나섰다.

"전하, 설마 이대로 마차까지 가실 생각은……."

아니시겠죠, 라고 물으려던 나는 그대로 말을 멈췄다.

천막에서 나오기 무섭게 바깥에 있던 이들 중 한 명과 눈이 마주친 탓이다.

익숙한 녹색의 눈동자가 나를 응시하다가 떨어진다.

'베스.'

마치 나와 안면이 없는 사이인 것처럼 단호하게 돌아간 고개가 낯설다.

평소 같았으면 보란 듯이 다가와 호들갑을 떨며 괜찮으냐고 물었을 그녀다.

속이야 어떻든 대외적으로 베스는 나와 가장 친한 친구니까.

하지만 그녀는 지금 나를 외면하고 있었다.

원작 소설에서 에린이 당한 모든 일들을 사주하고도 끝까지 아무엇도 모르는 척 그녀의 곁을 지켰던 베스가.

 나는 부디, 지금의 변화가 긍정적인 것이기를 바라고 또 바랐다.

✤

 나를 호수에 밀어 빠트린 영애의 가문은 귀족파에 속해 있었다.

 그녀는 귀족파 수장의 딸이면서, 황태자와 가까이 지내는 내가 마음에 들지 않아서 일을 꾸몄다고 실토했다.

 미리 호숫가 근처에 있던 경비병들을 매수해 주변에 사람들이 다가오지 못하게 하고, 나를 그곳으로 유인한 후 일을 치는 게 목적이었다고.

 중간에 우리 사이에 끼어들었던 영애는 그녀의 시녀로 나를 방심시키기 위해 귀족 영애인 척했다고 한다.

 …라는 게 대략적인 사건의 내용인데.

 나는 그것을 곧이곧대로 믿을 수 없었다.

 이번 사건을 계기로 나를 호수에 빠트린 영애와 그녀의 가문은 작위를 박탈당하고 평민과 다를 바 없는 삶을 살게 됐다.

 시녀 역시 나를 해하려는 계획에 가담한 죄를 물어 평생을 감옥에서 나오지 못하게 됐다.

 반면에 나는 잃은 것이 아무것도 없다.

 그날 물에 빠진 여파로 감기 기운이 좀 있는 게 전부였다.

 내가 정말 죽이고 싶을 만큼 미웠다면, 고작 이런 허접한 수를 썼을 리가 없다.

에린 세르틴 아를레인의 취미가 승마와 수영이란 사실은 굳이 공을 들여 조사하지 않아도 알 수 있을 만큼 흔한 정보다.

그런데 그런 나를 그냥 호수에 밀어 넣고 끝낸다고? 어이가 없을 정도로 허술한 계획이었다.

심지어 그녀는 내가 물에 빠져 허우적댈 때 금세 다른 곳으로 이동했다.

당시의 나는 그게 어떻게든 용의 선상에서 벗어나기 위해 한 행동이라고 생각했지만, 그런 것치고 그녀는 순순히 자신의 범행을 자백했다.

"혹시 이 명단 안에서 영애에게 원한을 가질 만한 사람이 있나?"

펠루스 역시 나와 비슷한 의문을 품은 것인지 내게 종이 한 장을 건넸다.

나를 죽이려 했던 영애와 평소 친분이 있던 이들의 이름이었다.

"아뇨. 원한은커녕 대부분 잘 모르는 이름이에요."

나의 대답에 펠루스는 잠시 생각에 잠긴 얼굴을 하다가 물었다.

"혹, 달리 짐작 가는 사람은 없나? 평소에 사이가 좋지 않았다든가."

"글쎄요."

나는 잠시 생각에 잠긴 척을 하다가 고개를 저었다.

"아무리 생각해 봐도 모르겠어요. 제가 워낙 착하게 살았던 터라."

"그것참, 재미없는 농담이군."

"제가 아무리 재미없어도 전하만 할까요."

나의 반박에 펠루스는 무어라 몇 마디를 더했다. 평소처럼, 마치 아무 일도 없었다는 듯이 우리는 떠들어 댔다.

"마지막으로 하나만 묻지."

방을 나가기 직전 그가 물었다.

"정말 짐작 가는 사람이 없나?"

제법 의미심장한 물음에 나는 고개를 저었다.

"없어요."

단호하게 돌아온 대답에 펠루스는 얼마간 말이 없었다. 그러다가 곧 푹 쉬라는 말과 함께 방을 나섰다.

그가 돌아가고 난 후 나는 그대로 침대에 몸을 던졌다.

감기가 심한 것은 아니지만, 펠루스가 사람 일은 모르는 거라며 강제로 휴가를 던져 주고 갔다.

감기가 다 나을 때까지는 방에서 한 발자국도 못 나가게 사람을 붙여 감시할 거란 말도 했다.

그냥 당분간 푹 쉬고 몸조리 잘하라고 말하면 될 것을.

물론 정말 팔자 좋게 쭉 쉴 생각은 없었다.

오늘은 펠루스의 뜻이 너무 강경해 쉬겠지만, 내일부터는 다시 업무에 복귀해야 했다.

얼마 남지 않은 여신제 준비 때문에 바쁠 텐데. 펠루스 혼자 그걸 다 하게 할 수는 없으니까.

"근데 이미 다 눈치챈 건가?"

내가 이번 사건의 배후를 알고 있다는 사실 말이다.

"확실하지 않고 증거도 없어서 말하지 않으려 한 건데. 그냥 말하는 게 나았으려나."

하지만 그랬더라면 어쩐지 펠루스가 당장 그 가문을 뒤엎으러 갔을 것 같다는 생각이 들었다.

그래, 그렇게 생각하면 역시 입을 다무는 게 좋을 것 같다.

일단, 지금 내가 의심하고 있는 사람은 베스였다.

그녀는 이미 원작에서 지금과 비슷한 상황을 만든 적이 있었다.

에린을 죽이거나 큰 해를 끼치지는 않았지만, 그녀의 주변에서 크고 작은 사고가 계속 일어나게 만든 것이다.

누군가가 에린에게 악의를 가지고 있다는 티가 나도록.

항상 모두의 사랑을 받던 에린에게 난생처음 마주한 타인의 악의란 매우 낯설고 두려운 것이었다.

덕분에 그녀는 자신도 모르는 사이 천천히 정신적으로 망가지기 시작한다.

그게 바로 베스가 노리는 바였다.

더불어 사냥 대회에 홀로 늦게 참석한 것도 의심스러웠다. 혹시나 일이 틀어졌을 경우, 의심을 피하기 위해 일부러 늦은 것이 아닌가 싶었다.

문제는 이러한 사실들이 모두 내 추측에 불과하다는 점이다.

마땅한 증거나 증인이 있는 게 아니다. 그저 원작 소설의 내용을 통해 유추한 것일 뿐.

그래서 나는 베스가 의심스럽다고 솔직하게 말할 수 없었다.

그렇게 주장해 놓고 그 근거가 소설 속에서 이런 내용을 봤기 때문이라고 말할 수는 없으니까.

"전에 말씀하셨던 것들입니다."

시종의 말에 펠루스는 제 앞에 놓인 서류를 읽기 시작했다.

전부 그가 짐작했던 대로였다. 에린을 호수에 빠트린 영애는 그저 꼭두각시에 불과했다.

눈앞에 놓인 서류들이 바로 그 증거였다.

"이제 어떻게 하실 겁니까?"

그리 묻는 시종의 의도는 분명했다.

"신중하게 생각하셔야 할 문제입니다."

그답지 않게 덧붙인 말은 애원에 가까웠다.

평소의 펠루스였다면, 최적의 타이밍을 기다렸다가 이를 터트릴 테지만, 어쩐지 지금의 그는 그렇게 하지 못할 것 같았다.

시종의 걱정을 깨달은 펠루스가 입을 열었다.

"내가 당장 로레즈 백작 영애를 만나 담판이라도 지을까 봐 불안한가?"

정곡을 찌르는 물음에 시종의 얼굴이 하얗게 질렸다. 제발 그것만큼은 참아 달라고 당장 애원이라도 할 기세였다.

"그 정도로 대책 없이 굴 생각은 없으니 걱정 마."

그렇게 말한 펠루스는 손짓으로 시종을 내보냈다.

이걸 어쩐다.

사건이 터지기 전, 베스 헤일론 로레즈가 이번 사건의 범인으로 지목된 영애의 가문과 남몰래 접촉한 흔적을 발견했다.

당시에도 이미 귀족이라 부르기 힘들 정도로 상황이 좋지 않았던 영애의 가문은 베스가 제안한 거래를 받아들였다.

그녀가 원하는 대로 움직여 주는 대신 평생 먹고살 수 있는 돈을 받는 것. 그게 거래 조건이었다.

한 가지 의아한 것은 그 돈이 공작 영애인 에린에게 해를 끼친 후 감당해야 할 후폭풍보다 가치가 있냐는 사실이었다.

결과적으로 에린은 큰 해를 입지 않은 반면, 그들은 귀족의 지위를 잃고 평민으로 전락했다.

게다가 이것은 임시로 취해진 조치일 뿐 아직 끝이 아니었다.

다른 것도 아니고 아를레인 공작 영애를 건드린 일이니 공작도 가만히 있지 않을 테고, 펠루스 역시 마찬가지였다.

최소한 어느 외딴섬에 처박혀 평생 육지를 밟지 못하도록 할 생각이었다.

그리된다면 베스가 건네준 돈 따위 쓸 기회도 없을 테니까.

'역시, 이상해.'

그들은 정말 이런 상황을 조금도 예상치 못했을까?

에린을 아낀다는 소문만 무성한 펠루스는 둘째 치더라도, 아를레인 공작의 딸 사랑은 모두가 알아주는 바였다.

그런데 그런 그녀를 건드리고도 무사히 돈을 챙길 수 있으리라 믿었다고?

그 점이 펠루스는 계속 마음에 걸렸다.

예상했던 대로 이번에 벌어진 사건과 로레즈 백작가를 엮는 일은 실패했다.

베스가 이번 일을 친 영애의 가문에 돈을 주려 했던 건 그녀의 처지가 딱해서 그런 거였다고 주장한 탓이다.

다른 가문이면 몰라도 로레즈 백작가는 원래 평민이나, 몰락 귀족들에게 기부금을 명목으로 다양한 지원을 하는 데 앞장서는 곳이었다.

그러니 이런 특이한 주장도 변명이라 여겨지지 않는 것이다.

더불어 로레즈 백작가는 황제파에 속한 가문이었고, 제법 유서 깊은 역사를 가지고 있었다.

황태자인 펠루스라고 해도 쉽게 건드리고, 들쑤실 수 있는 가문이 아니란 소리다.

아마 에린 역시 그 사실을 알기에 입을 다물기로 결정했을 것이다.

괜한 짓이니까, 이번 일로 백작가와 척을 져 봤자 펠루스에게 도움이 되지 않으니까.

거기까지 생각이 미치자 그는 가슴이 답답해지는 것을 느꼈다.

에린 세르틴 아를레인.

펠루스가 결코 엮이고 싶지 않았던 이름이다.

그래서 그는 많은 이들이 그녀의 외모를 비롯한 많은 것들을 찬양할 때도 큰 관심을 두지 않았다.

에린의 이름 뒤에 붙은 아를레인이라는 성은 그에게 과거를 떠올리게 하는 낙인이었고, 족쇄였다.

그래서 펠루스는 처음에 일방적인 증오와 원망의 마음으로 에린을 대했다.

하지만 그 태도는 차츰 흐려지기 시작했다.

그녀가 아무렇지 않게 보인 배려와 호의에 펠루스는 조금씩 물들어 갔다.

증오는 조금씩 녹아내리고 그 자리에는 다른 이름 모를 감정들이 채워지기 시작했다.

정신을 차리고 보니 어느새 에린과 아무렇지 않게 떠드는 자신을 발견했다.

형인 루딘이 죽은 후 단 한 번도 꿈꿔 본 적 없는 일상이었다.

하지만 그럼에도 펠루스는 자신의 마음을 모르는 척하고 부정했다.
다른 사람도 아니고, 에린 세르틴 아를레인이라니.
절대 안 될 일이었다.
하지만 그 사실을 안다고 해도, 끊임없이 두 눈을 가리고 부정해도 도달하는 결론은 결국 같았다.
에린이 호수에 빠졌다는 말을 들었을 때, 펠루스는 루딘이 죽었다는 소식을 들었을 때만큼이나 충격을 받았다.
그녀가 죽지 않았기를, 다치지 않았기를 간절히 바랐다.

'허억! 깜짝이야……. 전하, 여긴 언제 오셨어요?'

매우 멀쩡한 상태의 에린을 마주한 순간, 펠루스는 깨달았다.
더 이상 부정하는 것은 의미가 없음을.
이것이 보답받지 못할 마음이고, 그 끝이 낭떠러지라고 할지라도 변하는 것은 없다.
그는 이미 에린을 마음에 담고 말았으니까.

※

"잘 지냈어? 몸 상태는 좀 어때?"
베스의 물음에 나는 입가에 가져갔던 찻잔을 내려놓았다.
그런 나를 향해 그녀가 말했다.
"네가 계속 답장을 주지 않을 것 같아서 직접 찾아왔어."
그녀의 예상은 정확했다. 나는 그동안 베스가 보낸 초대장을 단 하나도 남김없이 불쏘시개로 사용했다.

자잘한 티 파티나 피크닉부터 크게는 로레즈 백작가에서 열리는 무도회 초대장까지 전부.

나는 의도적으로 베스를 피하고 있었고, 그녀는 그 사실을 눈치챈 것이다.

"왜 그동안 답장도 없…….."

"왜 그랬어?"

나는 아무것도 모르는 척 베스의 말을 자르며 물었다.

"왜 그렇게까지 했어?"

내가 재차 던진 물음에 그녀는 웃었다. 그런 질문이 들려올 것을 예상한 눈치였다.

"무슨 소리야? 난 네가 대체 무슨 말을 하고 있는 건지 모르겠어."

정말 아무것도 모른다는 듯 뻔뻔한 태도에 나는 별말 없이 차만 홀짝거렸다.

그러자 베스의 표정에 작은 균열이 생기기 시작했다.

그 균열이 어느 정도 벌어졌다고 생각될 즈음, 나는 입을 열었다.

"나는 네 속을 모르겠어."

"…뭘 모르겠다는 거야. 설마, 너 나 의심하니?"

베스의 물음에 나는 아무 대답도 하지 않은 채 그녀를 응시했다. 그러자 베스는 그것을 긍정의 의미라 받아들였다.

"그래, 그런 게 아니라면 네가 내 초대를 피할 이유가 없겠지."

확신에 가까운 베스의 말에 나는 느긋한 태도로 물었다.

"너, 혹시 찔리는 구석이라도 있어?"

"아니, 그럴 리가."

자로 잰 듯 칼같이 이어진 대답이 의심스러웠다. 하지만 이 정도론 부족했다.

내게 필요한 건 그녀가 이번 일과 엮여 있다는 확실한 증거였다.

"찔리는 구석이 있는 게 아니면 왜 이렇게 날카롭게 굴어? 난 그냥, 어차피 곧 볼 건데 굳이 이렇게 날 찾아온 이유가 궁금했을 뿐이야."

내가 느긋한 태도로 덧붙인 말에 베스는 조금 동요한 기색을 보였다. 하지만 그것은 찰나였고, 그녀는 곧 다시 태연한 얼굴을 했다.

"너, 왜 말을 그렇게 해? 우린 친구잖아."

"그래? 근데 왜 정작 사냥 대회 당일엔 나한테 알은척도 안 했어?"

베스의 말을 빌리자면 친구인 내가 호수에 빠지는 사고를 당한 직후였는데 말이다.

"그거야 황태자 전하께서 너랑 둘만 있고 싶어 하시는 것 같아서 그랬지."

이번엔 펠루스의 핑계를 대며 빠져나가는 건가? 참 까다로운 상대였다.

"그 영애에게 기부금을 주려고 했었다며?"

그래서 나는 더 이상 말을 돌리지 않기로 했다.

많은 의미를 담고 있는 나의 말에 베스는 조금 가라앉은 눈을 했다.

"…거봐, 역시 너도 날 의심하잖아."

언뜻 실망한 기색을 내비치는 베스를 느긋하게 응시하던 내가 말했다.

"라이론 베르턴."

그 짤막한 단어에 실망한 척 평정심을 유지하던 그녀의 표정이 일그러졌다.

"네가 그걸 어떻게……."

라이론 베르턴은 로레즈 백작이 남몰래 운영하고 있는 술집이었다.

사실 좋게 포장해서 술집이지 사창가 비슷한 역할을 하고 있었다.

그리고 여기서 중요한 건 그 술집의 존재 자체가 엄청난 기밀이라는 것이다.

"그 영애한테 들었어."

나는 눈 하나 꿈쩍하지 않고 거짓말을 했다. 호수에서 본 것을 마지막으로 나는 그 영애를 본 적이 없다.

내가 술집의 존재를 알고 있는 건 원작 소설을 읽은 덕분이었다.

"그럴 리가 없어."

베스는 필사적으로 부정했고 나는 그녀를 향해 웃어 주었다.

"그럴 리가 없긴, 돈으로 산 관계만큼 얄팍한 게 어디 있다고."

나의 대답을 들은 베스의 표정이 순간 기이할 정도로 차분해졌다.

하지만 그것은 오래가지 못했다.

"아니, 조금 더 정확하게는 마약이라고 해야겠지?"

"……."

내가 별거 아니라는 투로 뱉은 말은 제법 충격적인 내용을 담고 있었다.

"처음부터 이상했어. 고작 돈 때문에 나를 해치려 든다는 게."

나는 공작의 딸인 데다, 황태자의 보좌관까지 겸하고 있다.

즉, 나를 해한 상대는 잘못하면 공작가와 황태자의 분노를 한 번에 받을 각오를 해야 한다.

그런데 그 대가가 고작 기부금이란 이름으로 떨어질 돈이라니. 아무리 생각해도 밑지는 장사였다.

그래서 나는 생각을 조금 바꿔 보기로 했다.

모든 대가를 감수하더라도 움직여야 할 만큼 큰 약점을 잡힌 거라면?

이를테면, 제국에서 법적으로 엄격하게 금지하고 있는 마약과 연관된 거라든가.

그러다가 떠오른 것이 원작 속에 등장한 라이론 베르턴이었다.

라이론 베르턴은 제국어로 은밀한 비밀이라는 뜻을 가진 단어이자, 백작가에서 운영하는 술집이었다.

평범한 술집보다는 사창가에 가까웠고, 그보다 주된 용도는 마약 유통처였다.

원작 속 라이론 베르턴은 주로 베스가 에린을 궁지에 몰아넣는 데 이용하고 버릴 사람들을 모으는 데 사용됐다.

대부분 몰락 귀족 출신인 그들은 마약에 중독되어 베스가 원하는 대로 쓰이다가 버려졌다.

"너, 제법 재밌는 소설을 쓰는구나? 작가를 해도 되겠어."

담담하게 빈정거린 베스가 말을 이었다.

"그래. 네 말이 모두 맞는다고 치자, 그렇다면 내가 이번 일을 사주했다는 증거는 어디 있지?"

"……."

"아님 하다못해 네가 말한 라이론 베르턴이란 사창가가 어디 있는지 정도는 알아야 하는 거 아냐?"

아무 증거도 없는 주제에 무슨 배짱으로 나를 협박하는 거지?

덧붙여진 베스의 말에는 짙은 조소가 서려 있었다. 나는 그저 담담하게 입을 뗐다.

"난 라이론 베르턴이 사창가라는 말한 적 없는데."

"……!"

"뭐, 이렇게 알아서 실토해 주면 나야 고맙지만."

그리 말한 나는 무표정한 얼굴로 눈앞에 있는 베스를 응시했다.

"아, 그리고 위치라면 알고 있어. 일 층에 보석상이 있는 번화가의 건물 지하 통로에 있잖아."

제법 상세하게 덧붙여진 설명에 베스의 눈이 차게 식었다.

"그게 기어이 배신을……."

분노에 찬 말을 중얼거리는 베스의 태도는 차분했고, 그래서 더 싸늘하게 느껴졌다.

그 상태로 얼마간 침묵을 지키던 베스가 입을 뗐다.

"…그래, 인정할게. 이번 일 전부 내가 사주했어."

순순히 긍정하는 베스의 모습에 나는 의아한 얼굴을 했다. 이렇게 쉽게 인정하리란 생각은 하지 않았기 때문이다.

"하지만 네가 라이론 베르턴에 대해 안다고 해서 달라질 것은 없어."

"그래, 그렇겠지."

베스의 대답에 나는 씁쓸하게 웃었다.

펠루스가 그곳을 거슬려 하는 티를 냈을 때부터 나는 그 장소가 마음에 걸렸다.

황제 때문에 펠루스의 입지가 좁아졌다고는 해도, 겨우 사창가 하나 없애지 못할 리는 없으니까.

그것도 법으로 금지한 마약을 남몰래 유통하고 있는 장소라면 더욱.

하지만 그 장소를 황제가 눈감아 주고 있는 거라면 이야기가 달라진다.

황태자인 펠루스조차 쉽게 건드릴 수 없게 되는 것이다.

"계속 느낀 건데… 너."

갑작스레 들려온 베스의 부름에 나는 생각하던 것을 멈추고 그녀를 응시했다.

"얼마 전부터 완전히 다른 사람이 된 것 같아."

아, 이런.

뭐 이렇게 쉽게 눈치채 버리고 마는지 모르겠다.

내가 연기를 못하는 건지, 아님 다들 눈치가 빠른 건지.

어쩌면 둘 다일 수도 있겠다는 생각을 하며, 나는 입을 열었다.

"사람이 평생 한결같을 수는 없잖아?"

"그래, 평생 한결같을 수는 없지."

베스는 덤덤하게 긍정했다. 나는 그 모습에서 묻어나는 알 수 없는 씁쓸함이 어디에서 기인한 것인지 궁금했다.

"하지만 나는 네가 싫어. 지금도 그리고 앞으로도 쭉 싫을 거야."

"…뭐?"

"그 정도로 네가 끔찍하게 싫다고."

단호한 베스의 말에 나는 그대로 입을 다물었다.

안 그래도 날 싫어하느냐고 물어볼 생각이었지만 이런 식으로 답을 듣게 되니 조금 당황스러웠다.

그래서 나는 질문을 조금 바꾸기로 했다.

"넌, 왜 그렇게 날 싫어해?"

"넌 정말, 아무것도 모르는구나."

그러자 돌아온 것은 비웃음 섞인 대답이었다.

아니, 네가 말을 안 해 주는데 무슨 수로 알아? 내가 독심술을 해서 네 속을 읽을 수 있는 것도 아니고.

"난 이럴 때마다 네가 부러워. 아무것도 모르는 채, 그저 멍청하게 꽃처럼 가만히 앉아서 주위 사람들의 사랑만 받아먹으면 그만인 네가."

신랄한 베스의 비난에 나는 잠시 말을 골랐다.

그녀는 지금, 아주 드물게도 속에 있는 말을 가감 없이 내뱉고 있었다.

즉, 지금이라면 평소 내가 품고 있던 의문에 대한 대답을 들을 수 있을지도 모른다는 뜻이다.

"너, 혹시 황태자 전하를 연모하니?"

"뭐?"

"그래서 내가 싫은 거야?"

"너, 드디어 미쳤구나?"

돌아온 대답과 반응은 단호했다. 당황해서 묻는 것이 아니라 진심으로 황당하고 짜증 난다는 투였다.

뭐, 그럴 리가 없다고 생각하긴 했지만. 그래도 이렇게까지 정색하고 싫어할 일인가 싶었다.

펠루스도 알고 보면 그렇게 나쁜 애는 아닌데.

"정색하는 걸 보니, 그런 이유는 아닌 것 같고. 그럼 내가 왜 그렇게 싫은데?"

조금 전 망설임 없이 돌아온 대답과 달리 이번에는 제법 긴 침묵이 이어졌다.

그 답답한 침묵을 깬 것은 나였다.

"설마, 내가 너무 예뻐서 그래? 질투하니?"

"…뭐라는 거야. 너 호수에 한 번 빠지더니 머리가 어떻게 된 거 아니니?"

나의 무리수에 베스는 곧바로 정색했다. 아니, 그럼 대답이라도 똑바로 해 주든가.

나는 애써 짜증을 삼킨 후 입을 열었다. 조금 전에 던진 무리수처럼 별 의미 없다는 태도로 말이다.

"그럼, 너 혹시 좋아하는 사람 있어?"

"…뭐?"

그럴 리가 없지만 혹시나 원작 소설처럼 오델론 때문에 나와 그녀의 사이가 꼬인 건 아닐까 싶었다.

"혹시 그 사람이 내가 좋대?"

나의 물음에 베스는 그대로 입을 다물었다.

척 보기에도 아까 펠루스에 대한 질문을 했을 때와는 다른 태도였다. 덕분에 나는 조금 긴장했다.

아직 오델론이 본격적으로 제국에서 활동을 시작한 것도 아닌데, 벌써 일이 꼬였나 싶었다.

굳게 다물려 있는 베스의 입 사이로 익숙한 대사가 들려올 것만 같다.

'에린, 나는 이 왕자님을 사랑해. 그러니 네가 그 사람을 빼앗은 순간부터 우리는 더 이상 친구가 아니었어.'

'너보다 내가 먼저 그분을 사랑했어. 그러니 내가 널 배신한 게 아니라, 네가 날 배신한 거야.'

원작 소설을 읽을 때까지만 해도 나는 베스와 에린의 사이가 틀어진 결정적인 이유가 오델론 때문이라고 생각했다.

하지만 이렇게 직접 베스와 마주하고 난 후에는 의문이 들기 시작했다.

정말, 오델론이 결정적인 이유였을까?

그건 그냥 수많은 이유 중 하나에 불과하고, 다른 결정적인 이유가 있는 거라면?

"너, 정말……."

드디어 입을 뗀 베스는 뭔가를 망설이는 기색이 역력했다.

나는 잠자코 그녀의 입에서 흘러나올 뒷말을 기다렸다.

"이상해."

"……?"

하지만 덧붙여진 말은 허무할 정도로 싱거웠다.

덕분에 나는 황당함을 감추지 못한 얼굴로 물었다.

"너, 대체 나랑 뭐 하자는 거야?"

진심으로 궁금했다. 대체 뭘 하고 싶은 것이기에 이런 식으로 자꾸 말을 빙빙 돌리는 걸까.

"이럴 거면 처음부터 말하기 싫다고 하든가."

약 올리는 것도 아니고 왜 말해 줄 듯 말 듯 굴어서 사람을 헷갈리게 하는 건지 모르겠다.

"내가 진실을 고백하면 뭐가 달라져?"

당당한 베스의 물음에 나는 그녀를 응시했다.

"내가 널 싫어하는 이유를 구구절절 늘어놓으면 뭐가 달라지냐고."

"그건······."

"내가 너의 그 반반한 낯짝이 마음에 들지 않는다고 말하면, 그 얼굴을 찢어 놔도 된다고 할 거야? 아니잖아."

그냥 예시를 든 것치고는 지나치게 구체적이라 소름이 돋았다. 게다가 실제로 원작 속 베스는 이와 비슷한 짓을 하려다가 실패한다.

그 사실을 되새기니 새삼 식은땀이 났다.

"근데 뭘 자꾸 털어놓으래."

아직은 원작 소설이 시작되기 전이니 괜찮겠지만, 그래도 이대로 두고 봐서는 안 될 것 같다는 생각이 들었다.

베스가 에린을 싫어하는 이유를 찾아서 해결하든지, 아님 그녀와의 관계를 완전히 정리할 방법을 찾아야 했다.

진작 이랬어야 했는데, 아직 원작 소설이 시작되지 않았다는 점만 믿고 너무 안일하게 굴었다.

"베스 너랑, 이렇게 마주하다 보니 갑자기 생각난 건데."

그렇게 마음을 정한 나는 그동안 애써 입에 담지 않았던 주제를 꺼냈다.

"곧 백작 부인의 기일이었지?"

너무 가볍지도 무겁지도 않은 어조로 건넨 물음에 베스는 표정을 굳혔다.

그러다가 겨우 한쪽 입매를 끌어 올려 웃으며 말했다.

"그게 너랑 무슨 상관인데?"

"무슨 상관이냐니, 백작 부인께서 날 얼마나 예뻐하셨는지 너도 잘……. 윽!"

그런 나의 말은 끝을 맺지 못했다. 베스가 제 앞에 놓인 찻잔을 세게 내려친 탓이다.

그 덕에 찻잔이 깨지면서 찻물이 튀었고, 과격한 그녀의 행동에 나는 기함했다.

"너, 지금 이게 무슨 짓이야!"

나는 찻물을 조금 뒤집어쓰는 정도에서 끝났지만, 베스는 아니었다.

찻잔이 깨지면서 생긴 파편 때문에 상처가 났는지 손에서 피가 흐르고 있었다.

"여신제도 얼마 안 남았는데, 손을 아예 못 쓰게 되면 어쩌려고!"

"그러게? 많이 아쉽네. 손을 아예 못 쓰게 되어 버렸으면 여신제도 못 나갔을 텐데. 안 그래?"

베스가 한껏 비아냥댔다.

그녀의 태도는 담담한 편이었으나, 나는 베스가 스스로의 감정을 제어하지 못할 정도로 화가 났다는 사실을 깨달았다.

이곳이 황궁이라는 사실도 잊고 찻잔을 내리쳐 깨트렸다는 것이 그 증거였다.

"이만 가 볼게."

그리 말한 베스가 몸을 일으켰다. 나는 그녀를 붙잡지도, 잘 가라는 인사를 하지도 않았다.

"…치료 꼭 받아."

그저 지나가는 말로 당부 아닌 당부를 했다.

베스는 그런 내 말을 들은 체도 하지 않고 응접실을 나갔다.
"이게 다 무슨 일이지?"
그녀가 나가고 얼마 지나지 않아 펠루스가 응접실에 도달했다.
"다친 곳은?"
"없어요."
다친 건 내가 아니라 베스였다. 아마 펠루스도 그 사실을 전해 들었을 것이다.
그럼에도 이런 질문을 한다는 건 나를 많이 걱정하고 있다는 뜻이겠지.
"영애는 정말, 한시도 눈을 뗄 수가 없군."
한숨처럼 그리 말한 그는 나를 옆방으로 보냈다.
옆방에서 대기하고 있던 하녀와 시녀의 도움으로 옷을 갈아입은 나는 다시 응접실로 돌아왔다.
"며칠 정도 공작가에 가 있어."
갑작스러운 펠루스의 말에 나는 어리둥절한 얼굴을 했다.
왜 이야기가 그렇게 되는 건지 이해할 수 없었다.
"여신제를 준비하느라 고생했으니, 미리 휴가를 받는 셈 쳐."
내 의문을 읽은 것인지 펠루스가 덧붙였다. 하지만 그럼에도 아직 의문은 남아 있었다.
펠루스 역시 대충 상황만 전해 들었을 뿐, 나와 베스가 나눈 대화 내용까지는 알지 못할 것이다.
그럼에도 그는 더 이상 묻지 않았다. 마치, 말하고 싶지 않으면 말하지 않아도 된다는 태도였다.
황궁에서는 사소한 실수조차 의도했던 것이 되고, 꼬투리를 잡을 만한 것이 된다.

오늘 베스와 나 사이에 있었던 일이 어떤 식으로 부풀려질지는 아무도 모른다는 소리였다.

그것을 황제가 어떤 식으로 이용하려 들지 역시 알 수 없었다.

그래서 나는 예전 같으면 결코 하지 않았을 질문을 했다.

"전하께서는 저를 믿으시나요?"

첫 만남부터 목에 칼을 들이밀며 나를 죽이려 한 소설 속 악역에게 하지 않았을 질문을.

"영애를 믿느냐고?"

단번에 긍정, 혹은 부정의 말을 내뱉으리라 예상했던 것과 달리 펠루스는 쉽게 답을 내놓지 못했다.

어쩌면 그도 혼란스러워하고 있는 걸지 몰랐다.

나는 그가 고민하고 있다는 사실에 만족하기로 했다.

단번에 너를 믿지 않는다고 말하는 대신, 그저 이런 고민을 하는 것만으로도 충분했다.

소설 속에 들어온 후 펠루스의 곁에서 보낸 모든 시간이 헛되지 않았음을 의미하니까.

"그러는 영애는 나를 믿나?"

뒤늦게 돌아온 대답은 나를 향한 질문이었다. 그 점이 나는 조금 의아했다.

소설 속 펠루스는 타인의 믿음에 연연하는 성격이 아니었다.

그에게 타인의 신뢰 같은 건 먹다 버린 음식 찌꺼기만도 못한 것이었다.

평생을 황궁에서 자란 탓인지, 아님 주변에서 일어난 불행 때문인지 펠루스는 타인을 잘 믿지 못했다.

소설이 진행되는 내내 수시로 주변 사람을 갈아 치우고, 죽이고, 의심한 것만 봐도 알 수 있다.

주인공인 에린과 오델론의 시점으로 봤을 때 그 정도였으니 아마 실제로는 더했을 것이다.

"글쎄요."

그리고 그런 펠루스에게 내가 줄 수 있는 건 겨우 이 정도 대답이었다.

쉽게 그를 믿는다고 말할 수가 없었다. 확신이 서질 않았다. 내가 펠루스를 믿고 있는지, 아닌지에 대해.

하지만 그렇다고 거짓말을 하고 싶지는 않았기에 결국 저런 애매한 대답이 나왔다.

"전하께서 그런 걸 신경 쓰는 분이신 줄은 몰랐어요. 애초에 남한테 별로 관심이 없으신 줄 알았는데."

"그건, 나 역시 마찬가지야. 영애가 내 신뢰를 받고 싶어 하는 줄은 몰랐어."

펠루스는 평소처럼 아무렇지 않게 내 말을 받았다.

그는 내가 애매한 대답을 했다는 사실을 별로 신경 쓰지 않는 듯했다.

그리고 나는 그런 펠루스의 반응에 어쩐지 안심이 됐다.

쉬라는 의미로 펠루스가 내게 준 휴가는 절호의 기회였다.

베스와의 일을 끝맺을 단서를 찾을 수 있는 기회.

베스가 내게 가장 격한 감정의 변화를 보인 것은 내가 그녀의 모친인 로레즈 백작 부인을 언급했을 때였다.

정확하게는 그녀가 나를 예뻐했다는 말을 꺼냈을 때였지.

베스는 왜 그 타이밍에 그렇게 화를 낸 걸까?

의문을 품은 순간, 로레즈 백작 부인이 생전에 아를레인 공작의 열렬한 추종자였다는 말을 들은 기억이 났다.

그렇다면 아를레인 공작이 뭔가를 알고 있지 않을까?

만약 그가 아무것도 알지 못한다면, 베스와 에린의 유년기 시절에 대한 이야기라도 들어 볼 생각이었다.

나는 그런 마음으로 공작가로 향하는 마차에 올랐다.

그런데,

"대체 왜 따라오시는 거예요?"

"따라가다니? 나도 공작가에 볼일이 있는 것뿐이야."

뻔뻔한 펠루스의 대답에 나는 어이가 없었다.

다른 사람도 아니고, 그가 아를레인 공작가에 볼일이 있다고? 공작가라면 치를 떠는 그가?

"무슨 볼일이신데요?"

"그건……."

내가 의심 가득한 얼굴로 묻자, 잠시 머뭇거리는 기색을 보이던 펠루스가 말했다.

"영애를 보좌관으로 들인 지도 제법 됐는데, 계속 이렇게 있는 건 예의가 아닌 거 같아서."

말을 마친 펠루스의 시선이 어색하게 허공을 배회했다.

당황스러워하는 것 같기도 하고, 쑥스러워하는 것 같기도 했다.

에이, 설마. 기분 탓이겠지.

"아, 그러시군요."

나는 대충 고개를 끄덕였지만, 펠루스의 말을 믿지는 않았다.

분명 다른 꿍꿍이가 있을 거란 생각이 들었다.

그런 게 아니라면 펠루스가 나를 따라 공작가를 방문할 이유가 없으니까.

"오랜만이군, 공작."

"황태자 전하까지 오실 줄은 몰랐습니다."

돌아가는 분위기가 제법 묘했다. 펠루스와 함께 공작가에 도착하고 난 후로 몇 번의 신경전이 이어졌다.

고작 차를 한 잔 마시려는 것뿐인데, 분위기가 지나치게 살벌했다.

펠루스는 그렇다 치더라도 아를레인 공작은 또 왜 저러는 걸까.

"전하께서 에린에게 빠져서 정신을 못 차리신다는 소문이 사실이었던 건가요?"

푸흡!

나는 차를 마시다 말고 컥컥댔다. 크게 당황한 나와 달리 정작 펠루스는 태연한 얼굴로 내 등을 두드려 주었다.

"영애의 그 한결같은 칠칠치 못함은 정말 존경스럽군."

그러고는 칭찬을 빙자한 돌려 까기를 시전한 후 손수건을 내밀었다. 입가에 묻은 차를 닦으라는 의미 같았다.

"…그것참, 감사해요. 전하의 한결같은 다정함에 눈물이 다 날 지경이네요."

그렇게 말하며 펠루스가 준 손수건으로 입가를 닦는데 맞은편에 있던 공작과 눈이 마주쳤다.

그는 제법 미묘한 시선으로 우리를 보고 있었다.

"…소문이 아주 거짓은 아니었던 모양이구나."

"네? 설마, 아까 그 정신 나간 소문을 말씀하시는 건 아니겠죠?"

공작의 말에 나는 즉시, 격한 반응을 보였다.

아니, 딱 보면 소문이 잘못된 것 같다는 생각이 들지 않나?

"…정신 나간 소문?"

그리 중얼거린 펠루스는 조금 굳어진 얼굴을 했다. 아무래도 그 역시 나와 같은 마음이었던 모양이다.

나는 네 맘 다 안다는 듯 펠루스를 향해 고개를 끄덕인 후, 말을 이었다.

"어떤 정신 나간 작자가 그런 오해를……! 아니, 물론 오해를 할 만하긴 했지만, 그래도 소문은 사실이 아니에요."

정말 말도 안 되는 소리였다.

나와 펠루스가 서로 연인이라거나, 그가 나한테 죽고 못 산다거나. 어느 쪽이든 허위 사실이었고 루머였다.

"어떤 부분이 사실이 아니라는 거지?"

"일단 저희는 그렇고 그런 사이가 아니에요. 터무니없는 오해라고요."

아를레인 공작의 물음에 나는 강력하게 진실을 어필했다. 그러고는 곁에 있던 펠루스를 보며 말했다.

"전하께서도 한 말씀 하세요. 전부 오해잖아요."

"그래. 영애의 말대로 전부 오해지. 우린 연인 사이가 아니야."

펠루스가 기다렸다는 듯 단호하게 말했다. 그래, 옳지! 잘한다!

"나 혼자 영애한테 죽고 못 사는 거지."

응?

"우리가 연인이라는 소문은 거짓이야, 결혼을 앞두고 있다는 것도 거짓이지. 하지만 내가 영애한테 죽고 못 사는 건 맞아."

으응? 아니, 얘가 지금 뭐라는 거야!

아니, 내가 오해를 풀랬지! 기름을 붓고 불을 붙이라고 했냐?

"그러니까 쓸데없는 소리 할 생각은 하지 마. 영애는 나한테 아무런 관심도 없고, 나 혼자 좋아하는 거니까."

진실을 알고 있는 나조차도 깜빡 속아 넘어갈 뻔했을 정도의 연기력이었다. 덕분에 나는 그대로 할 말을 잃었다.

이거 지금, 나 엿 먹이려는 거 맞지?

"전하께서 제 딸을, 그러니까 에린을 좋아하신다고요?"

"그래."

"…쓸데없는 소리 하지 말라고 하셨지만, 하고 싶은 말이 너무 많군요."

"해 보든가. 공작이 뭐라고 하든 난 눈 하나 깜짝하지 않을 거니까."

당당하기 짝이 없는 펠루스의 태도에 나는 헛웃음을 터트렸다.

아까 감탄했던 거 취소. 펠루스 너, 진짜 연기 못하는구나.

날 짝사랑하는 척하고 싶었던 거라면 이건 완전히 망했다.

저렇게 고자세로 나오는데, 어느 누가 나를 짝사랑한단 말을 믿어 주겠는가.

"에린."

"아, 네?"

"내가 전하께 드릴 말씀이 있으니, 잠시 나가 있는 게 좋겠구나."

"어, 꼭 그래야 할까요?"

"나가 있어."

펠루스까지 가세하자 나는 별수 없이 응접실을 나와야 했다.

대체 얼마나 대단한 이야기를 나누려고 저러나 싶었지만, 애써 호기심을 억누른 채 내 방으로 향했다.

※

"제 딸이 워낙 여러 가지로 출중한 탓에 사모하는 이들이 한둘은 아닙니다만……."

에린이 나가기 무섭게 아를레인 공작이 말문을 열었다.

"다른 사람도 아니고, 전하와 이런 식으로 마주하게 될 줄은 몰랐습니다."

그는 조금 미묘한 웃음을 띤 상태였다. 기뻐서 웃는 것도, 상대방을 비웃는 것도 아니었다.

"익숙한 일이라는 건가?"

"네. 가끔 집요한 구석이 있는 영윤들이 에린에게 접근하면 이런 식으로 만나고는 했으니까요."

"집요한 구석이 있는 영윤들?"

펠루스의 물음에 공작은 응접실 구석을 가리켰다. 그러자 그곳에는 산더미처럼 쌓인 서신과 선물들이 놓여 있었다.

양을 보아하니 제국에서 난다 긴다 하는 가문들은 물론이고, 타국의 왕족까지 죄다 보내온 것 같았다.

"…미쳤군. 저걸 왜 다 받아 주고 있는 거지?"

펠루스 역시 에린의 명성을 알고 있었기에 이런 상황을 그려

보지 않은 것은 아니었다.

하지만 그저 머릿속으로 상황을 그려 보는 것과 이를 두 눈으로 목격하는 것은 전혀 다른 문제였다.

덕분에 펠루스는 새삼 어마어마한 불쾌감을 느꼈다. 그리고 그 사실을 꿰뚫어 본 공작이 물었다.

"기분이 나쁘십니까?"

"…내가 왜?"

"제 딸을 사랑하시는데, 다른 경쟁자가 있다는 걸. 그것도 저렇게 많다는 걸 알게 되셨을 테니까요."

차분하게 핵심을 짚어 나가는 공작의 말에 펠루스는 표정을 굳혔다.

"내가 정말 소문처럼 공작의 딸한테 미쳐 있는 것 같나?"

"아뇨. 이제야 드리는 말씀이지만, 전하의 연기는 정말 형편없으셨습니다. 아마 에린도 비슷한 의견일 겁니다."

"지금 그 말, 황족 모독으로 간주할 수 있는 거 알지?"

"저런, 그럼 아를레인 공작가는 이제 반역을 꾀한 가문이 되는 건가요? 그럼 불쌍한 제 딸은……."

"……."

아를레인 공작은 의도적으로 뒷말을 잇지 않은 채 펠루스를 응시했다.

"전하께서는 소문처럼 제 딸에게 미쳐 있지 않으시죠."

그 예리하고도 날카로운 시선에 펠루스는 입을 다물었다.

직감적으로 알 수 있었다. 자신의 속마음을 공작에게 들키고 말았다는 걸.

"하지만 그렇다고 제 딸을 포기할 수 있는 상태도 아니신 것 같군요."

"웃기는군."

펠루스는 빠르게 부정했다. 의미 없는 일이라는 걸 알았지만, 순순히 사실을 인정할 수는 없었다.

"내가 그따위 사사로운 감정 때문에 공작의 뜻대로 움직여 줄 것 같나?"

웃기지도 않는 이야기였다. 그것만큼은 장담할 수 있었다.

자신이 에린에게 느끼는 감정과 별개로 펠루스는 공작의 뜻대로 휘둘려 줄 마음이 없었다.

"내가 첫 만남에 아를레인 영애를 죽이려 했던 것을 알고 있나?"

펠루스의 한마디에 주변의 공기가 순식간에 얼어붙었다. 이번만큼은 공작도 동요하지 않을 수가 없었다.

"나는 형님과 달라. 형님처럼 정이 많고, 자비롭지 못해."

"……."

"그런 형님을 죽이는 데 일조한 당신을 용서할 생각도 없지."

말을 마친 펠루스가 조소했다. 마치 전부 네 탓이라고 말하는 것 같았다.

실제로도 어느 정도는 그의 탓이었다. 공작 역시 그렇게 생각하고 있었다.

'공작이 죽인 게 차라리 나였다면, 나는 당신을 지금처럼 증오하지는 않았을 거야.'

'다시는 내 앞에 나타나지 마.'

루딘의 죽음과 함께 펠루스는 대부분의 감정을 잃었다.
원래도 스스로의 감정을 잘 드러내는 편은 아니었으나, 그날 이후로는 완전히 텅 빈 눈을 했다.
더불어 당연하게도 그는 더 이상 아를레인 공작을 만나려 하지 않았다.
그래서 공작은 그날 이후로 펠루스와 다시 이렇게 대화를 나눌 기회가 있으리란 생각은 하지 않았다.
"저를 용서하지 않으셔도 됩니다. 분이 풀리지 않는다면 누명을 씌우셔도 됩니다. 혐의를 부정하지 않겠습니다."
한참 뒤에 돌아온 공작의 말에 펠루스는 무표정한 얼굴로 그를 응시했다.
"하지만 제 자식들만큼은 건드리지 말아 주십시오."
공작은 이것이 얼마나 염치없는 부탁인지 알고 있었다.
과거의 그는 펠루스의 부탁을 무시하고, 루딘의 죽음에 대한 진실을 덮어 버렸으니까.
"내가 그 말을 들어줄 것 같은가?"
감정이 거의 담기지 않은 메마른 물음이었다.
에린을 만나기 전의 펠루스와 같은 음성이었다.
"들어주실 거라고 생각해서 한 부탁은 아닙니다."
이상한 대답이었다. 들어 달라고 한 부탁이 아니라니.
하지만 펠루스는 그 점을 지적하지 않았다. 대신 다른 것을 물었다.
"왜 그동안 단 한 번도 황궁을 방문하지 않은 거지?"
딸 사랑이 지극하다고 소문난 아를레인 공작이다.
에린의 동생인 아를레인 공자 역시, 누나에 대한 애정이 남다르다고 들었다.

　하지만 그런 것에 비해 그들은 단 한 번도 에린을 만나기 위해 황궁을 방문하지 않았다.

　아를레인 공자는 수시로 안부를 묻는 편지를 보내 온 것 같지만, 공작은 그마저도 하지 않았다.

　펠루스는 항상, 그 사실이 마음에 걸렸다.

　"전하의 의심을 사지 않기 위함이었습니다."

　"내 의심?"

　"예. 전하라면 저와 카엘의 방문을 달가워하지 않으실 테고, 어쩌면 그것이 에린에 대한 의심으로 이어질지 모르니까요."

　공작의 예상은 정확했다. 아주 잠깐이기는 했지만, 분명 펠루스는 그녀를 의심했었다.

　"…그래서 편지 한 통조차 하지 않았다?"

　"예. 전하의 의심을 샀다간, 에린의 황궁 생활이 힘들어질 테니까요."

　결과적으로 공작의 예상이 들어맞긴 했지만, 펠루스는 기분이 조금 묘했다.

　자신의 의심을 피하기 위해 그 긴 시간 동안 에린을 만나러 오지도, 편지를 보내지도 않은 공작이 다른 의미로 대단하다는 생각까지 들었다.

　"공작도 참 독하군."

　"예?"

　"하나뿐인 딸을 아낀다더니."

　펠루스는 더 이상 말을 잇지 않았다.

　이렇게 냉정한 공작에게서 어떻게 에린 같은 딸이 나온 건지 의문이었다.

펠루스의 반응에 공작의 표정이 조금 일그러졌다.

"…전하께서 에린에게 이렇게 푹 빠지실 줄 알았다면, 그냥 편지를 쓸 걸 그랬다는 생각이 드는군요."

그리 말한 공작은 당장이라도 편지를 쓰러 갈 기세였다.

"에린이 황궁으로 돌아가면 매일 두 통씩 쓸 겁니다."

"쓰지 마. 못 읽게 할 거니까."

"아마 그렇게 못 하실 겁니다."

확신에 찬 공작의 말을 펠루스는 부정하지 못했다. 그 모습을 보며 옅게 웃던 공작이 말했다.

"전하께서는 제 딸을 사랑하십니까?"

사랑. 그 마냥 달콤하고 낭만적인 단어에 펠루스는 입을 다물었다. 자신과는 결코 어울리지 않는 단어였다.

더불어 그는 아직 자신의 감정을 확신하지 못하고 있었다.

에린을 마음에 담은 것은 맞지만, 그게 사랑이냐고 물으면 그렇다고 답할 수가 없었다.

사랑이 무엇인지 모르는데, 어떻게 사랑을 말할 수가 있을까.

그래서 그는 답할 수 없는 질문에 대해 고민하는 대신, 새로운 질문을 던졌다.

"내가 영애를 사랑한다고 말하면 나를 방해할 생각인가?"

"아뇨, 전하는 물론이고, 저는 그 어떤 사람도 방해하지 않을 겁니다."

공작의 대답은 제법 의외였다. 에린을 과보호한다는 소문이 자자하던데, 그저 소문일 뿐이었던 걸까?

"왜지?"

"그 애의 선택을 존중해 주고 싶으니까요."
"그녀가 잘못된 선택을 한다 해도 말인가?"
"최대한 그 선택을 후회하지 않도록 도울 겁니다. 그래도 해결이 되지 않는다면, 그땐 강제할 수밖에 없겠지만."
그리 말한 공작이 웃었다.
의미가 불분명한 웃음이었으나, 펠루스는 어쩐지 온몸에 한기가 도는 것을 느꼈다.

공작과의 대화를 마치고 응접실을 나오기 무섭게 펠루스는 한 소년과 마주쳤다.
흑발에 푸른색 눈동자를 가진 소년은 어딘가 익숙한 인상이었다.
"황태자 전하를 뵙습니다. 저는 카엘 세르틴 아를레인입니다."
"아."
어딘가 익숙하다 했더니, 예전에 에린과 함께 연회에 참석했을 때 만난 적이 있는 것 같았다. 뒤늦게 그 사실을 기억해 낸 펠루스가 입을 열었다.
"만나서 반갑군."
"저 역시, 영광입니다."
그렇게 인사를 나누고 나니, 펠루스로서는 특별히 할 말이 없었다.
반면 카엘은 할 말이 있으나, 쉽게 말을 꺼내지 못하는 눈치였다.
"내게 할 말이 있나?"
"아, 그게……."

잠시 곤란한 기색을 보이던 카엘은 망설임 끝에 입을 뗐다.
"누님께서 이상한 오해를 하고 계시는 것 같아서요."
"이상한 오해?"
펠루스가 의아한 얼굴로 되묻자 고개를 끄덕인 카엘이 덧붙였다.
"전하께서 남자를 좋아하신다는 오해를 하고 계신 것 같습니다."
"뭐?"
펠루스는 진심으로 두 귀를 의심했다.
"그런 터무니없는 소문을······."
정말 믿느냐고 물으려던 펠루스는 그대로 입을 다물었다.
에린이라면 충분히 믿을 것 같다는 생각이 들었다.
그녀는 뭐랄까, 예상치 못한 곳에서 허를 찌르고 들어오는 예리함을 가졌지만, 동시에 어딘가 엉뚱하고 맹한 구석이 있었다.
게다가 펠루스는 자신이 그런 소문에 휩싸인 이유를 알고 있었다.
그 소문은 아주 오래전 펠루스가 스스로 낸 것이었다.
열 살 이전의 일이었을 것이다.
당시의 펠루스는 사교계에 데뷔한 지 얼마 되지 않았고, 사람들 앞에 나서는 일 역시 익숙하지 않았다.
그래서 그는 제게 춤을 신청하기 위해 다가온 영애들을 모두 거절하고, 형의 곁을 지켰다.

'그렇게 형한테 꼭 붙어서 떨어지지 않으면 다른 사람들이 이상하게 생각할지도 몰라요.'

당시, 황비였던 루딘의 모친이 그렇게 말했음에도 펠루스는 고개를 저었다.

루딘은 그런 펠루스를 곤란하다는 얼굴로 쳐다보다가 결국 어떤 귀족 영애의 손을 잡고 춤을 췄다.

황태자인 그가 춤을 췄으니, 다음은 황자인 펠루스의 차례였다.

하지만 그는 끝까지 춤을 추지 않았다. 다가오는 영애들을 전부 거절했다.

그리고 연회가 끝난 직후, 암암리에 소문이 퍼지기 시작했다.

펠루스가 끝까지 홀로 자리를 지킨 것은 사내를 좋아하기 때문이라는 소문이.

'펠루스, 요즘 너를 향한 이상한 소문이 돌고 있는 거 알아?'
'알아.'
'그럼 왜 아무런 해명도 하지 않는 거야?'

루딘의 물음에 펠루스는 웃었다. 해명이라니. 그는 그럴 생각이 없었다.

'그 소문 내가 퍼트렸어.'
'…뭐?'
'내가 하자가 있다는 걸 알면, 나를 지지하는 귀족들이 하나둘 형님에게 돌아설지 모르니까.'

당시의 펠루스는 아직 어렸다.

그래서 그렇게 간단한 문제가 아니라는 것도 모르고, 형인 루딘을 위해 그런 소문을 냈다.

황비의 자식인 황태자 루딘, 그리고 황후의 자식인 일 황자 펠루스.

외가 세력이 보잘것없는 루딘에게 너무나 불리한 구도였다.

그래서 펠루스는 묘책을 짜냈다. 자신에게 하자를 만들어 스스로의 지지 기반을 조금씩 무너트리기로.

너무 대놓고 소문이 돌면 오히려 역효과가 날 수도 있으니, 암암리에 조금씩 말이 돌도록 했다.

그리고 그렇게 시작된 소문을 펠루스는 지금까지 단 한 번도 해명하지 않았다.

'너, 사내를 좋아하니?'

지나가듯 던져진 황후의 물음에 그는 침묵으로써 긍정을 표했다.

그리고 그날부터 황제는 펠루스를 미묘하게 떨떠름한 눈으로 보기 시작했다.

아마 황후를 통해 그가 사내를 좋아한다는 말을 들은 거겠지.

루딘이 죽고 황태자가 된 후에도 펠루스는 그 사실에 대해 해명하지 않았다.

정확하게는 그런 소문이 돈다는 사실조차 잊고 있었다.

그는 제법 긴 시간이 지난 후에야 또래 귀족들에 비해 자신에게 들어오는 혼담이 적었던 이유를 알았다.

아무리 정략결혼이 대세라고는 해도 남자를 좋아한다는 소문이

도는 황태자에게 자신의 딸을 보낼 귀족은, 없지는 않았지만 그렇다고 많지도 않았다.

"전하의 소문에 대해 제가 입을 여는 건 주제넘은 짓인 거 같아서 다른 말씀은 드리지 않았습니다."

"그래, 잘했군."

펠루스는 고개를 끄덕였다. 확실히 카엘의 대처는 현명했다. 굳이 미주알고주알 자신의 이야기를 하지 않았다는 점에서 더욱.

"그럼 그녀는 여전히 내가 사내를 좋아한다고 믿고 있겠군."

"아마 그러실 겁니다."

카엘의 대답에 펠루스는 저도 모르게 웃고 말았다.

예상치 못한 곳에서 허를 찌르고 들어오는 에린을 어떻게 해야 할지 알 수가 없다.

"직접 말씀하기 곤란하시면, 제가 누님께 말씀드릴까요?"

"아니, 아니야. 당분간은 그냥 둬."

"예? 하지만······."

의아한 기색이 가득한 카엘의 물음에 펠루스는 단호하게 고개를 저었다.

그녀가 이상한 오해를 하고 있다는 사실이 마음에 걸리긴 하지만, 그렇다고 당장 진실을 고백하기는 애매했다.

오히려 지금처럼 자신이 남자를 좋아한다고 여기는 쪽이 에린에게도 덜 부담스럽지 않을까 싶었다.

"그래서 영애는 지금 어디 있지?"

"누님께서는 아마 방에 계실 겁니다."

그리 말한 카엘이 저택의 이 층을 가리켰다. 이에 펠루스는 자연스레 그녀의 방으로 향했다.

문을 두드리고, 들어오라는 말이 떨어지자 방문을 열었다.

"아, 전하. 이야기는 잘 끝나셨……. 아!"

펠루스를 반기던 에린이 짧은 신음과 함께 들고 있던 자수틀을 놓쳤다.

반사적으로 그것을 받아 든 펠루스가 그녀에게 다가섰다. 그의 시선은 에린의 손에 고정된 상태였다.

눈에 띄는 상처랄 것이 없었던 저번과 달리 이번에는 손가락 끝에 핏방울이 맺혀 있었다.

그것을 본 펠루스가 표정을 굳혔다.

"…정말이지, 영애는 너무 한결같이 조심성이 없어서 무슨 말을 해야 할지 모르겠군."

"전하께서 들어오시기 전까지는 나름 괜찮았어요."

그런 에린의 말에 펠루스는 한숨을 내쉬었다.

정말, 그놈의 여신제인지 뭔지를 없애 버리든가 해야지.

"손에서 힘 빼."

"네? 어, 이렇게요?"

에린이 어리둥절한 얼굴로 손을 펴기 무섭게 펠루스가 치유 마법을 사용했다.

눈앞에서 자신의 상처가 순식간에 아물어 가는 것을 본 에린은 기함했다.

"아니, 무슨……! 고작 이깟 상처에 마법을 사용하고 그러세요?"

아무리 생각해 봐도 전 대륙에서 단 하나밖에 없는 마법사의 노동력을 이런 곳에 쓰는 건 지나친 낭비였다.

"…왜 치료를 해 줘도 난리인 거지? 그냥 얌전히 있으면 어디가 덧나?"

"아니, 물론 너무 감사하긴 한데, 솔직히 아깝잖아요."

하지만 펠루스는 그런 에린의 말을 무시한 채 기어이 치료를 마쳤다.

덕분에 그녀의 손끝에 생긴 상처는 완전히 아문 상태였다.

사실, 굳이 마법을 사용하지 않아도 그냥 놔두면 금방 나았으리라 생각될 만큼 가벼운 상처였다.

물론 펠루스에게 그런 것은 중요치 않았다.

"전에 그랬었지? 영애는 내가 신기하다고."

그가 한숨 섞인 어조로 입을 뗐다.

"나도 영애가 신기해. 어쩜 이렇게 꿋꿋이 내 말은 들은 척도 하지 않는지 말이야."

"…아니, 뭘 또 그렇게까지 말씀하세요."

펠루스의 말에 에린은 억울하다는 얼굴을 했다.

큰 죄를 지은 것도 아니고. 여신제가 코앞이라 자수 연습을 좀 한 것뿐인데, 그게 이렇게까지 눈치를 줄 일인가 싶었다.

"제가 조금 부주의한 편인 건 인정하지만……."

"조금?"

"……."

"정말 조금이라고 생각하나?"

"아, 알았어요! 제가 정말 많이 부주의했어요. 됐죠?"

그리 말한 에린은 여전히 황당하고도 억울하단 얼굴이었다.

그가 하는 말을 들어 보면 꼭 자신이 어마어마한 대형 사고라도 친 것 같았다.

그날, 이후 펠루스는 공작가에 머무는 내내 에린을 따라다녔다.

같이 식사를 하는 건 기본이고, 그녀가 정원을 산책하거나 외출을 할 때도 빠짐없이 쫓아다녔다.

그의 시선에서 자유로울 수 있는 건 오직 목욕을 하거나, 잠자리에 들 때뿐이었다.

아를레인 공작과 카엘은 그런 펠루스의 행동이 못마땅했다.

그래서 그런 마음을 담아 아닌 척 물었다. 왜 그렇게 에린과 떨어지지 않는 거냐고.

'내가 내 보좌관을 곁에 두겠다는데 무슨 문제라도 있나?'

하지만 펠루스는 뻔뻔하다 싶을 정도로 당당했고, 실제로 틀린 말은 없었다.

조금 더 정확하게는 에린을 곁에 둔다기보다 그가 그녀를 따라다니는 형태에 가까웠지만 말이다.

그리고 이런 상황에서 에린의 불만은 최고조에 달했다.

"전하, 왜 자꾸 따라오시는 거예요?"

그래서 그녀는 공작가의 서재로 향하다 말고 쌓아 뒀던 불만을 입에 담았다.

"내가 뭘?"

"시치미 떼셔도 소용없어요. 제가 정말 엄청나게 눈치 없는 사람이라고 해도, 이걸 알아채지 못할 정도로 바보는 아니라고요!"

"그래?"

짤막한 펠루스의 말에 에린은 어이가 없다는 얼굴을 했다. 그래? 같은 소리 하고 있네.

"전하, 저 좀 조용히 혼자 있고 싶어요."

애원에 가까운 에린의 말에 펠루스의 표정이 굳어졌다. 그 상태로 얼마간 입을 떼지 못하던 그가 뒤늦게 물었다.

"혼자 있고 싶다고?"

"네. 조용히 혼자서 쉬고 싶어요."

강조하듯 내뱉어진 말에 그는 잠시 고민하는 얼굴을 하더니, 이내 한숨과 함께 입을 뗐다.

"영애는 나와 함께 있는 게 싫은 건가?"

"예?"

"내가 싫고, 거슬려서 눈에 띄지 않았으면 좋겠다는 의미냐고."

펠루스의 물음에 에린은 조금 당황했다. 대체 왜 이야기가 그렇게 가는 건지 알 수가 없었다.

"…전하, 세상은 흑과 백이 아니에요. 무조건 좋아 혹은 싫어로 답할 수 있는 게 아니라고요."

"그래도 둘 중 어느 쪽에 가까운지는 알 수 있지 않나?"

집요한 펠루스의 물음에 그녀는 잠시 입을 닫고 고민했다. 어느 쪽에 가깝냐고?

그러다가 곧 마음이 정해진 것인지 입을 열었다.

"그때 아버지와는 어떤 대화를 나누셨어요?"

"……."

에린은 화제를 돌리기로 결심했다. 그 사실을 알아차린 펠루스의 표정이 일그러졌다.

황당하면서 동시에 어이가 없다는 얼굴이었다.

"아버지께서는 아무 말도 안 해 주실 것 같아서요."

그녀가 변명처럼 덧붙였으나, 반쯤은 사실이었다.

아를레인 공작은 에린이 어떤 식으로 미끼를 던져도 펠루스와 나눈 대화에 대해 일절 함구하고 있었다.

"그게 궁금해?"

"당연히 궁금하죠."

그녀가 열심히 고개를 끄덕였다.

단순히 화제를 돌리기 위해 꺼낸 질문이라고 생각했는데, 진심으로 궁금하긴 한 모양이다.

"궁금하면, 두 가지만 약속해."

약속?

에린의 얼굴에 의아함이 번지기 무섭게 그가 덧붙였다.

"공작가에 있는 동안은 바늘을 잡지 말 것, 나와 떨어질 생각도 가급적이면 하지 말 것."

첫 번째는 그렇다고 쳐도, 두 번째 약속은 결국 공작가에 있는 동안의 자유를 포기해야 한다는 의미였다.

그래서 펠루스는 에린이 자신의 제안에 응하지 않을 확률이 높다고 여겼다.

"좋아요."

"…뭐?"

"좋다고요. 별로 어려운 조건도 아니네요, 뭐."

하지만 그녀는 흔쾌히 고개를 끄덕였다. 별로 어려운 조건이 아니라는 말까지 하면서.

"아까는 조용히 혼자 있고 싶다고 하지 않았나?"

"아, 그건 그냥 전하께서 자꾸 쓸데없는 핑계를 대면서 따라오시는 게 짜증 나서 한 말이었어요. 애초에 전 혼자 있는 걸 좋아하는 성격도 아니고."

 제법 의외의 대답이었다. 덕분에 펠루스는 조금 묘한 기분을 느꼈다.

 "그래서 아버지와는 어떤 대화를 나누셨어요?"

 이어진 에린의 물음에 그는 고민하던 것을 멈추고 입을 뗐다.

 "…공작이 내게 그러더군."

 대수롭지 않은 이야기를 하듯 간단히 열린 입에 그녀의 시선이 고정됐다.

 그런 에린의 푸른색 눈동자를 정면으로 마주한 펠루스가 덧붙였다.

 "영애를 사랑하느냐고."

 아무렇지 않게 덧붙여진 말이었지만, 순간 그녀의 두 눈이 흔들렸다.

 당황한 기색이 역력한 반응에 펠루스는 웃었다.

 "…아버지께서 그런 걸 물으셨다고요?"

 "그래."

 펠루스가 긍정하자, 에린은 여전히 혼란스러워하는 얼굴이었다.

 동시에 당장이라도 공작을 찾아가 왜 그런 질문을 했느냐고 따질 기세였다.

 "아를레인 공작의 멱살이라도 잡을 기세군."

 "네? 제, 제가 그럴 리가요!"

 펠루스가 혹시나 하며 꺼낸 말을 에린은 펄쩍 뛰며 부정했다.

 아무래도 비슷한 생각을 하긴 했던 모양이다.

 이렇게 속이 훤히 읽혀서야.

새삼, 그녀를 첩자라고 의심했던 과거가 어이없게 느껴질 지경이었다.

"그래서 전하께서는 뭐라고 대답하셨어요?"

그 주제는 그대로 끝이 난 줄 알았는데 아니었던 모양이다.

서재에 도착하고 각자 읽을 책을 가져와 자리에 앉기 무섭게 에린이 그를 향해 물었다.

"저를 짝사랑하는 척하고 계신 상태니까, 사랑한다고 답하셨나요?"

그녀의 물음에 펠루스는 가져온 책을 펼치며 말했다.

"영애는 내가 뭐라고 대답했을 것 같은데?"

"저야 모르죠."

에린 역시 특별한 대답을 기대한 것은 아닌 듯 어깨를 으쓱했다. 아무래도 그가 적당한 연기로 상황을 모면했으리라 믿는 눈치였다.

"궁금한 게 있어."

"저한테요?"

"그럼, 여기 영애 말고 누가 또 있나?"

"그건 그러네요."

순순히 고개를 끄덕인 에린이 펼쳐 들었던 책을 덮으며 물었다.

"뭐가 궁금하신데요?"

"영애는 사랑을 믿나?"

그가 평생 입에 담을 리 없다고 여겨 온 질문이었다.

"사랑이요?"

"그래."

"으음……."

아무렇지 않은 척 그렇게 물으면서도 그는 혹시나 그녀가 자신의 마음을 눈치채지는 않을까 싶어 조마조마했다.

"전하, 혹시……."

에린이 뜸을 들이는 시간이 길어질수록 펠루스는 불안해졌다.

"오늘 아침에 뭔가 잘못 드셨어요?"

"…뭐?"

"아니면 사춘기신가요? 세상 모든 일에 불만이 생긴다거나, 내 안에 있는 흑염룡이 날뛰는 것 같다거나."

"무슨 헛소릴 하는 건지 모르겠군."

괜한 걱정이었다는 생각이 들자 우선 안심이 됐다. 자신의 마음을 들키지 않았다는 의미니까.

하지만 동시에 모순적이게도 화가 났다. 자신의 마음을 알아차리지 못하는 그녀에게.

"나를 애 취급하지 마."

"네? 하지만 전하는 아직 어리신걸요."

아직 어리다고?

그런 에린의 말에 펠루스는 문득 칼이라는 이름을 가진 남자를 떠올렸다.

"영애는 나이 차이가 많이 나는 연상이 취향인가?"

"네? 갑자기 그건 왜 물으세요?"

마치, 네가 그걸 알아서 뭐 하려고 그러냐는 얼굴이었다.

덕분에 또다시 기분이 상한 펠루스는 그만 치졸하게 굴고 말았다.

"내가 아직 성인식을 치르지 않았다고 무시하는 건가?"

"…성인식이라면 제가 더 멀었는데요? 전하께서는 이미 성년이 되셨고, 저는 내년까지 기다려야 하니까요."

스무 살의 생일이 지나야 성인식을 치를 수 있는 루릭스 제국의 전통상 펠루스는 올해 가을 정도에 성인식을 치르게 될 것이다.

에린은 그보다 한 살 어리니 내년에나 치를 수 있을 테고.

하지만 펠루스가 원한 대답은 그런 게 아니었다. 그가 한숨을 내쉬었다.

이성적으로 행동해야 하는데, 자꾸 어디 하나가 고장 난 것처럼 굴게 되는 자신을 이해할 수가 없었다.

"전하, 혹시 어디 아프세요? 이게 놀리려고 여쭤보는 게 아니라, 진심으로 걱정이 돼서요."

에린도 비슷한 생각인 듯 평소와 다른 태도를 보이는 그를 걱정스러운 눈으로 쳐다봤다.

자신을 염려하는 기색이 가득한 푸른색 눈동자를 마주하고 있으니, 그는 무슨 말을 해야 좋을지 알 수 없었다.

"…아니, 그냥 좀 피곤한 것뿐이야."

어느 정도 시간이 지난 후 나온 대답은 겨우 저런 것이었다. 하지만 에린은 그마저도 다행이라고 여기는지 고개를 끄덕였다.

"그럴 줄 알았어요. 전하께서는 워낙 일중독이시니까. 공작가에 온 후로도 밤마다 계속 서류를 보느라 바쁘셨잖아요."

그래, 아마 그래서 피로가 더 쌓인 것도 없지 않아 있을……. 잠깐.

"영애가 그걸, 어떻게 알았지?"

펠루스가 의아한 얼굴로 물었다.

항상 밤늦게 서류를 본 건 맞지만, 그녀에게 그런 티를 낸 적은 없었다.

"제 방 창문으로 전하가 지내시는 방 창문이 보이거든요. 근데 매일 새벽까지 불이 꺼지지 않기에 일하시나 보다 했죠."

그런 에린의 말에 의문은 단번에 해소됐다.

"그러니까 결국, 내 방을 훔쳐봤다는 소리군."

"…굳이 따지자면 틀린 말은 아니지만 어감이 좀 이상한 것 같은데요?"

그리 말한 에린은 그 후로도 변명 아닌 변명을 했고, 펠루스는 그것을 적당히 받아쳤다.

황궁에서 보냈던 것과 크게 다를 바 없는 시간들이었다.

9장.
폭풍 전야 (2)

"으음."

창밖을 통해 들어온 햇살 때문에 눈이 부신지 에린이 몸을 뒤척였다.

오늘 안에 전부 읽겠다며 열 권이 넘는 책을 골라 온 게 무색할 정도로 그녀는 열심히 졸았다.

그러다가 결국 이렇게 책상 위에 엎드린 채 잠이 들어 버렸다.

'잘 거면 방에 가서 편하게 잘 것이지.'

하지만 그렇다고 저렇게 곤히 자고 있는 걸 깨우기도 뭐했다.

그가 새벽까지 깨어 있음을 알았다는 건, 그녀 역시 그때까지 자지 않았음을 의미할 테니까.

설마 늦게까지 자수 연습을 하다가 잔 건가.

"이러라고 휴가를 준 게 아닌데."

여신제를 앞두고 고생했으니, 서류 같은 건 잠시 잊고, 충분한 휴식을 취하라는 의미였다.

그런데 잠도 안 자고 자수에 열중하고 있으면 휴가를 준 보람이 없지 않은가.

작게 한숨을 내쉰 펠루스가 이내 몸을 일으켰다. 그러고는 창가로 다가갔다.

촤르륵!

커튼이 쳐지자 햇살 때문에 미간을 찌푸리던 에린이 조금 편한 얼굴을 했다.

창가에서 그 모습을 바라보던 펠루스는 문득 어떤 충동을 느꼈고, 그것을 실천했다.

발소리를 죽인 채 잠든 에린의 곁에 다가간 그는 주변에 아무렇게나 펼쳐진 책들을 한곳에 모았다.

〈차원이동이란?〉
〈미지의 세계에 대하여〉
〈당신이 모르는 세계〉

전부 에린이 읽기 위해 가져온 것이었다.
'이런 쪽에 관심이 있었나?'
무서울 정도로 한결같은 제목들이 어쩐지 마음에 걸렸다.
대부분 그도 읽어 본 적 있는 책이기에 특이한 내용은 없다는 사실을 알면서도 그랬다.
그렇게 에린이 들고 온 책의 제목을 훑던 펠루스의 시선이 문득 책상 위에 흩어진 분홍색 머리카락 쪽으로 향했다.
분홍색.
루릭스 제국은 물론이고 대륙을 통틀어도 결코 흔하지 않을 색이었다.

펠루스가 에린을 잘 알지 못했을 시절, 누군가는 사람들이 그녀에게 매료되는 이유가 희귀한 머리카락 색 때문이라고 말하기도 했다.

그리고 펠루스는 아마 그 말을 비웃었던 것 같다.

그렇게 따지자면 그의 새카만 흑발 역시 흔한 편은 아니었으니까.

하지만 펠루스는 단 한 번도 자신의 머리카락 색을 마음에 들어 한 적이 없었다.

'검은색은 불운, 재앙, 절망을 상징한단다.'

다른 이에게는 들어 본 적 없는 이야기였다.

루릭스 제국 황실의 상징 중 하나인 검은색에 그런 부정적인 의미가 붙을 리 없다.

오직 단 한 사람만이 그가 가진 색을 불길하다고 말했다.

'그래서 네 형이 죽은 거야.'

하지만 그 사람이 당시의 펠루스에겐 세상의 전부나 다름없었기에 그는 그 말을 잊을 수가 없었다.

또한 자신 때문에 형인 루딘이 죽은 게 아니냐는 말 역시 쉽게 잊히지 않았다.

살랑.

그때 조금 열려 있던 창문의 틈새로 따뜻한 봄바람이 불어왔다. 덕분에 에린의 머리카락이 조금 흩날린다.

그것을 본 펠루스는 창문을 완전히 닫았다. 그러고는 잠든 에린의 옆에 놓인 의자에 앉았다.

그는 조금 전까지 그녀와 책상을 사이에 두고 마주 보는 자리에 앉아 있었다.

그러니 만약 지금 에린이 눈을 뜬다면 이 상황을 이상하게 여길지도 모른다. 그가 제 앞이 아니라 옆에 앉아 있는 상황을 말이다.

하지만 지금의 펠루스에게 그런 건 아무래도 좋았다.

심지어 그는 한술 더 뜨기까지 했다.

오른쪽으로 고개를 돌린 채 엎드려 자고 있는 에린의 얼굴을 마주한 상태로 책상에 엎드린 것이다.

에린의 고개는 오른쪽을 향하고 있었고, 펠루스의 고개는 왼쪽을 향하고 있었다.

만약 그녀가 이대로 눈을 뜬다면 곧바로 그와 눈이 마주치게 되는 것이다.

펠루스는 그 사실을 알면서도 별다른 망설임 없이 에린을 관찰했다.

창백하리만치 하얀 피부, 감겨 있는 눈 위로 드리워진 속눈썹, 그리고 굳게 다물린 입술도.

"…안."

그때, 에린의 입이 열렸다.

동시에 그녀의 눈에서 나온 투명한 액체가 뺨을 타고 흘렀다. 또 악몽을 꾸고 있는 모양이다.

"…레안."

이번에도 에린은 저번처럼 죽은 약혼자의 이름을 불렀다.

레안 노르베이.

그는 대체 어떤 사람이었기에 에린에게 이 정도로 큰 영향을 미치고 있는 걸까.

그 남자가 뭐라고 에린은 이렇게 울고 있는 걸까.

그리 생각한 펠루스는 무심코 손을 뻗었다. 그녀의 뺨을 타고 흐르는 눈물을 닦아 주기 위해서였다.

손끝에 닿은 에린의 체온은 따뜻했다. 봄이 성큼 다가온 이 시점에 불어오는 바람처럼.

그리고 그 순간,

"으음."

에린이 미간을 찌푸리며 소리를 냈다. 덕분에 당황한 펠루스가 손을 거뒀다.

그나마 다행인 것은 그녀가 아직 완전히 깨지는 않았다는 점이다.

그냥, 이대로 다시 잠들면 좋겠는데.

"…우음, 전하?"

하지만 그런 그의 바람은 산산이 부서졌다.

닫혀 있던 눈꺼풀이 금세 열리고 말간 푸른색 눈동자가 모습을 드러냈다.

"…지금, 뭐 하세요?"

아직 잠에 취한 듯 몽롱한 빛을 띤 에린의 눈이 느리게 깜빡거렸다.

그 길지 않은 시간 동안 펠루스는 변명을 생각해야 했다.

"내가 뭘 하는 것 같은데?"

그건 무리였다.

제아무리 순발력이 좋은 펠루스라고 해도, 이런 상황을 수습하는 건 쉽지 않았다.

그래서 그는 뻔뻔하게 되묻는 쪽을 택했다.

"…그걸 왜 저한테 물으세요?"

에린이 황당하다는 얼굴로 받아쳤다. 그 후로 그녀는 어이가 없다는 얼굴을 했지만, 뭔가를 더 묻지는 않았다.

다행이라는 생각이 들면서도 의문이 생겼다.

"영애는 누군가를 사랑해 본 적이 있나?"

태연하게 던져진 펠루스의 물음에 그녀는 입을 다물었다.

에린의 침묵이 마치 뭔가를 고민하는 것처럼 보인 탓에 그는 재차 물었다.

"지금 이렇게 나와 마주 보고 있어도 아무 느낌도 들지 않는 건가?"

"…그렇게 안 봤는데. 전하께서 은근히 자기애가 강한 분이셨군요."

말을 마친 에린이 어이가 없다는 듯 웃었다.

그녀의 얼굴에 설렘이나 당황한 기색 같은 건 찾아볼 수 없었다.

오히려 에린은 태연하게 다른 질문을 던졌다.

"그렇게 따지자면, 전하는요? 저야말로 외모로는 대륙 어딜 가도 빠지지 않는 편인데. 이러고 계셔도 하나도 안 설레시나요?"

"……."

기습적으로 던져진 질문에 펠루스는 잠시 침묵했다.

가슴이 불편하게 두근거리고, 제 마음을 들킬까 봐 불안하고,

이런 게 에린이 말하는 설렘이라면 펠루스는 그녀에게 설레고 있었다.

"아무 느낌도 없어."

하지만 그는 솔직해질 수 없었다.

아직 죽은 약혼자를 잊지 못한 에린에게 자신의 감정을 고백할 수는 없었다.

그건 그녀에게도 자신에게도 가혹한 일이 될 테니까.

그래서 펠루스는 늘 그래 왔던 것처럼 제 감정을 잠시 억누르기로 했다.

꽃

펠루스와 함께 서재에 갔다가 방으로 돌아왔다. 그사이 무슨 심경의 변화라도 있었던 건지 그는 평소보다 말이 없었다.

'안 좋은 일이라도 있나?'

단순히 피로가 쌓여서 그런 거라며 넘기기엔 어쩐지 찜찜했다.

자꾸 사랑에 대해 묻는 것만 해도 그랬다.

왜 나한테 그런 질문을 던진 걸까?

아를레인 공작과 대화를 나누다가 문득 그런 궁금증이 생겼을 가능성을 완전히 배제할 수는 없다.

하지만 찜찜한 것은 사실이었다.

그래서 나는 펠루스가 사랑이 무엇이냐 물었을 때 속으로 크게 당황했다.

예리한 감각을 가진 그가 내 속을 꿰뚫어 본 것은 아닌가 싶은 생각까지 했다.

소설 속에 들어온 후, 나는 몇 번이나 사랑이란 감정에 대해 고민했다.

정확하게는 내가 받고 있는 모든 사랑에 대해 생각했다.

내가 아무것도 하지 않아도 제법 많은 사람들이 나를 사랑한다. 그게 그들의 역할이니까. 누나를 사랑하는 남동생, 딸을 아끼는 아버지.

그리고 원작 소설에 따르면 나를 사랑해야 할 남자 주인공까지.

만약 내가 원작을 바꾸는 데 실패하고, 오델론이 나를 사랑하게 된다면 그건 정말 나를 사랑하는 거라고 할 수 있을까?

언젠가 내가 진짜 에린이 아니었다는 사실이 밝혀지면 그 후에도 공작과 카엘은 나를 사랑할 수 있을까?

나는 그 질문에 대한 답을 이미 알고 있었다.

그들이 사랑하는 건 내가 아니라 소설 속 주인공인 '에린 세르틴 아를레인'이라는 걸.

이미 알고 있지만 언제나 궁금했고, 묻고 싶었다.

하지만 내게 진실을 고백할 용기 같은 건 없었다.

모두가 사랑하는 에린의 자리를 내가 **빼앗았다**는 생각을 쉽게 지울 수 없었다.

내가 미래를 바꾸기 위해 필사적인 건 그런 이유도 있었다.

이건 소설 속 주인공인 에린의 이야기가 아니라, 내 이야기고, 내 인생임을 인정받고 싶어서.

남의 자리를 **빼앗은** 게 아니라, 내가 있어도 될 자리였다고 믿고 싶어서.

하지만 그런 내 이기적인 선택은 결국, 레안 노르베이를 죽였다.

내가 순순히 원작을 따라 움직였더라면 죽지 않았을 그는 내 선택으로 인해 죽어 버렸다.

애써 떠올리지 않으려 하지만, 가끔 꿈속에 등장한 그는 늘 같은 말을 했다.

'나를 죽인 건 너야.'

그래, 레안을 죽인 건 나였다.

하지만 나는 나를 위해 앞으로도 그 사실을 가슴에 묻어 두고 모르는 척할 것이다.

나는 그만큼 이기적인 사람이니까.

❦

"벌써 떠나야 한다니, 아쉽구나."

"사교 시즌이 시작되면 금방 다시 뵐 수 있을 거예요. 여신제도 코앞이고."

"그야 그렇지만……."

황궁으로 돌아가기 전 마지막 아침이었다.

그 점에 대해 아를레인 공작은 유독 아쉬운 소리를 했다. 그건 카엘도 마찬가지였다.

"저택에 머무르면서 황궁으로 출퇴근을 하시는 게 더 편하지 않으시겠습니까?"

"그건……."

"누구 마음대로? 그건 영애가 결정할 문제가 아니야."

펠루스가 단호하게 말을 끊었다. 계속 이런 식이었다.

카엘이 나와 헤어지는 것을 아쉬워하는 반응을 보이면 펠루스는 그것을 냉정하게 쳐 냈다.

정말, 두 사람 사이에 내가 모르는 뭔가가 있나?

당사자인 카엘이 있는 장소에서 묻기는 그러니, 황궁에 돌아가게 되면 슬쩍 떠볼까 싶은 생각도 들었다.

"아침 식사 후 출발하신다고 들었는데, 그냥 점심까지 드시고 가는 게 어떠십니까? 마침 오늘, 누님께서 좋아하시는 블루베리 스콘 가게가 문을 열었다고 합니다."

"급한 일이 있어서 출발 시간을 늦추는 건 곤란해."

이번에도 카엘의 제안을 펠루스가 잘라 냈다. 이렇게 매번 비슷한 패턴이 반복되는 것도 신기했다.

"그게 정말입니까, 누님?"

"응? 으응."

카엘의 물음에 나는 그저 어색하게 웃었다.

미안하구나, 카엘. 절대 을인 누나의 입장에선 상사인 펠루스가 까라면 까야 한단다.

게다가 한창 바쁜 시기에 휴가를 온 셈이니, 더 지체하지 않고 돌아가는 게 현명하긴 했다.

"그럼 정오 이후에 제가 스콘을 사서 누님을 뵈러 황궁에 가는 건 어떨까요?"

"미안하지만, 영애는 오늘 하루 종일 바쁠 예정이야."

아, 진짜 또 시작이네. 이젠 조금 지겨워지려고 했다. 그래서 나는 화제를 돌리기 위해 아무 질문이나 던졌다.

"그런데 왜 늘 장갑을 끼고 계세요?"

때마침 공작이 끼고 있던 장갑이 눈에 들어온 탓이다.

동시에 아주 조금은 궁금하기도 했다. 대체 왜 항상 실내에서도 장갑을 끼고 있는 건지.

봄이 성큼 다가온 만큼 날씨도 슬슬 따뜻해지고 있는데 덥지도 않은 건가?

그런 나의 질문에 공작은 조금 의아한 빛을 띤 얼굴로 물었다.

"정말 몰라서 묻는 거니?"

"네? 아, 그게……."

나는 조금 당황했다. 설마, 에린과 어떤 관련이 있는 건가?

하지만 관련이 있다고 해도 진짜 에린의 기억이 없는 나는 알 턱이 없었다.

"네가 처음으로 내게 사 준 생일 선물이니까 그런 거지."

다행스럽게도 공작은 그런 내 물음을 더 물고 늘어지지 않았다. 싱긋 웃으며 대답을 할 뿐.

"…그냥 제가 드린 거긴 해도, 너무 한 장갑만 계속 끼시는 것 같아서요."

덕분에 나는 적당히 상황을 수습할 수 있었다.

앞으로는 함부로 아무 주제나 입에 담지 말아야지.

"네가 처음으로 준 선물인데, 어찌 그럴 수 있겠니. 당연히 잘 사용해야지."

또 말실수를 할 수도 있으니, 이 주제는 이쯤에서 마무리 짓고 싶었는데, 아무래도 공작은 그럴 마음이 없는 것 같았다.

"제 딸아이가 저를 생각하는 마음이 이렇게도 넓답니다. 전하께서도 그렇게 생각하시죠?"

마치 펠루스에게 장갑을 자랑하기라도 하는 것 같았다.

설마, 펠루스가 정말 나를 좋아한다고 여겨서 저러는 걸까? 질투라도 해 보라고?

추측이 사실이라면, 아를레인 공작도 카엘과 펠루스와 마찬가지로 제법 유치한 구석이 있는 셈이었다.

"그래, 원래 마음이 넓은 영애이니 내 마음을 알고도 내 곁에 남기로 한 거겠지."

이 와중에 펠루스는 나를 짝사랑하는 척하는 연기에 너무 심취한 듯했다.

저렇게까지 열심히 할 일이 아닐 텐데, 왜 저러고 있는 건지 도통 알 수가 없다.

처음에는 나를 엿 먹이고 싶은 거라고 생각했는데, 이제 보니 아를레인 공작을 엿 먹이고 싶었던 것 같기도 하고.

펠루스가 나를 향한 애정을 아낌없이 드러낼수록 공작의 표정이 굳어지는 것을 보며 추측은 확신이 되어 갔다.

어느 쪽이 됐건, 가급적이면 나는 빼고 자기들끼리 해결해 줬으면 좋겠는데. 아무래도 이미 늦은 거겠지?

공작가의 하인들이 마차에 짐을 싣기 위해 빠르게 움직이고 있었다.

그 모습을 얼마간 응시하고 있자니 조금 복잡한 기분이 들었다.

공작과 펠루스, 그리고 카엘까지 세 사람 사이에 껴서 새우 등 터지느라 정작 로레즈 백작 부인이나, 베스에 대한 건 하나도 묻지 못했다.

공작저에 있는 대부분의 시간 동안 펠루스가 나를 따라다닌 탓에 타이밍을 잡을 수가 없었다.

"하아."

반사적으로 한숨을 내쉰 나는 그대로 마부의 손을 붙잡고 마차에 오르려 했다.

"그렇게 가기 싫은 건가?"

그러다가 지척에서 들려온 펠루스의 물음에 움직임을 멈추고 그를 응시했다.

펠루스는 조금 못마땅한 얼굴로 나를 보고 있었다.

기척이 전혀 느껴지지 않았는데, 대체 언제 온 거람.

"휴가가 끝난 게 그렇게 아쉬워?"

"아뇨, 그렇다기보다는 아버지랑 대화를 많이 못 나눈 것 같아서요."

그건 카엘도 마찬가지였지만, 지금 이 시점에서 가장 중요한 것은 아를레인 공작이었다.

"정말, 이해할 수가 없군."

그리 말한 펠루스는 정말 순수하게 나를 이해하지 못하겠다는 얼굴이었다.

당연한 일일지도 모른다.

아를레인 공작가와 루릭스 제국의 황실은 정확하게 반대되는 느낌의 환경이다.

그러니 펠루스가 아를레인 공작가 사람들이 서로에게 갖는 애정을 이해하지 못하는 건 당연했다.

"하고 와."

"…네?"

"하고 오라고."

"뭘요?"

대뜸 짤막하게 던져진 말에 나는 멍청하게 반문했다. 그러자 그는 답지 않게 친절한 태도로 덧붙였다.

"기다려 줄 테니, 작별 인사라도 제대로 하고 오라고."

"…진심이세요?"

급한 일이 있다며 빨리 출발하자고 닦달할 때는 언제고, 이건 또 무슨 변덕인가 싶었다.

"너무 늦으면 그냥 두고 갈 거야."

"아, 네!"

나는 혹여나 펠루스의 마음이 변할세라 대답을 마치기 무섭게 다시 저택으로 달려갔다.

"에린?"

"누님?"

황궁의 마차가 아직 출발하지 않은 탓인지 그들은 저택 입구에 있었다.

"저, 깜빡하고 여쭤보지 못한 게 있어요! 카엘, 넌 잠깐 자리 좀 비켜 줄래?"

나는 급한 마음에 속사포로 용건부터 꺼냈고, 상황은 금세 정리됐다.

카엘은 아쉬운 얼굴을 하면서도 자리를 비켜 줬고, 공작은 곧장 내게 물었다.

"대체 무슨 질문을 하려고 이렇게 달려온 거니?"

"그게……. 혹시, 베스가 절 싫어하나요?"

"…뭐?"

공작이 당황한 얼굴을 했다. 나 역시 당황스러운 것은 마찬가지였다.

마음이 너무 급한 나머지 필터링을 거치지 않은 생각을 그대로 내뱉어 버렸다.

망할, 공작이 베스가 나를 싫어하는지 어떤지를 어떻게 알아?

덕분에 잠시 당황한 기색을 보이던 공작은 곧 표정을 차분히 갈무리한 채 물었다.

"그런 건 갑자기 왜 묻는 거지?"

"요즘 들어 베스가 부쩍 절 피하는 느낌이 들어서요."

그래서 나는 우선 베스와 에린의 관계에 대한 부분을 짚고 넘어가기로 했다.

그편이 조금이나마 자연스러우니까.

"그런 이유로 내게 이런 질문을 한다고?"

공작은 여전히 의아한 기색이었다.

그가 의아함을 느끼는 부분을 짐작할 수 없었던 나는 일단 말을 아꼈다.

"베스의 일이라면, 네가 나보다 잘 알 테니, 아무래도 다른 이유가 있는 모양이구나."

다행스럽게도 아를레인 공작은 알아서 추측을 이어 갔고, 나는 고개만 끄덕이면 됐다.

"베스가 제게 이해할 수 없는 말을 했거든요."

"이해할 수 없는 말?"

"네."

그렇게 대답한 나는 잠시 뜸을 들이다가 말을 이었다.

"혹시, 로레즈 백작 부인에 대해 아시나요?"

베스가 직접적으로 제 모친을 언급한 것은 아니다.

그러나 내가 백작 부인을 언급했을 때 그녀가 보였던 반응을 생각하면 의심의 여지가 없었다.

"내게 그분에 대해 묻는 걸 보니, 뭔가 들은 게 있는 모양이구나."

공작의 말을 나는 부정하지 않았다.

백작 부인에 대한 이야기를 물으려면 내가 공작의 과거에 대해 알고 있다는 사실을 숨겨서는 안 됐다.

"네. 그래서 아버지라면 뭔가를 알고 계실 것 같아서 찾아왔어요."

그런 내 대답에 공작의 얼굴이 순간 미묘하게 굳어졌다.

덕분에 나는 무슨 실수라도 한 건가 싶어 조금 당황했다.

"오랜만에 아빠라고 불러 줬으면 좋겠구나."

"…아, 네."

하지만 돌아온 건 딸 바보인 공작의 투정 아닌 투정이었다.

이런 순간에도 팔불출 기질을 드러내다니 참.

"그렇게 할게요. 아버……."

"아빠."

"…아빠."

어색한 내 대답에 공작은 그제야 만족스러운 얼굴로 입을 뗐다.

"백작 부인에 대한 거라면 나도 아는 게 많지는 않단다. 다만, 그녀와 네 엄마의 사이가 좋지 않았다는 것 정도는 알고 있지."

그리 말한 그는 잠시 생각에 잠긴 듯했다. 딸인 내게 어떤 이야기를 어디까지 들려줘야 할지 고민하는 것 같았다.

"네가 우리 모두가 미혼이었을 시절의 이야기를 들었다면, 알고 있겠지만 그녀는 한때 내게 청혼을 한 적도 있었단다."

"…청혼이요?"

"그래."

공작은 덤덤하게 고개를 끄덕였고, 나는 조금 놀랐다.

백작 부인이 공작의 열렬한 추종자였다는 말을 듣긴 했지만, 청혼까지 할 정도였을 줄은 몰랐다.

현대도 아니고, 이런 시대에 귀족 여성이 한 청혼이라면 결코 가벼운 의미는 아니었다.

그만큼 백작 부인의 사랑이 어마어마했다는 소리다.

"아버… 아빠는 그걸 거절하셨겠군요."

"물론이지. 내겐 네 엄마밖에 없었으니까."

그리 말한 공작이 내 두 손을 꼭 잡으며 덧붙였다.

"지금은 너와 카엘밖에 없고."

"……."

예상했던 대답이지만 새삼 대단하다는 생각이 들었다.

소설을 읽었을 때도 느낀 거지만, 〈붉은 새벽〉에서 가장 비현실적인 인물을 꼽자면 아를레인 공작이 아닐까 싶었다.

원작 속 남자 주인공인 오델론은 자신의 목적을 위해 에린을 냉정하게 이용하고 버린다.

나중에 그 사실을 후회하기는 하지만, 적어도 처음부터 맹목적으로 굴지는 않는다.

덕분에 많은 독자들이 그를 욕했지만, 한편으로는 참 현실적이라는 반응도 나왔었다.

누군가를 사랑한다는 이유로 자신의 모든 걸 포기한다는 건 결코 흔한 일이 아니었으니까.

하지만 아를레인 공작은 달랐다.

괜히 대부분의 독자들이 그냥 아버지와 동생과 오붓하게 살라는 말을 한 것이 아니다.

원작 속에서도, 그리고 지금도 아를레인 공작은 제 가족들에게 맹목적인 애정을 쏟아 내고 있었다.

에린의 몸에 빙의했지만, 결국 타인인 나는 그의 애정이 유독 특별하다는 사실을 알 수 있었다.

그리고 그것은 내 마음속에 있던 죄책감을 자꾸만 수면 위로 끌어 올렸다.

이렇게 제 딸을 아끼고 사랑하는 사람 앞에서 끝까지 진짜 에린인 척해도 되는 걸까?

"더 묻고 싶은 건?"

"…없어요. 충분한 답을 얻은 것 같아요."

아를레인 공작의 물음에 나는 고개를 저었다.

아마 추가로 질문을 한다고 해도 내가 원하는 정보를 얻을 수는 없을 것이다.

공작이 알고 있는 건, 혹은 알려 줄 수 있는 건 여기까지인 것 같으니까.

※

에린이 돌아간 후에도 아를레인 공작은 얼마간 자리를 떠나지 못했다.

못 박힌 듯이 그 자리를 지키고 있었다.

'오랜만에 아빠라고 불러 줬으면 좋겠구나.'

'…아, 네.'

공작이 그런 말을 한 것은 얼마 전부터 에린이 자신을 아버지라고 부르기 시작한 탓이었다.

예전의 에린은 단 한 번도 그를 아버지라고 부른 적이 없었다. 늘 아빠라고 불렀다.

그 사실이 떠올라서, 새삼 그녀의 입을 통해 아빠라는 말이 듣고 싶어졌다.

아버지라는 호칭을 사용하기 시작한 후로 에린은 그에게 은근히 거리를 뒀다.

거기까지 생각하던 공작의 시선이 무심코 자신이 끼고 있던 장갑으로 향했다.

'특별한 이유가 있는 건 아니고, 뭘 선물할까 하다가 장갑이 좋을 것 같아서 샀어요.'

분홍색 머리카락에 푸른색 눈동자를 가진 여자. 아를레인 공작의 아내이자 에린과 카엘의 어머니인 그녀.

공작이 늘 끼고 다니는 장갑을 선물한 건 그녀였다.

하지만 에린은 공작에게 장갑을 선물한 사람이 자신이라고 믿고 있었다.

마치, 그전에 있었던 일을 모두 잊어버린 사람처럼.

그리고 공작은 그 이유를 알고 있었다.

'원래 네 딸은 오늘 죽었어야 할 운명이야. 근데 그걸 내가 억지로 살려

낸 거니까, 어느 날 갑자기 네 딸의 몸에 다른 사람의 영혼이 들어올지도 몰라. 만약 그렇게 되더라도 아무것도 모르는 척 네 딸처럼 키워.'

지금의 에린은 원래의 에린이 아니었다.
겉모습은 에린일지라도 그 속을 채우고 있는 건 분명 다른 사람이었다.
에린이 처음으로 자신을 아버지라고 부르며 다른 사람처럼 굴기 시작했을 때 공작은 현실을 부정했다.
그리고 당황한 척 에린을 떠봤다.
요즘, 전과 다른 모습을 보이는 것 같다고, 많은 부분이 변한 것 같다고.
속으로는 제발 아니기를 빌었다.
사람이 늘 한결같을 수는 없으니까. 살다 보면 갑자기 입맛이 변할 수도 있고 취향이 달라질 수도 있으니까.
남들이 다 겪는다는 사춘기도 겪지 않은 에린이니까, 그 시기가 지금 온 거라고, 그렇게 믿고 싶었다.
하지만 그 정도로 설명할 수 있는 일이 아니었다.
아닌 척했지만, 사소한 습관이나 취향 같은 것들이 미묘하게 달랐다.
오랜 세월 에린을 곁에서 지켜본 공작은 그 사실을 모를 수가 없었다.
하지만 그럼에도 그는 끝까지 부정했다.
에린이 황궁으로 들어간 후에도 공작은 여전히 사실을 부정했다.
그녀가 당장 제 눈이 닿지 않는 곳에 있으니, 현실을 부정하는 것은 쉬웠다.

가까이에서 볼 수 없고, 만날 수 없으니 그녀가 타인이라는 생각은 굳이 하지 않아도 됐다.

하지만 이번에 에린이 공작가에서 머문 시간 동안, 그는 깨닫고 말았다.

더 이상 그녀가 진짜 제 딸이 아님을 부정하는 것은 의미가 없었다.

"하."

동시에 그런 생각도 들었다. 어쩌면 그때 펠루스의 손을 놓아 버린 벌을 받는 건 아닐까 하고.

그리 생각하던 공작은 곧 끼고 있던 장갑을 벗었다.

그러자 그의 오른쪽 손등에는 레안과 오델론의 손등에 있었던 것과 같은 동그라미 문양이 그려져 있었다.

공작의 문신은 오델론과 같은 푸른색이었다.

그 사람의 말에 따르면 아무나 볼 수 없는 문신이라고 했다. 매우 특별한 사람만이 문신을 볼 수 있다고.

하지만 그럼에도 그는 항상 장갑을 끼고 다녔다.

문신을 볼 때마다 자신이 저지른 죄가 떠올라 괴로웠던 탓이다.

오른쪽 손을 신성하게 여기는 루릭스 제국의 귀족인 그에게 이 문신은 낙인이었다.

스스로가 저지른 죄에 대한 낙인.

꿎

황궁으로 돌아온 지 얼마 되지 않았는데 공작가에서 머물렀던 시간이 아주 먼 과거처럼 느껴졌다.

잠시 자리를 비운 사이 눈덩이처럼 불어난 서류들 때문이었다. 덕분에 나도, 펠루스도 며칠간 잠도 제대로 못 자고 끼니도 걸러 가며 일하고 있었다.

그리고 그건 지금도 크게 다르지 않았다.

똑똑.

눈앞에 쌓인 서류들과 씨름하느라 정신이 없는 와중에 집무실의 문을 두드리는 소리가 들려왔다.

"들어와."

나는 당연히 아까 자료를 찾아 달라며 심부름을 보낸 하녀이겠거니 싶어 고개를 들지도 않고 답했다.

고급스러운 구두 굽 소리가 코앞에서 멈출 때까지도 나는 서류에 시선을 고정하고 있었다.

"이젠 내가 와도 알은척도 안 하는군."

뻐딱한 물음에 나는 뒤늦게 고개를 들었다.

"…전하?"

"그래. 이제라도 봐 주는 건가? 참으로 영광이군."

빈정거리는 것이 분명한 펠루스의 말에 나는 의아한 얼굴을 했다.

쌓여 있는 업무로 인해 나는 지금 점심을 거른 채 일하고 있었다. 아마 그의 상황 역시 별반 다르지 않을 것이다.

근데 왜 대뜸 와서 시비지? 그렇게 한가할 리가 없는데?

물론 그런 속마음을 입 밖에 낼 수는 없었으므로 무난한 질문을 던졌다.

"무슨 일로 오셨어요?"

용건만 간단히 하고 꺼져 줬으면 좋겠다는 의미였다.

저녁 식사라도 제대로 하려면 눈앞에 쌓인 서류들을 서둘러 해치워야 했고, 이를 위해서는 이야기가 길어지는 것을 막아야 했다.

"용건만 간단히 하고 빨리 꺼지라는 건가?"

"…그, 그럴 리가요."

쓸데없이 눈치 빠른 펠루스의 물음에 나는 웃으며 고개를 저었다.

정말이지, 이상한 곳에서 까다로운 상사였다.

"받아."

그가 대뜸 내게 상자를 내밀었다. 겉면이 고급스러운 종이로 포장된 상자였다.

그것을 받아 든 나는 의아한 얼굴로 물었다.

"이게 뭔데요?"

"풀어 보면 알잖아."

퉁명스러운 펠루스의 대답에 그건 그러네요. 라고 답한 나는 그가 건넨 상자의 포장을 뜯었다.

"…이건?"

종이로 싸여 있던 포장을 풀자 고급스러운 느낌의 상자가 모습을 드러냈다.

보랏빛 과자 상자였다.

그걸 보니 상자를 열어 보지 않아도 안에 든 내용물이 뭔지 알 것 같았다.

"블루베리 스콘인 건가요?"

전에 카엘이 언급했던 내가 좋아하는 블루베리 스콘이 담긴 상자였다.

"계속 끼니를 거르다가 아프기라도 하면 고용주인 내 입장에서는 손해니까."

그가 변명처럼 덧붙였다.

말은 삐딱하게 해도 내가 신경 쓰여서 사 온 듯했다.

황태자궁 시녀에게 듣기론 펠루스 역시 빵 조각 하나 제대로 챙겨 먹지 못하고 있다고 한 것 같은데.

그 사실을 깨닫자 기분이 급속도로 묘해졌다.

"…감사해요. 신경 써 주셔서 감사하고, 하지만……."

하지만 나는 이 스콘을 받을 수 없었다. 이건 내가 좋아하는 음식이 아니었다.

내가 아니라 진짜 에린이 좋아하는 음식이었다.

"마음에 안 든다는 소리를 돌려서 하는 건가?"

펠루스는 단번에 내 말을 이해한 눈치였고 나는 침묵했다.

덕분에 잠시 고민하던 그는 곧 내 앞에 놓인 상자를 열었다.

내가 예상했던 대로 상자 안에는 블루베리가 촘촘히 박혀 있는 스콘이 들어 있었다.

"안에 뭐가 들어 있는지 몰랐던 건 아닌 것 같고."

내 표정이 크게 변하지 않았음을 확인한 펠루스가 중얼거렸다.

그의 예상대로였다. 나는 이미 상자만 보고도 안에 있는 스콘의 존재를 알아차렸으니까.

"내용물이 마음에 안 드는 건가? 아님 이걸 준 사람이 나라는 게 마음에 안 드는 건가?"

말을 마친 그는 또다시 집요하게 내 표정을 살폈다. 덕분에 잠시 고민하던 내가 입을 뗐다.

"…굳이 따지자면 전자예요."

"전자라고?"

"네. 전 블루베리 스콘을 별로 좋아하지 않아요."

무심코 입 밖에 낸 말에 펠루스의 표정이 조금 굳어졌다. 덕분에 나도 뒤늦게 아차 싶었다.

아무래도 전에 공작가에 갔을 때 카엘이 한 말을 기억하고 사 온 것 같은데, 고작 며칠 사이에 말을 바꾼 셈이었으니까.

이상하다고 여기려나? 분명 그렇겠지?

"그럼 뭐가 좋은데?"

"…네?"

"이게 싫으면 뭐가 좋으냐고."

"그건……."

사실 굳이 따지자면 나는 블루베리 스콘을 싫어하지 않았다. 있으면 먹고, 아니면 말고 정도였다.

내가 정말 못 견디게 싫은 건, 다른 사람들이 내가 블루베리 스콘을 좋아한다고 여기는 일이었다.

그건 내 취향이 아니라 진짜 에린의 취향이니까.

"초코 스콘도 좋고, 딸기 스콘도 좋고, 치즈나 녹차도……."

그냥 블루베리만 아니면 아무거나 상관없었다.

나름 열심히 대답을 이어 가던 나를 빤히 응시하던 펠루스는 곧 말없이 집무실 문 쪽으로 향했다.

자신의 성의를 무시한 나 때문에 기분이 상해서 이만 돌아가려는 건가 싶었다.

"방금 내가 말한 거 전부 가져와."

하지만 예상과 달리 그는 바깥에 있던 이들에게 뭔가를 지시했고, 얼마 안 가 그들은 각자 익숙한 상자를 들고 들어왔다.

"책상에 놓인 보라색 상자는 가져가고."

펠루스의 지시에 따라 일사불란하게 상황이 종료되자 내 책상에는 총 네 개의 스콘 상자가 놓여 있었다.

초코 스콘, 딸기 스콘, 그리고 치즈와 녹차 스콘이.

아까 놓여 있던 블루베리 스콘이 담긴 보라색 상자는 치워진 상태였다.

"내 성의를 생각해서라도 전부 먹어. 나중에 확인할 테니까."

말을 마친 펠루스는 별 미련 없는 얼굴로 등을 돌리고는 집무실을 나갔다.

⁂

아를레인 공작가에서 돌아온 후로 에린이 조금 이상했다.

평소의 그녀와는 어딘가 미묘하게 다른 모습을 보였다.

처음에는 그저, 황궁으로 돌아온 후 갑자기 불어난 업무 때문에 신경이 날카로워진 거라고 여겼다.

하지만 그렇게 여기고 넘어가기엔 찜찜한 구석이 있었다.

혹시, 마지막으로 아를레인 공작과 나눈 대화 때문인 건가?

공작가에 머무르는 내내 펠루스와 거의 떨어지지 않았던 에린이다.

그러니 그가 모르는 어떤 일이 있었다면, 공작과 작별 인사를 하라며 보내 준 순간일 가능성이 높았다.

'공작을 만나 봐야 하나.'

문제는 이 모든 게 그저 펠루스 혼자만의 추측일 뿐이란 사실이다.

그러니 이런 이유를 대고 공작을 만나 봤자 자신이 원하는 대답을 들을 수는 없을 것이다.

결국 펠루스가 에린에게 해 줄 수 있는 건 아무것도 없었다.

그가 종류별로 사온 스콘의 가격이 눈이 돌아갈 만큼 비싸다는 건 펠루스에게 중요치 않았다.

물욕이 없는 그에게 돈은 별다른 의미가 되지 못했으므로.

"저… 이제 그만 집무실로 돌아가셔야 할 것 같습니다."

제 눈치를 살피기 바쁜 시종의 말에 펠루스는 고개를 끄덕였다.

스콘을 건네주자는 목표를 달성했으니 다시 업무를 보러 가야 했다.

"아."

"왜 그러십니까?"

"한 가지 해 줘야 할 일이 있어."

그리 말한 펠루스가 시종에게 뭔가를 지시했다.

당장 그가 직접 에린을 도울 수 있는 방법은 없다.

하지만 그렇다고 해서 정말 가만히 있을 생각은 없었다.

방법이 없다면, 다른 방법을 만들면 되는 거니까.

⚘

스콘을 받았을 때, 새삼 깨달았다.

소설을 통해 접한 펠루스와 내가 실제로 겪고 있는 펠루스가 전혀 다른 사람이란 사실을.

소설 속 악역인 펠루스가 비정하고 냉정한 사람이었다면, 내가 아는 펠루스는 끼니를 거른 자신의 보좌관에게 소소한 간식거리를 챙겨 줄 줄 아는 사람이었다.

내가 황궁에 들어온 후 펠루스와 보낸 모든 시간은 결코 헛된 게 아니었다.

아닌 척해도, 그는 나를 제법 많이 아끼고 있었다.

그 마음이 연애 감정과 무관하긴 해도 펠루스가 나를 아낀다는 사실만큼은 변하지 않는다.

어쩌면 그래서 나도 모르게 펠루스에게만큼은 마음을 더 열어 두게 되는 걸지도 모른다.

〈붉은 새벽〉 속 악역인 펠루스는 끝까지 에린을 사랑하지 않았다.

당연한 일이다. 그는 애초에 여자가 아니라 남자를 좋아했으니까.

그러니 아무리 많은 사람들의 사랑을 받는 에린이라고 해도 펠루스의 마음을 얻을 수는 없었겠지.

나는 그 점이 마음에 들었다.

아를레인 공작도, 카엘도, 훗날 다시 만나게 될지 모르는 오델론도 원래의 에린을 사랑했지만 펠루스는 아니었다.

그러니 그에게 받고 있는 이 마음만큼은 원래의 에린이 아니라 오롯이 나를 위한 것일 테니까.

※

베스는 지금 제 앞에 펼쳐진 상황이 이해가 가지 않았다. 읽고 있던 책을 서둘러 덮은 그녀가 물었다.

"…누가 방문했다고?"

그런 그녀의 물음에 말을 전하러 온 시종이 친절하게 답했다.

"황태자 전하께서 방문하셨습니다."

"하."

베스는 헛웃음을 터트렸다. 그녀와 펠루스 사이에는 그 어떤 접점도 없었다.

원래대로라면 말이다.

'에린 때문인가.'

에린을 제외하면 그 어떤 접점도 없는 두 사람이었으나, 중간에 그녀가 낀다면 이야기는 달라진다.

황태자가 대체 무슨 생각으로 백작가를 방문하겠다는 뜻을 전한 건지 모르겠으나, 에린과 관련된 일인 것만은 확실했다.

'정말 알면 알수록 대단하네.'

황태자와 에린에 대한 이야기라면 워낙 어마어마했기에 베스는 오히려 그와 관련된 소문을 믿지 않았다.

누군가가 제 이익에 따라 의도적으로 부풀린 것일 가능성이 컸으니까.

그 연장선으로 베스는 사냥 대회 때 보란 듯이 에린을 안고 걷던 황태자의 모습도 보여 주기 식 애정이라 여겼다.

하지만 그녀를 위해 남몰래 백작저까지 방문하려는 것을 보면 그게 아니었던 모양이다.

남자를 좋아한다든가, 사실은 신체에 치명적인 결함이 있다든가.

온갖 소문만 무성했던 황태자가 정말 에린에게 애정을 가지고 있긴 한 것 같았다.

예전 같았으면 이러한 사실에 화가 나거나 짜증이 났을 텐데, 이젠 그런 감정은 들지 않았다.

그저 조금 신기했다.

어떻게 이렇게 쉽게 남의 마음을 얻을 수 있는 건지.

물론 사교계의 모든 이들이 에린을 좋아하는 것은 아니다.

에린은 모르고 있겠지만, 그녀를 싫어하는 무리가 없지는 않았다.

과거의 에린은 밝은 성격을 가졌으나, 때때로 당황스러울 만큼 눈치가 없었다.

또한 타인이 처한 상황 자체를 이해하지 못하는 경우가 종종 있어 미움을 샀다.

다만 베스 역시 그녀를 싫어하는 무리가 있음을 최근에야 알았을 만큼 소수였고, 거의 티가 나지 않았다.

많은 이들의 애정을 받는 에린을 대놓고 싫어하는 건 현명한 행동이 아니었으니까.

그만큼 그녀가 많은 이들의 호감을 사고 있다는 의미였다.

그래서 베스는 그런 그들의 심리를 역으로 이용하려고 했었다.

이를 위해 그녀는 바로 얼마 전까지 주변에 에린을 향한 적의를 심어 두기 위해 노력했다.

그게 에린을 가장 효과적으로 건드릴 수 있는 방법이니까.

하지만 지금은 솔직히 모르겠다.

왜 그렇게까지 해야 하는 건지.

"저, 아가씨, 전하께서 응접실에서……."

"알았어. 바로 갈게."

하녀의 부름에 베스는 곧장 펠루스가 기다리고 있다는 응접실로 향했다.

그렇게 마주한 두 사람 사이에는 적당히 의례적인 인사가 오갔다. 그리고 곧장 본론이 등장했다.

"내가 오늘 백작저를 방문한 건 영애에게 한 가지 제안을 하기 위함이야."

느긋한 태도로 말문을 연 펠루스가 말을 이었다.

"내가 하려는 제안은……."

그리고 모든 이야기가 끝났을 때 베스는 크게 놀란 얼굴을 했다.

༄

여신제가 정말 코앞으로 다가왔다. 바로 내일이었으니까.

덕분에 오늘은 그나마 여유로웠다. 처리해야 할 서류도 별로 없었고, 덕분에 끼니도 잘 챙겨 먹었다.

저녁을 먹고 난 후에는 시간이 조금 남기까지 해서 나는 벼락치기를 하는 심정으로 바늘과 자수틀을 잡았다.

"또 시작인가?"

…가 잔소리를 들었다. 덕분에 나는 한숨을 내쉬었다.

그냥 최소한의 성의는 보이고 싶어서 이러는 건데, 그게 그렇게도 고깝나 싶었다.

"그냥 여신제 때 선보일 자수 연습을 하는 것뿐인데, 왜 자꾸 시비시죠?"

"영애가 지금처럼 부주의하고, 칠칠치 못한 사람이 아니었더라면 나도 이 지경까지 오지는 않았을 거야."

정말 지겨울 정도로 같은 패턴이었다.

"제가 어때서요?"

"그럼 나더러 자신의 손과 천 조각도 구분하지 못하고 마구잡이로 바늘을 찔러 넣는 사람을 믿으란 소리인가?"

"아니, 그건……."

지나치게 과장된 표현이라 오히려 말문이 막혔다.

아니, 누가 보면 내가 바늘이 아니라 칼로 내 손을 찌른 줄 알겠네.

내가 자수에 서툰 편인 건 사실이지만, 사람을 너무 바보 취급하는 거 아닌가 싶었다.

"그거 좀 찔렸다고 안 죽어요."

"바늘에 독이라도 묻어 있으면?"

아니, 왜 또 이야기가 그렇게 가는 건데? 나는 황당함을 감추지 못한 얼굴로 대충 대꾸했다.

"그래도 안 죽어요."

"…그게 무슨 헛소리야? 설마, 공작이 어렸을 때부터 영애한테 독이라도 먹였나?"

그리 물은 펠루스의 얼굴이 일그러졌다.

반응만 봐서는 당장 아를레인 공작의 멱살이라도 잡으러 갈 기세였다.

"아뇨, 그건 아니고……."

그냥 가볍게 꺼낸 말이었는데 돌아오는 반응이 진지하니 장난을 치기가 뭐했다.

덕분에 말끝을 흐리던 나는 잠시 뜸을 들이다가 덧붙였다.

"전하께서 어떻게든 살려 주시겠죠. 마법도 사용할 줄 아시고, 독에 대한 지식도⋯⋯. 아."

무심코 말을 잇던 나는 아차 싶었다.

예상대로 펠루스의 표정은 굳어져 있었다.

원작 소설을 읽은 바에 따르면 그는 독에 대한 지식이 해박한 편이었다.

그때는 그 이유에 대해 깊게 고민해 보지 않았지만, 지금 생각해 보면 그건 아마 형인 루딘 때문이 아닐까 싶었다.

펠루스의 형인 루딘 황태자는 오델론에게 독살당해 죽었다.

그건 펠루스와 오델론이 서로 척을 지게 된 결정적인 이유이기도 했다.

그만큼 루딘의 죽음은 펠루스에게 깊은 상처를 남겼다.

그러니 그 일 때문에 독에 대한 공부를 시작한 게 아니냔 가정은 충분히 일리가 있었다.

여기서 문제는 내가 지금 얼떨결에 독에 대한 이야기를 하면서 그 트라우마를 건드린 게 아니냐는 점이었다.

"맞는 말이야. 근데⋯⋯."

뒤늦게 입을 연 펠루스가 잠시 말끝을 흐렸다. 그러다가 이내 덧붙였다.

"영애는 내가 독에 대해 잘 알고 있다는 사실을 어떻게 알았지?"

"아."

"나는 그런 말을 한 기억이 없는데."

"그건⋯⋯."

생각지도 못한 지적에 나는 어색하게 웃었다.

루딘의 일에 대한 트라우마는 잘 넘어간 것 같은데, 이렇게 불쑥 다른 곳에서 발목을 잡힐 줄은 몰랐다.

망할. 뭐라고 변명해야 하지?

"그리고 한 가지 더."

내가 무어라 변명을 하기도 전에 펠루스가 먼저 입을 열었다.

"대체 무슨 자신감으로 내가 영애를 살려 줄 거라 여기는 거지?"

"…네?"

"독을 해독시키는 마법은 까다롭고, 많은 마력을 필요로 해. 그걸 내가 영애한테 순순히 써 줄 것 같나?"

이번에는 조금 전과 다른 의미로 당황했다.

더불어 펠루스를 향한 배신감이 밀려왔다. 아니, 지금 뭐라고요?

"아니, 진짜 써 달라는 의미가 아니잖아요. 그냥 말이라도 그렇게 해 달라는 거지……."

하루 이틀 함께 일한 사이도 아닌데, 말을 꼭 저렇게 해야 하나 싶었다.

"전하께서는 참, 말 한마디로 일을 어렵게 만드는 재주가 있으시네요."

나는 아닌 척 빈정거리며 무심코 바늘을 잡았다.

그래, 잠시 왜 이런 이야기가 나왔는지 잊고 있었는데 이제야 생각이 났다.

다 이 빌어먹을 자수와 여신제 때문이었다.

내가 뭐 대단한 걸 노리는 것도 아니고, 전에 베스가 말했던 것처럼 기본에만 충실하려는 것뿐인데 그게 그렇게 문제인가?

"그러는 영애는 정말 끝까지 남의 말을 안 듣는 재주가 있군."

펠루스의 한숨 섞인 말에 나는 즉각 반박했다.

"그럼, 정말 이대로 아무것도 하지 말고 있으란 말씀이세요? 여신제가 내일인데?"

"그래."

"…전하의 보좌관인 제가 타인의 웃음거리가 되어도 좋단 말씀이시군요."

"겨우 오늘 하루 연습한다고 실력이 늘 것 같나?"

"……."

"그 정도로 늘 실력이었다면 영애가 지금 이러고 있지도 않겠지."

나를 비웃는 것이 분명한 말에 아무 대답도 할 수 없었다.

왜냐하면 팩트니까. 젠장.

"아 진짜, 알았어요. 안 해요! 안 해!"

그리 말한 나는 잡고 있던 바늘과 자수틀을 그가 보는 앞에서 차곡차곡 정리했다.

아, 정말. 더럽고 치사해서 안 해! 자수 안 한다고! 여신제고 뭐고 그냥 때려치울래!

이젠 기본이고 뭐고 내 알 바 아니었다.

제법 단호하고도 격한 반응이 의외였는지 그는 조금 당황한 얼굴을 했다.

"혹시, 직접 수를 놓은 손수건이 팔리지 않을까 봐 불안한가?"

하지만 그것도 잠깐이었는지 금세 또 진지한 얼굴로 남의 아픈 곳을 때렸다.

"그런 거 아니에요."

전혀 걱정이 되지 않는다면 거짓말이었다.

하지만 그 사실을 굳이 솔직하게 고백할 이유는 없었다.

"가슴에 손을 얹고 맹세할 수 있나?"

"네. 그럼요."

나는 뻔뻔하게 고개를 끄덕였다. 양심? 그게 뭐죠, 먹는 건가요?

"그럼 내 보좌관 자리를 걸고도 맹세할 수 있나?"

"…아뇨."

제법 강하게 나오는 펠루스의 말에 나는 곧장 진실을 실토했다.

여기서 입을 잘못 놀렸다간 당분간 계속 꼬투리를 잡힐 가능성이 컸다.

"그렇게 불안하면, 내가 사 줘?"

내 순순한 고백에 펠루스는 뜻밖의 제안을 해 왔다.

남의 아픈 곳을 찌른 게 미안하긴 했던 모양이다. 아님 그냥 나를 놀리는 건가?

"아뇨, 그건 싫어요."

"…싫어?"

"네. 싫어요."

나는 단호하게 못을 박았다.

펠루스의 의중은 둘째 치고, 뭔가 편법을 쓰는 것 같아서 기분이 찜찜했다.

남들이 다 그렇게 한다고는 하지만, 그래도 나까지 그렇게 해야 하나 싶었다.

게다가 딱 봐도 엉망이다 싶은 퀄리티의 손수건을 비싼 값에 팔아 봤자 오히려 더 큰 비웃음을 살 것이다.

"내 제안을 거절한 걸 보니, 썩 간절한 것 같지도 않은데. 쓸데없이 설치지 말고 잠이나 자."

"…전하께서는 정말, 끝까지 말을 너무 예쁘게 하시네요. 존경스러울 지경이에요."

"지금 빈정거리는 건가?"

"설마요. 제가 감히 전하께 어떻게 그럴 수가 있겠어요?"

말을 마친 나는 정리한 자수틀과 바늘 등을 침대 옆에 있는 테이블에 올려놓았다.

"그런데 계속 그렇게 계실 거예요?"

"뭐가?"

"잠이나 자라면서요?"

그에게 따지듯 그리 말한 나는 보란 듯이 침대 위에 걸터앉았다.

"너무 피곤해서 이만 자고 싶으니 나가 주세요."

"이젠 내게 명령도 하는 건가?"

"명령이 아니라 부탁드리는 거라고 해 두죠."

뻔뻔한 나의 대꾸에 펠루스는 헛웃음을 터트렸다. 하지만 그럼에도 지체 없이 몸을 일으켰다.

"그래, 보좌관님의 말씀이니 따라야지."

"아, 그럼 가는 김에 불도 꺼 주실래요?"

"……."

펠루스의 미간이 그대로 구겨졌다. 아, 이건 좀 너무 갔나?

"…영애가 대체 어디까지 뻔뻔하게 나올 수 있는지 진심으로 궁금하군."

황당함과 짜증이 섞인 얼굴로 그리 말한 펠루스는 그대로 방을 나섰다.

그 와중에 내가 부탁한 대로 등잔의 불은 또 착실히 끈 채 말이다.

※

에린의 축객령 아닌 축객령에 펠루스는 제 집무실로 돌아왔다.

여신제 이후 봐야 할 서류들을 미리 정리해야 했던 탓이다.

그러다가 문득, 그는 제 주머니 속에 있는 물건의 존재를 기억해 냈다.

이걸 주기 위해 에린을 찾아갔던 거였는데, 그냥 돌아오다니.

게다가 그 사실을 방에서 나온 지 두 시간 정도가 지난 지금에서야 깨달았다.

정말이지, 요즘 들어 제정신이 아닌 것 같았다. 그녀에게는 그의 혼을 쏙 빼놓는 뭔가가 있었다.

덕분에 펠루스는 다시 에린의 방으로 향했다.

이미 자고 있을 것이 분명하니, 조용히 물건만 두고 나오는 게 좋겠지.

그렇게 생각한 펠루스가 조심스레 문을 열었다.

그런데 문을 열자마자 어둠 속에 우두커니 앉아 있던 인영과 눈이 마주쳤다.

"…영애?"

"…전하?"

펠루스가 본 인영의 주인공은 에린이었다.

방 안을 비추는 것이라곤 창밖에서 새어 들어오는 달빛이 전부였다.

그런 상황에서 얼마간 서로를 마주 보던 나와 펠루스 중 먼저 침묵을 깬 것은 그였다.

"이렇게 불도 다 꺼 둔 채, 대체 뭘 하고 있는 거지?"

"그냥, 막상 자려니까 잠이 안 와서 잠깐 앉아 있었어요. 근데 전하께서는 왜 다시 돌아오신 거죠?"

나는 조금 황당하다는 얼굴로 되물었다.

"게다가 이젠 남의 방에 노크도 없이 들어오시는 건가요?"

"그건……"

이번만큼은 펠루스도 변명의 여지가 없는지 말끝을 흐렸다.

그 상태로 잠시 뭔가를 고민하는가 싶던 그는 곧 방에 있던 등잔에 불을 붙였다.

덕분에 은은한 불빛이 방 안 가득 퍼져 나갔다.

"근데 왜 영애는 누가 허락도 없이 방에 들어와도 소리 한번 안 지르는 거지? 위험할 수도 있는 상황이잖아."

"…이게 지금 제가 잔소리를 들을 상황인가요? 남의 방에 노크도 없이 들어오신 건 분명 전하시거든요?"

어떻게든 말을 돌려 보려고 한 소리인 것 같은데 내 입장에선 그저 어이가 없었다.

그 역시 그 사실을 알기 때문인지 무어라 더 억지를 부리지는 못했다.

"뭐, 노크를 안 하신 건 그렇다 치고, 그래서 왜 오셨어요?"

재차 이어진 나의 물음에 펠루스는 자신의 주머니 속에서 뭔가를 꺼내 내밀었다.

"이게 뭐죠?"

등잔을 켜긴 했지만, 여전히 캄캄한 어둠 속에서 펠루스가 들고 있는 물건의 정체를 알아차리기란 쉽지 않았다.

나는 열심히 물건에 시선을 고정했고, 어느덧 지척에 다가온 펠루스가 그것을 내 손에 쥐여 주었다.

"내일 여신제 때 사용하도록 해."

여신제라는 말에 나는 내 손바닥 위에 있는 것을 유심히 응시했다.

짧은 원통형의 물체는 엄지손가락 한 마디 정도의 크기였다.

"아."

나는 금세 물건의 쓰임을 짐작할 수 있었다.

"혹시 바느질을 할 때 사용하는 건가요?"

"그래."

골무 비슷한 건가?

아무래도 이런 걸 손에 끼고 있으면 바느질을 할 때 덜 다칠 것 같기는 했다.

"…설마, 이걸 주려고 다시 돌아오신 거예요?"

"그냥, 뭐……."

그런 내 물음에 펠루스가 슬쩍 시선을 피했다.

덕분에 나는 나도 모르게 웃고 말았다. 그의 침묵이 긍정의 의미라는 걸 모를 수가 없었기 때문이다.

"정말, 감사해요."

나는 나름 열심히 감사의 마음을 표했다.

솔직한 심정으로는 조금 얼떨떨하기도 했다.

내가 바늘을 잡기만 하면 성질을 내는 펠루스에게 이런 선물을 받게 될 줄은 몰랐다.

"감사하면, 손에 상처나 내지 마."

"그건 장담할 수 없지만, 노력은 해 볼게요."

나는 싱긋 웃는 낯으로 그리 답했다.

늘 그랬듯 펠루스는 내 대답을 마음에 들어 하지 않는 눈치였으나, 굳이 그 점을 지적하지는 않았다.

"그보다 내일 있을 무도회는 어쩔 셈이지?"

"무도회? 그게 왜요?"

나는 의문 가득한 얼굴로 되물었다.

펠루스가 입에 담은 무도회란 여신제의 시작을 알리기 위해 여럿의 귀족 남녀가 짝을 지어 춤추는 것을 말했다.

사실 말이 좋아 무도회지 가볍게 춤을 추고 인사를 나누는 것이 전부였다.

"아, 혹시 저와 처음으로 춤을 출 영윤을 정해 주시겠다는 의미인가요?"

"…뭐?"

여신제의 무도회가 열리는 동안 황태자인 펠루스는 아마 그 모습을 신전의 가장 높은 자리에서 지켜보게 될 것이다.

즉, 그가 직접 누군가의 손을 잡고 춤을 출 일은 없다고 봐야 했다.

"그런 거라면, 제가 대충 후보를 추려 두긴 했는데. 들어 보실래요?"

그리 말문을 연 나는 황제파에서도 펠루스에게 제법 우호적인 가문의 영윤들을 입에 담기 시작했다.

하지만 내 보고가 이어질수록 그의 표정은 점점 더 싸늘해져만

갔다.

대체 왜지?

도무지 그 이유를 알 수 없었던 나는 그저 혼란스럽기만 했다.

혹시, 내가 조사해 온 이들이 겉으로는 아닌 척 은근히 펠루스를 적대하고 있는 사람들인 걸까?

그렇게 별의별 생각을 다 하고 있는데 대뜸 입을 연 펠루스가 물었다.

"그래서 영애는 그들 중 누구와 춤을 추고 싶다는 거지?"

그는 한쪽 입매를 억지로 끌어 올려 웃고 있는 상태였다.

딱 보기에도 기분이 상당히 나빠 보였다.

"그러게요. 누구랑 춰야 할지 고민이네요. 인기가 너무 많아서 후보를 고르는 것도 일이에요."

장난기 섞인 말을 내뱉은 나는 한숨을 내쉬었다.

황태자의 연인이니 마네 소문이 좀 퍼지긴 했지만, 그렇다고 내가 공식적으로 황태자비가 된 것은 아니다.

그러니 아직까진 자신이 나와 결혼할 가능성이 있다고 여기는 사람이 분명 있을 것이다.

물론 현실을 직시한 대부분의 사람들은 펠루스의 연인이라고 소문난 나를 통해 그에게 줄을 대 보려고 하겠지.

그러니 전자의 사람은 걸러 내고 후자에 속하면서도 펠루스에게 도움이 될 만한 사람을 찾아내는 것이 중요했다.

"영애가 다른 이와 춤을 추면, 나는?"

"……?"

그런 와중에 들려온 펠루스의 물음에 나는 두 귀를 의심했다.

애가 뭘 잘못 먹어도 단단히 잘못 먹은 게 아닌가 싶었다.

"전하께서는 신관님들과 함께 자리를 지키셔야죠."
"그건……."
무심코 입을 연 그는 말을 잇지 못했다.
꾹 닫힌 입술과 찡그린 미간을 보아 하니, 뭔가가 마음에 들지 않는 눈치였다.
얘 진짜 왜 이러지?
"아무래도 그동안 피로가 많이 쌓이신 것 같아요. 그러니 일찍 주무시는 게 좋지 않을까요?"
나는 진심으로 걱정스러운 얼굴을 했다.
하지만 펠루스는 순순히 내 말대로 자리를 뜨는 대신, 내 손목을 덥석 잡아챘다.
갑작스러운 신체 접촉에 나는 두 눈을 크게 떴다.
"지금, 이게 무슨……."
"춤출까?"
"…춤이요? 뜬금없이 지금, 여기서?"
"그래."
펠루스의 대답에 나는 멍한 얼굴로 두 눈을 깜빡였다.
얘가 정말 뭔가를 단단히 잘못 먹었구나 싶으면서도, 이 방 정도면 춤을 추는 데 큰 지장은 없겠구나 싶은 생각이 들었다.
"저랑 춤추고 싶으세요?"
"……."
펠루스는 질문에 대답하는 대신, 내 손목을 잡아끌었다.
덕분에 나는 그대로 침대에서 내려왔다.
얇은 잠옷 드레스 차림으로 제 앞에 선 내게 펠루스는 자신의 겉옷을 덮어 주었다.

"여기 실내라서 저 안 추운데."

"나도 알아."

"그럼 왜……? 아."

늘 입던 거라 별생각이 없었는데, 자세히 보니 잠옷으로 입고 있던 드레스가 조금 비치는 것 같았다.

물론, 엄청 적나라한 건 아니고, 정말 세세하게 살펴야 겨우 알 수 있는 정도?

하지만 펠루스의 눈에는 거슬렸던 모양이다.

그 때문인지 그는 오로지 내 얼굴만 보고 있었다. 지금의 상황을 민망해하는 것이 느껴져서 웃음이 났다.

'그래, 뭐. 이유는 모르겠지만 나랑 이렇게까지 춤을 추고 싶다는데, 그냥 춰 주자.'

그가 갑자기 왜 이런 제안을 한 건지는 모르겠지만, 춤을 추는 것 정도야 어려운 일도 아니었다.

사교댄스는 귀족들의 기본 교양 중 하나였고, 에린 역시 대부분의 춤을 섭렵한 상태였다.

그녀의 몸을 빌린 나 역시 어지간한 춤은 다 출 수 있었다.

'아무거나 한 곡 춰 주지, 뭐.'

그러다가 문득, 황태자인 펠루스가 공식 석상에서 타인과 춤을 춘 일이 극히 드물다는 사실이 떠올랐다.

나는 그것이 그가 춤을 추는 걸 좋아하지 않아서 그런가 보다, 하고 넘겼는데. 어쩌면 그게 아닐지도 모른다는 생각이 들었다.

'혹시, 황제 때문인가?'

황제가 자신과 춤을 춘 상대에게 해를 끼칠까 봐 그런 거라면?

그래서 굳이 다른 이들과 춤을 추지 않는 거라면?

제법 그럴듯한 가정이었다.

그런 거라면 펠루스가 이렇게 다짜고짜 춤을 추자고 제안한 것도 이해가 갔다.

지금과 같은 상황이라면 황제의 눈치를 보지 않고 내키는 대로 행동해도 될 테니까.

"그런데 춤은 갑자기 왜 추자고 하신 거예요?"

본격적으로 펠루스와 두 손을 맞잡은 채 걸음을 옮기기 시작한 내가 물었다.

내 짐작이 맞는지를 확인하기 위해 던진 물음이었다.

은은한 불빛과 달빛에만 의지한 채로 춤을 추는 일은 생각보다 쉽지 않았다.

몇 번이나 펠루스의 발을 밟을 뻔하다가 아슬아슬하게 비껴갔다.

반면 그는 능숙하게 나를 이끌며 방 이곳저곳을 마치 무도회장이라도 되는 것처럼 누비고 다녔다.

"전하, 혹시 제가 한 질문 잊어버리셨어요?"

펠루스의 발을 밟지 않으려 노력하는 와중에 나는 재차 물었다.

그가 춤을 추는 데 집중하느라 내가 한 질문을 잊은 것이 아닌가 싶었기 때문이다.

"…이유 같은 거 없어."

뒤늦게 돌아온 대답은 이 모양이었다.

심지어 나는 직감적으로 알 수 있었다. 그가 지금 거짓말을 하고 있다는 사실을.

대부분의 순간, 포커페이스에 능한 펠루스지만, 가끔 이런 식으로 무방비하게 제 감정을 드러낼 때가 있었다.

그것은 원작 속 악역인 황태자와 눈앞의 펠루스가 전혀 다른 사람임을 보여 주는 증거이기도 했다.

나는 그 사실이 매우 만족스러웠다.

그건, 내 앞에 펼쳐진 가시밭길 중 하나가 없어졌다는 의미기도 했으니까.

"그럼 혹시, 춤추는 거 좋아하세요?"

"아니. 그건 왜?"

펠루스가 의아한 얼굴로 물었다. 나 역시 의아하긴 마찬가지였다.

"춤추는 걸 좋아하지도 않으시면서 대체 왜 지금 저랑 이러고 계신 거죠?"

"그건……."

혹시, 나 엿 먹이려고 이러는 건가?

'아냐. 그럴 리가.'

나는 속으로 고개를 저었다.

이렇게 춤을 추느라 자는 시간이 줄어들면, 내일 있을 여신제에서 피곤함을 느끼는 건 그도 마찬가지다.

근데 그럼 얘는 나랑 왜 이러고 있는 걸까.

"어, 어어……. 악!"

그런 내 의문은 오래 이어지지 못했다.

나를 리드하던 펠루스가 갑작스레 내 허리를 뒤로 꺾어 버린 탓이다.

춤의 한 동작이라는 사실을 알았지만, 어떤 예고도 없이 벌어진 일이었기에 나는 크게 놀랐다.

덕분에 당황한 내가 허우적거리자 그는 내 허리를 받친 손에 힘을 주며, 나를 자신의 품으로 당겨 안았다.

그 힘에 의지해 겨우 몸을 일으킨 나는 그제야 펠루스를 다시 제대로 마주할 수 있었다.

"나랑 춤추는 중이면서, 왜 머릿속으론 다른 생각을 하는 거지?"

여전히 한 손으로 내 허리를 감싸고 있던 그가 미간을 찌푸리며 물었다.

그리 묻는 펠루스의 표정은 썩 좋지 않았다. 불쾌해하는 기색이 역력했다.

또 뭐가 그렇게 마음에 안 들어서 정색을 하는 건가 싶었지만, 나는 일단 웃었다.

"죄송해요, 피곤해서 잠깐 졸았어요."

"……."

뻔뻔한 나의 대꾸에 그는 할 말을 잃은 기색이었다.

그 모습을 본 나는 웃는 얼굴로 덧붙였다.

"농담이에요. 피곤한 건 사실이지만, 춤을 추다가 졸 정도로 졸리지는 않아요."

그래도 내일 여신제에 참석하려면 이만 잠자리에 드는 편이 좋을 것 같긴 했다.

"그래도 이만 자 두는 게 좋을 것 같군."

펠루스 역시 나와 같은 생각을 한 것인지 잡고 있던 손을 놓아주며 덧붙였다.

"졸리지 않아도 자."

"알겠어요."

안 그래도 슬슬 눈이 감기던 참이었기에 나는 자연스레 침대로 향했다.
"안 나가세요?"
"나갈 거야."
그렇게 말한 펠루스는 아까와 마찬가지로 어서 자라며 불까지 꺼 준 후 방을 나섰다.

10장.
여신제 (1)

아, 졸려.

여신제가 열리는 신전으로 향하는 마차 안에서 나는 병든 닭처럼 꾸벅꾸벅 졸았다.

"그러게 졸리지 않아도 자라니까."

자연스레 들려온 펠루스의 타박에 나는 입을 비죽였다.

"어젯밤에 저한테 춤 신청을 하신 분께서 할 말은 아닌 것 같은데요?"

"내가 춤 신청을 하지 않았다고 해서 영애가 일찍 잠들었을 것 같지는 않은데."

맞는 말이다.

그땐 잠이 오지 않았으니, 그가 춤 신청을 하지 않았다고 해도 일찍 자지는 못했을 것이다.

"아뇨. 아마 곧장 침대에 눕고 또 금방 잠들었을 거예요."

하지만 나는 뻔뻔하게 나가기로 했다.

독심술을 쓰는 것도 아닌데, 펠루스가 내 속을 어떻게 알겠나 싶었다.

"그러니 어제 전하께서 저한테 춤 신청만 하지 않으셨어도 제가 지금 이렇게 졸리지는 않을……."

"그럼 지금이라도 자든가."

"네?"

"지금 자라고."

"어……."

"설마, 직접 재워 주기까지 해야 하나?"

"…….."

그런 펠루스의 말에 나는 입을 다물었다.

어쩐지 온몸에 한기가 돌았다.

저 말을 문자 그대로 해석해도 되는 건지, 아닌지에 대한 고민이 생겼다.

재워 준다는 게 잠은 죽어서 자는 거다, 그러니 영원히 재워 주겠다, 이런 의미는 아니겠지?

"영애가 잠든 사이에 내가 해코지라도 할까 걱정되나?"

"……!"

아, 진짜. 이 와중에 쓸데없이 눈치는 또 빨라 가지고…….

"안 건드려."

그런 내 속을 읽어 내기라도 한 것인지 그가 삐딱하게 대꾸했다. 나는 혹시나 하는 마음에 한 번 더 확답을 받고자 입을 열었다.

"제가 자든, 말든 그냥 내버려 두시겠다는 거죠?"

"그래."

"약조하실 수 있나요?"

"그래."

강조하듯 두 번이나 뱉어진 말에 나는 그제야 안심하고 두 눈을 감았다.

황족인 펠루스가 타는 마차라고 해도, 흔들리는 마차 안은 결코 편하지 않았다.

딱딱한 등받이 때문에 허리가 아프고, 포장되지 않은 도로 위를 달리는 탓인지 심하게 덜컹거렸다.

더불어 여신제를 위해 아침 일찍부터 입고 있던 드레스는 불편하기 짝이 없었다.

하지만 그럼에도 눈을 감기 무섭게 졸음이 밀려왔다. 역시 인간은 적응의 동물인 모양이다.

그렇게 막 잠에 들려던 때였다.

"괜히, 쓸데없이 울거나 하지만 않으면……."

"네?"

나는 감았던 두 눈을 뜨며 물었다.

펠루스가 뭐라고 중얼거린 것 같은데, 제대로 듣지 못했다.

혹시라도 중요한 이야기일까 봐 나는 등받이에 기댔던 상체를 일으키며 재차 물었다.

"방금 그거, 저한테 한 말씀이세요?"

"아니야. 못 들었으면 됐어."

"뭔데요? 얘기해 주세요."

보통 소설 속에서도 못 들었으니 됐다며 그냥 넘어가려고 하는 건 엄청나게 중요한 대사이기 마련이다.

그 사실을 떠올린 나는 서둘러 펠루스가 조금 전에 한 말을 기억해 내려 애썼다.

"제가 언제 울었어요? 제가 울거나 하지 않으면 뭐요?"

"…뭐야, 다 들었잖아. 이미 다 들었으면서 뭘 묻는 거지?"

"그게 다가 아닌 것 같아서요."

고작 그게 다라면, 펠루스가 이토록 당황할 리 없다. 분명 내가 모르는 뭔가가 있는 거겠지.

"뭔가가 더 있는 거죠?"

"그런 거 없어."

"진짜요? 진심으로?"

나는 의심 가득한 눈으로 펠루스를 응시했다.

그런 내 시선이 제법 부담스러웠는지 그가 슬쩍 고개를 돌려 나를 외면했다.

아니, 대체 뭔데 이렇게까지 회피하는 거지?

그래서 나는 펠루스가 고개를 돌린 방향으로 몸을 움직였다.

정면에서 그와 눈을 맞춘 채 다시 질문을 던지기 위함이었다.

'어, 어어?'

그런데 덜컹거리며 이동하는 마차를 너무 얕봤던 것일까?

나는 자리에서 일어나기 무섭게 발을 헛디뎠다.

덕분에 무게 중심이 앞으로 쏠렸고, 그대로 넘어지기 직전.

나는 당황한 얼굴로 내게 손을 뻗어 온 펠루스의 옷자락을 잡았다.

"……."

"……."

그렇게 평범하게 잘 끝났으면 좋으련만, 하필 내가 잡은 곳이 펠루스의 멱살이었다.

"지금, 이게 대체 뭐 하는 짓이지?"

"……."

"평소 내게 쌓였던 불만을 이런 식으로 푸는 건가?"

"너무 오해하기 좋은 상황이지만, 절대 그런 거 아니에요."

나는 스스로의 무고함을 주장하며 잡고 있던 멱살을 슬그머니 놓았다.

조금 전까지 주름 한 점 없이 빳빳하던 옷깃이 엉망으로 구겨졌다.

게다가 펠루스가 입고 있던 옷의 가장 위쪽에 있던 단추 하나는 아예 사라진 상태였다.

"그새 단추도 뜯어 버린 건가? 참 재주도 좋군."

늘 그렇듯 빈정거리는 것이 분명한 펠루스의 말에 나는 입을 다물었다.

사실 이번만큼은 입이 열 개라도 할 말이 없었다.

그의 멱살을 잡은 것만으로도 기함할 일인데, 여신제라는 큰 행사를 앞두고 옷의 단추까지 뜯어 놓았으니.

"…다른 옷으로 갈아입으실 여유는 없겠죠?"

"영애가 생각하기엔 어떨 것 같은데?"

펠루스의 삐딱한 물음은 곧 긍정이었다.

빠듯한 일정으로 인해 아마 그는 신전에 도착하는 즉시, 고위 사제들을 만나러 가야 할 것이다.

그 말인즉, 옷을 갈아입으려면 마차를 타고 이동하는 시간 동안 새 옷을 구해서 갈아입어야 한다는 소리다.

'가능할 리가 없지.'

나는 한숨을 내쉬었다. 아직 여신제는 시작도 하지 않았는데 벌써부터 일이 꼬이는 기분이었다.

해가 막 지고 있을 무렵, 우리는 신전에 도착했다.
그 후, 각자의 일정을 수행하기 위해 헤어질 때까지 펠루스는 아닌 척 은근히 나를 놀리고 비꼬았다.
덕분에 나는 결국 잠도 못 자고, 대답도 못 듣고 건진 게 하나도 없었다.
이 치졸한 자식!
펠루스의 단추를 뜯어 놓은 건 분명 내 잘못이긴 했지만, 그래도 그 일을 두 시간 내내 언급하는 건 좀 아니잖아!
"저분이 소문의 아를레인 영애이신가 보군요."
"아, 그 유명한 아를레인 영애요?"
적당히 주변에 있는 영애들과 섞여 있는데, 나를 가리키는 것이 분명한 대화가 들려왔다.
여러분, 다 들려요.
"여러분, 그거 아세요?"
"네? 뭘요?"
"아를레인 영애께선 오늘도 황태자 전하와 같은 마차를 타고 오셨대요. 그런데 글쎄 전하께서 입고 계신 옷에……."
거기까지 말한 영애가 의도적으로 말끝을 흐렸다. 흥미를 불러 모으기 좋은 지점에서 말을 끊는 게 수준급이었다.
"단추 하나가 없더라고요. 전하께선 그걸 눈치채지 못하신 듯했고요."
"어머, 세상에나."
"마차 안에서 대체 무슨 일이 있었던 걸까요?"

단추가 없다는 건 진실이었고, 펠루스가 그 사실을 눈치채지 못했다는 건 거짓이었다.

하지만 말을 이어 가던 영애에게 사실 따위는 아무래도 상관없는 모양이었다.

"글쎄요. 자세한 건 두 분만 아시겠지만, 그래도 두 분이 아직 뜨거우신 건 확실한 것 같아요."

그리 말한 그녀는 슬쩍 내 눈치를 보며 목소리를 낮췄다. 하지만 별 의미는 없는 행동이었다.

이미 다 들었다. 이것아.

나는 대놓고 그렇게 외치고 싶은 것을 참았다.

마음 같아서는 너희가 생각하는 그런 뜨겁고 달달한 시간 따위 없었다고 말하고 싶었다.

민망하고 당황스러운 멱살잡이의 기억만이 존재할 뿐이라고.

하지만 그럴 수 없다는 게 진심으로 안타까웠다.

어느덧 문제의 무도회 시간이 다가왔다.

각자 즉석에서 파트너를 정해 춤을 추며 여신제의 시작을 알리는 그 순서 말이다.

사흘에 걸쳐 치러지는 여신제의 시작을 알리는 행사라 그런지 연회장 내부에도 엄청 신경을 쓴 것 같았다.

신전 특유의 하얗고 깔끔한 고급스러움보단, 황궁의 내부를 그대로 옮겨다 둔 것 같은 웅장함이 있었다.

전체적으로 굉장히 화려하고 사치스러워 보였단 소리다.

"안녕하십니까, 아를레인 영애."

"아, 안녕하세요."

다들 즉흥적으로 파트너 신청을 하는 척했지만, 대부분 사전에 협의가 된 경우가 많았다.

물론 나 역시 마찬가지였다.

"전하께 들었던 대로 정말 멋지시네요."

"과찬이십니다."

그리 말하며 민망하다는 듯 얼굴을 붉힌 영윤이 고개를 숙였다.

덕분에 제법 미묘한 기분이 든 나는 한동안 그에게서 시선을 떼지 못했다.

이름조차 기억나지 않는 남작가의 영윤.

나는 펠루스가 눈앞의 남자를 내 첫 춤 상대로 붙여 준 이유를 도통 짐작할 수가 없었다.

"카엘?"

"예?"

"아, 아니에요."

무심코 중얼거리던 나는 고개를 저었다. 그러고는 생긋 웃어 보였다.

내가 습관적으로 카엘의 이름을 입 밖에 낸 것은 눈앞의 남자가 카엘을 떠올리게 하는 외모를 가진 탓이었다.

막 소름이 돋을 정도로 닮은 것은 아니었고, 언뜻 분위기나 생김새가 카엘을 떠올리게 하는 정도였다.

하지만 그래서 더욱 펠루스의 의중을 알 수가 없었다.

왜 하필 카엘이랑 닮은 남자를 추천한 거지?

그냥, 자신의 취향이 한결같다는 사실을 무심코 드러내고 만 건가.

그런 의문을 품은 채로 나는 상대의 손을 잡았다. 그리고 기다렸다는 듯 흘러나온 음악에 몸을 맡겼다.

카엘을 떠올리게 하는 남자의 외모가 신경 쓰이긴 했지만, 마음은 편했다.

내게 절대 해를 끼치지 않을 것 같은 무해함이 느껴진 탓이다.

"편안해 보이시는군요."

"네."

나는 웃으며 고개를 끄덕였다. 내 미소에 남자는 또다시 수줍게 얼굴을 붉혔다.

에린도 참, 죄 많은 외모를 갖고 있었다. 그냥 웃어 주기만 해도 상대방의 마음을 흔들어 놓으니 말이다.

"사실, 저는 조금 걱정했습니다. 전하께서 괜한 오해를 하실 수도 있으니까요."

오해? 무슨 오해?

나는 곧장 의아한 얼굴을 했다. 그러고는 남자의 손을 잡은 채 한 바퀴를 돈 후, 물었다.

"오해라뇨?"

"아, 모르셨습니까?"

잠시 두 눈을 깜빡이던 그가 곧 말을 이었다.

"지금은 제법 오래된 이야기이고, 미신이기는 하지만 여신제의 첫 춤은 매우 특별한 의미를 가지고 있습니다."

"그런가요?"

"예. 여신제가 열리기 전날, 혹은 당일에 첫 춤을 춘 남녀는 결혼하게 된다는 말이 있거든요."

"아, 그렇군요."

처음 듣는 이야기였다.

아마 그렇게 대중적인 이야기는 아닐 것이다.

만약 그랬다면 여신제가 다가오기 전 참석했던 연회에서 한 번 정도는 들은 적이 있어야 옳다.

첫 춤, 결혼, 운명.

귀족 영애들이 좋아할 만한 낭만적인 주제는 다 들어 있었으니까.

카엘을 닮은 영윤과는 딱 두 곡만 춘 후 헤어질 예정이었다.

애초에 각자의 목적에 따라 남들에게 보여 주기 식으로 춤을 추는 것에 불과했으니까.

그리고 첫 곡을 추는 동안 펠루스는 우리에게서 눈을 떼지 못했다.

정확하게는 우리가 아니라, 영윤에게서.

그 시선이 워낙 강렬했던 터라 조금 웃기기도 했다.

나한테 늘 한결같다느니 어쩌느니 하더니. 자기야말로 취향이 참 소나무다 싶었다.

옅은 갈색 머리에 푸른색 눈동자.

전체적으로 카엘보다 여린 인상을 가진 영윤을 보며 나는 펠루스의 취향을 곱씹었다.

'역시 중요한 건 푸른색 눈동자인가.'

그때였다.

"어?"

"뭐지?"

연회장 안을 화려하게 물들이던 음악이 한순간에 뚝 멎어 버린 것은.

덕분에 춤을 추던 사람들은 일제히 움직임을 멈추고, 술렁이기 시작했다.

그것은 나도 마찬가지였다. 무슨 일인가 싶어 악단이 있던 곳을 응시했다.

하지만 내 시선이 악단이 있던 곳으로 향하기도 전에 익숙한 붉은색 눈동자와 눈이 마주쳤다.

"화, 황태자 전하를 뵙습니다!"

바로 근처까지 다가온 펠루스의 존재를 나보다 빨리 알아챈 그가 허리를 숙였다.

나 역시 얼떨떨한 얼굴로 고개를 숙였다.

"미안하지만, 영애와 단둘이 할 이야기가 있어서."

말을 마친 펠루스는 인사를 제대로 받아 줄 여유도 없다는 듯 나를 잡아끌었다.

이 갑작스러운 상황이 나는 매우 당황스러웠으나, 일단은 순순히 그를 따라나섰다.

우리가 연회장에서 완전히 빠져나왔을 무렵 악단이 다시금 음악을 연주하기 시작했다.

마치 모두 계획된 일인 것처럼 절묘한 타이밍이었다.

"전하, 이 정도면 되지 않았을까요?"

나의 한마디에 펠루스는 그제야 걸음을 멈췄다.

연회장과 제법 거리가 있는 곳에 위치한 야외 정원이었다.

"근데 갑자기 무슨 일이세요? 아직 두 번째 곡은 추지도 못했는데."

왜 이렇게 다짜고짜 날 끌고 나왔느냔 소리였다. 펠루스는 잠시 침묵했다.

뭔가를 고민하는 기색이 역력했다.

"그자, 머리색이 마음에 안 들어."

"…네?"

"영애의 춤 상대로 적합하지 않아."

"……?"

침묵 끝에 돌아온 대답에 나는 그저 황당할 뿐이었다.

분명 같은 언어로 말하고 있음에도 그의 말을 도통 알아들을 수가 없었다.

"전하, 지금 그 말 진심이세요?"

기가 막힌단 얼굴로 물었으나, 돌아오는 대답은 없었다.

뭔가 다른 이유가 있는 것 같은데 말해 줄 마음이 없는 모양이다.

어휴.

속으로 한숨을 삼킨 나는 질문을 조금 바꾸기로 했다.

"그럼 왜 저한테 그분과 춤을 추라고 하신 거죠?"

진심으로 궁금했다. 왜 하필 내게 카엘과 닮은 남자를 골라서 붙여 준 건지.

이번 대답은 의외로 금방 돌아왔다.

"영애가 꼴사납게 우는 모습이 보기 싫어서."

"네?"

나는 두 눈을 크게 뜨며 황당하단 얼굴을 했다. 이건 또 무슨 소리지?

"제가 대체 언제 울었다는 거죠?"

"제법 많이 울었지."

"그러니까 그게 언제냐고요."

전혀 짐작 가는 바가 없었다.

혹시나 술을 너무 많이 마신 탓에 필름이 끊긴 적이 있나 싶었지만, 그럴 리는 없다.

에린의 몸으로 취할 때까지 술을 마신 적은 없으니까.

"전하, 혹시 꿈꾸셨어요?"

결국 나는 그런 결론에 도달했고, 펠루스는 정색했다.

"내가 꿈이랑 현실도 구분 못 하는 천치로 보여?"

"아뇨. 그런 건 아니지만, 다시 생각해 봐도 짐작 가는 바가 없어서요."

그렇게 대답한 나는 아닌 척 펠루스의 대답을 종용했다.

하지만 그는 내 질문에 답하는 대신 뜬금없는 주제를 입에 담았다.

"지금 이 신전의 모든 것이 내 마력의 힘으로 돌아간다는 사실을 알고 있나?"

자연스레 화제를 돌리려는 노력조차 하지 않을 만큼, 질문에 답하고 싶지 않단 의미였다.

"무슨 이유든 마력 공급이 중단되면 신전 벽에 걸린 시계 하나조차 제대로 돌아가지 않아."

"아, 정말요? 그건 좀 신기한 일이네요."

마음 같아서는 어떻게든 더 캐묻고 싶지만, 일단은 장단을 맞춰 주기로 했다.

솔직히 좀 신기하기도 했다. 동시에 의문도 들었다.

그럼 신전은 펠루스한테 완전히 납작 엎드려야 하는 거 아닌가?

현재 전 대륙에서 마력을 소유하고 마법을 사용할 수 있는 사람은 오직 펠루스뿐이었으니까.

　게다가 그는 신전을 매우 싫어했다. 근데 마력 공급은 또 왜 해 주고 있는 거지?

　"직계 황족이 신전에 마력을 공급해 주는 대신, 신관들은 황족이 병에 걸렸을 때 자신들의 신성력을 사용해야 해."

　그런 내 의문을 눈치챈 것인지 펠루스가 덧붙였다.

　"신관들의 신성력은 과장을 조금 보태자면 죽은 사람도 살려 낼 수 있을 만큼 효과가 좋은 편이지."

　반면 직계 황족인 그가 사용할 수 있는 건 간단한 회복 마법 정도라고 했다.

　"그런 거군요."

　설명을 전부 들은 나는 고개를 끄덕였다.

　그의 말대로라면 황족들과 신전은 일종의 거래를 한 셈이었다.

　"그래서 저는 대체 언제 울었나요?"

　나는 또다시 이탈할 뻔했던 대화 주제를 원래대로 돌려놓았다.

　이에 펠루스는 졌다는 얼굴로 한숨을 내쉬다가 말했다.

　"수국 축제 때 이동하던 마차 안에서."

　"아."

　"잠결에 죽은 약혼자가 보고 싶다며 울었지."

　"어……."

　나는 쉬이 말을 잇지 못했다. 죽은 약혼자라면 레안을 가리키는 거겠지.

　지금의 나는 그저 레안을 떠올리는 것만으로도 머릿속이 복잡해졌다.

　"또 그런 얼굴을 하는군."

무심코 들려온 목소리를 따라 시선을 옮기자, 나와 마찬가지로 미묘한 얼굴을 한 펠루스가 있었다.

그는 곧 나를 향해 물었다.

"그 남자를 그렇게 사랑했나?"

"……."

펠루스의 물음에 나는 그가 대단히 말도 안 되는 오해를 하고 있다는 사실을 깨달았다.

내가 레안을 마주한 건 고작 계약 약혼을 제안했던 그날 하루뿐이다.

그것도 기껏해야 몇 시간, 아니 몇십 분 정도 되려나.

누군가에게 절절한 연심을 품기엔 지나치게 짧은 시간이었다.

즉, 내가 레안에게 가진 감정은 사랑이나 애정이 아닌, 죄책감이었다.

하지만 나는 그 사실을 고백하며 펠루스의 오해를 바로잡지 않았다.

그의 보좌관이 되려는 이유로 레안의 복수를 말한 나다.

이제 와 사실 그와는 별 사이가 아니었다, 라고 말하는 건 펠루스의 의심을 살 뿐이었다.

결국 나는 침묵으로 상황을 마무리했다.

※

펠루스가 그 영윤을 에린의 첫 춤 상대로 고른 건 그가 아를레인 공자를 닮았기 때문이었다.

그는 죽은 약혼자를 그리며 울던 에린이 또다시 누군가를 마음에 담고, 그로 인해 우는 모습을 보고 싶지 않았다.

그래서였다.

보통은 자신의 남동생을 닮은 사내에게 이성적인 끌림보다, 편안함을 느낄 테니까.

그럼에도 그가 그렇게 대단한 스케일로 일을 친 건, 전혀 이성적이지 못한 이유 때문이었다.

그는 에린이 다른 사내와 마주 보며 웃고, 떠드는 모습을 보고 싶지 않았다.

자신에게 보여 준 적 없는 에린의 다정한 웃음이 타인에게로 향하는 것을 바라지 않았다.

이기적인 생각이지만, 그는 차라리 그녀가 끝까지 아무도 사랑하지 않기를 바랐다.

여신제의 두 번째 날 아침이 밝았다.

드디어 문제의 자수를 놓는 시간이 주어진 것이다.

'아, 졸려.'

나는 주변에 있는 이들의 눈치를 보며 슬쩍 입을 가리고 하품을 했다.

성의를 보여야 한다는 생각에 열심히 바늘을 움직이고 있긴 하지만, 그렇다고 해서 갑자기 형편없던 실력이 훅 느는 것은 아니었다.

그건 주변에 있는 다른 영애들의 솜씨만 봐도 그랬다.

내가 실력이 조금 늘었다고 해서 쉽게 따라잡을 수 있는 수준이 아니었다.

객관적으로 봤을 때, 내게 승산은 없었다.

"저, 아를레인 영애."

갑작스레 들려온 부름에 나는 고개를 돌렸다. 그러자 웬 처음 보는 영애가 나를 보고 있었다.

"로레즈 백작 영애가 할 말이 있다며, 영애를 불러 달라고 하셔서요."

베스가? 나는 의아한 얼굴을 하는 동시에 고민에 빠졌다.

지금 내가 들고 있는 자수틀과 천은 밖에 가지고 나가기엔 부피가 제법 컸다.

즉, 자리를 비우려면 이 모든 걸 두고 나가야 한다는 건데.

'혹시, 내가 수를 놓은 천을 엉망으로 만들려는 계략 같은 건 아니겠지?'

그런 짓을 설마 이렇게 대놓고 할까 싶었지만 여러 가지로 찜찜한 것은 사실이었다.

"급한 일이니까 꼭 나와 줬으면 좋겠다고 하셨어요."

서둘러 덧붙여진 말에 나는 고민을 끝냈다.

만약 내가 이 부름에 응하지 않는다면, 그녀는 또 괜한 트집을 잡을 것이다.

게다가 어차피 자수 쪽엔 별 미련이 없으니, 깊게 고민할 필요도 없었다.

"어디로 가면 될까요?"

영애의 말을 따라 내가 도착한 곳은 베스가 배정받은 방과 내가 배정받은 방의 중간 지점에 있는 회랑이었다.

대체 무슨 말을 하려고 이런 곳으로 불러낸 건가 싶었지만, 일단은 그녀를 기다려 보기로 했다.

"그거 들으셨어요? 로레즈 백작 부인께서 글쎄……."

"아, 저도 들었어요. …께서 백작 영애를 …하셨다고."

그런데 베스를 기다리던 와중에 익숙한 이름이 들려왔고, 나는 반사적으로 가장 가까이에 있던 기둥 뒤에 몸을 숨겼다.

턱!

'아, 깜짝이야!'

원래 청소 도구를 두는 곳인지 기둥 뒤에 놓인 양동이가 발에 걸렸다.

그나마 다행인 건 양동이 안에 걸레를 빤 물이 차 있어 양동이가 쓰러지지 않았다는 점이다.

여기서 양동이를 넘어트렸다면 큰 소리가 났을 테고, 꼼짝없이 기둥 뒤에 숨어 있던 걸 들켰을 테니까.

"세상에나, 로레즈 백작 영애가 너무 가엾네요. 안타까워라."

그런 내 걱정이 무색하게도 그들은 그들만의 세계에 빠져 결코 가볍지 않은 주제를 재잘거렸다.

입에 담은 내용과 달리 그들의 목소리에는 웃음기가 가득했다.

베스가 진심으로 안타까운 것이 아니라, 그녀의 불행에 흥미를 가진 것뿐이란 의미였다.

그때였다.

또각.

"남의 이야기를 하는 게 제법 즐거우신 모양이네요."

방금 전까지 그들의 입에 오르내리던 당사자가 눈앞에 나타났다.

"로레즈 영애? 여긴, 어쩐 일로……."

당황한 기색이 역력한 한 영애의 말에 베스는 나긋하게 웃었다.

"제가 여기 있으면 안 되는 이유라도 있나요?"

상냥하게 웃는 얼굴과 달리 그녀의 말엔 가시가 있었다.

"혹, 제가 들어서는 안 될 말이라도 하신 건가요? 이를테면 저에 대한 이야기라든가."

목소리 역시 평소보다 미묘하게 날카로웠다.

"그, 그건 아니지만……. 영애께서 저희의 사적인 이야기를 엿들으신 것 같아서 조금 불쾌하네요."

"맞아요. 남의 말을 엿듣는 건, 좀 예의 없는 행동 아닌가요?"

그들은 적반하장으로 나가기로 했는지 오히려 뻔뻔하게 굴었다.

제삼자인 내가 보기에도 어이가 없는데 베스의 입장에선 얼마나 황당할까 싶었다.

"제가 영애들의 대화 내용을 들었다는 말을 한 적이 있나요?"

하지만 그녀는 침착했다.

"그런 적도 없는데 절 이런 식으로 몰아세우시다니, 좀 불쾌하네요."

무서울 정도로 말이다.

덕분에 지레 찔린 건 그녀를 마주하고 있던 영애들이었다.

여유로운 태도로 자신들을 궁지에 몰아넣는 베스의 모습에 그들은 잠시 움찔한 듯했다.

하지만 그들은 금세 뻔뻔함을 되찾았다.

"로레즈 영애께서는 대체 뭘 믿고 그렇게 당당하신지 모르겠네요."

"그러게 말이에요. 소문대로라면 절대 당당하지 못하실 텐데."

그들은 아까 자신들이 입에 담았던 소문에 대해 말하고 있었다.

방금 전까지 베스의 이야기를 한 적이 없다며 잡아떼던 주제에 이건 또 뭐 하자는 건가 싶었다.

"그 말은 역시, 방금 전까지 저에 대한 이야기를 나누셨다는 의미인가요?"

베스 역시 나와 같은 생각이었는지 그들을 비웃었다. 하지만 그들은 아랑곳하지 않았다.

"뭐, 맞아요. 이왕 이렇게 된 거 영애한테 직접 물어보죠. 소문의 진실에 대해서."

"로레즈 백작 부인께서는 이곳, 그러니까 신전에서 스스로 목숨을 끊으셨고, 그 이유가 영애 때문이라고 하던데 사실인가요?"

그런 그녀의 말에 베스의 표정이 싸늘하게 굳어졌다. 그건 나 역시 마찬가지였다.

지금 이게 대체 무슨 소리인가 싶었다.

"소문이 사실이라면 백작님께서 영애를 탐탁지 않아 하시는 것도 이해가 가네요."

"맞아요. 오히려 가문에서 쫓겨나지 않은 것만으로도 감사해야 하는 것 아닌가요?"

그리 말한 영애들이 은근한 비웃음을 흘렸다.

로레즈 백작과 베스의 사이가 그다지 좋지 않은 건 알 만한 사람들은 다 아는 이야기였다.

그래서인지 베스는 그 말을 듣고도 별다른 반응을 보이지 않았다.

하지만 정말 아무렇지 않을 리는 없었다.

자신의 드레스 자락을 쥔 베스의 손이 조금 떨리고 있었다.

"자수를 잘 놔서 올해의 레이디가 되면 뭐 할까요? 축하해 줄 부모님도 없……."

촤르륵 철썩!

"꺄아아악!"

"아아악!"

"이게 뭐야!"

시끄러운 영애들의 비명을 무시한 채 나는 들고 있던 양동이를 조용히 바닥에 내려놓았다.

조금 전까지 양동이 안에 가득 차 있던 구정물은 전부 그들에게 뿌려진 상태였다.

"다들 부모님 잘 만나셔서 좋겠네요. 인성은 좀 말아 드신 것 같지만."

잠시 그들을 한심하단 눈으로 응시하던 나는 곁에 있던 베스의 손목을 잡아끌었다.

"가자, 저런 사람들이랑은 상종하는 거 아니야."

탁-

"이거 놔."

하지만 돌아온 것은 매몰찬 거절이었다. 베스는 단호하게 내가 뻗은 손을 쳐 냈다.

나는 잠시 그녀에게 내쳐진 손을 물끄러미 응시하다가 한숨처럼 말했다.

"뭐, 좋을 대로 해. 대신, 할 말이 있으니까 잠깐 따라와."

"내가 왜 너랑 이야기를 해야 하는데? 너, 나 동정해?"

"…뭐?"

나는 황당하다는 얼굴을 했다. 동시에 걱정이 되기도 했다.

나야 별로 상관없지만 이런 이야기를 다른 사람 앞에서 해도 되는 건가 싶었다.

심지어 저 영애들은 조금 전까지 베스를 신나게 물어뜯지 못해 안달이었던 사람들인데.

"너, 괜찮겠어?"

"……."

그런 나의 물음에 그제야 정신이 든 것인지 이번에는 그녀가 먼저 내 손목을 잡아챘다.

"따라와."

나는 순순히 그런 베스를 따라갔다.

얼마간 걸음을 옮긴 끝에 우리는 복도 끝에 있는 창고에 도착했다.

베스는 그곳에 나를 밀어 넣은 후 자신도 창고 안으로 들어왔다.

달칵.

문이 잠기는 소리가 들린 후에야 그녀는 입을 열었다.

"너, 대체 무슨 생각이야? 나한테 왜 이래?"

곧장 쏟아진 질문에 나는 당황하지 않으려 노력했다. 그저 최대한 태연한 얼굴로 반문했다.

"내가 뭘?"

"왜 안 하던 짓을 해? 왜 쓸데없이 나서?"

짜증 섞인 베스의 말에 나는 그저 어이가 없었다.

아니, 얘는 왜 대신 화를 내 줘도 난리지?

그러나 그렇게 말했다간 결국 싸우자는 꼴밖에 되지 않을 것 같아서 나는 잠시 말을 골랐다.

그래, 일단 머리를 식혀야 대화든 뭐든 되겠지.

"착한 척 좀 그만해. 재수 없고, 짜증 나니까."

"……."

하지만 베스는 진정할 생각이 없는 것 같았다.

오히려 아까 그 영애들을 마주했을 때보다 훨씬 더 흥분한 상태였다.

아니, 누가 보면 내가 너한테 뭘 잘못한 줄 알겠다.

"넌 항상 그랬어. 누구든 그럴 만한 이유가 있었을 거라고. 그러니까 함부로 몰아세워서는 안 된다고 늘 그렇게 말했잖아!"

그, 그래. 그랬구나.

무슨 말을 해야 좋을지 알 수가 없었다. 지금의 나로서는 베스가 하고 싶은 말이 뭔지 전혀 감이 잡히지 않았다.

그냥 되는대로 마구 내뱉고 있는 건가?

"그래서 네가 싫었어. 그리고 지금도 싫어."

"아니, 내가 언제 착한 척을 했어? 네가 답답하게 구니까 대신 나선 거지."

그 어린아이 같은 모습에 나는 결국 한숨처럼 말을 이었다.

"그리고 아까는 왜 저런 말도 안 되는 이야기를 그냥 듣고만 있었어? 지금 나한테 하는 짓의 반만 했어도 다들 기겁해서 도망갔을 텐데."

솔직한 심정으론 기분이 굉장히 이상했다.

원작 소설 속에서는 그저 악독한 악녀로 묘사된 베스가 그런 모습을 보인다는 게.

"너, 전에는 내가 무슨 말을 듣든, 어떤 취급을 당하든 신경 안 썼잖아."

"…어?"

담담하고도 신랄한 베스의 말에 나는 멍한 얼굴로 두 눈을 크게 떴다.

무슨 말을 해야 할지 알 수가 없었다.

'전에는'이라고 말하는 것을 보니, 원래의 에린을 향해 하는 말인 것 같은데 내가 무슨 말을 할 수 있겠는가.

"근데 이제 와 갑자기 이러는 게 착한 척이 아니면 뭔데?"

그리 말하는 베스의 두 눈에는 억울함과 분노가 가득했다.

아무래도 지금까지 에린한테 쌓인 게 많은 것 같았다.

하지만 진짜 에린의 기억이 없는 나로서는 그저 당황스러울 뿐이었다.

"예전의 나는 어땠는데?"

나는 기억이 잘 나지 않는 것처럼 물었다.

그 무신경한 태도에 베스가 더 분노할 수도 있었지만, 다른 방법이 없었다.

지금이 아니면 또 언제 두 사람 사이를 캐 볼 수 있을까 싶었다.

"넌 대체, 나의 어떤 부분이 그렇게 마음에 안 드는 건데?"

나는 베스와 에린 사이에 어떤 일이 있었는지 모른다.

내가 알고 있는 것은 원작 소설에 서술된 내용이 전부였고, 그마저도 죄다 에린의 시점에서 읽었기 때문에 베스의 속은 알지 못했다.

몇 번이나 말했지만, 두 주인공을 제외한 다른 이들 시점의 외전은 지루하다며 대부분 건너뛰었으니까.

"그게 궁금해?"

베스의 물음에 나는 고개를 들었다.

그녀는 조금 전까지 대놓고 화를 내던 사람이라고는 생각되지 않을 만큼 차분해져 있었다.

"그게 이제야 궁금해?"

베스가 차분하게 빈정거렸다.

그 어조는 마치 나를 원망하고 있는 것처럼 들렸다.

"그렇게 궁금하면 알려 줄게."

그리 말문을 연 베스는 담담한 태도로 입을 열었다.

※

로레즈 백작 부부는 대부분의 귀족이 그렇듯 정략결혼으로 맺어진 사이였다.

당연히 서로에 대한 애정이라고는 조금도 없었다.

로레즈 백작은 따로 정부나 애인을 두지는 않았지만, 그렇다고 제 부인에게 마음을 쏟지도 않았다.

백작 부인 역시 나서서 백작의 애정을 얻으려 하는 타입은 아니었다.

다만, 그녀는 외로움을 많이 타는 사람이었고, 한번 마음에 품은 것은 쉽게 놓지 못하는 사람이기도 했다.

그런 백작 부인에게는 잊지 못하는 첫사랑이 있었다.

많은 사람들이 알고 있는 대로 그 대상은 아를레인 공작이었다.

미혼일 적의 백작 부인은 공작의 열렬한 추종자 중 하나였다.
 그가 결혼을 한다는 소식을 들었을 땐 사흘 밤낮을 방에 틀어박혀 울기만 했을 정도로.
 그만큼 백작 부인의 연정은 대단했고, 그 마음은 쉽게 사그라들지 않았다.
 베스를 낳은 후에도 그녀의 마음은 쉽게 자리를 잡지 못했다. 그저 부평초처럼 이리저리 떠다니기만 했다.
 백작이 그런 자신의 부인을 챙길 만한 사람이 아니었기에 더욱 그랬다.
 산후 우울증 비슷한 것을 겪는 부인을 그는 신경 쓰지 않았다.
 처음 결혼을 했을 때와 마찬가지로 두 사람은 여전히 뜨겁지도 차갑지도 않은 관계를 유지했다.
 그 사실에 대해 그녀는 특별히 불만을 갖지 않았다.
 자신의 부모님이 그러했고, 주변에 있는 대부분의 부부들이 그렇게 산다는 걸 알고 있었으니까.
 적어도 로레즈 백작은 정부나 사생아를 만들어서 그녀를 귀찮게 하지는 않았다.
 그러니 그걸로 됐다고 생각했다.
 아를레인 공작 부부의 행복한 모습을 목격하기 전까지는 말이다.
 "에린, 이리 오렴!"
 비슷한 시기에 베스를 낳고 우울감에 시달리는 자신과 달리, 에린을 낳은 공작 부인의 얼굴에는 항상 웃음기가 가득했다.
 게다가 공작 부인이 낳은 아이, 에린은 누구나 사랑할 수밖에 없는 아이였다.

공작 부인을 닮은 분홍빛 머리카락도, 공작 부인과 공작을 모두 닮은 푸른색 눈동자도.

베스와 동갑인 에린은 아마 모든 사람들의 애정과 사랑 속에서 자라날 것이다.

부친의 사랑조차 제대로 받지 못하는 제 딸과 달리.

자신의 어머니인 공작 부인이 그랬듯이 아름답게 자라겠지.

그 사실이 로레즈 백작 부인은 못 견디게 괴로웠다. 그래서 그녀는 더 이상 제 딸을 곱게 볼 수가 없었다.

에린이 공작 부인을 닮았듯, 자신을 닮은 베스의 모습이 그녀를 비참하게 만들었다.

"어머니, 제가 봄의 여신제에서 올해의 레이디가 되었어요."

"에린은 여전히 아름답더구나."

너는 왜 그렇게 자라지 못하는 거야? 나는 왜 너 같은 것을 낳은 걸까.

그런 생각이 그녀를 파고들었다. 그래서 그녀는 아직 어린 베스에게 제 감정을 쏟아 냈다.

베스를 인정하지 않았고, 사랑하지 않았다.

"너는 더 아름다워야 해."

"그 아이보다 아름답지 못하다면, 네게 무슨 쓸모가 있겠니."

신전에서 스스로 목숨을 끊는 그 순간까지도.

게다가 그녀는 죽기 전 자신의 딸에게 모든 사실을 털어놓았다.

"그 아이가 아니었다면 나도 너를 사랑할 수 있었을지 모르겠구나."

에린이 없었다면, 백작 부인이 죽기 전에 한 가정은 베스의 마음속에 작은 균열을 만들었다.

　모든 사실을 알게 된 베스에게 충격은 조금 늦게 찾아왔다.
　모친의 장례식이 끝나고 처음으로 참석한 연회였다.
　개인적인 사정으로 인해 에린이 함께하지 못한 자리에서 그녀는 처음으로 타인의 뚜렷한 악의를 체험했다.
　연회가 열린 두 시간 동안, 그 누구도 베스에게 다가오지 않았다.
　그저 조용히 구석에서 수군댈 뿐이었다. 로레즈 백작 영애가, 백작 부인이.
　귓가를 파고드는 단어에서 느껴지는 선명한 악의가 베스는 낯설고도 두려웠다.
　하지만 그녀가 할 수 있는 건 아무것도 없었다.
　그저 홀로 아무렇지 않은 척 미련하게 자리를 지키는 것밖에는.
　그 후, 베스는 연회가 끝나기 무섭게 에린을 찾아갔다. 그녀는 얇은 실내용 드레스를 입은 채 베스를 반겼다.
　"베스? 연회는 잘 끝났어?"
　다른 이들과 확연히 다른 에린의 반응에 베스는 안심했다.
　역시 너는 내 친구구나. 영원한 내 편이구나.
　하지만 그런 베스의 생각은 오래가지 못했다.
　"네가 너무 슬퍼 보여서 귀찮게 하고 싶지 않았던 거 아닐까?"
　연회장에서 자신이 겪은 일을 털어놓자, 에린이 보인 반응 때문이었다.
　"…뭐?"

"내가 보기엔 부인께서 돌아가신 지 얼마 되지 않았으니, 다들 너를 배려해서 말을 걸지 않은 것 같아."

에린의 대답에 베스는 그런 뉘앙스가 아니었다는 걸 다시 설명했다.

만약 그런 거였다면 오히려 먼저 인사를 건네며 괜찮으냐고 물었을 거라고.

"하지만 세상 모든 사람들이 그럴 거란 보장은 없잖아. 그때 연회장에 있었던 사람들이 유독 소심한 사람들이었다면?"

에린의 말에 베스는 아니라며 고개를 저었다.

그들이 정말 자신을 배려해서 그런 거였다면, 남몰래 수군거리고 그녀를 고립시키는 대신 손을 내밀었을 것이다.

하지만 아무리 입 아프게 설명을 해 봐도 에린은 그 차이를 이해하지 못했다.

그리고 얼마간의 대화 끝에 베스는 깨달았다.

자신과 에린은 애초에 살아온 세계가 다르다는 걸.

숨 쉬듯 자연스레 만인의 사랑을 받아 온 에린은 타인의 적의에 익숙하지 못했다.

그녀에게는 늘 호의와 배려가 이어졌으니 어쩌면 당연한 일일지도 몰랐다.

물론 그동안 에린에게 적의를 보인 사람이 단 한 명도 존재하지 않았던 것은 아니다.

하지만 대부분 에린이 그것을 눈치채기도 전에 그녀에게 호감을 가진 인물에 의해서 치워지고 가려졌다.

이를테면 에린의 가족들이나, 그녀의 열렬한 추종자들에 의해서 말이다.

그래서 에린은 지금 베스가 하는 말을 이해할 수 없었다. 경험해 본 적이 없고, 겪어 본 적 없는 일이었으니까.

그게 그녀의 잘못이라고 할 수는 없었다.

"그래, 네 말이 맞아. 그 사람들이 나쁜 의도로 그랬을 리가 없지."

베스는 웃는 낯으로 에린의 말에 맞장구를 쳐 주었다.

하지만 미소 띤 얼굴과 달리, 그녀의 속은 새카맣게 물들고 있었다.

에린이 온실 속 화초처럼 곱게 자란 것은 에린의 탓이 아니다. 그 누구의 탓도 아니다.

어쩔 수 없는 일이지.

하지만 그렇다면, 자신이 그런 에린을 싫어하게 된 것 역시 그 누구의 탓도 아니었다.

어쩔 수 없는 일이지.

"역시 넌 내 유일한 친구야, 에린."

그날부터 베스는 그녀를 더 이상 자신의 친구라고 여기지 않게 되었다.

∽

모든 이야기를 끝낸 베스의 표정은 후련해 보이기도 하고, 복잡해 보이기도 했다.

반면, 나는 어떤 얼굴을 해야 할지 알 수 없었다.

원작 속 베스는 에린에게 직접 해를 끼치기보다 그녀가 타인의 악의를 깨닫고 두려움에 떨게 만든다.

왜 굳이 그런 방식을 선택했는지 의문이었는데, 이야기를 듣고 나니 알 것 같았다.
　베스는 자신이 모친으로부터 겪은 정신적 학대의 원인인 에린이 타인의 악의를 제대로 겪어 보기를 바랐던 것이다.
　자신이 겪었던 고통을 그대로 느끼기를 바란 거겠지.
　"그래, 그런 거였구나."
　나는 복잡한 마음을 겨우 감춘 채 중얼거렸다.
　이제 와 새삼 베스에게 위로를 건넬 수도 없고, 그렇다고 해서 지금까지 그랬던 것처럼 무관심하게 굴 수도 없다.
　물론 사과를 할 수도 없었다.
　베스에게 사과를 해야 한다면 그건 내가 아니라 진짜 에린이 해야 했다.
　악의 없이 던진 말로 베스의 가슴에 비수를 꽂은 것은 내가 아니니까.
　그러니 사과 역시 나의 몫이 아니었다. 하지만 진짜 에린은 이미 이곳에 없다.
　내 침묵이 길어지는 것에는 그런 이유도 있었다.
　당사자도 아닌 내가 무슨 말을 할 수 있겠는가.
　"이제 와 미안하단 소리 따위를 할 거라면, 차라리 하지 마."
　그런 내 고민을 알아차린 것인지 베스가 먼저 말문을 열었다.
　그녀는 어느새 자신의 감정을 완전히 감춘 상태였다.
　"너한테 동정이나 받자고, 한 말 아니니까."
　"동정은 무슨, 내가 왜 널 동정해?"
　나는 단호한 얼굴을 했다. 적어도 내가 베스를 동정하는 일은 없을 것이다.
　"날 호수에 빠트리라고 사주한 사람을 어떻게 동정해?"

베스는 내가 자신을 동정하는 것을 원치 않을 테고, 나 역시 그녀를 동정할 마음은 없었다.

내 주제에 누가 누굴 동정한다고.

"그거 다행이네."

그리 말한 베스가 뜻 모를 얼굴로 웃었다. 그 후 그녀는 주저 없이 몸을 돌려 창고를 나갔다.

베스가 먼저 창고를 나가고 나 역시 밖으로 나왔다.

제법 오랫동안 자리를 비웠으니 슬슬 다시 배정받은 방으로 돌아가야 했다.

"하."

그렇게 방으로 돌아온 나를 반긴 것은 엉망이 된 천이었다.

자수틀 위에 고정되어 있던 천이 누군가가 가위질이라도 한 것처럼 엉망으로 찢어져 있었다.

"여쭤보고 싶은 게 있어요."

내가 말문을 열자, 같은 방에 있던 영애들의 시선이 이쪽으로 쏠렸다.

"제가 수를 놓던 천이 이런 상태가 되어 버렸는데, 혹시 보고 들은 바가 없으신가요?"

내가 던진 물음에 그들은 미리 짜기라도 한 것처럼 입을 다물거나, 고개를 젓는 것으로 대답을 대신했다.

"이상하네요. 제가 자리를 비운 사이 여기 계신 모든 분들이 자리를 비우셨을 리도 없고."

나는 산뜻하게 웃는 낯으로 빈정거렸다.

이곳에 있는 모두가 공범이란 사실을 본능적으로 알았기 때문이다.

'베스의 영향인가?'

그녀는 원작이 시작되기 전부터 조금씩 에린을 고립시키기 위해 밑밥을 깔아 두었다.

호수에서 있었던 일을 생각하면 그것은 최근까지 이어져 왔을 것이다.

즉, 이번 일도 베스가 깔아 둔 밑밥이 작용한 결과일 수 있었다.

그게 베스가 의도한 것인지 아닌지는 알 수 없지만.

"여러분께 마지막으로 기회를 드릴게요."

나는 태연하게 웃는 낯으로 입을 열었다.

선심이라도 쓸 것처럼 구는 태도에 순식간에 시선이 집중됐다.

"제가 자리를 비운 동안 보신 걸 지금이라도 알려 주시면 그분은 어느 정도 선처를 해 드릴게요."

그런 내 말에 몇몇의 표정이 눈에 띄게 구겨졌다.

별 같잖은 소리를 다 들어 보겠다는 얼굴이었다.

"선처라뇨? 영애가 하신 말씀만 들으면 저희가 큰 잘못이라도 한 것 같네요."

"맞아요. 저희는 그저 아를레인 영애와 같은 방을 배정받았을 뿐인데, 너무하시네요."

그렇게 하나둘 말문을 연 영애들이 서로 맞장구를 치며 내가 있는 곳으로 모여들기 시작했다.

그들은 마치 약속이라도 한 것처럼 각자 자신의 자수틀과 천을 꽉 쥐고 있었다.

얘네 서로 못 믿는구나.

지금이야 나라는 공공의 적이 있으니 그나마 뭉친 거지, 아니면 진작 무너지고도 남았을 관계였다.
"좋아요."
내겐 나쁘지 않은 상황이었다. 괜찮은 방법도 떠올랐다.
"그럼, 다들 못 보셨다고 하니 더는 묻지 않을게요."
그리 말한 나는 몸을 돌려 문 쪽으로 향했다.
"지, 지금 어딜 가시는 건가요?"
"수를 놓을 천도 없는 제가 여기에 더 있을 이유는 없는 것 같아서요. 그래서 여러분께 방해가 되지 않도록 나가 있으려고요."
누군가의 물음에 나는 태연한 얼굴로 답했다.
특별히 문제 될 것 없는 대답이었기에 주변은 금세 조용해졌다.
"아, 저는 복도 끝에 있는 휴게실에 있을 생각이니까, 혹시 아까처럼 누가 절 찾는다면 불러 주세요."
제게 따로 하실 말씀이 있다면 찾아오셔도 좋고.
문고리를 돌리기 직전, 그렇게 덧붙인 나는 웃으며 방을 나섰다.
또각.
조용한 복도를 울리는 구두 굽 소리를 들으며 나는 휴게실로 향했다.
'자, 이제 과연 몇 명이나 의리를 지키는지 두고 보면 되는 건가?'
아마 곧, 타인을 향한 악의로 뭉쳐진 얄팍한 의리가 모래성처럼 무너져 내리는 모습을 보게 될 것이다.
분위기를 보아하니 적어도 서너 명 이상은 나를 찾아올 것 같앉으니까.

그리고 예상은 적중했다.

내가 휴게실에서 시간을 때우고 있는 동안 그들은 하나둘 나를 찾아왔고, 두 시간도 채 지나지 않아 나는 방 안에 있던 모든 영애들을 마주할 수 있었다.

단 한 명도 빠짐없이 서로를 고발하러 온 것이다.

게다가 그 내용마저 마치 짜기라도 한 것처럼 비슷한 이야기들 뿐이었다.

무슨 영애가 먼저 권했다. 자신은 그럴 마음이 없었다. 혹은, 그런 의도로 한 일이 아니었다.

예상했던 일이지만, 어이가 없을 정도였다.

결국 모두가 주동자고, 모두가 공범이었다는 소리니까.

그렇게 결론을 내린 나는 곧장 이 사실을 신전과 영애들의 가문에 알렸다.

덕분에 선처를 해 주기로 하지 않았느냐며 따지는 이들도 있었다.

그런 이들을 향해 나는 웃는 낯으로 말했다.

"그래서 그때 말씀드렸잖아요. 마지막 기회였다고."

그때가 지나서 실토했으니 선처를 못 받아도 할 말 없지 않느냔 의미였다.

물론 내게 그런 식으로 따져 묻는 이들은 소수였고, 대부분은 눈치껏 입을 다물었다.

모든 사실을 알게 된 아를레인 공작이 싸늘하게 굳어진 얼굴로 그들을 응시했기 때문이다.

지금은 내가 황태자의 사람으로서 여신제에 참석했기 때문에 공작이 대놓고 나서지는 못했지만, 조용히 넘어갈 마음은 없어 보였다.
　소식을 전해 들은 펠루스의 표정 역시 좋지 못했다.
　그리고 이 모든 난리를 겪고도 올해의 레이디를 뽑는 경매는 예정대로 이루어졌다.
　여신제의 오랜 전통이니 어쩔 수 없다는 주장이었다.

11장.
여신제 (2)

똑똑.

"네. 들어오세요."

고요한 공간을 울리는 노크 소리에 나는 그렇게 답했다.

지금쯤이면 아마 한창 경매가 이루어지고 있을 것이다.

수를 놓던 천이 엉망이 되어 버린 탓에 출품할 물건도 없는데 굳이 경매를 구경할 마음은 들지 않았다.

그래서 나는 아프다는 핑계를 대고 방에 틀어박혔다.

"몸은 좀 어때?"

문을 열고 안으로 들어온 것은 펠루스였다.

그는 내가 꾀병을 부렸다는 사실을 알면서도 그렇게 물었다.

"혹시, 절 놀리러 오신 건가요?"

"그럴 리가."

그는 부정했지만, 그다지 믿음이 가지는 않았다.

"그래서 좀 어때?"

"뭐가요?"

"영애의 기분 말이야. 괜찮은 거냐고."

"아, 네? 그런 건 갑자기 왜 물으세요?"

나는 의아한 얼굴을 했다.

펠루스는 새삼 내 기분 따위를 신경 써 줄 정도로 섬세한 성격이 아닐 텐데.

아?

그러다가 곧 그 이유를 깨달았다.

"혹시, 제가 올해의 레이디를 뽑는 행사에 수를 놓은 천을 출품하지 못했기 때문인가요?"

"그래."

펠루스는 담담하게 긍정했다.

솔직히 아무렇지 않은 것은 아니었다.

여전히 솜씨가 형편없기는 해도, 그동안 짬짬이 연습한 게 있으니 아깝다는 생각이 들긴 했다.

하지만 그렇다고 해서 엄청 속상하고 우울하냐고 물으면 그건 또 아니었다.

"억울해?"

"…네?"

갑작스러운 펠루스의 물음에 나는 멍청하게 반문했다.

"억울하냐고."

"음, 아주 약간은?"

이럴 줄 알았으면 그냥 속 편하게 쉴 걸 그랬다는 생각이 들어서 좀 억울하긴 했다.

"그럼 복수라도 해 줘?"

"…복수요?"

나는 순간 귀를 의심했다. 이건 또 무슨 헛소리인가 싶었다.

그래서 나는 고민할 틈도 없이 고개를 저었다.

"필요 없어요."

"필요 없다고?"

"네."

무슨 꿍꿍이인지는 모르겠지만, 펠루스가 괜히 일을 크게 벌이지 않기를 바랐다.

"가만히 보면 영애는 정말 요령이 없는 것 같아."

"……?"

펠루스의 말에 나는 못 들을 말을 들은 사람처럼 의문 가득한 얼굴을 했다.

그가 날 몰라도 너무 모른다는 생각이 들었다.

애초에 이번 일도 내가 그들의 얄팍한 관계를 눈치채고 영악하게 군 덕분에 해결한 건데 요령이 없다니?

"그렇게 대놓고 일을 벌이면 결국 또 제자리잖아. 어쩌면 비슷한 일이 또 생길 수도 있지."

"그럼 어떡해요? 그 많은 영애들을 전부 없애 버릴 수도 없고."

"다음부턴 차라리 없애 버려. 그 정도 뒷수습은 해 줄 테니까."

"……."

"농담이야."

딱딱하게 굳어진 내 얼굴을 보며 펠루스는 그렇게 말했다.

그는 농담을 농담처럼 들리지 않게 하는 재주가 있었다.

"…그렇군요."

"내 말은 다음부턴 조금 더 은밀하게 움직이라는 소리야."

"조언해 주셔서 감사해요. 다음이 없기를 바라야겠지만, 있다면 꼭 참고할게요."

뭘 얼마나 더 은밀하게 움직이라는 건진 모르겠지만, 딱히 틀린 말은 아니었다.

"아, 그런데 그동안 괜찮으셨어요? 여신제 때문에 계속 신관님들과 붙어 계셨잖아요."

신전과 얽히는 것을 끔찍하게 싫어하는 펠루스에게는 제법 곤혹스러운 시간이었을 것이다.

"심지어 보좌관인 저도 없고, 호위 기사나 시종도 곁에 없었잖아요."

황족 대표로 여신제에 참석한 이는 신의 축복을 받아야 한다는 명목으로 자신의 사람을 곁에 둘 수 없었다.

그 사람의 경호나 시중을 담당하는 것 역시 신전 소속 사람이어야 했다.

이 수상하기 짝이 없는 규칙에 대해 의심을 품은 나는 펠루스에게 그러다가 위험한 일이 생기면 어쩌느냐고 묻기도 했었다.

"나는 그렇게 나약하지 않아."

그때도 그는 지금과 비슷한 대답을 했던 것 같다.

마치 내가 쓸데없는 걱정을 하고 있다는 듯이.

"게다가 지금 나를 죽이면 신전의 모든 것이 멈추고, 큰 혼란이 찾아올 테지."

잘못하면 직계 황족을 죽인 대가를 치름과 동시에 영원히 마력을 공급받지 못할 수도 있었다.

그러니 자신은 안전하다. 네가 걱정할 것은 없다.

펠루스가 하려는 말은 대충 그런 내용이었다.

"그렇군요. 근데 제가 여쭤본 건 그런 게 아니었어요."

제법 단호한 대답에 그는 의문 섞인 시선으로 나를 응시했다.

"그냥, 전하께서 신전에 대해 좋지 않은 감정을 갖고 계시니 특별히 불편한 점은 없으셨나 싶어서요."

담백하게 말을 끝맺은 나는 펠루스를 응시했다.

그런데 그의 시선은 나를 보고 있다기엔 조금 미묘했다. 어딜 보고 있는 거지?

"전하?"

"……."

"대체 어딜 보시는……."

그런 나의 물음은 끝을 맺지 못했다. 펠루스가 갑자기 손을 뻗어 온 탓이다.

덕분에 나는 순간, 나도 모르게 움찔했다.

마치 영상을 느리게 재생한 것처럼 그의 손이 천천히 다가왔다. 그러다가 어느 순간,

"머리에 뭘 이렇게 붙이고 다녀?"

그렇게 말한 펠루스가 내 머리에 붙어 있던 나뭇잎을 떼어 내 보여 줬다.

"칠칠치 못하게."

"……."

덧붙여진 말은 평소와 다를 것 없이 퉁명스러웠으며 나를 놀리려는 기색이 다분했다.

하지만 나는 어쩐지 평소와 다른 기분을 느꼈다.

이유는 알 수 없었다.

"그러고 보니 자수틀과 천은 어떻게 하기로 했지?"

"아. 그건……."

펠루스의 물음에 잠시 멍해졌던 머릿속이 정리되는 느낌이었다. 금세 정신을 차린 내가 말했다.

"너덜너덜해지긴 했어도 여신제를 위해 특별히 공수한 천이니까, 처리하기 곤란하면 반납해 달라고 신전에서 그러더라고요."

"그래서 돌려주려고?"

"아마, 그래야겠죠? 어차피 멀쩡한 곳도 거의 없고."

"어디 한번 보여 줘 봐."

그런 펠루스의 말에 나는 순순히 갖고 있던 천을 보여 주었다.

엉망이 된 천 조각에서 그나마 멀쩡한 부분을 찾자면 내가 수국을 작게 수놓은 부분이었다.

물론 그마저도 내 서툰 자수 실력으로 인해 선뜻 이 부분이 가장 멀쩡하다고 말하긴 어려웠다.

'괜히 보여 줬나?'

놀림이나 당하지 않으면 다행이라는 생각이 들 정도로 천의 상태는 엉망이었다.

"그거 내놔."

"…네?"

대뜸 들려온 펠루스의 말에 나는 두 눈을 크게 뜨며 되물었다. 내가 지금 제대로 들은 건가 싶었다.

"그냥 주는 게 싫으면 팔든가."

그는 내가 무어라 할 틈도 없이 들고 있던 천을 빼앗아 갔다. 그러고는 다른 것을 쥐여 주었다.

"이건?"

"칠 골드. 더 필요해?"

"…칠 골드요?"

무심코 묻던 나는 단번에 경악한 얼굴을 했다.

"전하, 보통 칠 골드면 작은 성 하나를 살 수 있다고 들었는데. 제가 잘못 알고 있는 건가요?"

"아니. 제대로 알고 있는 것 같군."

혹시나 하는 마음으로 던진 질문에 펠루스가 고개를 끄덕였다.

마치, 그게 뭐 대수냐는 듯 당당한 태도였기에 나는 할 말을 잃었다.

아무리 루릭스 제국의 황태자라지만 애가 경제관념이 없어도 너무 없는 거 아닌가 싶었다.

아니 평소에는 사치의 시옷도 모르는 것처럼 굴더니, 왜 이럴 때만 인심이 후해지는 건데?

"너무 비싸요."

그렇게 말하며 들고 있던 칠 골드를 다시 펠루스에게 돌려주려고 했다.

하지만 그는 그것을 가볍게 피하며 말했다.

"더 얹어 줘?"

그러고는 주머니에서 금화 몇 개를 더 꺼냈다.

당장이라도 그것을 내게 쥐여 줄 기세였기에 나는 황당하단 얼굴을 했다.

"…원래 흥정은 이렇게 하는 게 아니지 않나요?"

보통은 물건을 사는 사람이 가격을 깎으려 하고, 파는 사람이 가격을 올리려고 하는 게 정상 아니냔 말이다.

"그거야 내 마음이지."

"아, 네……."

당당한 펠루스의 대답에 나는 떨떠름한 얼굴로 대꾸했다.

그런 나를 빤히 쳐다보던 펠루스는 이제 가 봐야겠다며 등을 돌렸다.

"아, 이미 알고 있을지도 모르겠지만."

그러다가 문득 뭔가를 떠올린 듯 그가 다시 내 쪽을 바라보며 말했다.

"올해의 레이디로 뽑힌 영애의 손수건 말이야."

"그게 왜요?"

"육 골드에 팔렸어."

"아, 그래요?"

근데 뭐 어쩌라는 건가 싶었다. 올해의 레이디의 작품이 얼마에 팔렸든 그게 나랑 무슨 상관이지?

"그리고 영애의 손수건은 칠 골드에 팔렸지."

그리 말한 펠루스가 갖고 있던 천 조각을 들어 보이며 말했다.

나는 그제야 모든 것을 깨닫고는 조금 멍한 얼굴을 했다.

"아."

"그러니까 영애가 이긴 거라고."

말을 마친 그는 내가 무어라 할 틈도 없이 몸을 돌려 방을 나섰다.

덕분에 순식간에 홀로 남겨진 나는 미묘한 기분으로 펠루스가 주고 간 칠 골드를 응시했다.

펠루스가 돌아간 직후, 또 다른 손님이 나를 찾아왔다.

"베스?"

나는 조금 놀란 얼굴로 상대를 응시했다.

"안녕? 상태는 좀 어때?"

"나야 뭐, 그냥 그렇지. 너야말로 여긴 어쩐 일이야?"

우리는 마지막 만남에서 나눴던 이야기가 모두 거짓인 것처럼 태연하게 대화를 이어 갔다.

그중에는 당연히 여신제에 대한 이야기도 있었다.

"나 이번에도 올해의 레이디가 됐어."

"아, 나는 작품도 못 내서 이러고 있는데 지금 자랑이라도 하는 거야?"

"응. 배 좀 아프고, 속 좀 썩어 보라고."

"저런, 베스 넌 진짜 인성이 안 된 친구구나?"

나와 베스는 장난스럽게 투닥거렸다.

그 내용이 조금 적나라하기는 했지만, 장난을 가장해 비수를 꽂거나, 은근히 빈정거리는 내용은 아니었다.

우리는 그저 솔직하게, 오랜 세월을 함께한 친구 같은 대화를 나눴다.

그녀와 내가 이런 식의 대화를 나눌 날이 올 줄은 몰랐기에 굉장히 신기했다.

"나도 나지만, 너도 정말 너다."

"응? 그게 무슨 소리야?"

뜻 모를 베스의 말에 나는 고개를 갸웃거렸다.

"네가 그렇게 대놓고 일을 벌일 줄은 몰랐어."

아무래도 이번 여신제에서 있었던 일을 말하는 듯했다.

펠루스도 그렇고, 베스도 평소 본인들이 친 일의 스케일은 생각도 안 하는 모양이다.

게다가 둘 다 미래의 〈붉은 새벽〉 속 악역이면서 담이 작아도 너무 작은 거 아닌가 싶었다.

"그 일에 대해 잔소리를 하고 싶은 거라면 듣지 않을래. 이미 전하께 충분히 들었으니까."

"전하께서 너한테 잔소리를 하셨다고?"

"그래."

요령이 없다며 한 소리 하고 갔지.

조금 놀랍다는 얼굴로 되묻는 베스를 향해 나는 고개를 끄덕였다.

하지만 그녀는 여전히 믿기지 않는지 재차 물어 왔다.

"그거 정말이야?"

아무래도 평소 냉정하고 싸늘하기로 소문난 펠루스가 누군가에게 잔소리를 한다는 사실이 믿기지 않는 듯했다.

"그렇다니까."

"…의외네."

그리 중얼거린 베스는 잠시 뭔가를 생각하는가 싶더니 이내 입을 열었다.

"그렇다는 건 아마 황태자 전하께서 널……."

전하께서? 펠루스가 뭐?

나는 쉬이 이어지지 않는 뒷말을 기다렸다.

하지만 호기심 가득한 나의 두 눈을 마주한 그녀는 그대로 입을 다물었다.

"아니, 아니다. 이건 너무 주제넘은 참견인 것 같네."

"…너, 지금 누구 놀리니?"

아니 왜 말을 하다가 말아? 그렇게 떡밥만 던지면 괜히 더 궁금해지잖아.

"놀리려는 의도는 아니었어. 정 궁금하면 전하께 직접 여쭤보든가."

물론, 순순히 알려 주실 것 같지는 않지만.

덧붙여진 베스의 말은 꼭 나를 약 올리는 것 같기도 했다.

얘는 진짜, 나랑 뭐 하자는 거지?

덕분에 나는 짜증과 황당함이 반쯤 섞인 눈으로 그녀를 빤히 쳐다보았다.

"아, 그러고 보니 너한테는 아직 말 안 한 것 같은데."

그런 내 시선이 부담스러웠는지 베스는 자연스레 다른 주제를 입에 담았다.

나는 어디 들어나 보자 싶은 마음으로 그녀를 응시했다.

"나 유학 가."

"…어?"

그리고 다음 순간, 멍청하게 되묻고 말았다. 지금, 뭐라고?

"일이 잘 풀리면, 아예 그쪽에 정착할 생각이야."

"그럼… 아예 돌아오지 않을 수도 있다는 의미야?"

"특별한 이유가 없으면 그렇게 되겠지. 아, 매년 건국제 때는 귀국해야겠네. 안 그러면 유학 허가가 취소될 수도 있으니까."

"아, 그렇구나."

나는 멍한 얼굴로 고개를 끄덕였다.

전혀 예상치 못한 상황이었기에 무슨 말을 해야 할지 몰라 입술만 달싹였다.

그러다가 겨우 입을 뗐다.

"어디로 가는데?"

"일단, 세 곳 정도를 후보로 정해 뒀는데, 자세한 건 직접 가 보고 결정하려고."

"…아. 그렇구나."

고장 난 기계처럼 비슷한 말만 반복하는 나를 향해 베스가 물었다.

"왜 그런 얼굴을 해? 통쾌해해야 하는 거 아냐? 널 싫어하는 사람이 제국에서 한 명 줄어드는 건데."

틀린 말은 아니었다.

원작 속 베스 헤일론 로레즈는 에린 세르틴 아를레인을 끔찍하게 싫어했다.

그건 내가 에린의 몸에 빙의한 후에도 마찬가지였다.

베스는 타인을 이용해 나를 호수에 빠트리기까지 했으니까.

그러니 그녀가 타국으로 유학을 간다면 내겐 좋은 일이었다.

내 앞에 펼쳐질 고생길 하나가 사라진 것이나 다름없으니까.

"…네가 아니더라도 날 싫어하는 사람은 많아. 이번 일만 봐도 그렇지."

하지만 이미 그녀에 대해 너무 많이 알아 버린 탓일까?

베스의 유학 소식을 마냥 반길 수가 없었다.

"그러니까 베스 네가 떠난다고 해서 크게 달라지는 건 없어."

덤덤한 나의 말에 베스는 속을 알 수 없는 얼굴을 했다.

"너……."

그녀는 조금 미묘한 태도로 무어라 말을 이을 듯, 말 듯 굴었다.

하지만 결국 베스의 입이 열리는 일은 없었다.

뭔가를 다짐한 듯 그녀는 입을 다물었고 나는 끝까지 뒤에 이어질 말을 듣지 못했다.

나는 그에 대해 궁금증을 표하는 대신 방을 나서려는 그녀에게 마지막 한마디를 건넸다.

※

에린의 방에서 나온 베스는 곧장 자신의 방으로 향했다.
제법 늦은 시간 탓인지 어둠에 잠긴 복도는 고요하기만 했다.
또각또각.
그녀가 신은 구두 굽 소리가 공허한 복도를 울린다.

'내가 오늘 백작저를 방문한 건 영애에게 한 가지 제안을 하기 위함이야.'

백작저를 방문한 펠루스가 그렇게 말했을 때, 베스는 그가 자신에게 경고를 하러 왔으리라 여겼다.
앞으로 이번처럼 에린을 건드렸다간 가만두지 않겠다.
뭐 대충 그런 내용을 입에 담을 줄 알았다.
하지만 펠루스는 대뜸 예상치 못한 제안을 했다.

'타국으로 유학을 가고 싶어 하는 것 같던데, 내가 도와주지.'

그는 이미 다 알고 있다는 얼굴로 베스가 혹할 만한 조건을 제시했다.
희망하는 나라를 말하면 즉시 모든 수속을 밟아 줄 수 있고, 원하면 여러 나라를 돌아본 후 결정해도 상관없다고.
베스의 입장에서는 솔깃할 수밖에 없는 제안이었다.

그녀는 루릭스 제국, 조금 더 정확하게는 자신의 가문과 부친에게 마음을 붙이지 못하고 있었다.

누구에게도 말하지 않은 사실이지만, 사실 베스는 비혼주의자였다.

부모의 애정 없는 결혼으로 생긴 불행을 직접 겪고, 또 두 눈으로 지켜보며 자랐으니 어쩌면 당연한 일일지도 몰랐다.

하지만 베스의 부친은 그녀를 이해하지 못했다. 애초에 이해할 생각이 있기는 했는지 의문이었다.

평생을 귀족 영애로 살아온 네가 결혼을 하지 않으면 어떻게 살 것이냐며 베스를 몰아붙이기 바빴다.

그럴 때마다 그녀는 말했다.

학자가 되겠다고.

아카데미에 재학 중이던 당시, 베스의 성적은 나쁘지 않은 편이었다. 오히려 매우 뛰어난 편에 속했다.

하지만 그녀가 학자가 되는 것을 반대했던 백작은 간단히 모든 지원을 끊어 버렸다.

덕분에 베스는 그날 이후로 자신의 꿈을 포기할 수밖에 없었다.

그리고 펠루스는 그녀에게 늦게나마 다시 꿈을 되찾을 기회를 주겠다고 말하고 있었다.

'제게 무엇을 바라시나요?'
'이번 여신제가 끝나면 곧장 유학 절차를 밟아.'

그러니 베스로서는 처음이자 마지막일지도 모르는 이 기회를 놓칠 수가 없었다.

놓쳐서는 안 됐다.

'물론 그 전에 아를레인 영애에게 마지막 인사를 하는 것도 잊지 말고.'

펠루스가 요구한 조건은 그게 전부였다.
그 조건 두 가지만 지켜 주면 지원을 아끼지 않을 거라고 했다.
영원히 루릭스 제국으로 돌아오지 말라거나, 다시는 에린 앞에 나타나지 말라거나.
그런 조건이 하나쯤은 붙을 거라 예상했는데 의외였다.

'왜 제게 이런 제안을 하시는 거죠?'
'그대가 아를레인 영애의 친구니까.'

망설임 없이 돌아온 펠루스의 말에 베스는 어쩐지 이상한 기분이 들었다.
에린과 자신을 친구라는 단어로 묶는 사람들은 많았지만 이런 이상한 기분은 처음이었다.
베스는 늘 자신이 에린의 곁에서 손해를 보며 살았다고 생각했다.
에린 때문에 늘 타인의 우선순위에서 밀려났으니까, 자신이 그녀를 싫어하는 건 어쩔 수 없는 일이라고 여겼다.
당연히 자신이 에린의 덕을 보게 되는 날이 오리란 생각도 하지 못했다.
사실, 조금 더 정확하게는 달라진 에린 덕분이었다.
그녀는 짧은 기간 동안 완전히 다른 사람이 되어 버린 것처럼 바뀌었다.

'날 싫어하지 말라고는 안 할게. 사람 마음이라는 게 어쩔 수 없는 거니까.'
'하지만 나를 향한 미움이 길어지면 너 역시 괴로워질 거야.'

예전의 에린이었다면 방을 나서려던 베스를 붙잡으며 그런 말을 하지는 않았을 것이다.
새삼 그런 생각이 들 만큼 에린의 말은 베스의 마음을 불편하게 했다.
마치 베스가 백작 부인이 저지른 잘못을 그대로 따라가고 있다는 말처럼 들렸다.
과거, 로레즈 백작 부인이 베스를 미워했던 건 베스의 탓이 아니다.
베스가 에린을 미워한 것 역시 근본적인 원인은 다른 곳에 있었다.
이유 없이 미움을 받아야 하는 사람도 괴롭지만, 누군가를 미워해야 하는 사람 역시 괴로운 건 마찬가지다.
누군가를 향한 미움은 결국 스스로를 좀먹기 마련이니까.
예전의 에린은 이런 사실을 이해하지 못했다.
또각.
모퉁이를 돌면 바로 자신이 지내는 방이 나올 것이다.
하지만 베스는 잠시 걸음을 멈췄다.
"…정말, 많이 변했구나."
그녀가 작게 중얼거렸다.

확실히 에린은 아주 짧은 시간 안에 변해 버렸다. 마치 전혀 다른 사람이 된 것처럼.

시간이 지나고, 나이가 들면 사람은 변하기 마련이다.

그것은 베스 본인도 마찬가지였다.

하지만 에린이 더 이상 자신이 알던 과거의 그녀가 아니라는 사실을 되새기자 기분이 이상했다.

미처 자각하지 못하고 있었으나, 제법 소중했던 무언가를 잃어버린 느낌이 들었다.

또각또각.

하지만 베스는 곧 다시 걷기 시작했다.

이미 잃어버린 것은 되돌릴 수 없다는 걸 그녀는 알고 있었다.

그래서 베스는 애써 아무렇지 않은 척 다시 걸었다.

"오랜만이네."

막 자신의 방 앞에 도달한 베스가 문고리를 돌리려던 찰나였다.

누군가의 목소리가 어둠을 뚫고 그녀에게로 향했다.

"…누구시죠?"

그렇게 물으며 베스는 고개를 돌렸다.

하지만 주변이 워낙 어두웠던 터라 상대방의 정체를 알아차리긴 어려웠다.

"날 잊어버리다니, 이거 좀 섭섭한데?"

베스는 어둠 속에서 들려온 목소리가 어쩐지 익숙하다는 생각을 했다.

그 무렵이었다.

마치 기다렸다는 듯 구름에 가려진 달이 모습을 드러낸 것은.

덕분에 어둠 속에 있던 상대방의 얼굴이 고스란히 그녀의 눈앞에 드러났다.
"당신은……!"
"이제라도 알아봐 줘서, 다행이네."
두 눈을 크게 뜨며 놀란 얼굴을 한 베스의 모습에 그는 웃었다.

⁕

어느덧 여신제의 마지막 날이 되었다.
마지막으로 신께 기도를 드리는 날이었기에 일정 자체는 매우 단순했다.
"저희의 앞날을 살피는 여신이시여. 비천한 우리들을 위해……."
원래는 신전을 대표하는 두 신관들이 마지막 기도문을 외워야 했으나, 무슨 일인지 사제들이 대신하게 되었다고 한다.
덕분에 원작에서 천사같이 생긴 미남이라고 서술된 두 신관의 얼굴을 보지 못하게 된 건 제법 아쉬웠다.
"이 모든 영광을 우리의 두 신께 바칩니다."
두 신.
이곳의 종교에서 특이한 점이 있다면 두 명의 신을 공평하게 믿는다는 사실이었다.
'흑의 신과 백의 신.'
정반대의 색을 가진 두 명의 신이 있어야 온전한 하나가 된다나 뭐라나.
문제는 덕분에 기도 시간 역시 두 배로 늘어났다는 점이다.
흑의 신에게 기도한 만큼 백의 신에게도 똑같은 정성과 시간을 들여서 기도해야 했다.

'으, 진짜. 이건 뭐 도를 닦는 것도 아니고.'

이제 겨우 새벽 기도가 끝났을 뿐인데 벌써 진이 빠졌다.

본격적인 기도는 아침 식사를 한 후에 이어진다던데…….

아, 진짜 돌겠다.

"정말 아쉽네요. 이번 여신제에서는 드디어 두 신관님의 얼굴을 뵐 수 있을 줄 알았는데."

"그러게 말이에요. 그래서 이 지루한 기도 시간을 참고 견딘 건데."

"맞아요."

그런 마음이 드는 게 나뿐이 아니었는지 옆자리에서 소곤거리는 소리가 들려왔다.

저들도 미남이라 소문난 신관들의 외모가 궁금했던 모양이다.

"영애께서도 그렇지 않나요?"

"…네, 맞아요."

나는 얼떨결에 동의했다.

그렇게 말을 튼 두 영애는 상당히 천진난만한 사람들이었고, 그만큼 붙임성도 좋았다.

오늘 처음 본 내게 이런 질문을 한다는 것부터가 보통이 아니었다.

"영애께서는 혹시, 신관님들의 얼굴을 보신 적이 있나요?"

"아."

목적이 이거였나?

만약 그런 거라면 내가 아를레인 공작가의 사람이라는 사실을 알고 일부러 말을 걸었을 수도 있다.

하긴, 애초에 분홍색 머리가 극히 드물다는 설정이니 나를 알아보지 못했을 가능성이 더 낮았다.

"뵈었다고 말씀드리기도 애매할 만큼 먼발치에서 본 게 전부랍니다."

나는 매우 아쉽다는 듯 말했다.

진짜 에린이라면 신관을 대면한 적이 있을 수도 있지만, 확실하지는 않다.

그러니 어느 쪽이든 변명의 여지를 남겨 둘 필요가 있었다.

"어머, 영애께서도 그러시다니."

"그러게요. 정말, 두 분을 뵙는다는 게 쉬운 일이 아니군요."

다행히 그들은 이에 대해 더 캐묻지 않았다.

"혹, 신전을 몇 번이나 방문하셨나요?"

"먼발치라는 건 어느 정도를 말씀하시는 건지 여쭈어도 될까요?"

…는 내 착각이었다. 두 사람은 제법 집요하게 물고 늘어졌다.

나는 그들의 질문에 답하는 대신 적당한 웃음을 흘렸다.

"제가 듣기론 어떤 영윤께서는 흑의 신관님을 뵌 후로 지독한 상사병을 앓고 계시다고 들었어요."

"저는 백의 신관님을 멀리서 뵌 후로 가문을 잇는 것도 포기하고 신전에 귀의하겠다고 말씀하신 영윤도 봤어요."

오, 다들 장난 아니구나. 동성한테도 먹힐 정도로 대단한 외모라는 건가?

"확실히 어마어마한 외모를 가지셨나 봐요. 같은 남자까지 반할 정도라니."

"네?"

"네?"

"…예?"

두 사람 다 멍한 얼굴을 하자, 나까지 덩달아 멍청하게 되묻고 말았다.

왜 놀라는 거지?

"아, 모르셨어요?"

모른다고? 내가 뭘?

나는 의문을 입 밖에 내는 대신 그들이 말을 잇기만을 기다렸다.

여전히 의아한 낯빛을 띠고 있으면서도 그 어조는 제법 차분했다.

"두 신관님은 여자분이세요."

"…네?"

두 신관이 여자라고?

나는 두 눈을 크게 떴다. 기습적으로 뒤통수를 얻어맞은 것처럼 머리가 멍했다.

그럴 리가 없는데, 책에서는 분명······.

"전대 신관님들은 남자분이시긴 했지만, 그건 제법 오래전 일이죠."

차분한 덧붙임을 통해 그들은 내가 착각한 원인을 짚어 주고 있었다.

하지만 그건 제대로 된 이유가 되지 못했다.

나는 그들처럼 이 세계에서 나고 자라 신관들을 알고 있는 게 아니다.

그저 소설에 서술된 내용을 읽었을 뿐이다. 그러니 착각일 리는 없다.

> 천사 같은 외모를 가진 두 신관은 신자들에게 신벌이 내릴지도 모른다며 비싼 물건을 강탈하거나, 신분이 낮은 신도를 겁탈하는 등 온갖 악행을 일삼았다.
> 사람을 외모만 보고 판단하면 안 되는 이유를 완벽하게 설명해 주는 예시였다.

 게다가 나는 그들의 최후 역시 똑똑히 기억한다.
 펠루스와 사이가 좋지 않았던 두 신관, 즉 신전은 남몰래 오델론을 돕는다.
 그리고 소설의 막바지에 다다랐을 때, 그들은 그 선택을 후회하게 된다.

> "신의 이름을 팔아 신을 기만하고, 많은 이들에게 해를 끼친 죄. 그것을 그냥 두고 볼 수는 없다. 그러니 두 신관에게 그에 걸맞은 대가를 치르게 하겠다."
> 붉은 머리를 가진 남자의 선언에 많은 사람들은 생각했다.
> 신관들이 늘 입에 달고 살았던 신벌이 있다면, 바로 이것이리라.

 그들은 결국, 자신들이 지지한 오델론에 의해 죗값을 치른다.

아마 제법 잔인하게 고문당하다가 공개 처형을 당했던 것 같은데.

고문 중에는 지금껏 힘없는 신도들을 겁탈한 죄를 물어 그곳을 자르는 것도 있었다.

그러니 내가 신관들의 성별을 착각한 것은 아니었다.

아마 몇 번이고 그랬듯 또다시 원작 소설이 뒤틀린 거겠지.

"일단, 정리를 좀 해 보자."

혼란스러움을 감출 길이 없던 나는 방으로 돌아와 펜과 종이를 들었다.

원작 소설과 달라진 부분을 정리하기 위함이었다.

굳이 나누자면 달라진 부분은 총 다섯 가지였다.

1. 레안의 죽음
2. 펠루스가 저주에 걸리지 않음
3. 아를레인 공작가와 오델론 사이에 연결 고리가 있음(펠루스의 주장)
4. 에린의 등에 있어야 할 바늘 자국이 사라짐
5. 남자라고 서술되었던 두 신관이 여자라고 함

2번은 내가 그렇게 되도록 작정하고 원작 소설을 비틀었으니, 이상할 건 없다.

하지만 1, 3, 4, 5 같은 경우는 내가 뭔가를 한다고 해서 바뀔 만한 부분이 아니었다.

정상적인 상황에서는 말이다.

똑똑.

"안에 계십니까?"

그때 정중한 노크 소리와 함께 누군가가 나를 부르는 소리가 들렸다.

"잠시만요! 옷을 갈아입는 중이라."

대충 그렇게 둘러댄 나는 방금 전에 작성한 메모를 갈기갈기 찢어 주머니에 넣었다.

타인에게 이 메모를 보여 줄 수는 없는 노릇이었으니까.

급하게 종이를 처리하고, 펜 역시 제자리에 돌려놓으려고 했는데 그만 실수로 펜을 떨어트렸다.

문제는 내가 그 사실을 한발 늦게 인지했다는 점이다.

'아, 진짜. 되는 일이 없네.'

펜이 바닥에 떨어진 것도 모르고 허둥대다가 신고 있던 구두 굽으로 그것을 밟고 말았다.

완전히 부러지진 않았지만 약간 금이 가고 말았다.

'일단 제자리에 두자.'

수습은 나중에 하기로 결심한 나는 펜을 책상 위에 올려둔 후 방문을 열었다.

"무슨 일이시죠?"

"신관님께서 보좌관님을 뵙고 싶어 하십니다."

내 또래 정도로 보이는 사제의 말에 나는 의아한 얼굴을 했다.

기도문을 외우는 자리에도 나타나지 않은 신관이 나를 보고 싶어 한다고? 대체 왜?

"보좌관님께 이걸 보여 드리면 될 거라고 하셨습니다."

그런 내 의문을 읽은 것인지 사제가 들고 있던 쪽지를 내밀었다.

얼떨결에 그것을 받아 든 나는 종이에 적힌 내용을 확인했다.
"이건……."
나는 조금 전과 비교할 수 없을 만큼 놀랐다.
"이게 대체 무슨 의미죠?"
"종이에 어떤 내용이 적혀 있는지는 저도 모릅니다. 보좌관님을 제외한 다른 사람은 볼 수 없도록 신성력을 사용해 봉하셨거든요."
"아."
즉, 내가 쪽지에 적힌 내용에 대해 물어도 그녀는 답해 줄 수 없다는 의미였다.
'이 사람을 따라가야 하나?'
어쩐지 찜찜한 기색을 지울 수가 없었다.
하지만 신관의 부름을 거절하자니 방금 본 쪽지의 내용이 마음에 걸렸다.
다신 없을 기회일지도 모른다는 생각이 들었다.
"…신관님을 뵈러 가겠습니다. 어디로 가면 되나요?"
결코 짧지 않은 고민 끝에 나는 신관을 만나러 가기로 했다.
매년 신전에 막대한 기부금을 내는 아를레인 공작의 딸에게 설마, 대놓고 해를 끼치지는 않겠지.
"신관님께서는 서쪽 끝에 있는 방에서 기다리겠다고 하셨습니다."
친절한 대답과 함께 사제가 앞장서 걷기 시작했고, 나는 그 뒤를 따랐다.
그녀는 매우 차분한 태도로 나를 서쪽 끝에 있는 방까지 안내했다.

서쪽으로 향하는 길은 대부분 침묵과 고요로 채워졌다.

여신제의 행사가 치러진 본건물과 거리가 있는 탓에 인적이 드물었기 때문이다.

드물다 못해 거의 없다고 보는 게 옳았다.

스멀스멀 불길한 느낌이 들기 시작했으나, 다시 돌아가기엔 역시 쪽지의 내용이 걸렸다.

신관이 내게 전달한 쪽지에는 다음과 같은 내용이 적혀 있었다.

다른 세계에서 온 이방인이여.
정해진 미래와 당신을 둘러싼 세계의 변화가 무엇을 의미하는지 궁금하지 않으십니까?

해석하기에 따라 그저 두루뭉술한 점괘나 예언 같기도 했다.

하지만 '다른 세계에서 온 이방인'이라는 말과 '정해진 미래' 그리고 '세계의 변화'라는 말을 나는 그냥 지나칠 수 없었다.

그 말들이 '책 밖의 세계에서 온 나'와 '아무것도 하지 않았음에도 틀어져 버린 원작 소설'을 의미할지도 모른다는 생각이 들었다.

그저 우연히 그런 내용이 쪽지에 적힌 것일 수도 있고, 내가 멋대로 해석한 것일 수도 있다.

하지만 어느 쪽이든 확인해 볼 필요는 있었다.

"다 왔습니다."

내가 생각을 더 이어 가기도 전에 우리는 서쪽 끝에 있는 방에 도착했다.

"저는 여기서 기다리겠습니다."

사제의 말에 나는 고개를 끄덕였다.

신관이 하려는 이야기가 어떤 것이든 그 내용을 타인이 알게 할 마음은 없었다.

똑똑.

긴장한 마음을 애써 억누른 채 문을 두드렸다.

하지만 두 번을 더 두드렸음에도 대답이 없자, 나는 갈등했다.

그냥 들어가도 되는 건가.

"들어와."

뒤늦게 돌아온 대답에 무심코 문을 열려던 나는 목소리의 주인이 남자라는 사실을 한발 늦게 깨달았다.

…두 신관 모두 여자라고 하지 않았나?

"아마 그분과 같이 계시는 걸 거예요."

"그분?"

내가 당황했다는 사실을 눈치챘는지 사제가 설명했다.

"네. 신관님의 호위를 담당하고 계시는 분이 계세요. 늘 얼굴을 가리고 계셔서 저는 한 번도 제대로 뵙지 못했지만."

항상 얼굴을 가리고 있다고?

벌써 느낌이 좋지 않았다. 수상해도 너무 수상하지 않은가.

아무래도 쪽지고 뭐고 그냥 돌아가는 게…….

끼이익-

하지만 그런 내 의견을 묵살하듯 문이 열리는 소리가 들려왔다.

고개를 돌리자 사제가 문을 연 채 나를 보고 있었다.

"어서 들어가세요."

그러고는 내가 무어라 할 틈도 없이 나를 방 안으로 밀어 넣고 문을 닫았다.

등 뒤에서 묵직한 철문이 닫히는 소리가 들려오자 나는 다급하게 문고리를 잡았다.

하지만 아무리 열심히 문고리를 돌려 보아도 문은 열리지 않았다.

"이봐요! 이봐!"

있는 힘껏 두 손으로 문을 두드려 보기도 했으나, 손만 아플 뿐 문은 꿈쩍도 하지 않았다.

결국 나는 방 안으로 걸음을 옮길 수밖에 없었다.

캄캄한 창고 같은 분위기일 줄 알았는데, 의외로 빛이 잘 들어오는 구조였다.

그래서인지 지금도 창문을 통해 바깥에서 햇빛이 정면으로 들어오고 있었다.

'아, 눈부셔.'

지나치게 눈이 부셔서 커튼이라도 치고 싶었다.

"흑, 으흑……."

그때였다. 어떤 여자의 울음소리가 들린 것은.

썩 좋지 않은 예감이 들었기에 나는 망설였다.

어차피 도망갈 곳도 없는 처지이긴 하지만, 굳이 위험에 다가서야 하나 싶었다.

"제, 제발 살려 주세요!"

뒤이어 들려온 외침에 불안감은 배가 되었다.

역시 엮이지 않는 편이 좋을 것 같은데.

하지만 완전히 칼같이 돌아서기엔 또 발걸음이 떨어지질 않았다.

내 안에 있는 인간으로서의 마지막 양심이 나를 붙잡았다.

정말 이대로 모르는 척할 생각이냐고. 네 도움을 필요로 하는 누군가가 있을지도 모르는데.

망할.

속으로 스스로를 향한 욕설을 중얼거린 나는 결국 소리가 들려온 방향으로 걸음을 옮겼다.

한 걸음을 옮길 때마다 후회가 밀려왔다.

나는 왜 다른 소설 속 주인공들처럼 냉정하고, 단호하게 굴지 못하는 건지.

위험할 걸 알면서도 뛰어드는 건 불나방과 다를 게 없는데.

하지만 그런 생각을 하면서도 끝까지 걸음을 멈추지는 못했다.

어느덧 내 시야에는 로브를 뒤집어쓴 남자와 그에게 애원하는 여자의 모습이 보였다.

칼을 든 남자의 발치에서 여자가 울고 있었다. 제발 살려 달라고 비는 듯했다.

"…가 이 세계의 주……."

어렴풋이 들려온 남자의 목소리는 조금 전 내게 들어오라고 말했던 사람의 것과 같았다.

"으흐흑, 제발 자비를……!"

"내 질문에 대답이나 잘……."

그때였다.

남자의 고개가 내가 있는 쪽으로 향한 것은.

여전히 로브를 푹 눌러쓰고 있는 탓에 얼굴이나 눈은 보이지 않았다.

하지만 그럼에도 직감적으로 알 수 있었다. 그가 나를 발견했다는 사실을.

불안감과 함께 온몸에 소름이 돋았다.

"아니, 아무래도 이젠 그럴 필요가 없을 것 같다."

그리 말한 남자가 쓰고 있던 로브를 벗었다. 동시에 나와 눈이 마주쳤다.

"……!"

순식간에 드러난 붉은색 머리카락과 보라색 눈동자.

그것을 본 내가 두 눈을 크게 떴을 때였다.

서걱!

오델론이 들고 있던 검을 휘둘렀다. 덕분에 검붉은 액체가 사방으로 흩어졌다.

마치 꽃잎이 흩날리듯 죽은 장미색의 피가 허공에 흩뿌려졌다. 그 광경을 나는 멍한 얼굴로 지켜보았다.

툭, 데구루루.

마침내 나를 등진 채 오델론을 향해 자비를 구하던 여자의 목이 바닥에 떨어졌다.

머리를 잃은 여자의 몸 역시 얼마 안 가 풀썩 바닥으로 쓰러졌다.

끝까지 울며 애원하던 것과 달리, 정작 그녀는 비명 한번 지르지 못하고 죽었다.

코끝에 비릿한 쇠 냄새 아니, 진한 피 냄새가 감돌았다.

냄새만으로도 선명하게 느껴지는 타인의 죽음에 온몸이 뻣뻣하게 굳어졌다.

여전히 바닥에 쓰러져 있을 시체를 똑바로 마주할 자신이 없었던 나는 겨우 고개를 돌렸다.

그러자 허공을 배회하던 시선이 오델론의 보라색 눈동자와 마주쳤다.

그는 방금 누군가를 죽인 사람이라고는 생각되지 않을 정도로 태연한 얼굴을 하고 있었다.

"너도 신관의 부름을 받고 온 거지?"

오델론의 물음에 나는 그저 멍한 얼굴을 했다.

방금 전에 마주한 충격적인 광경 때문인지 그의 말을 인지하는 데 시간이 좀 걸렸다.

그런 내 태도가 답답했는지 그는 뒤이어 또 다른 질문을 던졌다.

"너는 네가 이 세계의 주인공이라고 생각해?"

"…네?"

하지만 이번만큼은 아니었다. 머리가 질문을 인식하기도 전에 대답이 튀어나왔다.

그만큼 놀랐고, 또 당황스러웠다. 그럴 리가 없음을 알지만 혹시나 하는 마음이 들었다.

"세계가 너를 중심으로 돌아간다는 생각, 해 본 적 없냐고."

세계가 나를 중심으로.

제법 의미심장한 말이었다.

마치 오델론이 스스로가 〈붉은 새벽〉 속 남자 주인공이라는 사실을 알고 있기라도 한 것 같지 않은가.

'아니야, 그럴 리가 없어.'

나는 속으로 제법 단호하게 고개를 저었다.

터무니없는 가정이었다.

자신이 소설 속 캐릭터고, 이곳이 책 속 세상에 불과하다는 걸 알고 있다면 저렇게 멀쩡한 모습일 리가 없다.

'지금껏 살아온 모든 시간을 부정당한 셈이니까.'

그리고 아마 대부분의 사람은 그런 이야기를 들어도 믿지 않을 것이다.

재밌는 농담을 들은 것처럼 웃어넘기거나, 같잖은 소리를 한다며 대충 한 귀로 흘리겠지.

"…그게 대체, 무슨 헛소리죠?"

그 사실을 되새긴 나 역시 아무렇지 않은 척 물었다.

보통 사람들이 이런 말을 들었을 때 보일 반응을 계산해서.

"아무렇지 않게 사람을 죽여 놓고, 나랑 농담이라도 하자는 건가요?"

최대한 어이가 없단 표정을 지어 보였다.

"그럼 넌, 한 번도 그런 생각 따위 해 본 적 없다는 거지?"

"그래요. 대체 누가 그런 터무니없는 생각을 한다는 거죠?"

나는 침착하게 반박했고 그에 따른 오델론의 반응은 미묘했다.

무슨 생각을 하고 있는 건지 도통 알 수가 없었다.

짙게 가라앉은 보라색 눈동자가 얼마간 나를 응시했다.

"그래, 그렇군."

그러다가 돌연 들려온 중얼거림에 나는 크게 움찔했다.

불행인지 다행인지 그는 그대로 내게서 시선을 거뒀다.

남자의 보랏빛 눈동자가 다른 곳을 향하자, 숨통이 좀 트이는 느낌이었다.

나는 어디 하나 고장이라도 난 것처럼 덜덜 떨리는 두 손을 맞잡은 채 평정심을 되찾으려 무던히도 애썼다.

하지만 그런 잠깐의 여유마저도 오래가지는 못했다.

"아무래도 너 역시 아는 게 없는 모양이네."

유감이라는 듯 오델론이 말했다.

차분하고도 느긋한 어조로 들려온 말에 나는 그가 있는 방향으로 고개를 돌렸다.

그는 어조만 차분하고 느긋한 것이 아니었다.

눈이 부실 정도로 찬란한 햇빛 아래에 드러난 얼굴에는 옅은 미소까지 걸려 있었다.

길에서 처음 만났을 때 내게 욕설을 내뱉었던 사람이라고는 생각되지 않을 정도였다.

그만큼 교묘하고도 완벽하게 친절한 태도였으나, 그래서 더 소름이 끼쳤다.

눈앞의 남자가 마음만 먹으면 얼마든 다른 사람처럼 굴 수 있다는 사실을 알아서.

그리고 매끄럽게 웃고 있는 입과 달리 그의 눈이 낮게 가라앉아 있다는 사실을 알아서.

지금 나를 보는 눈만 봐도 그랬다. 오델론의 눈에는 아무 감정도 없었다.

적어도 같은 사람을 보는 시선은 아니었다.

살아 있는 생명이 아닌 사물을 응시하듯 무감했다.

아, 그렇구나. 이래서 아까 그 여자를 죽일 때도, 죽인 후에도 아무렇지 않았던 거구나.

애초에 상대를 자신과 같은 사람이라고 생각하지 않으니 가능한 일이었다.

"내가 찾고 있는 사람이 있는데."

여전히 부드러운 어조로 오델론이 말을 이었다.

"네가 좀 도와줘야겠어."

도와 달라고? 이런 상황에서?

그 웃기지도 않는 제안에 헛웃음이 터져 나왔다. 하지만 차마 대놓고 싫다고 할 수는 없었다.

"어려운 건 아니야."

그리 말한 오델론은 웃고 있지 않던 두 눈까지 매끄럽게 접으며 웃었다.

조금 전과 달리 이번에는 정말 완벽한 미소였으나, 나는 경계를 늦출 수 없었다.

"…누굴 찾고 있는 건데요?"

두려움과 불안감을 애써 억누른 채 던진 질문에 그는 순순히 답해 주었다.

"신관이 말한 또 다른 주인공."

또 다른 주인공.

아까도 이미 '이 세계의 주인공'이라는 말을 입에 담았던 오델론이다.

한 번도 아니고, 두 번씩이나 비슷한 말을 듣고 나니 아까 했던 가정을 마냥 무시할 수가 없었다.

정말, 그가 뭔가를 알고 있는 거라면?

신관이 내게 쪽지를 보냈던 것처럼 오델론에게도 어떤 사실을 알려 준 거라면?

그게 여기가 소설 속의 세계라는 것과 오델론이 남자 주인공이라는 사실에 대한 거라면?

"아악!"

그때였다.

어느덧 지척까지 다가온 오델론이 내 머리카락을 잡아챈 것은.
그는 더없이 차분한 음성으로 속삭였다.
"그렇게 겁먹을 필요 없어. 금방 끝날 테니까. 그리고……."
말끝을 흐린 오델론은 곧, 내 머리채를 거의 바닥에 던지다시피 하며 놨다.
그러고는 아까 그 여자를 베어 죽인 칼을 내게 겨눴다.
서늘한 날붙이가 목을 파고들자 따끔한 감각이 일었다.
이내 그것을 떼어 낸 오델론이 말했다.
"너무 억울해하지 마."
휘이익— 번쩍!
허공을 가르며 날아온 칼날이 목표물을 정확하게 베어 냈다.
순식간에 온몸을 덮친 고통에 나는 속으로 끔찍한 비명을 질렀다.
동시에 내 몸은 힘을 잃고 단숨에 무너져 내렸다.
"네가 …이 맞으면, …끝나기 전까지 …테니까."
흐려지는 의식 속에서 언뜻 들려온 오델론의 말을 마지막으로 나는 완전히 눈을 감았다.

12장.
여신제 (3)

"이번엔 여기인가?"

남자의 중얼거림과 함께 나는 눈을 떴다.

"…어?"

눈앞에서 나를 응시하고 있는 오델론을 보자, 나는 당황스러운 기색을 감출 수가 없었다.

분명, 나는 조금 전 그가 휘두른 검을 맞고 쓰러졌었다.

정신을 잃기 전 느낀 고통을 생각하면 운 좋게 목숨을 건졌다고 해도, 큰 부상을 입었을 것이 분명하다.

그런데 어떻게 상처 하나 없이 멀쩡한 거지?

"아악!"

하지만 고민과 혼란은 오래가지 않았다.

오델론이 기습적으로 내 머리카락을 잡아챈 탓이다.

"겁먹을 필요 없어. 이번에도 금방 끝날 테니까."

귓가에 내려앉은 목소리는 여전히 차분했다.

전에 이미 한 번 겪은 상황 같은데, 뭔가가 미묘하게 달랐다.
"억울해하지는 말고."
말을 마친 오델론은 이번에도 나를 바닥에 패대기쳤다.
그 후 이어진 상황은 아까와 별반 다르지 않았다.
휘이익- 번쩍!
이번에도 허공을 가른 칼날이 단숨에 나를 베어 냈다.

※

끼이익-
묵직한 철문이 열리는 소리가 들려왔다.
"어서 들어가세요."
그리 말한 사제는 내가 상황을 파악하기도 전에 나를 방 안으로 밀어 넣고 문을 닫았다.
"......?"
등 뒤에서 묵직한 철문이 닫히는 소리가 들려왔다.
뭐야, 이 상황?
크게 당황한 나는 일단 문고리를 잡아 돌렸다.
아까와 마찬가지로 문은 열리지 않았다.
두 손으로 있는 힘껏 문을 두드려 보았지만 역시 아무 소용없었다.
단단한 철문을 두드린 탓에 느껴지는 선명한 고통은 지금 이 순간이 꿈이 아님을 증명해 주고 있었다.
근데 꿈이 아니면 지금 이건 대체 뭐지?
조금 전에도 그렇고, 지금도 마치 처음에 겪었던 일을 다시 겪고 있는 느낌이었다.

"흑, 으흑······."

그런 내 예감이 맞았음을 증명하듯 처음에 그랬던 것과 마찬가지로 여자의 울음소리가 들려왔다.

아, 진짜. 이게 뭐야 나랑 뭐 하자는 건데.

나는 여전히 혼란스러움을 감추지 못한 채 그 자리에 털썩 주저앉았다.

들려오는 목소리를 외면하기 위해서였다.

하지만 그런 내 의지와 달리 머릿속은 다음에 이어질 말을 생각해 내고 있었다.

이다음에는 아마 여자가 살려 달라고 말할 것이다.

"제, 제발 살려 주세요!"

때맞춰 들려온 여자의 목소리에 나는 새삼, 지금의 상황이 꿈이 아니라는 걸 깨달았다.

그리고 이다음에는 분명, 오델론이 여자에게 어떤 질문을 했던 것 같은데.

하지만 제법 긴 시간이 흘러도 들려오는 목소리는 없었다.

그 사실에 이상함을 느끼던 나는 조금 전부터 여자의 목소리 역시 들리지 않고 있다는 사실을 깨달았다.

어쩐지 좋지 않은 예감이 들었다.

"왜 여기서 이러고 있어?"

그리고 불길한 예감은 무서울 정도로 빠르게 들어맞았다.

갑작스레 등 뒤에서 들려온 오델론의 목소리에 나는 소스라치게 놀랐다.

아까는 분명 이런 상황이 아니었던 것 같은데.

그런 생각을 하기 무섭게 그가 들고 있던 검을 내게 겨눴다.
"이제 얼마 안 남았어."
그리 말한 오델론은 이번에도 망설이지 않았다.
아까 그 여자의 것으로 추정되는 피를 묻힌 검을 또다시 내게 휘둘렀다.
"잘 도망간다면 횟수가 조금 줄어들 수도 있겠지."
의식을 잃기 전, 어렴풋이 들려온 오델론의 목소리와 함께 나는 이번에도 소리 한번 제대로 지르지 못한 채 고꾸라졌다.

그 후로도 나는 오델론이 휘두른 검에 의해 일고여덟 번 정도를 더 죽었다.
단순히 죽는 데서 그치는 게 아니라, 죽고 나면 항상 시간이 돌아갔다.
처음에는 5분, 그 다음에는 15분. 이런 식으로 점점 더 먼 과거로 돌아갔다.
결국 오델론이 있는 방에 가지 않아도 될 만큼의 시간이 돌아가고 나서야 나는 목숨을 부지할 수 있었다.
사제의 부름에 답하지 않고 방에 틀어박혀 있던 나는 아까 내가 깨트린 펜이 멀쩡하게 돌아와 있는 것을 보며 헛웃음을 터트렸다.
이건 또 무슨 일일까.
내가 알기론 소설 〈붉은 새벽〉에 회귀 같은 건 등장하지 않았다.
만약 회귀가 가능했다면 에린의 인생이 그렇게 피폐해지지도 않았을 것이다.

결국 이번에도 원작이 달라진 이유를 찾아야 한다는 건데. 나는 의외로 금세 그 이유를 짐작할 수 있었다.

오델론이 처음 나를 죽이며 했던 말 때문이었다.

'네가 이야기의 주인공이 맞으면, 이야기가 끝나기 전까지 너는 죽지 않을 테니까.'

흐려져 가는 의식 속에서 들은 말은 제법 훌륭한 힌트가 되었다.

내가 죽으면 시간이 돌아가는 이유.

내 짐작이 맞는다면 그건 내가 〈붉은 새벽〉 속 주인공이기 때문이었다.

그리고 만약 이야기의 끝이라는 게 원작 소설의 끝을 말하는 거라면, 나는 그때까지 죽지 않는 몸이 된 걸지도 모른다.

말도 안 되는 생각이라 여길 수도 있지만.

이미 말도 안 되는 일투성이인 상황에서 그런 가정이 하나 더 추가된다고 해서 달라질 것은 없었다.

게다가 오델론은 뭔가를 더 알고 있는 눈치였다.

시간이 돌아갔음을 증명하듯 대부분의 상황이 똑같이 흘러가는데,

그 혼자만 계속 다른 움직임을 보였다.

마치, 혼자만 시간이 돌아갔다는 사실을 알고 있는 것처럼.

결국, 뭔가를 알아내고 싶다면 다시 오델론을 만나야 했다.

하지만 아무 대책도 없이 그를 찾아갔다간 또 살해당할지도 모른다.

이번처럼 몇 번이든 다시 살아날 수도 있겠지만, 그래도 가급적이면 살해당하는 경험은 피하고 싶었다.

그래서 나는 고민 끝에 방향을 조금 바꾸기로 했다.

"…누굴 만나?"

"신관님이요. 둘 중 어느 분이라도 좋아요. 두 분 다여도 좋고."

최대한 안전한 방법을 고민하던 나는 펠루스에게 도움을 청했다.

신관들을 만날 수 있게 해 달라고.

"갑자기 신관들은 왜?"

펠루스의 물음에 나는 잠시 뜸을 들였다.

어떻게 해야 진실을 말하지 않고도 그를 설득할 수 있을까 싶었다.

내가 제법 긴 시간 동안 침묵하자, 그는 의문 가득한 시선으로 대답을 재촉했다.

"여신제 내내 조용히 있다가 이제 와 이러는 이유가 뭐지?"

"개인적인 일이에요."

나는 단호하게 선을 그었다. 부탁을 하는 입장에서 보이기엔 제법 건방진 태도였다.

펠루스 역시 비슷한 감상이었는지 곧 기가 막힌단 얼굴을 했다.

"설마, 나더러 아무것도 묻지 않고 도와 달라는 건 아니겠지?"

"……."

이번에도 나는 침묵을 선택했지만, 사실은 알고 있었다.

이런 식으로 마냥 대답을 회피하기만 해서는 그를 설득할 수 없다는 걸.

"다른 것도 아니고, 신관을 만나는 일이야. 영애가 어떤 목적을 가지고 있는지 정도는 알아야……."

"신관님이라면 죽은 자의 목소리를 들을 수 있을지도 모른다는 이야기를 들었어요."

뒤늦게 결심이 선 듯 한발 늦게 들려온 대답에 펠루스는 놀란 얼굴을 했다.

그 모습을 확인한 나는 고개를 푹 숙였다.

거짓말을 하면서 표정을 완벽히 숨길 자신이 없었기에 선택한 방법이었다.

이러면 펠루스도 내 표정을 완벽하게 읽어 내는 데 어려움이 있을 테니까.

"죽은 자의 목소리를 듣기 위해 신관을 만나겠다고?"

"…네."

나는 여전히 그와 눈을 마주치지 않으려 노력하며 고개를 끄덕였다.

펠루스는 조금 놀란 얼굴을 하다가도 곧 납득한 기색이었다.

"확실히 그런 거라면 신관을 찾아가는 수밖에 없지."

덕분에 나는 그를 설득하는 데 필요한 수고를 덜었다.

신관이 죽은 사람의 목소리를 들을 수 있다는 건 아주 극소수만 알고 있는 비밀이다.

그것도 신전에 막대한 기부금을 쏟는 귀족이나, 신전과 가까운 관계에 있는 소수의 귀족만이 아는 비밀.

그러니 작정하고 알아보려 하지 않는다면 황족이라고 해도 모르고 있는 게 보통일 텐데.

어쩐지 펠루스는 그 의식에 대해 잘 아는 눈치였다.

"조금 의외네요."

"뭐가?"

"전하께서 망자의 목소리를 듣는 의식에 대해 아실 줄은 몰랐어요."

신전이라면 질색을 하던 그니까. 당연히 그런 쪽에는 일말의 관심도 두지 않을 줄 알았다.

내 의문을 읽어 낸 것인지 그가 말했다.

"주변에 매년 망자의 목소리를 듣는 의식을 행하는 사람이 있으니까."

"…네?"

덕분에 나는 매우 놀란 얼굴을 했다.

펠루스의 주변에 그런 의식을 매년 행하는 사람이 있다고?

"어. 어떤 분이신지는 모르겠지만, 굉장한 분이시네요. 조건이 제법 까다롭다고 들었는데."

나는 진심으로 감탄했다.

그 의식은 모든 망자에게 통하는 것도 아닐뿐더러, 한 번 의식을 행하는 데 드는 돈이 어마어마했다.

그래서 어지간한 귀족들도 함부로 시도할 수 없었다.

막대한 금액을 쏟아부었는데 의식이 실패하면 엄청난 손해일 테니까.

"제법 많이 알고 있는 모양이군."

"어쩌다 보니 주워들은 게 좀 있어서요."

내가 이 모든 사실을 알고 있는 건 원작 속 에린이 그 의식을 시도한 사람이기 때문이었다.

"아를레인 공작이 말해 주던가?"

그런 펠루스의 물음에 나는 대답하지 않았다.

그리고 그는 내 침묵을 긍정의 의미로 받아들인 듯했다.

매년 신전에 막대한 기부금을 내는 아를레인 공작이라면, 당연히 그 비밀을 알고 있을 테고 딸인 내게 말해 줬을 수도 있다.

사실 그런 게 아니라면 평범한 귀족 영애인 내가 신전의 비밀을 알 방법은 없었다.

그러니 펠루스의 생각이 저런 방향으로 흐르는 것은 어찌 보면 당연한 일이었다.

"그럼 의식이 실패하면 어찌 되는지도 알고 있나?"

"네. 알고 있어요."

나는 고개를 끄덕였다.

원작 소설에 서술된 바로는 의식에 실패할 경우 망자의 목소리를 듣지 못하는 건 물론이고, 다른 죽은 자가 들러붙을 수도 있다고 했다.

그렇게 들러붙은 귀신은 사람에게 직접 해를 끼치지는 못한다. 다만 정신적으로는 괴롭겠지.

'이렇게 생각하니, 새삼 에린이 존경스러워진다.'

소설 속 에린은 몇 번이고 망자의 목소리를 듣는 의식을 행한다.

죽은 아버지와 카엘, 그리고 데이지의 목소리를 듣겠다는 일념 하나로 말이다.

그리고 의식은 전부 실패한다.

덕분에 그녀는 자포자기한 심정으로 의식을 더 이상 행하지 않을 때까지 제법 피폐한 삶을 산다.

"알고 있는데도 시도하겠다고?"

"네."

하지만 상관없다.

나는 진짜 의식을 하려는 게 아니라, 그저 신관을 찾아갈 핑계를 만드는 것뿐이니까.

"영애는 그 정도로 그자가······."

그때 들려온 펠루스의 말에 나는 고개를 들어 그를 응시했다.

그러자 펠루스는 잠시 뭔가를 말할 듯 말 듯 입술을 달싹이다가 결국 입을 다물었다.

"아니, 아무것도 아니야."

그러고는 곧 신관을 만날 수 있게 해 주겠다며 앞장서 걷기 시작했다.

그를 따라 인적이 드문 복도를 걷던 나는 문득 든 의문을 입 밖에 냈다.

"원래 신관님을 이렇게 간단히 뵐 수 있는 건가요? 별다른 절차도 없이?"

"그럴 리가."

짤막한 펠루스의 대답에 나는 그럴 줄 알았다는 듯 고개를 끄덕였다.

"역시 그렇군요."

정말 그 사실이 궁금했다기보다는 복도를 뒤덮은 고요함이 싫어서 던진 질문이었다.

펠루스와 함께 걷는 시간이 어색하다거나 그런 건 아니었다.

그저, 인적이 드문 복도를 걷고 있자니 자연스레 오델론을 마주했던 일이 떠올랐다.

고작 몇 시간 전에 벌어진 일이었고, 몇 번이나 반복해서 겪은 일이라 그런지 그 감각과 기분이 쉽게 잊히지 않았다.

나와 함께 걷고 있는 인물이 사제가 아니라, 펠루스라는 사실을 알고 있음에도 자꾸만 불안한 마음이 들었다.

바로 그때 펠루스가 나를 향해 고개를 돌렸다.

"영애가 원하는 일은 아마……. 잠깐."

무슨 말을 하기 위해 걸음을 멈춘 그의 표정이 돌연 굳어졌다.

"왜 그러세요?"

의아한 기색을 담아 물었으나 돌아오는 대답은 없었다.

대신 그는 한 손으로 내 턱을 쥔 채 고개를 들게 했다.

덕분에 나는 얼떨결에 코앞까지 다가온 펠루스의 붉은색 눈동자를 마주하게 됐다.

그건 굉장히 당황스러운 일이었다.

"이, 이게 지금 뭐 하시는……."

하지만 지금 이 상황이 당황스러운 것은 나뿐인지, 그의 태도는 지극히 담백했다.

그래서 이만 손을 놔 달라는 말을 할 수도 없었다.

뭔가를 탐색하듯 신중한 빛을 띤 그의 붉은색 눈동자는 조금 가라앉아 있었다.

물론 오델론과 같은 느낌은 아니었다. 나를 보는 두 사람의 시선은 전혀 달랐다.

그 차이가 의미하는 바를 확신할 수는 없으나, 어렴풋이 짐작할 수는 있었다.

나를 사람으로 보는 이와 그렇지 않은 이의 차이가 아닐까 하고.

"꼴이 왜 그래?"

"네?"

"안색이 좋지 않은 것 같고. 또."

그는 잠시 망설이듯 말을 멈췄다가 이었다.

"왜 죽을상을 하고 있는 건데."

"……."

퉁명스러운 어조였으나 나를 대하는 손길만큼은 다정했다.

하지만 그 다정함은 곧 거둬졌다. 내게서 손을 뗀 펠루스는 여전히 미간을 찌푸린 상태였다.

나는 그에게서 눈을 뗄 수가 없었다. 아까처럼 펠루스가 나를 붙잡고 있는 것이 아님에도 그랬다.

보이지 않는 힘에 붙들려 있기라도 한 것처럼 고개를 돌릴 수가 없었다.

"어디 아픈가?"

느릿한 물음과 함께 펠루스 역시 내게 시선을 고정하고 있었다.

새빨간 그의 눈동자를 마주하고 있으니, 문득 머릿속에서 어떤 경고가 울렸다.

더 이상 펠루스의 눈을 봐서는 안 된다.

잘못하면 그에게 내가 신관을 만나기 위해 거짓말을 했다는 사실을 들킬지도 모른다.

눈치 하나는 기가 막힐 정도로 빠른 사람이었으니까.

"잠깐 여기서 기다려."

그리 말한 펠루스가 몸을 돌렸다.

내 상태가 좋지 않아 보이니, 의원을 불러오겠다는 말을 언뜻 들은 것 같기도 했다.
"가지 마세요."
나는 다급한 어조로 펠루스를 붙잡았다. 절대 놓치지 않겠다는 듯 그의 옷자락까지 움켜쥔 상태였다.
반쯤 충동적으로 벌인 행동에 나는 스스로 당황하고 말았다.
분명 조금 전까지는 거짓말을 했다는 사실을 들킬까 두려워하고 있었다.
그런데 나는 왜 그를 붙잡은 거지?
다시 생각해 봐도 이해할 수 없는 행동이었다. 게다가 이 애절한 어조는 뭐란 말인가.
"대체 왜……."
당연하게도 펠루스는 내 행동에 의문을 표했다. 아니, 하려고 했다.
하지만 그것은 미수에 그쳤다.
나의 눈을 똑바로 마주하고 있던 붉은색 눈동자가 천천히 아래로 미끄러진다.
여전히 그의 옷자락을 쥔 채 덜덜 떨고 있는 내 손에 그의 시선이 머물렀다.
"손이 차군."
펠루스의 잔잔한 음성이 떨어지기 무섭게 차디찬 손에 미지근한 온기가 감겨들었다.
그것만으로도 나는 조금씩 안정을 되찾는 기분이었다.
"일단, 여기 앉아."
그렇게 말한 펠루스가 주변에 있던 의자로 나를 데려왔다.
다행스럽게도 그는 더 이상 뭔가를 물으려 하지 않았다.

상태를 보아하니, 지금은 때가 아니라고 판단한 모양이다.

나를 의자에 앉힌 그는 이내 말없이 입고 있던 겉옷을 벗어 내게 덮어 주었다.

미지근하고도 따스한 온기가 옷을 통해 전해졌다.

"금방 다녀올 테니, 잠시 이러고 있어."

하지만 이어진 한마디에 나는 냉수를 뒤집어쓴 기분이었다.

"왜요? 왜 저만 혼자 두고……."

무심코 입을 열었던 나는 제대로 말을 끝맺지 못했다. 이런 말을 하고 있는 스스로가 한심하게 느껴졌다.

이럴 때가 아니지 않나. 어서 신관을 만나야지. 그래서 내가 갖고 있던 의문을 풀어야지.

그러니 지금은 속 편하게 어리광이나 부릴 때가 아니었다.

"혹시, 혼자 있기 두려운 건가?"

"……."

펠루스의 물음에 나는 입을 다물었다.

그래, 두려웠다.

이유는 아마 아까 몇 번이나 겪은 죽음 때문이겠지.

아무도 없는 시간 속에 홀로 던져진 채 죽고, 죽은 기억이 아직 지워지지 않았기 때문일 것이다.

"…아."

"네?"

"받으라고."

잠시 딴생각을 하다가 정신을 차리고 보니, 내 손에는 단도가 쥐여 있었다.

펠루스가 내게 선물해 준 루비가 박힌 단도 말이다.

"이게 왜 여기에?"

"내가 방금 가져왔으니까."

"아."

가져왔다는 게 정말 챙겨 왔다는 의미는 아닌 듯했다. 아마 마법을 사용한 거겠지.

"근데 이건 갑자기 왜 주시는 거죠?"

"영애가 많이 불안해 보여서."

불친절한 설명이었다. 그래서 나는 그게 대체 무슨 말이냐고 물으려 했다.

하지만 내가 무어라 입을 떼기도 전에 펠루스가 나섰다. 그는 말없이 내가 들고 있던 단도의 날을 잡았다.

날이 제법 깊숙이 들어갔다. 쥐고 있던 칼이 타인을 파고드는 촉감이 선명했다.

"전하!"

"왜?"

손에서 피가 묻어 나오고 있음에도 정작 펠루스는 태연했다. 표정만 보면 다친 사람은 그가 아니라 나인 것 같았다.

"피, 피가 나잖아요!"

"칼에 베였으니 당연하지."

기겁하며 칼을 뒤로 물린 나와 달리, 펠루스는 여전히 담담했다.

아니, 지금 그런 걸 물은 게 아니잖아!

"신전에 오래 계시더니, 맛이 가신 건가요?"

나는 제 몸을 소중히 여기지 않는 그의 태도에 화가 나서 빈정거렸다.

펠루스가 웃었다.

"좋을 대로 생각해."

그러고는 칼에 찔리지 않은 오른손으로 내 손을 잡아끌었다.

상처를 치료하러 가려는 건가? 그럼 좋으련만.

하지만 내 바람과 달리 펠루스는 그리 멀지 않은 곳에서 걸음을 멈췄다.

"이봐."

"예?"

"두 신관에게 전해. 내가 부상을 입었다고."

그는 다짜고짜 주변을 지나가던 사제 하나를 붙잡고 명령했다.

덕분에 사제는 얼떨떨한 얼굴을 하면서도 고개를 끄덕인 후 자리를 떠났다.

황당하기 짝이 없는 광경이었다.

그리고 나는 그 생각을 숨길 마음이 없었다.

"…지금 뭐 하시는 거예요?"

"신관을 만나게 해 달라며."

펠루스의 대답에 나는 그제야 처음의 목적을 떠올렸다. 그래, 신관을 만나러 온 거였지.

"아니, 아무리 그래도 그렇지 굳이 이렇게 극단적인 방법을……. 설마, 처음부터 이럴 생각이셨던 건가요?"

"그럴 리가. 원래는 적법한 절차를 밟을 예정이었어."

그는 단호하게 부정했다.

자신을 대책 없는 바보 취급하지 말란 얼굴이었다.

"그런데 영애의 상태가 좋지 않은 것 같기에 절차를 밟지 않아도 되는 방법을 택한 것뿐이야."

"허……."

그러고 보니 신전에 마력을 공급받는 대가로 신관들은 황족이 다쳤을 때 신성력을 써 줘야 한다고 했던가?

아니, 아무리 그래도 그렇지.

"일부러 손에 상처를 내실 필요까진 없잖아요."

"가장 간단한 방법이니까."

한숨이 절로 나왔다. 제 몸인데 왜 이리 막 다루는 건지.

"그리고 의원보다는 신관한테 보이는 게 나을 테니까."

뒤이어 중얼거리듯 들려온 펠루스의 말을 나는 천천히 곱씹었다. 당연한 이야기였다.

하지만 그 당연한 이야기를 아무 이유 없이 꺼냈을 리가 없는데.

"혹시……."

내가 막 의문을 입 밖에 내려던 찰나였다.

"전하, 부르셨습니까?"

때맞춰 한 무리의 사람들이 도착했다.

그들 중 가운데에 있던 두 명의 여인은 어마어마한 존재감을 자랑하고 있었다.

은발의 여인과 흑발의 여인.

느낌상 순서대로 백의 신관과 흑의 신관인 것 같았다.

두 사람은 아무것도 모르는 시골 무지렁이의 시선까지 잡아끌 모습이었다.

단순히 외모가 아름답다는 말을 하는 것이 아니다. 그냥 본능적으로 알 수 있었다.

그들은 적어도 평범한 인간은 아닌 것 같았다.

"다치셨다고 들었습니다."

"그래."

흑의 신관의 물음에 펠루스가 짧게 답했다. 그게 끝이었다.

더 이상의 이야기는 오가지 않은 채 백의 신관이 그의 상처에 신성력을 붓기 시작했다.

눈이 부실 정도로 하얀 빛이 펠루스의 손을 감싸더니 상처가 순식간에 아물었다.

"다 되셨습니다."

"그래, 그럼 본론으로 들어가지."

"제 노고를 치하할 생각은 없으십니까?"

백의 신관이 처음으로 입을 열었다. 농담을 한 것이라 여기기엔 지나치게 진지한 얼굴이었다.

"그렇게 따지자면 이 신전에 마력을 공급 중인 내 노고는?"

펠루스 역시 무정한 태도로 답했다.

평소 나와 장난을 칠 때 보이는 태도와는 천지 차이였다.

"뭐, 그럼 그건 그렇다 치고, 이분은 왜?"

궁금증 가득한 얼굴로 백의 신관이 몸을 일으켰다. 그녀의 시선이 내게 닿았다.

"설마, 누군지 모른다는 말을 하려는 건가?"

"그럴 리가요. 다만, 영애께서 왜 이곳에 계시는지 여쭙고 싶은 것뿐입니다."

조금 더 정확하게는 아를레인 공작의 딸이 왜 황태자인 펠루스와 함께 있느냐는 의미 같았다.

내가 그의 보좌관임을 모를 리는 없고, 아마 생각보다 친밀해 보이는 모습에 놀란 듯했다.

"그건 알 거 없어."

그는 단호하게 그녀의 궁금증을 잘라 냈다. 그러고는 눈짓으로 뒤에 있는 사람들을 가리켰다.

"까다로우시군요."

그리 중얼거린 흑의 신관이 뒤에 있던 사람들을 물렸다.

순식간에 나와 펠루스 그리고 두 신관만이 텅 빈 복도에 남았다.

"이곳에서 오간 이야기를 아무도 듣지 못하도록 결계를 쳤습니다."

"그래, 그런 것 같군."

나는 아무것도 느끼지 못했지만, 펠루스가 그렇게 말하니 그런가 보다 했다.

"그래서 무슨 일이십니까?"

"영애의 상태를 좀 봐줬으면 좋겠군."

"네?"

나는 무심코 물었다. 나?

이에 나와 눈이 마주친 펠루스가 고개를 끄덕였다. 그래 너.

"어디가 많이 아프신가요? 겉으로 보기에 특별한 외상은 없어 보이시는데."

"네? 아니, 그게……."

흑의 신관이 의아한 듯 물었다. 나는 멀쩡하다고 답하려 했는데, 펠루스가 내 등을 떠밀었다.

"손이 차."

"……."

"안색도 안 좋고."

"……."

두 신관은 입을 다물었다. 대놓고 어이가 없단 표정은 아니었지만, 제법 미묘한 얼굴이었다.

나 역시 지금의 상황이 당황스러운 건 마찬가지였다.

설마, 의원보다 신관에게 보이는 게 낫다는 말이 이런 의미였나?

아니, 그 정도로 심각한 건 아닌데. 게다가 이젠 좀 진정이 되기도 했고.

"전하, 영애께서는 황족이 아니십니다."

"물론 당장 심각한 외상이라도 있으시면 이야기가 달라지겠지만, 그런 게 아니라면……."

황족이 아니니 봐줘야 할 이유가 없단 의미였다.

나 역시 그들의 말에 동의하는 바였으나, 펠루스는 미간을 찌푸렸다. 불만이 가득한 얼굴이었다.

"나중에 어찌 될 줄 알고?"

응?

의미심장한 말에 나는 놀란 얼굴을 했다.

아니, 지금 얘가 뭐라는 거야?

내가 잘못 들은 게 아니라면, 그는 지금 내가 훗날 황족이 될지도 모를 가능성에 대해 말하고 있었다.

현재 황제의 자식이라곤 펠루스 하나밖에 없다는 사실을 떠올렸을 때, 내가 황족이 될 방법은 하나뿐이었다.

황족과의 결혼.

그 사실을 떠올린 나는 이마를 짚었다.

"전하, 그만하세요."

펠루스에게만 들릴 정도의 목소리로 속삭였다.

그러나 돌아온 대답은 다른 사람의 몫이었다.

"영애께서 그만하시라는 걸 보니, 전하 혼자만의 의견이신 모양이군요."

백의 신관이었다. 신관이라서 그런지 귀도 밝은 모양이다.

"그래, 아직은 나 혼자만의 의견이지. 아직은."

아직은, 이라니.

아를레인 공작의 앞에서도 그러더니, 이젠 아예 짝사랑 연기에 재미를 붙인 모양이다.

"오, 그런가요?"

백의 신관이 흥미 가득한 시선으로 우리를 응시했다. 이에 내가 무어라 해명을 하려던 찰나였다.

"그렇게까지 말씀하시니, 봐 드릴게요. 대신 전하께서는 잠시 자리를 비켜 주시는 게 좋을 것 같네요."

조용히 상황을 주시하던 흑의 신관의 대답이었다.

전혀 예상치 못한 방향으로 흘러가는 상황이 나는 당황스러웠다.

"좋아. 하지만 허튼짓을 할 생각은 마. 그랬다간 마력 공급을 영영 끊어 버릴 수도 있으니까."

"지금, 협박하시는 건가요?"

"협박보단 경고라고 해 두지."

그 와중에 펠루스는 명백한 협박을 끼얹었다.

한숨 소리와 함께 신관이 고개를 끄덕이자, 기다렸다는 듯 그가 내게 속삭였다.

"혹시라도 허튼짓을 하면 단도로 찔러 버려. 아까 내 마력을 흘려 넣었으니, 효과가 나쁘지 않을 거야."

"…예?"

설마, 그런 것까지 고려하고 단도의 날을 잡은 거였나.

나는 새삼 펠루스의 철저함에 감탄했다.

"뒷수습은 걱정 말고."

"…그것참, 너무 믿음직스러운 말씀이네요."

말을 마친 나는 우리를 보고 있던 신관들 쪽으로 시선을 돌렸다.

근데 잠깐. 아까 보니 저쪽, 귀가 제법 밝은 것 같던데. 이렇게 다 들리게 말해도 되는 건가?

"걱정 마. 일부러 들으라고 한 소리니까."

"……."

내 속을 읽기라도 한 것 같은 대답과 함께 그는 자리를 떠났다.

"가셨군요."

흑의 신관의 중얼거림에 나 역시 고개를 끄덕였다.

"그러게요."

내 의사는 하나도 반영되지 않았지만, 아이러니하게도 내가 가장 바라고 원했던 상황이었다.

펠루스 없이 두 신관과 마주해야 내가 원하는 것을 물어볼 수 있을 테니까.

"여쭤보고 싶은 게 있어요."

나는 지체 없이 본론을 꺼냈다.

"혹시, 다른 세계에 대해 들어 본 적이 있으신가요?"

앞뒤 설명 없이 던져진 물음에 정적이 내려앉았다.

그들은 말이 없었다. 그렇다고 표정이 읽히는 것도 아니었다. 무슨 생각을 하고 있는지 도통 알 수가 없었다.

덕분에 시간이 흐를수록 초조하기만 했다.

역시, 사제를 통해 전달된 쪽지는 신관들이 보낸 게 아닌 건가?

모두 오델론이 꾸민 일에 불과하고, 진실을 알고 있는 것 역시 그뿐인 건가?

만약 그런 거라면 나는 또 오델론을 마주해야 했다.

그것만큼은 피하고 싶은데.

"제가 실언을 한 것 같네요. 못 들은 걸로……."

"다른 세계에서 온."

"이방인이여."

그냥 못 들은 걸로 해 달라고 말하며 상황을 수습하려 했다.

하지만 그들은 쪽지에 적힌 것과 같은 내용으로 말문을 열었다.

그리고 동시에 덧붙였다.

"정해진 미래와 당신을 둘러싼 세계의 변화가 무엇을 의미하는지 궁금하지 않으십니까?"

그것이 의미하는 바를 알았다. 내 짐작이 맞았다. 쪽지를 보낸 것은 신관들이었다.

"제게 그 쪽지를 보낸 건 역시 신관님들이셨군요."

중얼거림에 가까운 말로 나는 사실을 확인했다.

그들은 부정하지 않았다. 나는 곧장 다른 것을 물었다.

"왜죠? 무엇을, 어디까지 알고 계신 거죠?"

묻고 싶은 것이 산더미였지만, 우선은 가장 급한 것부터 물었다.

치료라는 목적으로 주어진 시간이 지나치게 길어질 경우 펠루스의 의심을 살 테니까.

"손이 차고, 안색이 좋지 않으시군요."

"큰일을 당하신 것 같은데, 외상이 있는 건 아니고."

"전 아무렇지도 않아요."

갑자기 말을 돌리는 그들을 향해 나는 고개를 저었다. 지금 내게 중요한 건 이런 게 아니었다.

"그러니 제가 묻는 말에 답해 주세요."

나는 치료를 받을 뜻이 없음을 전했다.

그러자 두 사람은 여전히 알 수 없는 얼굴로 나를 응시했다.

먼저 입을 뗀 것은 흑의 신관이었다.

"영애께서 무슨 일을 당하신 건 확실한데, 흔적은 없네요."

뒤이어 백의 신관이 말했다.

"마치 죽음에서 살아 돌아오신 것처럼."

"…네?"

여상하게 덧붙여진 말에 나는 표정 관리를 전혀 하지 못했다. 할 수 없었다.

머리에 찬물을 뒤집어쓴 기분이었다.

"정확하게는 시간을 거슬러 오신 거겠죠?"

무어라 변명할 틈도 없었다.

그들은 이미 확신한 눈치였다. 이런 상황에서 부정하는 것은 의미가 없다.

하지만 의혹은 남아 있었다.

"왜 그렇게 생각하신 거죠?"

저들은 어떻게 그 말도 안 되는 사실을 확신하고 있는 거지?

"저희는 당신이 이 세계에 온 이유를 알고 있으니까요."

"그 목적도 이유도."

"목적과 이유? 그게 뭐죠?"

짐작이 맞는다면, 그들은 지금 내가 소설 속에 들어온 게 결코 우연이 아니란 소리를 하고 있었다.

"저희에게 묻고 싶은 게 많은 얼굴이시군요."

"하지만 현시점에서 저희가 알려 드릴 수 있는 건 얼마 없답니다."

"이야기가 시작되기 전에 모든 것을 털어놓는 건 규칙에 어긋나니까요."

두 사람은 단호하게 선을 그었다.

이야기의 시작. 원작 소설의 시작을 말하는 건가.

그럼, 규칙은 뭘 의미하는 거지?

"일단 현재로서 말씀드릴 수 있는 건, 영애께서는 영광스러운 신의 사자라는 겁니다."

"신은 모종의 이유로 영애를 이곳으로 불러들였지요."

"…신이라고요?"

"예. 흑의 신과 백의 신 말입니다."

전혀 예상치 못한 접근이었다. 나는 혹시나 하는 마음에 물었다.

"두 신께서 저를 이곳에 불렀다는 의미인가요? 그럼 혹시, 저 말고 함께 불려 온 다른 사람도 있나요?"

만약 그런 거라면 내가 손대지 않은 소설의 이곳저곳이 뒤틀린 이유도 어느 정도 설명이 된다.

책 속에 들어온 사람이 나 혼자가 아니라는 거니까.

"유감이지만 없습니다."

하지만 아쉽게도 추측은 빗나갔다.

"…없다고요?"

"네."

그럼 원작 소설이 이렇게 꼬여 버린 이유는 대체 뭐란 말인가.

"더 자세한 내용은 이야기가 시작된 후에 말씀드리겠습니다."

슬슬 대화를 끝맺으려는 움직임이 보이자, 나는 다급하게 물었다.

"그럼 아까 그 이야기는 뭔가요. 제가 죽음에서 돌아왔다던……."

"아, 영애께서는 이야기가 끝나기 전까지 절대 죽지 않으실 겁니다."

"칼에 찔리든, 독을 마시든, 마차 사고를 당하든 시간이 그 전으로 돌아가니까요."

"그렇게 돌아간 시간은 영애께서 죽음의 위험을 피하실 때까지 끊임없이 돌아갑니다."

나는 그들의 설명을 단번에 이해했다. 얼마 전에 오멜론을 통해 직접 겪은 일이었으니 당연하다.

죽음의 위험을 피할 때까지 죽고, 죽고, 또 죽는단 소리다.

"그 사실을 아는 사람이 또 있나요?"

그들은 잠시 입을 다물었다. 대답해 주지 않겠다는 의미인가? 그럼에도 나는 재차 물었다.

"붉은 머리의 남자. 그 사람도 혹시 그 사실을 알고 있나요?"

"네."

"알고 계십니다."

아까의 침묵이 모두 거짓이었다는 듯 순순한 대답이 돌아왔다. 나는 그 점이 어쩐지 기이하단 생각이 들었으나, 다른 질문을 이어 가기 바빴다.
"그분 역시, 저와 같은 신의 사자인가요?"
"굳이 따지자면 그렇습니다."
굳이 따지자면.
같은 신의 사자라고 해도 어딘가 다른 점이 있단 의미로 들렸다.
"그 사람도 저처럼 이야기가 끝나기 전까지 죽지 않는 건가요?"
"맞습니다."
이번에 돌아온 대답 역시 크게 주저하는 기색은 없었다. 이 정도는 내가 알아도 별문제가 없다는 의미인가?
"이젠 정말 가 보셔야 할 것 같습니다."
"더 이상 시간을 지체하셨다간 전하께서 이상하게 여기실 겁니다."
"그렇겠군요."
아쉽지만 그건 나도 동의하는 바였기에 이만 물러나기로 했다.
그런 내 손에 백의 신관이 뭔가를 쥐여 주었다.
"이건?"
"저희가 마지막으로 알려 드릴 수 있는 내용입니다."
"다만, 그 안에는 전하께 들키시면 조금 곤란한 내용이 적혀 있습니다."
"…곤란한 내용이요?"
"정확한 판단은 영애의 몫이지만, 저희가 생각하기엔 그렇습니다."
나중에 혼자 보라는 의미였다. 나는 알았다는 의미로 고개를 끄덕였다.
 애초에 오늘 나눈 대화 중 펠루스에게 말할 수 있는 건 없었다. 그러니 이 쪽지도 그 연장선이리라.

"치료는 잘 받은 건가?"
 모든 일정을 끝마치고 황궁으로 돌아가는 마차 안에서 펠루스가 물었다.
 "치료를 받을 정도는 아니었어요."
 "원래 아픈 사람은 본인이 아픈 줄 모르는 법이지."
 "전 정말 괜찮아요. 그러니까 '이젠' 괜찮아요."
 열심히 강조를 해도 펠루스의 복잡한 시선은 여전했다. 이번만큼은 그가 나를 과보호한다고 탓할 수도 없었다.
 썩 좋지 못한 안색으로 가지 말라며 그를 붙잡은 건 나였으니까.
 "그래서 나한테는 아무 말도 해 주지 않을 생각인가?"
 그 말에 나는 잠시 멈칫했다. 그러다가 이내 습관적으로 웃으며 물었다.
 "그게 무슨 말씀이신지 저는 잘."
 "신관들과 이야기가 길어진 이유 말이야."
 아무래도 여러 질문을 던지느라 시간을 생각보다 많이 잡아먹은 모양이다.
 "그건……."
 물론 이런 상황을 대비한 변명 하나 준비하지 않은 것은 아니다.
 아까 슬쩍 꺼내 두었던 이야기를 써먹을 시간이 온 것이다.

"알아."

"망자의 목……. 네?"

"안다고. 망자의 목소리를 듣는 의식 때문인 거."

내가 준비해 둔 변명이 펠루스의 입에서 흘러나왔다. 덕분에 나는 굳이 변명을 이어 갈 필요가 없었다.

"맞아요."

짧은 긍정. 그거면 족했다.

이럴 거면 왜 그런 질문을 한 건가 싶었지만, 일단은 그러려니 하기로 했다.

"솔직히 부럽군."

응? 나는 의아한 기색을 담아 그를 응시했다.

"뭐가요?"

"죽어서도 자신을 찾아 주는 사람이 있다는 거."

"아."

씁쓸한 이유였다. 정작 펠루스는 그런 말을 입에 담은 것치곤 담백한 얼굴이었지만.

"여쭤봐도 되는 건지 모르겠지만……."

나는 무심코 입을 뗐다.

"전하의 주변에서 매년 의식을 행한다는 분은 대체 누구신가요?"

아까 들었던 이야기가 문득 떠오른 탓이다.

"알아서 좋을 게 없을 텐데."

거절의 의미는 아니지만, 모호한 대답이었다. 나는 개의치 않았다.

"괜찮아요."

"내가 괜찮지 않다면?"

"그럼 어쩔 수 없지만, 그렇다면 처음부터 거절하셨겠죠."

틀린 말은 아닌지 그는 부정하지 않았다.

"괜히 들었다고 후회할지도 몰라."

"걱정 마세요. 후회를 하더라도 제가 하니까요."

"황제 폐하."

"네?"

"영애가 궁금해하는 그 사람이 황제 폐하시라고."

펠루스의 대답을 듣고 나니 문득 많은 사실이 스쳐 지나갔다.

매년 어마어마한 금액을 지불할 능력이 있고, 신전에서도 함부로 거절할 수 없는 위치에 있는 사람.

루릭스 제국의 황제라면 저 조건들을 충족하고도 남는다.

황후를 향한 애정, 혹은 집착 역시 결코 모자라다고 할 수 없다.

그 사실을 되새긴 나는 괜히 찜찜한 기분이 들었다.

후회할 거라는 펠루스의 말은 어느 정도 들어맞았다. 썩 유쾌한 사실은 아니었으니까.

그래서 나는 잠깐의 침묵 끝에 슬쩍 화제를 돌리기로 했다.

"그런데 전하께서는 제가 누구의 목소리를 들으려고 하는지 묻지 않으시네요?"

"됐어. 듣지 않아도 알 것 같으니까."

그는 불쾌함이 묻어나는 어조로 답했다.

누구의 목소리를 들을 거냐고 물으면 죽은 공작 부인을 말하려 했던 나로서는 그저 당황스러웠다.

그게 그렇게 기분 나쁠 일인가?

그러다 문득 한 가지 사실이 머릿속을 스쳤다.

"제가 찾을게요."

말을 마치기 무섭게 펠루스와 눈이 마주쳤다. 그는 조금 의아한 기색이었다.

"뭘?"

"전하께서 돌아가시면, 제가 매년 사비를 털어서라도 전하를 부를게요."

"…뭐?"

"아까 부러우시다면서요. 죽어서도 자신을 찾아 줄 누군가가 있다는 거. 그러니까 그거 제가 할게요."

펠루스는 외로운 것이다. 본인은 깨닫지 못한 눈치지만 내가 보기엔 그랬다.

그래서 죽은 자를 향한 나의 맹목적인 애정이 마음에 들지 않는 것이다.

자신은 평생 가질 수 없는 것이라 생각할 테니까.

"됐어."

"…응? 왜요?"

"내가 영애보다 훨씬 오래 살 테니까."

"……?"

"그러니 영애가 하려던 사람한테나 해."

펠루스는 여전히 뭔가를 불쾌해하는 기색이었다.

"그럼 한 해씩 번갈아 가면서 할까요? 그 정도는 어머니도 이해해 주실 것 같은데."

"됐다니……. 잠깐, 지금 뭐라고?"

"네?"

"영애가 부르려던 사람이 공작 부인인가?"

펠루스가 믿기지 않는다는 얼굴로 물었고 나는 고개를 끄덕였다.

"맞는데 무슨 문제라도 있나요?"

"하."

그는 허탈한 얼굴을 했다. 그러고는 고개를 저었다.

"아니, 아무것도 아니야."

말을 마친 펠루스는 그대로 입을 닫았다.

황궁으로 돌아오는 내내 열심히 그를 쪼아 댔음에도 나는 끝까지 대답을 듣지 못했다.

뭐지? 대체 뭐 때문에 그의 태도가 손바닥 뒤집듯 바뀐 걸까.

의문은 여전했으나, 펠루스가 입을 닫아 버린 탓에 진실을 알아낼 방법이 없었다.

바스락-

방으로 돌아온 나는 곧장 신관이 준 쪽지를 꺼냈다. 그러고는 그것을 읽어 내려갔다.

레안 노르베이의 사망 원인

놀랍게도 그곳에는 레안이 죽은 이유가 적혀 있었다.

신관들이 그 사실을 어떻게 알고 있는가에 대한 의문은 일단 뒤로한 채 나는 뒤에 적힌 내용을 읽기 시작했다.

그리고 쪽지를 전부 읽은 나는 두 눈을 의심했다. 혼란스러운 마음에 헛웃음이 절로 나왔다.

레안 노르베이를 죽음에 이르게 한 것은 흑의 신관, 혹은 백의 신관 둘 중 한 명이다.

쪽지에는 자백이나 다름없는 사실이 적혀 있었다.
나는 그들에게 철저히 기만당한 것이다.

13장.
태풍의 눈 (1)

달그락-

나는 들고 있던 찻잔을 내려놓았다. 이젠 완전한 여름이었다.

여신제에서 돌아온 후로 나는 일주일에 한 번씩 신전을 방문하고 싶다는 요청을 넣었다.

그리고 전부 거절당했다. 두 신관의 건강이 좋지 않다는 이유였다.

"표정이 왜 그래?"

"아무것도 아니야."

베스의 물음에 나는 고개를 저었다. 그녀는 유학을 떠나기 전 마지막으로 인사를 하러 온 상태였다.

제법 의외였다. 당연히 신전에서의 그날이 마지막이 되리라 예상했으니까.

"너, 신전에서 아무 일도 없었어?"

"응? 갑자기 그게 무슨 소리야?"

베스의 물음에 나는 당혹스러운 티를 내지 않으려 노력했다.
신관들과 있었던 일을 그녀가 알 리는 없을 텐데.
"구체적으로 어떤 일을 말하는 건데?"
"어떤 남자가 널 찾아왔다거나."
"남자?"
일단 신관들을 가리키는 건 아닌 것 같아 안심이 됐다.
"붉은색 머리카락을 가진 남자 말이야."
하지만 다음 순간, 나는 그대로 굳어졌다.
다행스럽게도 베스는 뭔가를 고민하느라 눈치채지 못한 듯했지만.
"그 남자가 누군데?"
나는 애써 아무렇지 않은 척 물었고, 돌아오는 대답은 차분했다.
"내 옛 애인."
"…뭐?"
나는 경악함과 동시에 귀를 의심했다.
두 사람이 그렇고 그런 사이라는 건 이미 알고 있다. 그러니 내가 놀란 건 그런 이유가 아니었다.
"너, 애인이 있었어? 그리고 그걸 지금, 나한테 고백한 거야?"
"그래."
그 사실을 아무렇지 않게 내게 말한 베스의 행동에 경악한 것이다.
"너, 날 믿어? 내가 백작님한테 말씀드리면 어쩌려고?"
"아버지께서도 이미 알고 계셔."
그녀의 대답에 나는 조금 마음이 가라앉는 것을 느꼈다. 그나마 다행… 아니, 잠깐.

"…백작님께서 알고 계신다고?"

베스가 고개를 끄덕였다.

"그래. 그리고 충고 하나 더 해 주자면 아버지께서 널 찾아도 당분간은 뵙지 마."

"응?"

이건 또 무슨 소리인가 싶어 나는 그녀를 빤히 응시했다.

"나 지금, 아버지랑 대판 싸우고 가출하는 거나 다름없거든."

베스가 담담히 말을 이었다.

"그러니까 괜히 피해 입기 싫으면 처신 잘해."

"허……."

참으로 눈물겨운 충고였다.

사실 예전 일을 생각하면 이게 어디인가 싶기도 했다.

"백작님 일은 알겠어. 근데 네 옛 애인에 대한 건 뭐야?"

나는 다시 본론으로 돌아왔다. 대체 무슨 일이기에 베스가 이러는 건지 궁금했다.

"이번 여신제에서 그 남자를 만났어. 내 방 앞까지 찾아왔더라."

그녀는 담담한 어조로 말을 이었다.

"그러곤 대뜸 너에 대해 물었어. 에린 세르틴 아를레인이라는 여자를 아냐고."

"그래서 뭐라고 했는데."

"안다고, 친구라고 말했지."

"…그게 끝?"

"그래. 더 묻지도 않았어."

베스 역시 그 점을 이상하게 여기는 듯했다. 확실히 여러 가지로 찜찜했다.

"근데 넌 아무렇지도 않아? 네 옛 애인이 대뜸 찾아와서 날 찾는데도?"

"제법 오래전에 헤어졌으니까. 게다가 그렇게 죽고 못 사는 사이도 아니었고."

의외의 대답이었다.

원작 속 베스는 오델론을 향해 어마어마한 집착을 보인다. 나중에는 오델론 역시 그녀의 집착을 버거워할 정도로.

그런데 이렇게 담백한 태도로 오델론의 이야기를 하는 베스라니.

그럼 원작 소설에서 그녀가 오델론에게 집착한 건 에린 때문이었나?

에린이 오델론을 좋아하니까 베스 역시 그에게 집착할 수밖에 없었던 건가?

"아무튼 난 충고했으니까, 알아서 처신 잘해."

"응. 알았어."

그런 베스의 말에 나는 고개를 끄덕였다.

베스가 돌아가고 난 후, 나는 정원으로 나왔다.

활짝 핀 장미에 둘러싸여 서류를 보는 건 제법 괜찮았다. 능률이 좋아져서 그런지 금세 정리를 끝낼 수 있었다.

사락-

시종을 통해 서류를 펠루스에게 전달한 나는 곁에 놓아둔 책을 펼쳐 들었다.

일을 끝냈으니 이젠 취미 생활을 즐길 시간이었다.

은은한 장미 향기를 느끼며 나는 책 속에 빠져들었다.

종이를 넘기는 소리만이 고요한 정원을 울렸다.

그러다 무심코 다음 책을 향해 손을 뻗는데, 그 책이 지나치게 얇았다.
"뭐지? 동화책인가?"
의아해하면서도 나는 책을 펼쳤다. 특별히 장르를 가리는 건 아니었으니까.

⚜

아이가 있었다.
그 아이는 한 나라를 이끌어 갈, 정확하게는 그에 대등한 책임을 갖고 태어났다.
아이의 부모는 아이를 싫어했다.
그런 이유로 아이는 늘 방치됐다. 부모의 사랑 같은 건 받아 본 적도 없었다. 하지만 괜찮았다.
아이는 사실 그들의 친자식이 아니었다. 아이 역시 그 사실을 알았다. 그래서 괜찮았다.
친자식도 아닌데 지금까지 키워 준 게 어디인가 싶었다.
어느 정도 시간이 흘렀을 때, 아이는 약혼을 했다. 상대는 대단한 신분을 가진 사람이었다.
그 사람은 아이를 사랑했다. 하지만 아이는 상대에게 별 관심이 없었다.
그런 아이에게도 사랑은 찾아왔다. 불행하게도 약혼 상대는 아니었다. 그보다 낮은 신분을 가진 사람이었다.
상대는 아이를 사랑했고, 아이도 그 사람을 사랑했다.
그래서 아이는 모든 것을 버리고, 그 사람과 도망쳤다.

행복했다. 태어나서 처음으로 누군가에게 사랑받고, 사랑할 수 있는 시간이었다.

매 순간이 꿀에 절여진 것처럼 다디달았다.

하지만 그것은 찰나였고, 위기가 찾아왔다. 약혼자와 아이의 가문이 아이를 가만히 놔둘 리 없었으니까.

오히려 지금까지 조용했던 게 이상할 지경이었다. 어느 순간부터 턱밑까지 쫓아온 추격자들은 두 사람을 지치게 했다.

물론 그까짓 일에 식을 사랑이 아니었다. 아이는 그렇게 믿었다.

사실 아이에게는 한 가지 비밀이 있었다. 타인에게 함부로 발설했다간 목숨이 위험해지는 비밀이.

제 사랑에 심취해 있던 아이는 자신의 비밀을 연인에게 털어놓았다.

비밀을 알게 되더라도 상대가 자신을 배신하지 않으리라 믿었다. 자신의 비밀을 이용해 상대의 사랑을 확인하려 한 것이다.

그 대가로 아이는 연인에게 배신당하고, 사경을 헤매는 꼴이 되어 가문으로 끌려왔다.

연인이 아이를 배신한 것이다.

겨우 몸을 회복한 아이는 의원에게서 제 몸에 큰 변화가 생겼다는 말을 들었다.

"다시는 …하셔서는 안 됩니다."

그것은 아이의 평생을 앗아 간 말이었다. 덕분에 연인에게 배신감을 느낀 아이는 복수를 다짐했다.

이야기는 거기서 끝이었다. 아이가 복수를 했는지 어쨌는지에 대한 내용은 나와 있지 않았다.

아니, 무슨 이야기가 이렇게 찜찜하게 끝나?

"하아."

괜히 기분이 묘해진 나는 책을 덮었다. 기분도 이상한데 산책이나 할까 싶은 마음으로 몸을 일으켰다.

정원을 가득 채운 붉은 장미 때문인지 진한 향기가 코끝에 감돌았다.

"여기서 뭐 하고 계십니까?"

멈칫. 대뜸 뒤에서 들려온 낯선 목소리에 나는 그대로 걸음을 멈췄다.

누구지? 황태자궁은 아니지만 황궁의 정원이라면 아무나 출입할 수 없을 텐데.

"아, 혹시 아를레인 영애?"

나를 향한 것이 분명한 목소리였다. 결국 잠시 고민하던 나는 몸을 돌려 상대를 마주했다.

짙은 보라색 머리에 노란색 눈동자. 전체적으로 유한 듯 날카로운 인상이었다.

모순된 표현이었지만, 달리 설명할 말이 없었다.

"처음 뵙겠습니다. 아처 메테니아라고 합니다."

말을 마친 남자가 내 손등에 가볍게 입을 맞췄다.

이에 나는 뒤늦게 내가 상대를 무례할 정도로 빤히 응시하고 있었다는 사실을 깨달았다.

"아, 죄송합니다. 저는 에린 세르틴 아를레인입니다."

당황한 내가 드레스 자락을 잡으며 허리를 숙이자 남자는 괜찮다며 웃었다.

"전하를 뵈러 왔는데, 자리에 안 계셔서요. 혹시 어디 가셨는지 아십니까?"

"자리에 안 계시다고요? 그럴 리가 없는데."

아처의 말에 나는 의아한 얼굴을 했다. 특별한 일이 없는 한 집무실에서 나오지 않는 펠루스가 자리에 없다고?

"제가 확인한 바로는 그랬습니다."

"음, 뭔가 착오가 있었던 거 아닐까요?"

"그럴 수도 있겠죠."

응? 갑작스레 고개를 끄덕이며 긍정하는 아처의 모습에 나는 혼란스러워졌다.

뭐 하자는 거지?

"어떤 착오가 있었을 수도 있으니, 영애께서 함께 가 주시면 안 될까요?"

아무래도 진짜 목적은 이쪽이었던 모양이다. 나는 생긋 웃는 낯으로 말했다.

"맨입으로요?"

"…예?"

"휴식을 방해받았으니 그에 상응하는 대가가 있어야 하지 않나 싶어서요."

"아."

아처는 잠시 멍한 얼굴을 했다. 그러다가 곧 진지한 태도로 물었다.

"필요한 것이 있으십니까? 이를테면 보석이라든가?"

"아뇨. 보석이라면 이미 차고 넘칠 정도로 많아요."

"그럼 대체 무엇을?"
"나중에 제가 묻는 질문에 솔직하게 답해 주세요."
"…그게 전부입니까?"
"네."
잠시 고민하던 아처는 그리하겠다고 답했다.
협상을 마친 우리는 그대로 펠루스의 집무실로 향하려고 했다.
그때였다.
"잘들 노는군."
익숙한 목소리가 들려온 방향으로 우리는 고개를 돌렸다.
"전하?"
"전하."
동시에 들려온 부름에 펠루스의 미간이 구겨졌다. 나는 개의치 않고 물었다.
"여기서 뭐 하세요?"
"구경."
성의 없이 돌아온 대답에 한숨이 절로 나왔다. 뭐가 또 마음에 안 드는 모양이다.
"뭘 구경하고 계셨던 겁니까?"
"영애, 손등에 뭐가 묻었어."
아처가 묻자, 이번에는 대답도 주지 않은 채 무시했다.
옆에 있던 내가 다 무안할 지경이었으나, 정작 아처는 그러려니 하는 눈치였다.
"설마 조금 전에 제가 영애의 손등에 입을 맞췄다고 그러시는 겁니까?"
"그럴 리가."

아처의 물음을 그는 부정했다. 하지만 나는 충분히 가능성 있는 일이라고 여겼다.

펠루스는 자신이 싫어하는 상대 한정으로 매우 유치해지는 사람이었으니까.

공작의 기분을 상하게 하겠다고 나를 짝사랑한다는 거짓말을 했던 것만 봐도 그랬다.

"아무래도 두 분이서 오붓하게 하실 이야기가 많으신 것 같으니 저는 이만 가 보겠습니다."

뭐가 됐든 고래 싸움에 새우 등 터지는 경험은 한 번으로 족했다. 그러니 이쯤에서 도망치는 게 내 신상에 이로우리라.

"그렇게 해 주시면 감사할 것 같군요, 영애."

"가지 마."

두 사람의 반응은 극과 극이었다. 펠루스는 나를 붙잡으려 했고, 아처는 반대였다.

"전하껜 죄송하지만 급하게 해야 할 일이 떠올라서요."

나는 굳어진 펠루스의 표정을 애써 외면한 채 아처의 손을 들어 주었다.

그러고는 펠루스가 무어라 말을 더 잇기도 전에 도망치듯 자리를 떴다.

◈

"등신처럼 굴긴."

에린이 눈앞에서 사라지기 무섭게 아처가 말했다. 그는 대놓고 펠루스를 비웃고 있었다.

"조용히 해."

"어울리지 않게 짝사랑이라니. 쯧."

자신을 재차 비웃는 아처의 태도에 펠루스는 격한 살의를 느꼈다.

"입 다물라고 했을 텐데?"

"아, 예."

대충 성의 없이 대꾸한 아처가 물었다.

"근데, 대체 언제부터 영애를 마음에 둔 거야? 전에는 믿을 만한 사람이 아니라고 했던 주제에."

"…나도 모른다."

"재미없긴."

아처가 혀를 찼다.

원래 펠루스가 예상 가능한 범위에서 일을 벌이는 타입은 아니었다.

하지만 이런 식은 또 처음이라 신기했다.

"다른 사람도 아니고, 아를레인 영애라니."

중얼거림에 가까운 말에 펠루스의 표정이 찰나 굳어졌다. 하지만 그들은 그것을 서로 모르는 체했다.

"영애 말이야, 궁금한 게 있는 눈치던데."

아처가 아무렇지 않은 척 입을 뗐다. 펠루스 역시 아무렇지 않게 말을 받았다.

"그걸 어떻게 확신하지? 그것도 그 짧은 시간에."

"역시, 다 보고 있었구나?"

그럴 줄 알았다는 듯 웃는 아처를 향해 펠루스는 침묵을 지켰다.

아처의 말대로 조금 전 펠루스가 때맞춰 정원에 나타난 것은 우연이 아니었다.

아처가 에린과 함께 있는 모습을 본 그는 마법을 사용해 단숨에 정원으로 이동했다.

"내가 자리에 없다는 거짓말은 왜 한 거지?"

"시험해 보려고."

주어가 빠진 대답이었으나, 의미를 알아듣는 데 지장은 없었다.

"왜?"

"왜라니, 아를레인 영애잖아."

아처는 당연하다는 얼굴을 했다.

덕분에 펠루스는 뒤늦게 자신이 매우 바보 같은 질문을 했다는 사실을 깨달았다.

"그녀는 첩자가 아니야."

"그걸 어떻게 확신해?"

"너는 내가 두 번이나 속을 만큼 바보로 보이나?"

멈칫. 펠루스의 말에 아처의 표정이 그대로 굳어졌다. 하지만 그것은 찰나였고, 곧 무표정한 얼굴로 돌아온 그가 물었다.

"너 설마, 아를레인 영애를 진심으로 사랑해?"

절망 섞인 물음이었다. 설마 네가 그럴 리 없겠지 하는 일말의 기대가 담겨 있었다.

하지만 펠루스는 침묵으로 일관했다. 그것이 의미하는 바를 알아챈 아처의 얼굴이 일그러졌다.

"미쳤구나."

펠루스도 동의하는 바였다. 긍정하지는 않았으나, 부정하지 않은 것만으로도 이미 돌이킬 수 없었다.

"짝사랑 놀이 정도인 줄 알았는데, 그 이상이라니. 하."

"네가 걱정하는 일은 없을 거야."

"내가 걱정하는 일이 없을 거라고?"

어처구니없다는 듯 중얼거린 아처는 이내 무서울 정도로 잔잔해진 얼굴로 말했다.

"좋아."

그 빠른 변화만큼이나 냉정한 제안이 이어졌다.

"대신 내가 직접 확인하겠어."

무엇을?

펠루스가 미처 의문을 입 밖에 내기도 전에 그가 말했다.

"영애의 의중을, 목적을. 그리고 계획에 차질이 생길 기미가 보인다면 가만히 있지 않을 거야."

말을 마친 아처는 섬뜩할 정도로 냉정한 얼굴을 하고 있었다.

"짐이 무거우신 것 같은데 들어 드릴까요?"

도서관에서 돌아오던 길이었다. 익숙한 보라색 머리의 남자가 나를 부른다 했더니 아처였다.

"아뇨, 괜찮……."

거절의 말을 하려던 순간, 들고 있던 책은 이미 내 손을 떠난 후였다.

참, 빠르기도 해라.

고맙다며 웃는 낯을 하면서도 불편한 마음을 지울 수가 없었다.

"어디 불편하십니까?"

"그럴 리가요."

나는 습관적으로 부정했고, 아처는 웃었다.

티 없이 맑은 웃음이었으나, 여전히 찜찜했다.

분명 매너도 좋고 친절한 사람인 것 같은데 왜 이런 기분이 드는 걸까.

"혹시 저를 둘러싼 소문 때문입니까?"

"소문이요?"

나는 무심코 되물었다.

아무래도 그는 나름 내가 자신을 불편해하는 이유를 고민하고 있었던 모양이다.

소문이라, 아처에 대한 소문이라면 그가 제국 최고의 바람둥이다. 뭐 대충 그런 내용이었던 것 같은데.

아처가 울린 여자들을 한 줄로 세우면 황궁 정원을 한 바퀴 돌고도 남을 거라나?

하지만 대놓고 그런 말을 할 수는 없었으므로 적당히 포장했다.

"정확한 내용은 기억나지 않지만, 제법 짓궂은 소문이었던 것 같은데 고생하셨겠군요."

"고생이라면 어떤 걸 말씀하시는 겁니까?"

"이를테면 약혼녀를 구하실 때라든가?"

"제가 약혼녀를 구할 일은 없을 겁니다."

단호하게 말한 아처가 잠시 뜸을 들이다가 덧붙였다.

"집에서 내놓은 자식이나 다름없거든요."

지나치게 솔직한 대답이라 무슨 말을 해야 좋을지 알 수 없었다.

"아버지께서는 몇 번이나 후작가에서 제명시키겠다고 하기도 하셨죠."

"저런, 그것참, 안되셨군요."

메테니아 후작은 고지식한 면이 있긴 하지만 제법 점잖고, 배울

점이 많은 신사라 들었는데.

대체 얼마나 망나니 같은 짓을 했기에 저러나 싶었다.

"물론 그건 과거의 일이고, 지금은 아닙니다."

뒤늦게 수습을 하려는 건지 아처가 말했다. 나는 적당히 웃는 얼굴로 고개를 끄덕여 주었다.

사실 그의 과거나 사생활에는 별 관심이 없었다.

"보통 이렇게 말하면 안타까워 죽겠다는 얼굴을 하던데. 영애는 참 침착하시군요."

묘한 말이었다. 마치, 내가 자신이 원하는 반응을 보이지 않았다며 탓하는 것 같았다.

설마, 그럴 리가. 나는 속으로 고개를 저었다.

"제게 동정받고 싶으실 것 같진 않아서요."

"받고 싶어 하면 해 주실 건가요?"

"글쎄요."

나는 미묘한 대답을 했다. 그러고는 슬쩍 화제를 돌렸다.

"그보다 전에 했던 약속 기억하시나요?"

"영애가 묻는 말에 솔직하게 답하기로 한 거 말입니까?"

나는 고개를 끄덕였다. 이에 아처는 희미하게 웃는 낯을 했다.

"좀 억울하군요. 정작 저는 전하께 제대로 안내를 받지도 못했는데."

"그건 전하께서 갑작스레 나타나신 탓이니 어쩔 수 없죠."

뻔뻔한 대꾸에 아처는 어쩔 수 없다는 듯 한숨을 내쉬었다.

"좋습니다. 제가 아는 선에서 무엇이든 답해 드리겠습니다."

그 후로 나는 간단한 것을 물었다. 펠루스와 친해지게 된 계기 같은 것들 말이다.

"전하께 영윤 말고, 다른 친우는 없었나요?"

"음, 그건 제가 말해도 되는 부분이 아닌 것 같습니다."

"그렇군요. 실례했습니다."

그렇게 제법 많은 대화가 오가고 나니, 문득 의심이 들었다.

이유는 알 수 없지만 아처는 나를 썩 기꺼워하지 않는 것 같았다.

대부분의 질문에 답을 주지 않고 있다는 사실은 제쳐 두더라도 어딘가 싸한 느낌이 들었다.

"제가 뭔가 실례되는 행동을 했나요?"

"네?"

"저를 불편해하시는 것 같아서요."

나는 그 생각을 곧장 입 밖에 냈다. 덕분에 잠시 두 눈을 크게 뜬 그가 이내 고개를 저었다.

"그런 건 아닙니다만, 눈치가 빠르시군요."

실례되는 행동을 한 건 아니지만, 내가 불편하긴 하단 소리였다.

의문을 표할 새도 없이 그 이유가 돌아왔다.

"저는 영애께서 전하의 약점이 되지 않을까 걱정됩니다."

내가 펠루스의 약점이 된다고? 나는 진심으로 의아한 얼굴을 했다.

"왜 그렇게 생각하시죠?"

"전하께선 누군가를 오래 곁에 두는 분이 아니시니까요."

내가 펠루스의 보좌관으로 있었던 시간은 고작해야 반년을 겨우 채우는 정도다.

이게 긴 편이라니.

"황제가 되실 분에게 바깥으로 드러나는 약점은 치명적이죠."

확신에 찬 아처의 말에 나는 사실을 부정하는 것도 잊고 그를 응시했다.

 설마, 아처도 세간에 도는 소문을 믿는 건가? 그래서 저렇게 확신하나?

 "영윤께서도 저와 전하에 대한 소문을 믿으시나요?"

 "반 정도는요."

 애매하지만 긍정의 대답이 돌아왔다. 의외였다.

 다른 사람도 아니고 펠루스의 최측근인 아처가 소문을 믿고 있을 줄은 몰랐다.

 나는 당연히 터무니없는 소문이라 여겼는데 의외로 설득력 있게 느껴지는 건가?

 아니면 아처마저도 소문을 무시할 수 없을 만큼 나와 펠루스의 관계가 미묘하게 느껴진단 의미인가?

※

 아처가 온 후부터 나와 펠루스는 함께 정원에 나와 있는 시간이 많아졌다.

 나는 그렇다 쳐도 그는 대체 무슨 바람이 분 건가 싶어 이유를 물었더니 아처가 시도 때도 없이 집무실로 찾아오는 게 싫단다.

 아니, 그럼 오지 말라고 하면 되는 거 아닌가?

 못마땅한 얼굴을 하면서도 결국엔 꼬박꼬박 집무실로 들이면서 대체 뭐 하자는 건지.

 게다가 아처가 황궁을 방문하는 횟수는 생각보다 많지 않았다.

 이렇게 질색하고 도망칠 정도는 아니란 소리다.

 "영애."

"네?"

"내가 없을 때 아무나 곁에 두지 마."

"…네?"

뜬금없는 펠루스의 말에 나는 무심코 되물었다. 그러자 미간을 찌푸린 그가 말했다.

"나중에 질질 짜면서 도와 달라고 해도 안 도와줄 거니까."

"……."

아니, 말을 해도 왜 꼭 그 모양인가 싶어 한숨부터 나왔다.

"그거 혹시, 메테니아 영윤의 이야기인가요?"

"그래."

순순히 돌아온 대답이 황당할 지경이다.

"…두 분, 친우라고 하지 않으셨어요? 제 귀엔 꼭 원수라도 되는 것처럼 들리는데."

"친우라, 일단은 그렇지."

일단은? 조금 미적지근한 대답에 기분이 찜찜해졌다. 둘 사이에 무슨 일이라도 있었나.

"아무튼, 그렇게 거슬리시면 그만 좀 오라고 하면 되는 것 아닌가요?"

"그렇게 말한다고 오지 않을 녀석이 아니라서."

"그런가요?"

그 정도로 끈질긴 사람처럼 보이진 않았는데.

그렇게 아처를 떠올리다 보니 문득 의문이 들었다.

"제가 전하의 약점인가요?"

"…뭐?"

펠루스는 크게 놀란 얼굴을 했다.

"그게 대체 무슨 말이지?"

"그냥 문득, 그런 생각이 들어서요."

나는 아닌 척 고자질을 했다. 아니, 따지고 보면 고자질도 아니었다.

아처가 펠루스한테 말하지 말라고 한 건 아니니까.

게다가 난 다른 사람에게 그런 말을 들었다는 이야기도 하지 않았다.

"아처가 그러던가?"

"……."

펠루스의 말에 나는 침묵했다. 그러나 그는 확신하는 눈치였다.

이건 절대 내 탓이 아니다. 그가 원래 눈치가 빠른 사람인 걸 나더러 어쩌란 말인가.

"음? 전하?"

나를 추궁하던 펠루스가 갑자기 몸을 일으켰다.

그러고는 대뜸 정원에 있던 장미 한 송이를 꺾었다.

"아니, 지금 뭐 하시는 거예요!"

나는 기겁했고, 펠루스는 평온하게 되물었다.

"뭐가."

"아니, 가시에 찔리면 어쩌시려고 장미를……."

"시끄럽고 받기나 해."

아니, 가시에 찔리면 어쩌느냐니까 그걸 나한테 주는 인성……. 응?

"…가시가 없네요?"

얼떨떨한 나의 물음에 펠루스는 웃었다.

아무래도 마법을 사용해 가시를 깎아 내기라도 한 것 같았다.

나 참, 그런 줄도 모르고 괜히 호들갑을 떨었네.

흠흠, 민망함에 헛기침을 하던 내가 물었다.

"근데 이건 뭐예요?"

갑자기 장미는 왜 꺾어 줬냐는 의미였다.

"내 약점."

"네?"

"영애 말고 진짜 내 약점."

잠시 멍한 얼굴로 두 눈을 크게 뜬 나는 이내 수긍했다.

그래, 약점이라면 약점이었다.

다른 건 몰라도 유독 꽃에 약한 펠루스였으니까.

"그래서 이건 무슨 의미로 주신 거죠?"

나는 끈질기게 물었다. 자신의 약점인 꽃을 내게 준 이유가 뭔데?

"영애는 내 약점이 아니라고."

"……."

"그런 의미야."

"아."

담담한 어조로 들려온 대답과 함께 나는 두 눈을 느리게 깜빡였다.

따사로운 햇살 아래 미적지근한 여름 바람이 내 머리카락을 훔쳐냈다.

허공으로 흩날린 머리카락과 함께 은은한 장미 향이 밀려온다.

"그렇군요."

"그래."

펠루스는 재차 긍정했다. 오묘한 기분이다.

내가 자신의 약점이 아니라던 그의 말은 여러 의미로 해석될 수 있었다.

하나, 넌 내 약점도 되지 못해.

둘, 너를 감히 내 약점으로 두지 않아.

지금까지의 나라면 당연히 전자의 의미라고 생각했을 것이다. 하지만 지금은 모르겠다.

나를 펠루스의 약점이라 단언했던 아처의 말에, 나를 대하는 펠루스의 태도가 뒤섞여 그저 혼란스럽다.

"저한테 그렇게 쉽게 약점을 내보이셔도 되는 건가요?"

"영애니까 괜찮아."

일말의 망설임도 없이 돌아온 대답에 나는 흠칫했다. 내가 무어라 말을 이을 틈도 없이 펠루스가 덧붙였다.

"영애는 요령이란 게 없어서 속이 터질 만큼 답답하게 구는 데다, 아무에게나 내 약점을 떠들고 다닐 만큼 배짱이 좋지도 못하지. 그러니 괜찮아."

"…그거 지금, 대놓고 저 욕하시는 거죠?"

"이런, 눈치챘나?"

펠루스가 자연스레 말을 받았다. 늘 그랬듯이, 평소와 다름없는 태도였다.

나 역시 더 이상 뭔가를 캐묻지는 않았다. 어쩐지 내키지가 않았다.

❧

나름 평화로웠던 시간은 길지 않았다.

황제가 자신의 티타임에 나와 펠루스를 초대한 탓이다.

 아직 메인이 되는 차와 다과는 등장하지도 않았는데 체할 것 같았다.

 "그래, 메테니아 후작의 차남이 돌아왔다지?"

 "예."

 "건강해 보이던가?"

 "별 이상은 없어 보였습니다."

 담백한 어조로 이어진 펠루스의 대답에 황제의 얼굴에는 미소가 번졌다.

 펠루스와 정확히 반대되는 푸른빛을 가진 눈동자가 곱게 휘어진다.

 "그러고 보니, 네 어미에게 제법 오랫동안 인사를 하지 않은 것 같더구나."

 아처의 안부를 묻는 것으로 시작된 대화는 어느새 죽은 황후에 대한 것으로 넘어갔다.

 도무지 종잡을 수 없는 흐름이었으나, 한 가지는 확신할 수 있었다.

 황제가 입에 담은 주제가 펠루스에게 득이 되는 일은 없을 것이다.

 "그러니 생각난 김에 해 두는 게 좋겠지."

 대체 뭘?

 통보에 가까운 황제의 말에 펠루스의 표정이 굳어졌다.

 나는 그 의미를 짐작할 수 없어 그저 눈만 멀뚱히 뜨고 있었다.

 그동안 황제의 명령에 따라 하인 여럿이 거대한 무언가를 들고 안으로 들어왔다.

겉에 천이 덮여 있어 확신할 수는 없지만, 크기나 형태를 보니 그림인 것 같았다.
 "폐하, 이건⋯⋯."
 "아, 벌써 눈치챈 건가?"
 두 사람 사이에 오간 대화를 보니 그림의 정체를 파악하지 못한 건 나뿐인 듯했다.
 다행인지 불행인지 호기심은 금세 풀렸다.
 "천을 걷어."
 황제의 명령에 조심스레 들고 있던 것을 내려놓은 하인들이 천을 걷어 냈다.
 "이건⋯⋯."
 나는 말을 잇지 못한 채 그저 멍하니 입을 벌렸다.
 천이 사라지고 모습을 드러낸 것은 짐작했던 대로 한 점의 그림이었다.
 검은색 머리카락에 붉은색 눈동자를 가진 우아하고 아름다운 여인의 초상화.
 그게 바로 그림의 정체였다.
 그림 속 여인이 누구인가, 라는 물음은 필요치 않았다. 그 정도로 바보는 아니었다.
 칠흑 같은 흑발과 붉은색 눈동자, 그리고 조금 전의 대화로 미루어 짐작할 때 그녀는 죽은 황후였다.
 아리아 루데릭.
 초상화 아래에 새겨진 이름을 보니 확신은 진실로 굳어졌다. 그녀는 펠루스의 어머니였다.
 "아를레인 영애는 처음 보는 거겠지?"

"…네, 그렇습니다."

황제의 말에 나는 뒤늦게 고개를 숙였다.

죽은 황후의 초상화를 너무 빤히 보고 있었던 게 아닌가 싶었다.

하지만 나도 모르게 자꾸 시선이 가는 것은 어쩔 수 없었다.

그녀가 아름다워서라기보단, 펠루스와 닮은 얼굴에 눈길이 갔다.

그녀는 펠루스의 전체적인 분위기를 그대로 옮겨다 둔 사람 같았다.

서늘한 눈매, 굳게 다물린 입.

아리아 황후는 전체적으로 차갑고 싸늘한 분위기를 풍기는 사람이었다.

나는 슬쩍 시선을 돌려 황제를 응시했다.

황후의 얼굴에 눈앞에 있는 황제의 얼굴을 조금 덧대어 보면 영락없이 펠루스가 나왔다.

그와 그녀가 딱 반대되는 외양을 갖고 있다는 점을 생각하면 신기한 일이었다.

눈이 부실 정도로 화려한 금발에 푸른색 눈동자, 게다가 인정하고 싶지는 않지만 황제는 온화한 인상의 미남이었다.

중년이 된 지금도 아직 청년의 모습이 남아 있을 정도로 동안이기도 했다.

서늘한 인상의 미인과 부드러운 듯 서글서글한 인상의 미남.

속이야 어떻든 겉모습만큼은 참으로 잘 어울리는 한 쌍이었다.

"눈을 못 떼는군."

이런, 들켰나.

나는 황제의 말을 부정하는 대신 어색하게 웃으며 고개를 숙였다.

그나마 다행인 건 내가 황제가 아닌 황후의 초상화를 보고 있을 때 들려온 지적이란 점이었다.

"죄송합니다. 너무 아름다우셔서 저도 모르게 그만."

"죄송할 필요는 없어. 아름다운 것에 눈이 가는 건 당연한 일이니까."

아름다운 것? 조금 거슬리는 지칭이었다.

죽은 제 아내를 물건 취급하는 것처럼 들리지 않는가.

"영애는 그렇다 치고, 황태자는 아무런 감상도 없는 건가?"

"…송구, 합니다."

여유롭게 웃는 낯으로 펠루스를 향한 독촉에 나는 나도 모르게 숨을 들이켰다.

황제는 지금 대놓고 선을 넘고 있었다. 죽은 모친의 초상화를 앞에 두고 감상 따윌 묻다니.

그건 펠루스에게는 물론이고, 죽은 아리아 황후에 대한 예의도 아니었다.

왜 저래, 진짜.

나는 짜증스러운 기색을 애써 감췄다.

화가 나고 성질이 나는 것과 별개로 황제가 그만큼 미친놈이란 사실을 기억해야 했다.

잘못 걸렸다간 원작 소설이고 뭐고 쥐도 새도 모르게……. 잠깐.

어차피 난 원작 소설이 끝날 때까지 죽지 않는다. 그리고 황제는 원작 소설이 끝나기 전에 병으로 사망한다.

그럼 내가 굳이 지금 황제의 눈치를 봐야 할 필요가 있을까?

"영애는 무슨 생각을 그리하는 거지?"

움찔. 갑작스러운 황제의 물음에 나는 고개를 저었다.

"아무것도 아닙니다."

그래, 내게 회귀라는 히든카드가 있긴 하지만 그걸 남용해서는 안 된다.

그로 인해 어떤 부작용이 생길지도 모르고, 신관들의 말을 믿어도 되는지조차 확실하지 않으니까.

게다가 죽음이란 것을 그리 쉽게 생각해서는 안 됐다.

나는 살고 싶어서, 불행한 미래를 피하고 싶어서 이 자리에 있는 거니까.

"두 사람 다 영 집중을 못 하는 것 같군."

그리 중얼거린 황제는 웃는 낯으로 자신의 불쾌함을 드러냈다.

참 재주도 좋다 싶은 생각이 들 무렵 메인 다과와 차가 등장했다.

오색의 다과와 함께 새하얀 도화지처럼 희고 고운 찻잔이 테이블 위에 놓였다.

"꽃차를 마셔 본 적이 있나?"

"네. 아주 오래전에 한 번 마셔 봤습니다."

황제의 물음에 긍정한 나는 그제야 잔 안에 마른 꽃잎이 가득 담겨 있음을 알았다.

아무래도 즉석에서 뜨거운 물을 부어 우려내는 방식인 듯했다.

황후의 초상화를 한쪽 구석에 놓아둔 채 꽃차를 내오다니.

이건 마치 펠루스에게 대놓고 과거의 일을 떠올리라 종용하는 꼴이 아닌가.

참으로 대단한 악취미였다.

"표정이 왜 그렇지? 짐의 성의가 마음에 들지 않는 건가?"

황제의 물음은 나를 향한 것이 아니었다. 그래서 더욱 시선이 갔다.

"제가 의도치 않게 폐하의 기분을 상하게 했다면 사과드리겠습니다."

정작 펠루스는 담담했다. 일말의 동요도 없었다.

그는 이 모든 것들을 마주하고도 만찬 때보다 평온한 얼굴이었다.

적어도 겉으로 보기엔 그랬다.

"쯧, 재미없긴."

중얼거림에 가까운 황제의 말을 듣지 못한 사람은 없었으나, 나도 펠루스도 티를 내지는 못했다.

그나마 다행인 건 어쨌든 황제가 그를 조롱하는 일에 흥미를 잃었다는 사실이다.

펠루스에게서 시선을 뗀 황제는 제 찻잔에 뜨거운 물이 부어지고 있는 것을 감상했다.

잔에 들어 있던 마른 꽃잎에 뜨거운 물을 붓자 반은 가라앉고 반은 떠올랐다.

옆에 있던 시종은 잔에 담긴 꽃잎을 어디서 공수해 왔는지, 어떤 특징을 가진 것인지 따위의 이야기를 늘어놓고 있었다.

"그만 가 봐."

그것을 단호하게 물린 황제의 말에 시종도, 차를 운반한 이들도 전부 밖으로 나갔다.

"반응을 보아하니, 황태자는 짐이 준비한 차가 기껍지 않은 모양이군."

"그런 게 아닙니다."

"아니긴, 그런 게 아니라면 아까부터 얼굴이 왜 그 모양이지?"

명백한 억지에 펠루스의 표정이 조금 굳어졌다. 느낌이 썩 좋지 않았다.
 뭔가를 꾸미고 있는 게 분명했다.
 "그래, 정 그러면 영애가 대신 마시는 건 어떤가?"
 "…네?"
 "폐하!"
 펠루스가 답지 않게 크게 동요했다. 황제는 만족스러운 얼굴로 웃었다.
 "이미 만찬 때도 그리하지 않았나."
 아무래도 그 일로 인해 황제에게 단단히 찍힌 모양이었다. 사실, 차를 마시는 일 정도야 별문제는 되지 않았다.
 그건 황제도 알고 있을 것이다. 그러니 분명 다른 의도를 숨기고 있을 텐데.
 "왜 대답이 없지?"
 "저는……."
 황제의 느긋한 재촉에 나는 말을 골랐다.
 순순히 마시겠다고 해야 할지, 아님 좀 더 고민해 봐야 할지 감이 잡히지 않았다.
 거절하겠다는 선택지는 없었다.
 황제가 용납할 리 없다는 사실을 직감적으로 알았기 때문이다.
 "만찬 때도 느낀 거지만, 영애는 짐을 지나치게 경계하는 것 같군."
 그런 내 신중함에 황제는 지루하다는 반응을 보였다.
 "짐이 정말 황태자의 찻잔에 독이라도 탔을 것 같나?"
 뒤이어 정교하게 다듬어진 칼날이 튀어나왔다. 덕분에 직감했다. 진짜 목적이 이거였구나.

"그런 게 아닙니다."

나는 서둘러 부정했다. 상황이 지나치게 불리했다.

"그런 게 아니라면 왜 선뜻 나서지 않은 거지?"

"그건, 제가 긴장을 해서 말을 다듬느라……."

"변명하지 마. 조금 전까지 잘만 대화를 나눴던 주제에 무슨. 그래, 이왕 이렇게 된 거 황태자를 향한 영애의 충성심이 얼마나 강한지 보여 주는 게 어때?"

황제가 턱짓으로 펠루스의 찻잔을 가리켰다. 어서 마시라는 의미였다.

나는 다시 갈등했다.

이대로 대신 차를 마시자니, 그가 말한 것처럼 황제를 의심했음을 인정하는 꼴이 된다.

게다가 황제인 자신보다 황태자인 펠루스의 안위를 우선시하고 있음을 지적당할 가능성이 있었다.

반대의 경우도 비슷했다.

마시지 않겠다고 대답할 경우 역시 황제가 독을 탔음을 의심한 게 된다.

게다가 황제의 명령에 반했다며 황가에 대한 충성심을 의심당할 수도 있었다.

어느 쪽을 택하든 결과는 비슷했다. 꼬투리를 잡으려고 마음먹으면 나로서는 빠져나갈 구멍이 없다.

진퇴양난이다.

"마시겠습니다. 하지만……."

그럼에도 나는 입을 열 수밖에 없었다.

"제가 이 차를 마시는 건, 폐하의 말씀을 믿기 때문입니다. 폐하께서는 그러실 이유가 없으니까요."

내가 이 차를 마시는 건 결코 너를 의심해서가 아니다. 오히려 너를 믿기에 기꺼이 잔을 든다.

"또한 제게는 감히 황제 폐하의 명령을 거부할 자격도, 이유도 없습니다."

펠루스에 대한 충성심보다, 나는 황제인 네 명령을 중요시하기에 차를 마시려는 것이다, 라는 뜻을 강조했다.

덕분에 그는 얼마간 말이 없었다. 내가 한 말의 의미를 느긋하게 곱씹는 것 같았다.

"그래, 영애의 뜻은 잘 알겠어. 꼭 기억해 두지."

뒤늦게 그리 말한 황제는 미묘한 웃음을 보였다.

덕분에 나는 조금 안심했다. 어설프게나마 고비를 넘기긴 한 것 같았다.

달칵-

그때였다.

펠루스의 앞에 놓인 잔이 보란 듯이 허공에 들린 것은.

누가 어떤 말을 꺼낼 틈도 없었다. 소리 없이 찻잔 안에 있던 찻물이 비워졌다.

"죄송합니다."

차분한 태도로 찻잔을 내려놓은 펠루스가 말했다.

"두 번이나 눈앞에서 제 것을 빼앗길 수는 없었습니다."

잔 안에 있던 차는 말끔하게 비워진 상태였다.

잠깐의 침묵이 흘렀다. 그것을 깬 건 이번 판을 준비한 사람이었다.

"짐이 준비한 차를 이 정도로 마음에 들어 할 줄은 몰랐군."

의도해서 짠 판이 엎어졌음에도 황제가 보인 반응은 담백했다.

어쩐지 폭풍 전야를 보는 것 같아서 불안했으나, 적어도 티타임이 끝날 때까지는 아무 일도 없었다.

"전하, 아까는 왜 그러셨어요?"

티타임이 끝나고 황태자궁으로 돌아오기 무섭게 나는 앞서 걷던 펠루스를 향해 물었다.

조금 전 그가 한 행동은 상당히 무모했다.

대놓고 황제의 뜻을 거스른 것이나 다름없으니까.

내가 아예 그럴듯한 답을 내놓지 못했으면 모를까, 일단 겉으로 볼 때는 황제도 납득한 눈치였는데. 굳이 그렇게 나설 필요가…….

그때였다.

내게 등을 보인 채로 걷던 펠루스가 갑자기 우뚝 멈춰 선 것은.

왜 멈췄느냐고 물을 새도 없었다. 그가 말했다.

"앞으로는 폐하께서 부르셔도 응하지 마."

"네?"

그게 무슨 말도 안 되는 소리인가 싶어 나는 두 눈을 크게 떴다.

나더러 지금 황제의 부름을 거절하라고?

내 황당함을 알아차렸는지 펠루스가 말했다.

"아프다고 해."

"…그건, 처음 한두 번 정도는 통할 수도 있겠지만, 반복되면 결국 의심을 살 거예요."

사실 처음부터 의심받을 확률이 컸다.

대체 얼마나 대단한 병에 걸렸기에 황제의 부름까지 거부하나 싶겠지.

그런데 그걸 계속 반복하라고? 너무 무모하고, 어리석은 짓이었다.

어느새 나를 향해 몸을 돌린 펠루스가 반박했다.

"계속 같은 방법을 쓰라는 게 아니야. 처음에는 그렇게 하고, 슬슬 의심을 산 것 같다 싶으면 전염병에 걸렸다고 해. 당장 심한 고통을 동반하는 것은 아니지만 전염성이 강해서 폐하를 뵐 수가 없다고."

"그 말을 믿을까요?"

"의심하는 눈치라면 명을 전하러 온 자를 내게 보내. 잘 처리해 줄 테니까."

"설마, 산 채로 매장이라도 하시려고요?"

"그런 걸 원해?"

"……."

그럴 리가. 나는 고개를 저었다. 펠루스도 그냥 한 말이었는지 더 물고 늘어지지는 않았다.

쿨럭, 짧은 기침 소리가 들려왔고 거의 동시에 내가 물었다.

"근데 이렇게까지 하시는 이유가 대체……. 전하?"

뭐냐고 물으려던 나는 그대로 굳어졌다.

"전하, 피가……."

"아."

나와 눈이 마주친 펠루스가 제 손등으로 입가에 묻은 피를 닦아 냈다.

하지만 고작 손등으로 다 훔쳐 낼 수 있는 수준이 아니었다. 이미 그의 옷에는 피가 잔뜩 묻은 상태였으니까.

"일단 이걸로 닦으세요."

그 사실을 알아챈 나는 갖고 있던 손수건을 건넸다. 그러자 그는 손수건으로 제 옷에 묻은 피를 닦아 냈다.

"혹시, 꽃차 때문인가요?"

무심코 물었다. 질문이라기보단, 확인에 가까운 절차였다.

나는 이미 확신하고 있었다. 펠루스가 마신 차에 황제가 어떤 수작을 부렸다는 사실을.

"그래."

펠루스가 긍정했다. 내가 조금이라도 곤란한 질문을 할 때마다 침묵을 지킨 그답지 않다.

"…폐하께서 전하의 잔에 독을 타신 건가요?"

나는 애써 긴장한 기색을 감추며 물었다. 이번에도 대답은 금세 돌아왔다.

"그래."

평온한 어조로 돌아온 대꾸에 나는 그대로 굳어졌다. 그 후엔 헛웃음이 나왔다.

그걸 알면서도 단숨에 잔을 비웠단 말이야?

내가 독이 든 차를 마실 뻔했다는 자각은 그보다 늦게 찾아왔다.

실제로 일어난 일이 아니라서 그런지 아무래도 덜 와닿았다.

"그러니 절대 폐하의 부름에 응하지 마."

그제야 나는 그가 그렇게 극단적인 충고를 했던 이유를 깨달았다.

황제는 가끔, 오늘처럼 논리와 이성이 통하지 않을 때가 있었다.

덕분에 독을 삼킨 펠루스와 삼킬 뻔한 내가 그 증거였다. 그러니 아예 위험에 노출될 가능성조차 만들지 말라는 것이다.

그런 생각을 하던 나는 문득 든 의문을 꺼냈다.

"근데 잔에 독이 들어 있는 건 어떻게 아셨어요?"

"……."

펠루스는 침묵했다. 수상한 침묵에 나는 머리를 굴리기 시작했다.

단순히 감이 좋았던 거라고 보긴 어려웠다.

당시의 그는 어떤 확신에 차 있는 모습이었으니까.

"…설마, 이번이 처음이 아닌 건가요? 전에도 비슷한 상황이 있었다든가."

"쓸데없는 소리."

펠루스가 미간을 찌푸리며 대꾸했다. 하지만 내 추측을 부정하지는 않았다.

덕분에 확신했다. 황제가 펠루스에게 독을 먹인 건 이번이 처음이 아니었다.

"아니 진짜! 뭐 이런 정신 나간 작자가 다 있죠?"

나는 한발 늦게 분노했다.

"세상에 어떤 미친 인간이 그따위 짓을 해요? 나 참, 미칠 거면 곱게 미칠 것이지."

그 대상이 황제고, 이곳이 황궁이란 사실이 마음에 걸리긴 하지만, 뭐 어떤가. 난 주어를 말한 적이 없는데.

"영애, 말조심해. 여긴 황궁이야."

"네? 저는 제가 들은 평민 남자의 이야기를 한 것뿐인데 무슨 문제라도 있나요?"

나는 뻔뻔스레 대꾸했다. 펠루스는 기가 막힌다는 얼굴로 헛웃음을 터트렸다.

"역시, 종잡을 수가 없군."

"그건 제가 할 소리예요."

어떻게 독이 든 차를 일말의 망설임도 없이 마셔 버리느냔 소리였다.

"전하야말로 미련하게 굴지 마시고, 다음부터는……."

"쿨럭!"

"전하! 괜찮으세요?"

나는 기겁을 하며 펠루스에게 다가갔다.

재차 피를 토해 내는 그를 보니 내 속이 다 울렁거렸다.

역시, 황제는 개새끼다.

"제길."

낮게 중얼거린 펠루스가 다시 제 손등으로 피를 훔쳤다.

"옷에 묻을 수 있으니까, 잠시 저리 가 있어."

짜증 섞인 얼굴로 피를 닦아 내던 펠루스가 말했다. 나는 단호하게 답했다.

"싫어요. 여기 있을래요."

그러고는 펠루스가 들고 있던 손수건을 빼앗아 옷에 묻은 피를 닦아 주었다.

갑작스러운 행동에 그는 당황한 눈치였다.

"…지금 대체 뭐 하는 거지?"

"말라서 굳으면 잘 안 지워질 거예요."

"그건 나도 알아. 내 말은 왜 이걸 영애가 하고 있느냐는 거지."

"그냥 이러고 싶으니까?"

"하."

어이가 없다는 듯 한숨을 내쉰 펠루스는 곧 내가 들고 있던 손수건을 빼앗았다.

나는 나름대로 저항했으나, 그의 힘을 이길 수는 없었다.

"그거 제가 아끼는 거니까 잘 쓰고 돌려주세요."

한숨 섞인 당부에 돌아오는 대답은 없었다. 하지만 나는 그 점을 지적하지 않았다.

잘 쓰고 돌려주겠지 뭐.

예상대로 펠루스는 자신이 사용한 손수건을 잘 세탁해서 돌려줬다.
그럼에도 나는 그를 향한 불만을 감출 수가 없었다.
각혈을 두 번이나 한 데다, 평소보다 창백한 얼굴로 기어이 서류를 보러 갔기 때문이다.
일중독인 건지, 아님 대신 업무를 봐줄 사람이 없어서 저러는 건지.
후자의 경우라면 좀 슬플 것 같긴 했다.
"어휴."
펠루스의 부담을 조금이나마 덜어 주고자 떼를 써서 그가 처리해야 할 서류들을 좀 받아 오긴 했는데 영 집중이 되질 않았다.
반나절도 채 되지 않아 연달아 벌어진 사건 때문이었다.
황후의 초상화를 봤고, 나는 독을 마실 뻔했고, 펠루스는 실제로 독을 마셨고. 결국 각혈까지 했다.
이 모든 게 황제와 관련이 있다는 사실이 놀랍다면 놀라웠다.
동시에 한 가지 의문이 들었다.
황제는 펠루스에게 왜 독을 먹였는가.
그가 펠루스를 싫어한다는 사실은 알고 있다. 하지만 그래도 제 아들이고, 후계자인데 독까지 먹인 이유는 뭐지?
나는 이 점을 머리가 터지도록 고민하고 있었다. 흰 종이 위로 펜이 유려하게 미끄러져 갔다.

첫째, 친자식이 아니라서
둘째, 내성을 기르기 위해

지나치게 황후를 빼닮은 펠루스의 외양에 찰나 의심을 품기도 했었다.

그가 사실 황제의 자식이 아닌 건 아닐까 하는 의심을.

물론 터무니없는 가정이었다.

펠루스가 황제의 자식이 아니라면 황가의 핏줄을 타고 내려온 마법을 사용할 수 있을 리가 없다.

게다가 티타임 때도 느낀 거지만 두 사람은 분명 닮아 있었다.

인정하기 싫지만, 가끔 펠루스에게서 황제의 얼굴이 보일 때도 있었으니까.

두 번째의 경우는 사실 형편없는 가정이었다.

곧 성인식을 치를 예정인 펠루스에게 지금부터 독을 주입해 내성을 기른다고? 늦어도 한참 늦었다.

만약 아직까지 내성을 기르지 못한 독이 있다면, 그건 이미 가망이 없는 것이다.

"그래, 가망이 없······. 잠깐."

나는 그대로 종이 위에 대충 휘갈겨 쓰던 것을 멈췄다. 아무 의미 없는 낙서가 뚝 끊어짐과 동시에 이성이 돌아왔다.

"대륙 유일의 마법사인 펠루스를 각혈하게 만드는 독이 있다고?"

그런 게 있을 수가 있나? 나는 심각한 얼굴로 두 눈을 깜빡였다.

루릭스 제국의 황족인 데다, 마법사인 펠루스라면 어지간한 독은 통하지 않을 것이다.

통하는 독이 있다면 그건 이미 어릴 적부터 섭취해서 내성을 길

렀겠지.

그렇다면 답은 하나였다.

"…유전병."

황가의 피를 타고 흐르는 유전병이 있고, 그와 관련된 독이라면?

태어날 때부터 갖고 있는 병이라면 마법을 사용할 수 있고 없고는 중요치 않다.

게다가 내성을 기르겠다며 독을 섭취할 수도 없다. 병을 악화시킬 수 있으니까.

"영애."

그때였다. 노크 소리와 함께 익숙한 목소리가 들려온 것은.

나는 당황한 티를 내지 않으려 애쓰며 종이를 잘게 찢어 서랍에 넣은 후 들어오라 말했다.

"무슨 일이시죠?"

나는 가시를 세운 고슴도치처럼 물었다. 더없이 정중한 태도로 고개를 숙인 아처가 웃으며 말했다.

"그냥 뵙고 싶어서요."

아까 먹은 디저트처럼 달달한 웃음이었으나, 찜찜하기만 했다. 그런 기색이 표정으로 드러났는지 아처가 서둘러 덧붙였다.

"농담이고, 드릴 말씀이 있어서 왔습니다. 전하께서 아까 드린 서류의 재검토를 직접 하고 싶다고 전해 달라 하셔서요."

아까 내가 겨우 가져온 서류마저 자신이 처리하겠다는 의미였다. 나는 고개를 저었다.

"죄송하지만, 싫다고 전해 주세요. 사실, 이미 거의 다 처리한 거라 지금 가져가셔도 별 의미는 없겠지만."

"알겠습니다. 그럼 그렇게 전해……. 그런데 영애, 저건 뭐죠?"

아처의 물음에 나는 고개를 돌렸다.

그러자 그곳에는 펠루스가 선물한 장미가 있었다. 그 사실을 입 밖에 내자니 조금 민망한 기분이 들었다.

장미 한 송이라니, 쓸데없는 오해를 사기 좋은 선물이었다.

"전하께서 주셨어요."

"그럴 것 같았지만, 역시 그렇군요."

아처는 못마땅해하는 기색을 감추지 않았다. 나는 돌연 물었다.

"영윤께서는 제가 전하의 약점이 될까 봐 걱정된다고 하셨죠. 정말 그게 다인가요?"

"네."

약간의 틈도 없이 돌아온 대답에 나는 잠시 멈칫했다. 그러다가 재차 물었다.

"진심이신가요?"

"네."

"그럼 한 가지만 대답해 주세요."

무엇을? 나는 아처의 얼굴에 의문이 떠오르기 무섭게 물었다.

"아처 님께서는 전하의 오랜 친우라고 하셨죠?"

"네, 그렇습니다."

"그럼 전하께서 겪으신 일 역시 대부분 아실 거라고 생각해요. 그러니까······."

아처는 할 말이 많은 얼굴이었다. 그래서 나는 그가 끼어들 틈도 없이 덧붙였다.

"돌아가신 루딘 황태자 전하에 대해 알고 싶어요."

숨 막히는 정적이 흘렀다. 예상했던 바였기에 놀랍지는 않았다.

대답은 금방 돌아왔다.

"저는 영애를 믿지 않습니다. 아실 텐데요?"

내가 원했던 대답은 아니었다. 아처 역시 그 사실을 알고 있을 것이다.

"당연히 영애께 사실을 고할 마음도 없습니다."

"저는 전하의 비밀을 원하는 게 아니에요."

나는 고개를 저었다. 아처가 대단히 큰 착각을 하고 있음을 알려주기 위해서였다.

"조금만 귀를 기울이면 누구나 알 수 있는 객관적인 정보를 원합니다."

"그런 거라면 굳이 제게 듣지 않으셔도 될 텐데요."

"그렇죠. 하지만 영윤께 듣는 게 가장 합리적이니까요. 따로 사람을 움직여 알아내는 것보단, 지금처럼 이렇게 쉽게 접촉할 수 있는 영윤께 듣는 편이 낫죠."

틀린 말은 아니었다.

덕분에 아처도 어느 정도 납득한 기색이었다.

"그렇군요."

"네. 그러니까……."

"싫습니다."

"……."

"결국 편한 대로 절 이용하시겠다는 거 아닙니까? 싫습니다."

그는 생긋 웃는 낯으로 쐐기를 박았다.

재고의 여지조차 없을 만큼 단호한 대답이었다.

아처가 돌아간 후, 나는 집무실 책상에 엎드린 채 한숨을 내쉬었다.

설득하기 쉬울 거란 생각은 하지 않았지만 이렇게 단칼에 거절당할 줄은 몰랐다.
　고백하자면 아처에게 한 말은 거짓이었다.
　내가 원한 건 객관적인 정보가 아니었다. 아처의 사적인 감정이 섞여 들어간 정보였다.
　객관적인 사실이라면 이미 알고 있었다.
　루딘 황태자가 독살을 당했다는 것. 그리고 진짜 범인은 루딘의 시녀가 아니라 오델론이라는 것.
　여기까지 알고 있음에도 아처의 감정이 들어간 정보를 원한 이유는 간단했다.
　펠루스의 측근이니, 루딘과 루딘을 죽였다 오해받은 시녀를 직접 겪어 봤을 그다.
　그런 아처의 시점에서라면 내가 모르는 사실을 알아낼 수 있지 않을까 싶었던 것이다.
　비록 실패하고 말았지만.
　"에휴, 정말 되는 일이 없네."
　"뭐가?"
　불쑥 기척도 없이 나타난 펠루스 때문에 나는 화들짝 놀라 고개를 들었다.
　"아 진짜! 뭐 하시는 거예요!"
　아니, 이 미친 사람아. 간 떨어질 뻔했잖아!
　"대체 왜 노크도 없이 들어오시는 거죠?"
　"했는데 영애가 못 들었을 거란 생각은 안 하나?"
　"그, 그랬나요?"
　그런 거라면 나도 할 말이 없었다. 너무 깊게 고민하느라 못 들은 건가.

"사실 안 했어."

"…네?"

"안 했으니 못 듣는 게 당연하지."

"……."

뭐지, 이 뻔뻔함은?

펠루스가 지나치게 당당해서 오히려 할 말이 없어졌다.

"그래서 용건은 묻지 않는 건가?"

"아, 무슨 일로 오셨죠?"

"이거."

펠루스가 들고 있던 서신을 흔들어 보였다. 나한테 온 거구나.

그것을 눈으로 좇던 나는 반사적으로 손을 뻗었다. 누가 보낸 서신인지 알 것 같았다.

"이리 주세요!"

"누구한테 온 서신이기에 그렇게 반기는 거지?"

"그건 사적인 영역이니까, 제가 답해 드릴 의무는 없어요."

"뭐?"

펠루스가 미간을 찌푸렸다. 대놓고 못마땅하단 기색이었다.

그러거나 말거나 나는 폴짝대며 서신을 뺏어 오기 위해 애썼다.

아, 진짜. 얘는 왜 또 이렇게 쓸데없이 키가 커선!

괜히 울컥한 내가 말했다.

"아니, 왜 귀찮게 심술을 부리고 그러세요?"

"귀찮다고? 내가?"

"네. 귀찮아요. 그러니까 얼른 그거 두고 나가 주세요."

단호한 대답에 펠루스의 표정이 와락 구겨졌다. 동시에 굳게 다물린 입에서는 어떤 결심이 느껴졌다.
"받아."
"…네? 아."
나는 얼떨떨한 마음으로 서신을 받아 들었다.
순순히 줄 것 같지 않더니, 갑자기 무슨 바람이 분 거지?
"이거 칼인지 뭔지 하는 놈의 서신 맞지?"
"어, 아마도요? 아직 봉투를 뜯어 본 게 아니라 확신할 수는 없지만."
거기까지 말한 나는 문득 내가 펠루스에게 카엘의 애칭에 대해 얘기한 적이 없다는 사실을 떠올렸다.
아니, 펠루스 너. 카엘의 애칭도 알고 있는 거야?
그럼 '칼인지 뭔지 하는 놈'이라고 한 건 그 사실이 쑥스러워서 그런 건가?
그렇게 생각하니 톱니바퀴가 맞물리듯 앞뒤가 대충 맞아 들어가는 느낌이었다.
동시에 이유는 모르겠지만 괜히 씁쓸하기도 했다.
잠깐, 씁쓸하다고? 대체 왜?
나는 갑작스레 흘러들어 온 생각에 놀라고 말았다.
아니, 두 사람의 사이를 응원해 주지는 못할망정. 내가 왜…….
그러다가 문득 벼락같은 깨달음이 있었다.
혹시, 펠루스처럼 굴곡진 삶이 예정된 사람한테 우리 카엘을 주기 싫어서 그런 건가?
"또 쓸데없는……. 내 말… 있나?"
"네?"
나는 뒤늦게 반문했다. 한숨을 내쉰 펠루스가 재차 물었다.

"나한테 더 할 말은 없나?"

방금 하려던 질문이랑 다른 내용인 것 같은데.

그리 여기면서도 나는 성실하게 고민했다. 내가 펠루스한테 해줘야 할 말? 그런 게 있나?

"음, 감사해요?"

고개를 숙이는 시늉까지 했음에도 그의 표정은 여전히 굳어 있었다. 언뜻 실망한 기색까지 느껴졌다.

이게 아닌가?

"됐어. 못 들은 걸로 해."

말을 마친 펠루스는 누가 봐도 쟤 마음 상했구나 싶은 생각이 들 만한 얼굴로 집무실을 나섰다.

방금 전까지만 해도 그가 빨리 서신을 두고 나가길 원했던 나다.

하지만 저렇게 마음 상한 티를 팍팍 내고 나가 버리니 마냥 좋아할 수도 없었다.

오히려 매우 찜찜했다.

14장.
태풍의 눈 (2)

에린의 집무실에서 나온 펠루스는 기분이 매우 상한 상태였다.

이유는 모르……. 아니, 알고 있지만 외면하는 중이었다.

칼. 잘 알지도 못하는 남자의 이름이었다.

제법 흔한 이름이었기에 그는 가끔 자신이 보던 서류에서 저것과 비슷한 이름을 발견하면 흠칫하곤 했다.

그 정도로 펠루스는 그 남자가 싫었다. 이유는 입 아프게 물을 필요도 없이 에린 때문이었다.

그는 죽은 레안 노르베이 이후로 그녀가 유일하게 마음을 연 이성이었다.

대체 누구이기에 얼마나 대단한 자이기에 그런 일이 가능한 걸까.

궁금했지만, 모순적이게도 알고 싶지 않기도 했다.

자신은 감히 같은 선상에 놓일 수조차 없는 사람이라면? 그럼 그땐 어쩔 것인가 싶었다.

그래서 펠루스는 일부러 칼이라는 남자에 대한 어떤 조사도 하지 않았다.

반 정도는 그런 마음이었고, 나머지 반은 에린의 사생활을 존중해 줘야 한다는 생각 때문이었다.

아까 그녀도 말했듯 이건 펠루스가 함부로 발을 들여도 되는 영역이 아니었다.

그는 그 사실을 잘 알고 있었다.

다만 이미 알고 있는 사실을 굳이 에린의 입을 통해 확인 사살당하는 건 썩 기분 좋은 일은 아니었다.

그때였다. 펠루스가 불현듯 멍청한 깨달음을 얻은 것은.

그는 에린의 집무실에서 제법 멀어지고 난 후에야 자신이 그녀를 찾아갔던 이유를 떠올렸다.

에린에게 받아야 할 서류가 있어서였다. 서신 전달은 부가적인 목적이었다.

이런 천하의 등신. 저번에도 그러더니, 또 이 모양이다.

결국 펠루스는 방향을 틀었다.

내일로 미룰 수 있는 서류가 있고, 아닌 게 있다. 그가 에린에게 받아 오려는 서류는 후자였다.

그렇게 중요한 서류임에도 그는 그것을 잊었다.

쯧. 펠루스는 스스로의 한심함에 혀를 찼다.

이러니까 아처가 계속 그녀를 눈엣가시로 여기고 주변을 맴도는 게 아닌가.

"영애."

이번에는 제대로 된 노크 소리와 함께 에린을 불렀다. 그러고는 들어오라는 말이 떨어지기 무섭게 문을 열었다.

"아직 용건이 남으셨나요?"

비꼬는 게 아니라 진심으로 궁금하단 투였다. 펠루스는 그녀에게 서류에 대해 설명했다.

"아, 잠시만요."

그에게 잠시 앉으라며 손짓한 후, 에린은 서류를 찾기 위해 집무실 옆에 딸린 방으로 향했다.

그동안 펠루스의 시선은 그녀가 방금 전까지 읽고 있던 서신으로 향했다.

남의 편지를 훔쳐보는 파렴치한 사람은 되고 싶지 않은데, 자꾸만 눈길이 갔다.

"근데 이런 건 시종이나 하인을 시키셔도 되는 거 아닌가요?"

갑작스레 방에서 나온 에린의 물음에 펠루스는 크게 놀랐으나, 티를 내지는 않았다.

"중요한 서류라서 그건 곤란해."

"아, 그런가요?"

사실 그 정도로 중요한 서류는 아니었다.

에린의 말처럼 시종을 시켰다고 해도 별문제 없는 일이었다.

기한이 급한 거지 보안이 중요한 서류는 아니니까.

그럼에도 이렇게 직접 서류를 가지러 온 건 전적으로 사심 때문이었다.

"말씀하신 서류는 일단 이 정도면 될까요?"

"그래."

펠루스의 긍정에 에린은 홀가분한 태도로 책상에 앉았다.

그러고는 생글생글 웃는 낯으로 펼쳐 둔 서신을 다시 읽기 시작했다.

아직 방 안에 있는 펠루스는 안중에도 없는 듯한 태도였다. 그는 조금 울컥했다.

"나는 이제 안중에도 없는 모양이군."

"네? 원하시는 서류는 이미 다 찾아 드렸잖아요."

그녀는 진심으로 뭐가 문제냐는 얼굴이었다. 사실 펠루스도 비슷한 마음이었다.

자신이 화를 낼 이유는 그 어디에도 없는데, 왜 이러고 있는 건지 도통 알 수가 없었다.

"그 서신을 보낸 자가 그렇게 좋은가?"

"…아니, 왜 이야기가 그렇게 가는 거죠?"

애먼 곳에 화풀이를 하고 있다는 건 그도 알고 있었다. 하지만 어쩔 수가 없다.

"…계속 고민했던 건데 역시, 말씀드리는 게 좋겠어요."

그렇게 말문을 열고도 에린은 얼마간 망설이는 기색을 보였다. 그러나 곧 결심이 선 듯 말을 이었다.

"사실 저, 예전에 황제 폐하께 따로 불려 간 적이 있어요. 지금까지 말씀드리지 않은 건 죄송해요. 그 사실을 고백하면 그날 들은 내용까지 이야기해야 할 것 같아서 조용히 있을 수밖에 없었어요."

"무슨 이야기를 들었는데?"

"전하께서 남자를 좋아하신다는 이야기요."

담백한 대답이었으나, 그녀는 어딘가 초조해 보였다.

혹여나 제 말이 펠루스의 마음을 상하게 하지는 않았을까 눈치를 보는 것 같았다.

"폐하께서 그러시던가?"

정작 그는 덤덤하게 물었다.

에린이 자신을 그런 식으로 오해하고 있다는 건 진작부터 알고 있었다.

전에 아를레인 공자 역시 짚어 주지 않았던가. 그러니 놀랄 것은 없었다.

"네. 폐하께 들었어요."

다만 그녀의 긍정에 기분이 썩 좋지는 않았다.

"이제 다 털어놓았으니, 본론을 말씀드릴게요."

"본론?"

"네. 주제넘은 일이지만 전하께 드릴 말씀이 있어요."

나한테? 펠루스가 의문을 표하려던 찰나, 에린이 한발 앞서 덧붙였다.

"전하, 제 남동생은 이미 연인이 있답니다."

나긋하고도 단호한 대답은 충고였다.

잠시 멍한 얼굴로 그녀를 응시하던 펠루스가 두 눈을 가늘게 떴다.

지금 대체 뭐라는 거야?

"공자가 연인이 있든 없든 무슨 상……."

"전하, 상관이 없다뇨? 멀쩡한 연인들을 갈라놓을 생각은 하지 말아 주세요."

"하."

펠루스는 어이가 없다는 듯 헛웃음을 터트렸다.

이럴 줄 알았으면 진작 에린의 오해를 풀어 줄 걸 그랬다.

이쪽이 더 편하지 않을까 싶어 놔둔 거였는데 이런 식으로 대가를 치르게 되다니.

"전하, 세상은 넓고, 푸른색 눈동자를 가진 사람은 많아요. 당장 눈앞에 보이는 것만 쫓지 말고 멀리 보세요."

오해를 해도 뭐 저리 구체적으로 하나 싶어 기가 막혔다.

동시에 울컥 화가 치밀어 오르기도 했다.

그래서 그는 충동적으로 말했다.

"그래? 그럼 영애가 나랑 만나면 되겠네."

정적. 다음에 이어진 것은 경악한 얼굴로 두 눈을 크게 뜬 에린의 모습이었다.

"…예?"

놀람과 당혹스러움이 섞인 눈으로 펠루스를 응시하던 에린은 뒤늦게 멍하니 벌린 입을 다물었다.

냉정함을 되찾으려는 시도 같았으나, 도움이 된 것 같지는 않았다.

여전히 혼란스러운 눈으로 펠루스를 응시한 그녀가 물었다.

"…그러니까 지금, 대체 무슨 말을 하신 거죠?"

에린의 혼란을 그는 이해했다.

펠루스 본인이 생각하기에도 제대로 미친 소리였으니까.

생각을 거치지 않고 나온 날것 그대로의 말이었다.

문제는 그것을 수습해야 하는 게 이성과 정신이 똑바로 박힌 상태의 자신이라는 점이다.

제길.

"농담이야. 그러니까 그렇게 정색하지 마."

"아, 농담이셨군요. 어휴, 괜히 놀랐네."

에린은 진심으로 안도한 기색이었다.

"아니, 무슨 농담을 이렇게 재미없게 하세요?"

그리 말하며 다행이라는 듯 제 가슴을 쓸어내리는 에린의 모습에 펠루스의 기분은 급속도로 가라앉았다.

자신의 고백이 급작스러웠던 것은 안다.

그래도 저렇게까지 눈에 띄게 안심할 것은 없지 않은가.

"푸른 눈이라고 해도 영애는 내 취향이 아니야."

치졸한 심술이었다. 그녀가 자신을 격하게 거부한 것에 대한.

"그러니 쓸데없는 걱정 마."

펠루스의 단언에 순간 침묵이 내려앉았다. 뭔가를 고민하는가 싶던 에린이 고개를 끄덕였다.

"아 그렇군……. 잠깐, 저는 취향이 아니라고 쳐도 제 동생은요?"

그녀가 입을 열기 무섭게 펠루스가 한숨을 내쉬었다.

"아를레인 공자의 이야기는 왜 또 꺼내?"

아까도 푸른 눈을 들먹이며 헛소리를 하더니, 참 쓸데없는 곳에서 끈질긴 면모를 보여 주고 있었다.

"그거야 전하께서 늘 제 동생의 애칭을 당당하게 부르셨잖아요. 그 정도면 대단히 친밀한 관계라는 의미 아닌가요?"

"내가 대체 언제 공자의 애칭을 불렀다는 거지?"

에린의 말처럼 애칭을 허락하는 것은 서로 대단한 친분이 있을 때나 가능한 일이었다.

하지만 펠루스는 카엘의 애칭을 입에 담기는커녕 그의 애칭이 뭔지조차 알지 못했다.

그러니 에린은 지금 대단한 착각을……. 잠깐, 설마?

"기억 못 하시는 것 같아서 짚어 드리자면, 칼. 제 동생의 애칭은 칼이에요. 풀 네임은 카엘 세르틴 아를레인."

한숨과 함께 돌아온 대답에 펠루스는 벼락같은 깨달음을 얻었다.

칼이라는 사내가 아를레인 공자였구나.

그 사실을 깨닫자마자 든 것은 우습게도 깊은 안도감이었다.

지금껏 받아 온 오해가 억울하단 생각은 들지도 않았다. 정처 없이 들뜨기 바빴다.

약혼자인 레안 노르베이 이후 에린이 유일하게 마음을 연 사내는 그녀의 남동생이었다.

오직 그 사실만이 머릿속에 똑똑히 새겨졌다.

"제가 전하의 사생활에 간섭할 권리가 없는 건 알아요. 하지만 카엘은 제 소중한 남동생이고……."

터무니없는 오해를 기반으로 말을 잇는 에린을 그는 가만히 응시했다.

이제야 돌아가는 상황이 온전히 파악되기 시작했다.

에린은 자신이 아를레인 공자의 애칭을 거리낌 없이 부르는 것을 보고 오해를 한 것이다.

그리고 보니 전에 푸른색 눈동자를 가진 사람이 취향이냐는 질문을 했던 것 같기도 하다.

대뜸 정곡을 찌르기에 무슨 일인가 했더니, 이런 의미였을 줄이야.

펠루스는 허탈하게 웃었다. 그리고 입을 열었다.

무어라 재잘대던 에린의 어깨를 양손으로 꽉 붙든 채로.

"아니야."

"그러니까 가급적이면……. 네?"

갑자기 어깨를 붙들린 그녀의 시선이 그에게로 향했다.

"아니라고. 난 아를레인 공자한테 관심 없어."

"어……. 정말요?"

"그래."

쐐기를 박듯 펠루스가 고개를 끄덕였다. 에린은 멍한 얼굴을 했다.

그녀의 얼굴에 여전히 의혹이 남아 있음을 깨달은 그가 입을 열었다.

"같은 말을 반복하는 건 이번뿐이야. 난 공자한테 관심 없어. 그러니까 해고당하기 싫으면 쓸데없이 설치지 마."

"……."

협박이었다. 아주 오랜만에 그녀가 가장 치를 떠는 협박을 꺼내 든 것이다.

"…아니, 함부로 넘겨짚은 건 제 잘못이 맞지만, 그게 이렇게까지 정색하실 일인가요?"

예상했던 대로 에린은 불만 가득한 얼굴을 했다. 그러면서도 차마 더 떠들지는 못하는 것 같았다.

"누가 보면, 약혼녀가 있어서 소문에 신경 쓰시는 줄 알겠네요. 어차피 당장 결혼할 마음도 없으시면서."

중얼거림 반에 투덜거림 반으로 불만 섞인 그녀의 말에 펠루스는 침묵했다.

에린 역시 대답을 기대하고 꺼낸 말은 아닌 것 같았다.

"아, 저 잠깐 외출 좀 하고 올게요. 급하게 보내야 할 서신이 있어서."

말을 마친 에린은 잽싸게 집무실 문 앞으로 향했다. 그녀가 막 문을 열려던 순간이었다.

"마음에 둔 사람이 있어."

주어 없이 들려온 펠루스의 고백에 에린은 그대로 굳어졌다. 이쪽을 등지고 있는 탓에 확신할 수는 없지만 경악한 것 같았다. 그는 차분히 말을 이었다.

"그러니 쓸데없는 소문은 곤란해."

"……."

"지금 들은 건 모두 함구하도록."

펠루스가 말을 마치자 에린은 잠시 문고리에 올렸던 손을 내렸다.

그러고는 몸을 반쯤 돌렸다. 그녀는 어색하게 웃고 있었다.

"…물론, 이죠."

감추려고 애쓰는 듯하나, 난처해하는 것이 훤히 보였다. 펠루스는 그저 웃었다.

역시, 거짓말에는 통 재능이 없다.

"그럼 저는 이만."

말을 마친 에린은 뒤도 돌아보지 않고 자신의 집무실에서 나가 버렸다.

⊸⊷

미쳤다.

나는 집무실에서 나오기 무섭게 두 손으로 머리를 감싼 채 빠르게 걸었다.

아직도 충격이 가시질 않는다.

마음 같아서는 당장 황제를 찾아가 멱살이라도 잡고 싶은 심정이었다.
 아니, 대체 어떤 황제가 나한테 펠루스가 남자를 좋아한다는 헛소리를 했어!

 '그래? 그럼 영애가 나랑 만나면 되겠네.'

 그 말은 분명 진심이었다. 곧장 농담이었다는 말을 덧붙이긴 했지만, 확신할 수 있었다.
 순간, 나를 응시하던 펠루스의 눈에 장난을 치는 기색은 없었다.
 그는 진심이었다.
 진심으로 내게 교제를 하자며 고백한 것이다. 바로 취소하긴 했지만.
 아니, 나는 이걸 어떻게 이제야 눈치챈 거지?
 펠루스가 남자를 좋아한다던 황제의 말만 믿고 그를 크게 의식하지 않기는 했는데, 그래서 몰랐던 건가?
 헛웃음이 절로 나왔다.

 '농담이야. 그러니까 그렇게 정색하지 마.'

 상황을 수습하기 위해 농담이란 말을 꺼내면서도 그는 오히려 본인이 상처받은 얼굴이었다.
 아니, 진짜 이 멍청이가!
 나한테 늘 표정이 읽힌다느니 어쩌느니 하더니, 결국 본인도 다를 바가 없잖아!

평소에는 분명 펠루스가 무슨 생각을 하는지 잘 모르겠다 싶은 순간이 대부분이었다.

그의 표정은 늘 비슷했다. 무표정하거나, 불만스러운 얼굴을 하거나, 아주 드물게 웃고 있거나.

그만큼 속을 알 수 없는 사람이라 여겼는데, 왜 하필 그 순간에는 표정이 선명하게 읽힌 걸까.

당시의 펠루스가 그만큼 무방비했다는 의미인가?

"아, 모르겠다."

여전히 혼란스럽기만 했다.

다른 모든 사람들이 내게 호감을 가지더라도 펠루스만큼은 그럴 리 없다고 여겼는데.

대뜸 카엘의 이야기를 다시 꺼낸 건 그런 이유에서였다.

교제를 입에 담은 그를 보며 혹시나 하면서도 설마 그럴 리가 있겠나 싶었다.

착각이겠지. 그래, 분명 그럴 거야.

그리고 기대는 부서졌다. 펠루스는 단호하게 부정했다.

카엘을 마음에 둔 게 아니라고. 그런 적 없다고.

'마음에 둔 사람이 있어.'

그럼 끝까지 조용히 있을 것이지. 또 괜히 쓸데없는 소리를 해서는 나를 혼란스럽게 했다.

카엘을 마음에 둔 게 아니야? 그럼 그동안 보였던 질투는 누구를 향한 거였지?

카엘에게 받은 목걸이 대신 하고 있으라며 다른 목걸이를 사

준 건?

 내게 카엘을 닮은 영윤을 춤 상대로 붙여 준 건?

 지금껏 제대로 의심하지 않았던 부분들을 되짚어 갈수록 답은 명확해져 갔다.

 펠루스는 카엘이 아니라 나한테 마음이 있다.

 무서울 정도로 단호한 사실이었다.

 "아, 아냐. 물증이 없잖아. 괜히 또 넘겨짚었다가 망신당하지 말자."

 점차 또렷해져 가는 생각을 지워 내기 위해 나는 고개를 저었다.

 그래, 이번에도 증거가 없는 건 마찬가지다. 그러니 결코 확신할 수는 없다.

 "혼자 뭘 그렇게 중얼거리세요?"

 그때 누군가가 정처 없이 걷던 나를 붙잡아 세웠다. 아처였다.

 그는 생긋 웃는 낯으로 나를 응시하고 있었다.

 "아… 안녕하세요."

 나는 가볍게 고개를 숙였다. 아처 역시 허리를 숙여 인사를 받아 주었다.

 "어딜 그리 급하게 가시는지 모르겠지만, 거긴 출입이 금지된 정원입니다."

 "아."

 아처의 지적에 나는 고개를 돌렸다. 내가 가려던 길 끝에는 수국 정원이 있었다.

 펠루스가 내게 함부로 출입하지 말라며 단단히 경고했던 그곳 말이다.

"그러네요. 감사해요."

나는 어색하게 웃으며 감사 인사를 했다. 하마터면 또 펠루스와 한바탕할 뻔했다.

"정신이 완전히 딴 곳에 가 계시는 것 같군요."

"네?"

"역시, 영애는 너무 거슬립니다."

"…뭐라고요?"

나는 놀란 마음에 무심코 반문했다.

귀족 영윤이 레이디를 대하는 것치곤 지나치게 무례한 어조였다.

다른 사람도 아니고 아처가 그랬다는 사실에 나는 재차 놀랐다.

모든 레이디에게 친절하고 매너 좋기로 유명한 '아처 메테니아'가 저런 태도를 보인다고?

그가 나를 탐탁지 않게 여기는 것은 알고 있다.

하지만 지금까지는 적어도 그 사실을 감추거나 포장하려는 시늉 정도는 했었다.

"황태자 전하 때문인가요?"

"네."

"모든 레이디에게 친절하신 영윤께서 이러실 만큼 제가 큰 잘못을 저질렀나요?"

어느새 침착함을 되찾은 물음에 아처는 잠시 말을 고르는 듯했다.

"영애께서는 지금 큰 오해를 하고 계시는 것 같습니다."

이어진 음성은 차분했다.

무서울 정도로 차분하고 고요해서 찰나, 펠루스와의 첫 만남을 떠오르게 했다.

"저는 아를레인 영애가 마음에 들지 않는 것이 아닙니다."

"네?"

그건 또 무슨 소리인가 싶어 나는 그를 빤히 응시했다.

"제가 마음에 들지 않는 건 황태자 전하, 그 자체입니다."

이해하기 힘든 대답이었다. 내가 아니라 펠루스가 마음에 들지 않는다고?

언제는 내가 펠루스의 약점이 되어 발목이라도 잡을까 봐 못마땅해했으면서?

"이해가 가지 않는다는 얼굴이시네요."

"앞뒤가 맞지 않으니까요. 전에는 분명 저한테……."

"그것도 진심이었습니다. 제국을 이끌어 가야 할 군주에게 약점이 있으면 곤란하니까요."

그럼 그건 인간으로서의 펠루스가 아니라 황태자로서의 펠루스를 걱정했다는 의미인가?

"그럼 지금 저한테 이러시는 이유가 뭐죠?"

"영애의 행동이 마음에 들지 않아서요."

"……?"

너무 황당하면 말문이 턱 막힌다던데, 지금 내가 딱 그랬다.

후우, 나는 한 차례 호흡을 가다듬은 후 입을 열었다.

"지금 저랑 장난하시는 건가요?"

나름 절제하긴 했지만, 그 어조에는 분명 짜증이 섞여 있었다. 당연한 일이다. 내가 부처도 아니고.

"그건 아닙니다."

"대답은 정말 잘하시네요. 그게 아니면 대체 뭐죠?"

"앞으로는 영애가 똑바로 행동하시길 바란다는 말입니다."

도를 넘은 충고, 아니 이쯤 되면 비난에 가까웠다. 헛웃음이 절로 나왔다.

"많은 레이디들께서 이 장면을 보셨어야 하는데, 정말 아쉽네요."

중얼거림에 가까운 목소리였으나, 주변이 워낙 조용해서 다 들렸다.

사실 들으라고 한 소리였다.

상대가 워낙 막 나가니, 나도 거리낌 없이 내뱉기 시작한 것이다.

어차피 듣는 귀도 없는데 뭐 어떤가 싶었다.

"무슨 뜻으로 하신 말입니까?"

"만인에게 공평하게 친절하신 영윤께서 제게 어떤 태도를 보이고 있는지 모두가 아셨으면 좋겠다고요."

나는 말을 돌리지도 목소리를 낮추지도 않았다. 대놓고 아처를 둘러싼 소문을 지적했다.

오는 여자 안 막고, 가는 여자 안 잡으면서도 모두에게 공평하게 친절하여 희망 고문을 하는 그의 행동을.

아처가 입을 뗐다.

"말씀하신 것처럼 저는 어떤 레이디에게든 공평하게 친절합니다. 집안이든 외모든 상관없이요."

"당당하시네요."

"그게 나쁜 건 아니니까요."

뭐가 문제냐는 태도였다. 그저 기가 막힐 뿐이다.

교제도 결혼도 하지 않으면서 이 여자 저 여자한테 여지를 주고 다니는 게 그럼 잘하는 짓인가 싶었다.

물론 법적인 책임은 없지만, 그래도 이건 아니지 않나 싶었다.

"희망 고문이나 다름없잖아요. 그리고 영윤께서도 계속 방황하는 것보단 한 분에게 정착하시는 게 낫지 않나요?"

"그럴 순 없습니다. 전 결혼할 마음이 없으니까요. 당연히 평생 한 사람만 보는 일 따위 없을 겁니다."

"허."

진심으로 가관이었다. 더는 눈앞의 남자와 말을 섞고 싶지 않았다.

이만 자리를 떠나는 게 내 정신 건강을 위해서라도 좋을 것 같았다.

"네. 영윤의 결혼관은 잘 알았어요. 왜 제게 이런 시시콜콜한 것까지 털어놓으셨는지는 몰라도……."

"전하의 집무실에는 오래된 금고가 하나 있을 겁니다. 황족들이 중요한 물건을 보관할 때 사용하는 것이죠."

내 말을 간단히 무시한 아처가 잠시 숨을 골랐다. 그러다가 다시 말을 이었다.

"그 안을 확인하세요. 아마 전하의 마음을 확인하실 수 있을 겁니다."

"…금고를 통해서요?"

뜬금없이 웬 금고? 그걸로 뭘 어떻게 확인하라는 거지?

뭐, 일단 그건 제쳐 두더라도 내가 펠루스의 마음에 대한 확신이 없어서 고민하는 건 또 어떻게 안 걸까.

혹시, 아까 내가 중얼거리는 것을 들었나?

"성공하신 후, 전하의 마음에 대한 확신이 생기면 저를 찾아오세요."

생각을 툭 자르는 아처의 말에 나는 고개를 들어 그를 응시했다.

"전에 물어보셨던 것에 대한 답을 드리겠습니다."

"……."

제법 구미가 당기는 조건이었다.

전에 열심히 물을 때는 단칼에 거절하며 하나도 답해 주지 않더니 대체 무슨 바람이 분 걸까.

하지만 덥석 수락하기엔 또 찜찜했다. 갑자기 생각을 바꾼 이유를 알 수 없으니 더욱 그랬다.

"왜 저한테 이런 제안을 하시는 거죠?"

"그건, 제가 하는 이야기를 듣고 나면 자연스레 알게 되실 겁니다."

펠루스의 금고를 확인하기 전까진 아무것도 알려 주지 않겠다는 소리였다.

"아, 그리고 전하를 조심하시는 게 좋을 겁니다."

대뜸 이어진 경고를 끝으로 아처는 미련 없이 몸을 돌려 떠났다.

𖦹

아처가 가 버린 후 나는 고민에 빠졌다.

펠루스의 금고를 확인할 것인가, 말 것인가에 대해서.

가장 큰 문제는 아처의 의중을 전혀 알 수 없다는 사실이었다.

그는 나도 펠루스도 마음에 들지 않는다고 말했다. 심지어 내게는 대놓고 무례한 태도를 보이기까지 했다.

그러니 아처의 목적이 나와 펠루스를 갈라놓는 것이라 해도 이상할 건 없다.

애초에 황가에서 전해 내려오는 금고에 넣어 둘 정도라면 안에 든 게 무엇이든 그 가치가 대단할 것이다.

근데 그렇게 소중한 물건을 내가 멋대로 확인하다가 펠루스한테 걸리기라도 하면?

진심인지는 모르겠지만, 툭하면 해고를 입에 담는 그다.

어쩌면 이번에는 정말 나를 해고하려 들지도 모른다.

운 좋게 해고를 당하지 않더라도 지금까지 쌓아 온 신뢰를 한 번에 무너트리는 계기가 될 수도 있다.

아처가 노리는 게 바로 그런 거라면?

그가 대가로 내건 정보가 탐나지 않는 것은 아니다.

펠루스와 루딘, 아처, 그리고 오델론의 과거에 대해 좀 더 자세히 알 수 있을지도 모르니까.

하지만 그게 지금껏 쌓아 온 펠루스와의 신뢰를 전부 무너트려도 될 정도냐고 물으면, 그건 아니었다.

"왜? 또 뭔데."

"네?"

"이번엔 또 무슨 이유로 정신이 딴 곳에 가 있는 거냐고."

무심한 듯 정곡을 찌르는 펠루스의 물음에 나는 고개를 저었다.

"그런 거 아니에요."

"그런 게 아니라고?"

"네. 아니에요. 아무 일 없어요."

"흐음."

펠루스는 믿지 않는 기색이었다. 이미 내가 거짓말을 하고 있다고 확신한 눈치였다.

그러나 내가 진실을 고백할 마음이 없다는 사실을 알았는지 더 묻지는 않았다.

그저 한숨만 내쉬었다.

"그래, 그럼 그렇다 치고 영애의 생각은 어때?"

"네?"

"역시, 안 듣고 있었군. 서부와 북부에 대한 거 말이야."

"아."

펠루스의 설명에 나는 뒤늦게 정신을 차렸다. 그가 급한 일이라며 나를 찾아온 이유가 떠올랐다.

"식량 지원 문제 말씀이시죠? 북부에서 자기들은 마물 토벌까지 하고 있는데 왜 서부와 같은 식량 지원이 전부냐고 따졌다던."

"그래, 아주 좋은 빌미를 잡았다고 여기는 것 같더군."

"그것참, 당황스럽네요. 제 기억이 맞는다면 마물 토벌을 담당하는 대가로 감면되는 세금이 있지 않나요?"

"맞아. 북부 지방의 영주들은 마물 토벌의 대가로 타 지방에 비해 토지세를 삼분의 이 정도 감면받아."

"아니, 삼분의 이나 감면받는다고요?"

내가 예상했던 것보다 훨씬 큰 금액이었다.

그 정도면 거의 안 낸다고 봐야 하는 거 아냐?

게다가 듣기론 마물이라고 해 봤자 산짐승과 비슷하거나 조금 더 큰 정도고, 요즘엔 잘 출몰하지도 않는다던데.

그걸 굳이 토지세의 삼분의 이를 감면해 줘 가며 토벌할 필요가 있을까?

그것도 직접 마물을 사냥하는 사람도 아니고, 영주들한테?

"그래서 이번 기회에 토지세 감면 비율에 대해 다시 의논할 생각이야. 이미 다른 지방 영주들의 동의도 얻었지."

대단한 추진력이었다. 어쩌면 꽤 오랫동안 감면 비율을 낮출 준비를 하고 있었던 걸지도 모른다.

"아, 근데 그럼 이미 다 끝난 이야기 아닌가요? 이걸 왜 저한테 알려 주시는 거죠?"

나는 뒤늦게 떠올린 의문을 입 밖에 냈다.

급한 일이라더니, 이미 다 끝난 문제잖아?

"영애는 내 보좌관이잖아. 나중에 이와 관련된 문제가 생길지도 모르니 이 정도는 알고 있어야지."

틀린 말은 아니지만, 그래도 그걸 이렇게까지 다급하게 알려 줄 필요는……. 잠깐.

"근데 장갑에 뭐가 묻었어요."

나는 설마, 하는 마음에 그의 손을 잡았다. 하지만 단번에 내쳐졌다.

"신경 쓸 거 없어."

냉랭한 대꾸였다. 하지만 내 눈에는 당황한 기색을 숨기려는 것처럼 보였다.

아무래도 내 짐작이 맞는 모양이다.

"그거 혹시, 피가 묻은 건가요?"

하얀 장갑에 묻어 있는 검붉은 자국을 보며 내가 떠올린 것은 피였다.

"어디 다치셨어요?"

황궁 내에서 펠루스가 타인의 피를 손에 묻힐 만큼 크게 싸웠을 리는 없다.

그랬다면 분명 난리가 났을 테니까.

그러니 그 경우를 제외하면 결국 실수로 다쳐서 생긴 자국이라는 건데.

순순히 그렇게 단정 짓기에는 핏자국이 차지한 부분이 제법 넓었다.

"그런 거 아니야."

그는 부정했지만 나는 믿을 수 없었다. 분명 뭔가를 숨기고 있는 눈치인데.

⚘

그는 황궁의 시종이었다.

알현실의 총관리를 담당하는 동시에 황제를 알현하러 온 이를 안내해 주는 게 주된 업무였다.

현 황제는 알현실을 자주 이용하지 않았다.

그래서 지난 몇 년간 시종인 그가 알현실까지 안내한 이는 얼마 되지 않았다.

그런데 최근 일주일간 황제에게 눈에 띄는 변화가 있었다.

"황제 폐하께서 기다리고 계십니다."

"그래."

최근 황제는 하루가 멀다 하고 황태자를 알현실로 불렀다. 이유는 모른다. 아니, 모르는 체해야 했다.

거대한 문이 소리 없이 열렸다.

문을 열고 앞장서 황태자를 안내하던 시종은 무심코 일주일 전에 있었던 일을 떠올렸다.

그날 역시 오늘처럼 황제의 명령에 따라 황태자를 알현실 안쪽 방으로 안내했다. 그리고 문을 열기 무섭게.

콰장창!

화병이 날아와 황태자의 머리를 맞혔다.

깨진 파편이 주변으로 흩어졌고, 황태자의 이마에서는 피가 흐르고 있었다.

"네가 짐을 우습게 아는구나."

그것을 던진 황제는 노여움 한 점 없는 낯으로 웃고 있었고, 황태자는 무표정했다.

"그럴 의도는 아니었습니다."

이런 일이 벌어지리란 걸 예상한 눈치였다. 화병 역시 일부러 피하지 않은 거겠지.

"아를레인 영애를 그렇게 끔찍하게 싸고돌면서, 그럴 의도가 아니었다?"

"예."

"짐은 그저 영애와 대화를 좀 하고 싶은 것뿐이야. 그게 그렇게도 싫더냐?"

황태자는 침묵했다. 그것이 긍정의 의미임을 안 시종은 한숨을 삼키며 뒤로 물러났다.

지금이라도 황태자에게서 멀어져야 했다.

안 그러면 재수 없게 황제가 던진 분노의 파편이 제게 닿을 수도 있었다.

화병은 시작에 불과하다. 그 사실을 시종은 잘 알고 있었다.

몇 분도 채 지나지 않아 알현실에 있던 장식품들은 죄다 바닥을 구르고 있었다.

깨지고, 부서지고, 찌그러진 물건들 사이에 꼿꼿하게 서 있는 황태자의 모습은 조금 기이했다.

황제는 던지고, 황태자는 그것을 맞아 주었다. 두 사람은 숨소리 한번 제대로 내지 않은 채 이를 반복했다.

"이만 나가 봐."

"황공합니다."

황제의 축객령이 떨어질 때까지. 그 후 황태자는 정중한 인사와 함께 몸을 돌려 알현실을 나왔다.

황태자의 걸음이 워낙 빨랐던 터라 시종은 뒤처지지 않기 위해 애썼다.

"굳이 말하지 않아도 되겠지만 오늘 본 것은 모두 함구하도록."

알현실을 나와 그리 말한 황태자는 어느새 멀쩡한 얼굴이었다.

상처 하나 없어 멀쩡했다.

아까 무심코 상처를 건드리기라도 했는지 끼고 있던 장갑에 핏자국이 묻어 있는 것을 제외하면 황태자는 매우 말끔한 모습이었다.

회복 마법인가? 그 괴물 같은 회복력에 시종은 감탄했다. 몸에 무리가 많이 가는 마법이라고 들었는데.

동시에 의문이 생겼다.

황제의 상태를 보면 황태자는 내일도 같은 꼴을 당할 가능성이 높다.

그런데 굳이 저 정도로 흔적도 없이 말끔하게 치료할 필요가 있나? 전날의 상처가 남아 있지 않으면 다음 날은 오늘보다 더한 분노를 살 텐데?

"의원을 불러 드리겠습니다."

시종은 제안했다. 쓸데없는 분란이 일어나는 것을 두고 보고 싶지 않았던 탓이다.

눈 가리고 아웅 하는 꼴이 되겠지만 그래도 의원에게 치료를 받았다는 티는 내야 했다.

황제의 화를 조금이라도 가라앉히려면.

하지만 펠루스는 이를 거절했다.

"됐어. 당장 가야 할 곳이 있다."

"아를레인 영애께 가시는 겁니까?"

황태자는 침묵했다. 시종은 다른 것을 물었다.

"어제 밤새 북부의 세금 감면 관련 회의로 바쁘셨다고 들었습니다."

"하고 싶은 말이 뭐지?"

"그걸 핑계로 찾아가시려는 겁니까?"

"그래."

답을 기대하지 않았던 부분에서 대답이 돌아왔다. 시종은 놀라지 않았다.

황태자가 아를레인 영애한테 죽고 못 산다는 소문을 들었기 때문은 아니었다.

그는 쓸데없이 덧대어지고 부풀려진 소문이 아니라 직접 본 것만을 믿는 사람이다.

시종은 모든 것을 본 사람이었다.

아를레인 영애를 데려오라는 황제의 부름을 제 선에서 전부 차단한 황태자는 그 대가로 황제의 분노를 샀다.

지금껏 황제의 명령에 절대복종했던 그다.

황제가 자신의 식사에 장난을 쳐도 차에 독을 타도 그러려니 했던 황태자가 처음으로 황제의 뜻에 반하는 행동을 하고 있는 것이다.

황제가 분노하는 데에는 그런 이유도 있을 것이다.

지금껏 얌전히 제 말을 수용하던 이가 갑자기 변해 버렸을 때의 두려움이란 절대 작지 않을 테니까.

콰장창!

일주일 전과 다를 바 없는 상황에 시종은 회상을 멈췄다.

방금 날아온 것은 도자기였다.

황제가 던진 도자기가 황태자의 머리에 맞은 후 바닥에 떨어져 산산조각이 났다.

누군가 숨을 들이켜는 소리가 들렸다. 그것을 눈치챈 시종과 황태자의 고개가 돌아갔다.

그들보다 먼저 온 손님이 있었다.

"…전하."

모든 일의 원인인 아를레인 영애였다.

⁂

2시간 전.

"제가 한 제안은 고려해 보셨습니까?"

"정의로운 도둑이 되라는 제안 말씀이시죠?"

나는 시답지 않은 농담을 했고, 아처는 그것을 무시했다.

"제 정보가 생각보다 간절하지 않으신 것 같군요."

"그렇다기보단, 전하께 그 사실을 들켰을 때 져야 할 위험 부담이 너무 커서요."

내가 선뜻 아처의 제안을 수락할 수 없는 건 대충 두 가지 이유가 있었다.

첫째는 양심의 문제다.

펠루스의 마음을 그래, 어찌 확인했다고 치자.

그럼 그다음에는 대체 어쩔 건데?

내가 그를 좋아하는 것도 아니면서 남의 마음을 알아내면 뭐 어쩔 건데.

만약 펠루스가 정말 나를 좋아하는 거라면 그걸 태연하게 구경이라도 할 셈인가? 혹은 무시할 셈이야?

어느 쪽이든 너무 잔인했다.

그가 나를 좋아하지 않는다 해도 마찬가지다. 남의 마음을 이런 식으로 떠본다는 것 자체가 찜찜했다.

둘째는 신뢰의 문제였다.

내가 펠루스의 금고 안을 무사히 확인한다고 해도 아처가 약속을 지키지 않으면?

계약서를 쓴 것도 아니고, 물론 쓴다고 해도 별 의미는 없겠지만.

아무튼 아처가 입을 싹 닫아 버리면 나로서는 그를 강제할 수단이 없다.

"내키지 않으면 단호하게 거절하시면 될 일입니다."

아처의 말에 말문이 막혔다.

그래, 그게 맞다. 하지만 나는 거절의 말조차 쉽게 꺼낼 수 없었다.

여기서 아처의 제안을 거절하면 그가 제안했던 것만큼 상세한 정보를 얻을 가능성은 낮아지니까.

펠루스에게 물으면 답을 들을 수 있을지도 모르지만, 루딘 황태자의 죽음이 그에게 어떤 의미인지 아는 나로서는 차마 그럴 수 없었다.

결국 도돌이표다.

"행동을 분명히 하세요. 이런 식이면 결국 모두 잃게 될 겁니다."

경멸 섞인 아처의 말에 나는 쓰게 웃었다. 반박의 여지조차 없었다.

맞는 말이니까.

"일단 결정은 조금 더 유예하는 걸로 하고, 본래의 용건을 말씀드리겠습니다."

"네? 다른 용건이 있으셨던 건가요?"

아처가 고개를 끄덕였다. 의외였다. 당연히 어서 결정하라며 재촉하러 온 줄 알았는데.

"황제 폐하께서 찾으십니다."

"…폐하께서요?"

"네."

그의 용건은 차라리 없으면 좋았을 내용이었다.

"가지 않으실 겁니까?"

아처의 물음에 나는 의문 가득한 얼굴을 했다. 그걸 지금 질문이라고 하는 건가?

"제게 선택권이 있는 일인가요?"

"아뇨. 하지만 황태자 전하께서 이 자리에 계셨다면 가지 말라고 하셨겠죠."

나 역시 동의하는 바였다. 저번 꽃차 사건 이후 펠루스는 나와 황제의 만남을 극구 반대했다.

아마 이 자리에 있었더라면 분명 아프다는 핑계를 대며 가지 말라고 했겠지.

나 역시 황제를 만나러 가고 싶은 것은 아니다.

오히려 끔찍하게 싫었다. 그가 나한테 무슨 짓을 할지 모르니까.

하지만 내가 황제를 만나러 가지 않으면 그다음엔 무슨 일이 벌어질지 모른다.

그러니 가야 했다.

"아마, 이렇게 영애께 말을 전한 제게 화를 내실지도 모르겠군요."

덧붙여진 말에 나는 혼란스러워졌다. 아니, 그래서 나더러 어쩌라는 건데.

"그럼, 저더러 전하의 뜻을 생각해 가지 말라는 말씀이신가요?"

"아뇨, 가시라는 겁니다."

"아니, 그럼 그냥 처음부터 그렇게 말씀하시지. 왜……."

투덜거림과 함께 나는 몸을 돌렸다.

"영애."

"아직 용건이 남으셨나요?"

나는 뒤도 돌아보지 않은 채 말했다. 자꾸 의뭉스럽게 구는 그가 짜증 났기 때문이다.

아니, 말을 하려면 좀 꼬지 말고 이해하기 쉽게 하란 말이야.

"아까도 말했지만, 태도를 분명히 하는 게 좋습니다. 그렇지 않으면."

"……."

"누군가는 계속 피해를 볼 테니까요."

말을 마친 아처의 발소리가 멀어졌다. 미처 붙잡을 틈도 없었다.

내가 몸을 돌렸을 때 그는 이미 저 멀리까지 간 상태였다.

황제를 알현하러 가는 길은 찝찝함 그 자체였다.

아처가 내게 거짓말을 했을 가능성도 고려했었는데, 의외로 흔쾌히 알현 허락이 떨어졌다.

제국의 황제를 만나는 일이 이렇게 빠르고 간단하게 이뤄질 리가 없다.

황제가 나를 찾는다는 아처의 말이 거짓은 아니었단 소리다.

"폐하께서 알현실 안쪽에서 기다리고 계십니다."

시녀의 말에 나는 고개를 끄덕인 후, 걸음을 옮겼다.

얼마간을 걷자 묵직하고도 거대한 문이 눈에 들어왔다.

시녀가 문을 열었다. 화려한 알현실 내부가 서서히 드러나기 시작했다.

황제는 그리 멀지 않은 거리에 있었다.

"황제 폐하를 뵙습니다."

"영애, 그대는 잠깐 옆으로 나와 있게."

네? 무심코 반문하려다가 그냥 속으로 삼켰다.

명령 불복종 따위로 꼬투리를 잡힐 수도 있었다. 그냥 시키는 대로 해야지.

그래서 적당히 구석으로 이동했다.

아무래도 그가 부른 손님이 나 혼자가 아닌 것 같다는 생각을 하면서.

"왔군."

그렇게 중얼거린 황제가 몸을 일으켰다.

어느새 그의 손에는 옆에 있던 도자기가 쥐어져 있었다. 불길한 예감이 들었다.

다음 순간, 알현실의 문이 열렸다. 시종이 안으로 들어오고, 펠루스가 그를 따라 들어왔다.

내가 미처 입을 열기도 전에 도자기가 허공을 가르고 날아갔다.

그것은 정확히 펠루스에게 명중했다.

콰장창!

바닥에 떨어진 도자기는 산산조각이 났고, 펠루스의 이마에서는 피가 흐르고 있었다.

그리고 황제는 지금 이곳에서 홀로 유일하게 웃는 낯을 하고 있었다.

"그만 나가 봐."

황제의 명령이 떨어졌다. 그는 조금 기쁜 것 같기도 했다.

으득, 나는 속으로만 이를 갈았다.

"의원을 부를게요."

황태자궁으로 돌아오고 나서 내가 처음 꺼낸 말이었다. 펠루스는 고개를 저었다.

"필요 없어."

"필요해요."

"필요 없다니까. 회복 마법을 쓰면 그만이야."

"그거 몸에 무리가 많이 간다면서요? 그리고 그랬다간 폐하께서 더 노하실 거예요."

"그래도 필요 없어."

그는 여전히 단호했다. 이마에 생긴 상처가 아직도 선명한데 왜 고집을 부리는 건지.

"혹시, 그때 장갑에 묻었던 피도 폐하께서 그러신 건가요?"

침묵이 돌아왔다. 나는 한숨을 내쉬었다.

"이유는요?"

"무슨 이유."

"폐하께서 전하께 이러신 이유요."

"몰라."

숨 쉴 틈도 없이 대답이 돌아왔다.

"…모르신다고요?"

"그래, 그냥 내가 마음에 안 드시는 거겠지."

미리 준비한 것처럼 기계적으로 돌아온 대답을 나는 믿지 않았다.

하지만 내가 아무리 캐물어도 그는 다른 답을 들려주지 않았다.

펠루스는 끝까지 입을 다물었다. 그러나 오히려 그래서 알 수 있었다.

이번 일의 원인이 바로 나라는 걸.

조금만 생각해 보면 알 수 있는 일이었다.

나를 황제에게 보낸 아처의 말, 빠르게 나를 알현실로 불러들인 황제.

마지막으로 보란 듯이 내 앞에서 펠루스에게 도자기를 집어 던지고 만족스럽게 웃던 황제.

모든 것을 종합했을 때 나오는 답은 하나였다.

펠루스가 내가 모르는 사이 나와 황제의 만남을 방해했고, 그게 황제의 분노를 산 것이다.

그래 놓고 아무렇지 않은 척 회복 마법까지 써서 상처를 감췄다.

참 미련하게도.

"전하께서는 왜……. 아니, 아니에요."

나는 무심코 꺼내려던 질문을 삼켰다. 의미 없는 질문이었다. 이미 답을 찾았으니까.

굳이 펠루스에게 묻지 않아도, 금고 따위를 열지 않아도 알 수 있었다.

펠루스는 내게 마음이 있다.

정확한 깊이를 가늠할 수는 없으나, 적어도 오늘과 같은 고통을 감수할 정도는 되었다.

그 사실이 나를 묵직하게 짓눌렀다.

나는 내기를 무르기로 마음먹었다. 아처가 주겠다고 말한 정보를 포기할 결심이 선 탓이다.

"내기를 무르시려고요?"

아처가 먼저 선수를 쳤다. 이미 모든 걸 짐작한 눈치였다.

"네. 그러려고요."

나는 고개를 끄덕였다. 그가 지금의 상황을 예상했든, 그러지 않았든 내 결정은 바뀌지 않을 것이다.

"마음을 확실히 정하신 모양이네요."

아처 역시 그 사실을 알고 있는 듯했다. 그는 잠시 고민에 빠진 얼굴을 하다가 말했다.

"좋습니다. 그럼 그 이야기는 거기까지 하죠."

아처는 순순히 내기를 끝내려는 듯했다.

처음 이야기를 꺼낸 것에 비하면 싱겁다는 생각이 들 정도였다.

"그럼 이제 다른 용건을 꺼내도 되겠습니까?"

"…이번에도 다른 용건이 있으신가요?"

느낌이 좋지 않았다. 설마 또 황제인가?

"영애께서는 정말 생각이 표정으로 다 드러나시는군요. 폐하와 관련된 일은 아닙니다."

"뭐, 그런 말을 많이 듣긴 해요. 근데 그럼 대체 무슨 일이죠?"

"황태자 전하와 관련된 일입니다. 특별히 부탁하셨죠."

펠루스가 아처한테? 물론 황제보단 자연스러운 상황이었다.

두 사람은 속이야 어떻든 일단 겉으로는 친우라고 부를 만한 관계였으니까.

아처는 나를 펠루스의 집무실로 데려왔다.

정작 펠루스는 자리를 비운 상태였다.

"이쪽입니다."

그렇게 말한 아처가 나를 집무실 안쪽에 있는 방으로 이끌었다.

달칵-

한두 번 드나든 것이 아님을 증명하듯, 그는 자연스레 문을 열었다.

방 안은 어두컴컴했다. 대체 여기서 뭘 하겠다는 거지?

"여긴, 복도에 불과하고 안쪽으로 조금 더 들어가야 합니다."

의문이 들기 무섭게 아처가 입을 열었다.

나는 이런 사소한 것까지 알아챌 수 있을 정도로 내 표정이 잘 읽히는가를 잠시 고민했다.

그동안 아처는 옆에 놓인 등불을 들고 앞장서 걷기 시작했다.

어두운 복도를 걷는 내내 우리는 침묵에 휩싸였다.

"그때 제가 말씀드렸던 금고는 사실 자체적인 보안은 형편없습니다."

침묵을 견디기 어려웠는지 아처가 묻지도 않은 설명을 늘어놓기 시작했다.

"투명한 유리로 만든 탓에 안에 든 물건이 훤히 보이고, 마음만 먹으면 쉽게 깨트릴 수 있죠."

엥? 그럼 너무 쓸모없는 거 아닌가? 저 정도면 금고라고 부르기도 민망할 것 같은데.

"그런 금고를 왜 황족들이 사용하시는 거죠?"

"금고에 마법을 걸기 편한 장치가 되어 있거든요. 자세한 원리는 저도 모르지만, 별 반 개 정도의 마법만 걸어 놔도 아무도 건드릴 수 없다고 들었습니다."

"별 반 개요?"

"네. 그 금고에는 걸려 있는 보안 마법의 난이도에 따라 별의 개수가 새겨지곤 합니다."

"아하, 별이 많을수록 높은 단계인 건가요?"

"네. 별 반 개가 최하. 즉 가장 풀기 쉬운 단계고 가장 높은 단계가 별 다섯 개짜리입니다. 하지만 보통은 별 한 개 정도의 마법만 걸어 두죠."

 무심코 왜냐고 물으려던 나는 그대로 입을 닫았다. 대충 이유를 알 것 같았기 때문이다.

 앞서 걷고 있던 탓에 그런 내 반응을 눈치채지 못한 아처가 설명을 이어 갔다.

 "금고를 풀려면 보안 마법을 사용할 수 있어야 하는데, 마법을 사용할 수 있는 건 전 대륙에서 단 한 명뿐이니까요."

 그의 말대로였다. 애초에 마법을 사용할 수 있는 건 루릭스 제국의 직계 황족 한 명뿐이다.

 결국 마법을 건 본인이 아니면 열 방법도 없다는 건데, 굳이 보안에 신경 쓸 필요는 없겠지.

 끼이익-

 복도 끝에 위치한 새로운 방의 문이 열렸다.

 이번에도 아처는 마치 정해진 매뉴얼대로 움직이듯 거침이 없었다.

 그는 나를 방의 가장 안쪽으로 데려갔다.

 아처의 등불이 비추는 곳을 따라 시선을 돌리자 제법 큰 상자 하나가 눈에 들어왔다.

 투명한 상자. 그것을 깨달은 나는 놀라고 말았다. 더불어 직감했다.

 함정이었구나.

 "걱정하실 필요 없습니다."

 동시에 아처가 입을 열었다. 어느새 그의 등불은 상자가 있는 위치를 미묘하게 비껴 나간 상태였다.

 "제가 확인한 바로는 반년 전까지만 해도 금고는 텅 비어 있었습니다. 이건 제 가문을 걸고 맹세할 수 있습니다."
자신의 가문까지 걸어 가며 하는 맹세에 거짓이 있을 리는 없다. 하지만 의문이 완전히 사라지지는 않았다.
"그렇다면 대체 왜 제게 금고에 대한 이야기를 하신 거죠?"
"그건 이걸 보시면 아실 것 같네요."
아처의 등불이 움직였다. 나 역시 그것을 따라 시선을 옮겼다.
투명한 상자. 상자의 겉면에는 루릭스 제국 황실의 문양이 새겨져 있었다.
아처가 말했던 문제의 금고가 맞는다는 의미였다.
하지만 그는 틀렸다. 금고 안에는……
"…처음부터 이럴 속셈이셨군요."
나는 당장 아처의 멱살이라도 잡을 기세로 말했다. 반면 그는 태연하기 짝이 없었다.
"저는 거짓말을 하지 않았습니다. 금고는 분명 텅 비어 있었어요. '반년 전'까지는 말이죠."
"…하."
같잖은 변명에 기가 막혔다.
더불어 그동안 참아 왔던 것들이 한꺼번에 터졌다.
"본인이 타인의 마음을 가볍게 여긴다고 해서 다른 사람도 그럴 거라 여기지 마세요."
"제가 언제 타인의 마음을 가볍게 여겼습니까?"
"지금 이건, 명백히 전하를 기만하는 행위잖아요."
그리 말한 나는 금고를 가리켰다. 아처의 등불을 통해 본 금고 안에는 브로치와 손수건이 놓여 있었다.
내가 선물한 사파이어 브로치와 내가 세탁을 해서 돌려준 손수건이.

게다가 금고의 위에는 아처가 말한 대로 보안 마법의 등급이 나타나 있었다.

그곳에 새겨진 다섯 개의 별을 본 순간 알았다.

금고를 확인하면 펠루스의 마음을 알 수 있을 거란 말이 어떤 의미였는지를.

"아마 제 이야기를 들어 보시면, 생각이 달라지실 겁니다."

아처는 장담했다. 나는 고개를 저었다.

"아뇨, 듣고 싶지 않아요."

이렇게 억지로 조건을 충족해서 얻어 낸 대답이 만족스러울 리가 없다.

"그냥 듣는 게 좋으실 겁니다."

협박에 가까운 어조였다. 어쩐지 느낌이 좋지 않다는 생각을 하기 무섭게 그가 움직였다.

"어차피 선택권도 없으실 테지만."

말을 마친 아처가 등불과 함께 문 쪽으로 이동했다.

끼이익- 철컥!

그것을 제지할 틈도 없이 문이 닫혔다. 안 그래도 캄캄했던 주변이 완전한 어둠으로 물들었다.

아처가 들고 있는 등만이 유일한 빛이었다.

"…지금, 대체 뭐 하시는 거죠?"

"이야기가 끝나면 지체 없이 보내 드리겠습니다."

말을 마친 아처는 긴 이야기를 시작했다.

15장.
태풍의 눈 (3)

루딘과 펠루스.

두 사람의 관계는 조금 특이했다. 아처가 보기엔 그랬다.

황비 소생의 황태자 루딘과 황후 소생의 황자인 펠루스.

결코 어울려서는 안 되고, 어울린들 이득 될 것이 없는 관계였다. 특히 펠루스의 입장에서는.

하지만 그럼에도 펠루스는 루딘이 세상의 전부라도 되는 것처럼 따라다녔다. 루딘 역시 펠루스에게 다정했으나, 그의 다정함은 많은 이들을 위한 것이었다.

황태자는 제 주위에 있는 모든 사람들에게 친절했다. 그것이 모든 사람에게 마음을 열었다는 의미는 아니었지만.

아무튼 그런 두 사람의 관계에 금이 가기 시작한 건, 타국에서 유학을 왔다는 왕자의 등장 이후부터였다.

인질만도 못한 처지로 제국에 머무르고 있던 그를 루딘은 흔쾌히 제 곁에 두었다.

이상한 일은 아니었다. 그는 과거에도 가문의 빚 때문에 노예상에 팔려갈 뻔한 자작 영애를 구해 곁에 둔 적이 있었다.
이름은 리벨 에리아. 그녀는 그날 이후 루딘의 전속 시녀가 되었다.
사교성이 매우 좋았던 리벨은 루딘은 물론이고 펠루스와도 제법 가까운 사이가 되었다.
아처 역시 그녀를 만날 기회가 많았다.
그는 펠루스의 친우였고, 메테니아 후작가의 차남으로서 황궁을 방문할 일이 제법 있었으니까.
리벨은 타국의 왕자와도 나름 가깝게 지냈다. 루딘은 그것을 기껍게 여겼고, 아처 역시 나쁠 것 없다고 생각했다.
유일하게 펠루스만이 그 사실을 질색했다. 느낌이 좋지 않다는 이유에서였다.
루딘과 리벨, 아처를 제외한 타인에게 원래 까칠한 펠루스였으니 다들 그러려니 했다.
그렇게 넘기는 게 아니었는데.
카펫 위로 흩뿌려진 루딘의 피를 보며 아처는 생각했다. 대체 어디서부터 잘못된 걸까.
"가장 유력한 용의자가 누구라고?"
"황태자 전하의 시녀랍니다."
"하, 전하의 은혜를 받아 황궁에 들어왔다던?"
"맞습니다."
"그런데 이런 일을 벌였다고? 천하의 몹쓸 것."
지나가던 병사들이 중얼거리는 소리가 들렸다. 아처 역시 알고 있는 내용이었다. 루딘이 독살을 당했고, 가장 유력한 용의자는 차를 관리하던 리벨이라고.

하지만 아처는 그 사실을 믿지 않았다. 그는 다른 이를 의심하고 있었다.

타국의 왕자.

펠루스에게 들은 사실에 의하면 범인은 그 자식이 분명했다.

그렇게 여긴 아처는 백방으로 돌아다니기 시작했다. 어떻게든 리벨을 빼내고 진실을 밝히기 위해서.

"글쎄. …께서 직접 …대."

쓸데없이 여기저기 들쑤시고 다니지 말라는 부친과 한바탕 싸우고 입궁한 날이었다.

"아니, …도 못 …는데 그냥 …셨다고?"

아처는 지독한 현실을 마주했다.

"아니야. 그럴 리가 없어."

그는 부정했다. 그럴 리 없다. 그럴 리가 없어.

하지만 이내 조금 전 하인들이 떠들며 지나간 말이 머릿속을 울렸다.

'글쎄. 황자 저하께서 직접 그 시녀를 죽이셨대.'
'아니, 자백도 못 받아 냈는데 그냥 죽이셨다고?'

황태자를 독살한 범인으로 지목된 리벨 에리아.

그런 그녀를 심문하던 펠루스가 끝내 리벨을 죽였다고. 자백을 받아 낸 것도 아니면서 단숨에 목숨을 끊어 냈다고.

그 일말의 자비도 없는 행위에 아처는 웃고 말았다.

울음보다 못한 웃음이었다.

모두 이미 알고 있는 사실이었다.

루딘을 독살한 진범이 따로 있다는 것도. 펠루스가 범인으로 몰린 리벨이란 시녀를 죽였다는 것도.

하지만 이미 알고 있는 사실임에도 그것을 직접 겪은 사람의 입으로 듣는 것은 느낌이 달랐다.

복잡한 마음이 들었다. 그런 기색을 겨우 감춘 내가 물었다.

"그래서 이 이야기를 통해 제게 하시고 싶은 말씀이 뭐죠?"

"전하께서는 그런 분입니다. 몇 년을 함께 해 왔든, 얼마나 허물없이 지냈든 상관없이 단숨에 누군가를 죽일 수 있는 분이죠."

"그건 어쩔 수 없는 이유가……."

"전하께서."

"……."

아처가 내 말을 끊어 냈다. 그는 반쯤 억누른 분노를 내비쳤다.

"그녀를 믿으셨다면, 그렇게 죽이지는 않으셨을 겁니다. 어떻게든 살리려고 하셨겠죠."

나는 즉각 반박했다.

"당시에 그녀는 황태자를 시해한 것으로 추정되는 가장 유력한 용의자였어요. 그런 사람에게 가해질 고문이 가벼울 거라 여기세요?"

"영애께서는 지금, 고문을 견디다 못한 그녀가 전하께 자신을 죽여 달라 부탁했을 거라는 겁니까?"

"확신할 수는 없지만, 그럴 가능성도 고려해야 한다고 생각해요."

"아뇨. 고려할 가치도 없는 가정입니다."

벽처럼 일말의 주저도 없이 돌아온 대답에 한숨이 절로 나왔다.

아무래도 그는 지금 이성적인 대화가 가능한 상태는 아닌 것 같았다.

"리벨은 일주일 후, 사랑하는 이와의 약혼식을 앞둔 상태였습니다."

예고 없이 파고든 말에 나는 고개를 들어 아처를 마주했다.

"그러니 그녀가 자신의 죽음을 전하게 부탁드렸을 리는 없습니다. 살아 있겠다고, 어떻게든 살아 보겠다고 제 연인에게 약속했으니까요."

들고 있던 등을 옆으로 치운 탓에 그가 어떤 얼굴을 하고 있는지 볼 수는 없었다.

"리벨은 분명 제게 그리 말했습니다."

일주일만 기다려 달라고.

덧붙여진 아처의 말에 나는 그대로 입을 다물었다. 어떤 말도 꺼낼 수가 없었다.

아처가 말을 이었다.

"그러니까 제가 바로 그녀가 살려고 했던 이유고, 삶의 의지입니다."

다른 건 몰라도 그것만큼은 모욕하지 말라는 의미였다.

무슨 정신으로 아처를 따라 그곳에서 나왔는지 기억이 나지 않는다.

돌아오는 길은 오직 침묵뿐이었다. 그 칠흑 같은 암흑을 지나고 나서야 그는 입을 열었다.

"제 이야기를 들어 주셔서 감사합니다."

"…아니에요."

나는 고개를 저었다.

갑작스레 알게 된 사실로 인해 머릿속이 복잡했다.

펠루스가 리벨을 믿지 않아서 그녀를 죽였을지도 모른다는 가정.

고작 그것 하나에 혼란이 물밀듯 밀려왔다.

아처가 거짓말을 하고 있을 거란 가정은 차마 하지도 못했다. 그럴 수 없었다.

비록 제 가문을 걸고 같잖은 말장난을 한 그였지만, 이번만큼은 그럴 수 없을 것이다.

죽은 연인, 그것도 진짜 사랑했던 사람의 죽음이다.

그 사람의 죽음 앞에서 거짓말이나 말장난 따위를 할 수 있을 리가 없다.

내가 혼란스러운 것은 그런 이유에서였다.

아처의 말이 거짓이 아니라면 결국, 펠루스가 리벨을 믿지 못해서 죽였다는 결론이 나온다.

그것도 자백조차 받아 내지 않은 채로.

대체 왜?

다른 건 넘어가더라도 그 부분만큼은 이해가 가지 않았다.

황태자를 독살한 범인이라는 의심을 받고 있는 리벨을 그냥 죽였다고?

자백을 받아 낸 것도 아니고, 다른 증거가 나온 것도 아닌 상황에서?

마치 리벨의 입에서 다른 말이 나올까 두려워하는 것처럼 비칠 수도 있다.
 어쩌면 누군가는 펠루스가 루딘 황태자의 독살을 사주했다고 여길 수도 있다.
 그런데 그런 위험을 감수하면서까지 리벨을 죽였다고?
 거기까지 생각이 닿자 슬슬 이성이 돌아오기 시작했다. 확실히 이상하다.
 아처가 내게 말했던 것과 다른 방향으로 이상했다.
 펠루스가 리벨에게 루딘의 죽음을 사주했으리란 가정은 아니었다.
 루딘의 죽음은 펠루스의 인생을 통째로 흔들 정도로 충격적인 사건이었다.
 그는 범인이 아니다.
 리벨과 펠루스 사이에 아처가 모르는 무언가가 있다.
 그가 위험을 감수하면서까지 그녀를 죽였어야 할 이유가.
 그걸 알아내는 게 지금부터 내가 해야 할 일이었다.
 "아."
 내게 인사를 마치고 그대로 떠나려던 아처가 불현듯 입을 열었다.
 "마지막으로 한 가지만 더 말씀드리겠습니다."
 전혀 달갑지 않은 말이었으나, 대놓고 거절할 수는 없었기에 침묵했다.
 "처음에 전하께서 아를레인 영애를 의심한 이유를 아십니까?"
 아처의 말에 나는 말없이 고개를 들었다.
 펠루스의 말처럼 그 역시 아를레인 공작과 오델론 사이에 연결고리가 있음을 주장하려는 걸까?

"잘 모르시는 것 같군요."

내 침묵을 홀로 결론지은 그가 이내 말했다.

"공작님과 슬로레인의 왕자 사이에 접점을 발견한 탓입니다."

이런, 아쉽지만 그건 나도 아는 이야기였다. 이미 펠루스를 통해 들은 적이 있으니까.

하지만 아처의 말은 거기서 끝나지 않았다.

"사건 이후 슬로레인의 왕자가 무사히 제국을 빠져나갈 수 있었던 건 아를레인 공작님의 지원 덕분이었습니다."

숨이 턱 막혔다.

지금 대체 무슨 말을 들은 건지 알 수가 없었다.

"…그게 사실인가요?"

"네. 그리고 그 직후, 아를레인 공작께서 신전과 접촉했다는 정보도 입수했습니다."

말을 마친 아처는 이번에야말로 인사와 함께 자리를 떠났다. 나는 그저 홀로 망연하게 자리를 지켰다.

⁕

아처와 헤어졌을 때부터 슬슬 흐려지기 시작한 하늘은 결국 비를 쏟아 냈다.

지독한 비였다. 여름의 경계 안으로 성큼 들어선 탓인지 습하고 질척했다.

그것을 수습할 새도 없이 나는 아를레인 공작이 있다는 서재로 향했다.

내가 공작가의 사람이라고는 하나 그 어떤 언질도, 전조도 없이 감행한 방문이었다.

"무슨 일이냐?"

하지만 공작은 침착했다.

비에 젖은 옷자락과 헝클어진 머리를 보면 내가 얼마나 다급한지 알 수 있을 텐데도.

반면 나는 조급했다. 제대로 안부를 묻고, 차근차근 이야기를 꺼낼 여유가 없었다.

"여쭤보고 싶은 게 있어요."

아처의 한마디로 인해 펠루스가 아를레인 공작을 의심했던 이유, 그리고 신전을 유독 싫어했던 이유가 정리됐다.

그러니 내가 물어야 할 건 하나뿐이었다.

"제가 예전에 열병을 크게 앓았을 때."

"그런 적 없다."

"신관님들께서 치료해 주셨나요?"

확신에 찬 어조였다. 공작 역시 그 사실을 알았는지 쉽게 입을 떼지 못했다.

대신 내가 입을 열었다.

"신관님들이 황족이 아닌 이에게 신성력을 쓰는 일은 매우 드물다고 들었어요."

그럼에도 내가, 아니 에린이 치료를 받은 건 모종의 거래가 오간 덕분일 가능성이 컸다.

이를테면.

"타국의 왕자를 제국에서 무사히 탈출시켜 달라고 하셨나요? 그럼 제게 신성력을 써 주겠다고?"

"……."

침묵이 돌아왔다. 세상에서 가장 무거운 침묵이.

나는 그런 공작이 안타까웠으며, 동시에 원망스러웠다.

대체 왜 그런 선택을 한 거냐고 묻고 싶었다.

공작은 몰랐겠지만 그가 그렇게 하지 않아도 원작 속 에린은 열병을 극복해 내고 건강해진다.

신성력 따위를 두고 신관들과 거래를 할 필요가 없었다는 의미다.

그랬더라면 펠루스와 척을 지는 일도 없었을 텐데.

공작을 만나 답을 얻은 덕에 의문이 풀렸지만 또 다른 의문이 생겼다.

아까도 말했듯 에린은 공작이 손을 쓰지 않아도 무사히 열병을 이겨 낸다.

오델론 역시 고생을 하긴 하지만, 결국엔 무사히 제국을 빠져나간다.

두 사람은 〈붉은 새벽〉의 주인공이었으니까.

제법 많은 것들을 알고 있는 신관들이니 이 사실을 몰랐을 것 같지는 않다.

그럼 신관들의 목적은 대체 뭘까? 무슨 이유로 공작에게 이런 제안을 한 걸까.

"이 장갑, 네가 사 줬다고 말했던 거 기억나니?"

길고 긴 침묵 끝에 입을 연 공작이 끼고 있던 장갑을 벗었다.

무심코 그쪽으로 시선을 준 나는 놀라고 말았다. 장갑 때문이 아니었다.

"넌, 이게 보이는 모양이구나."

그럴 줄 알았다는 얼굴이었다. 그 의미를 파악하기도 전에 나는 입을 열었다.
"그건……."
"내가 지은 죄의 낙인이지."
"……."
"내 딸을 살린 대가고."
공작의 오른쪽 손등에 오델론의 것과 같은 파란색 동그라미 문양이 그려져 있었다.
"네가 내 딸이 아니라는 건 알고 있었다."
그 사실이 워낙 충격적이었던 터라 이어진 말에 대한 충격은 조금 늦게 찾아왔다.
내가 어떤 반응을 보이기도 전에 공작이 덧붙였다.
"네 짐작대로 나는 내 딸을 위해 신관들과 거래를 했다. 왕자를 탈출시켜 주면 에린을 살려 주겠다고 하더구나."
그는 기이할 정도로 차분한 태도를 보였다.
"대신 그 아이의 몸에 언제 다른 사람이 들어설지 모른다고. 그게 아이의 운명이니 받아들이라고."
말을 마친 공작이 나를 응시했다. 카엘을 닮은 푸른색 눈동자에는 아무것도 없었다.
정확히는 그러려고 노력한 기색이 역력했다.
나를 원망하지도, 진짜 에린을 떠올리지도 않으려고 애쓰는 것 같았다.
덕분에 나는 공작의 눈을 똑바로 바라보지 못했다. 조금 비껴 나간 시선으로 물었다.
"그 문양에 대한 이야기는 없었나요?"
"아무나 볼 수 없다고 하더구나. 개입의 흔적이라는 말도 했어."

565

"아무나 볼 수 없다는 건?"
"신의 사자만이 볼 수 있다고 했어."
나와 오델론의 눈에만 보인다는 소리였다.
개입의 흔적은 아무래도 원작 소설에 직접적으로 간섭을 했다, 라는 뜻인 것 같았다.

공작과의 대화를 마친 나는 그대로 서재를 나와 빠르게 걷기 시작했다.
창문을 두드리는 빗줄기가 고요한 복도를 울린다.
조금 전 공작과 했던 대화가 머릿속을 스치고 지나갔다.

'이만 가 볼게요.'
'그래.'

필요에 의한 대화가 끝난 후 우리가 주고받은 건 저 두 마디가 끝이었다.
공작이 나를 딸로 여겼던, 정확하게는 나 혼자 그렇게 착각했던 때에 비해 매우 담백한 마무리였다.
우습지만 그게 또 서운했다. 나를 향한 애정이 아님을 알고 얼마 전까지 괴로워했으면서.
상대가 더 이상 나를 진짜로 여기지 않는다는 사실이 슬펐다.
당연한 일임을 알고, 어쩔 수 없다는 걸 아는데도 그랬다.

'네가 내 딸이 아니라는 건 알고 있었다.'

공작이 평생을 바쳐 사랑한 에린이다.

죽은 아내를 닮은 사랑스러운 딸.

그런 에린이 더는 자신의 딸이 아닌 타인임을 알았을 때의 마음을 이해한다.

혼란스럽고, 원망스럽고 마음이 찢어질 정도로 아프겠지.

하지만, 하지만.

나는 그대로 걸음을 멈췄다. 창문을 두드리는 빗소리가 점점 더 거세졌다.

모든 것을 앗아 가고, 쓸어 갈 기세다.

그렇게 나는 얼마간 어둡고 텅 빈 복도 위에 덩그러니 놓여 있었다.

잠시 눈을 감았다. 시야가 닫히자 빗소리와 함께 누군가의 발걸음 소리가 들려왔다.

그리고 그때였다.

"공작이나 영애나 둘 다 이게 뭐 하는 짓이지?"

익숙한 목소리가 들려왔고, 나는 눈을 떴다. 눈을 뜨기 전부터 알 수 있었다.

펠루스가 왔구나.

"내게 허락도 구하지 않고 이곳을 찾은 영애나, 영애를 데려가라며 내게 연락한 공작이나 둘 다⋯⋯."

"죄송해요."

나는 순순히 사과했다.

그런 내 반응이 의외였는지 그의 눈에 당혹스러워하는 기색이 묻어났다.

"다음부터는 주의할게요."

덧붙여진 대답에 펠루스는 침묵했다. 나 역시 얼마간 말없이 허공을 응시했다.

그런 내 눈앞에 불쑥 손이 내밀어졌다.

나는 그것을 그저 멀뚱히 쳐다보기만 했다.

"잡아."

무뚝뚝한 한마디가 떨어졌다. 마음을 정하기도 전에 펠루스가 내 손을 잡았다.

놓치지 않겠다는 듯 단단한 온기가 손을 감쌌다.

그는 그대로 앞장서 걷기 시작했다. 고요한 복도를 울리는 두 개의 발걸음 속에서 펠루스가 말했다.

"전에도 말했지만, 어지간한 일은 다 수습해 줄 수 있어."

나는 고개를 들어 펠루스의 뒷모습을 응시했다. 그는 여전히 앞만 보고 있는 상태였다.

"그러니까 상대가 누구든 마음 놓고 행동해. 그게 공작이든 누구든."

공작, 이라는 두 글자를 힘주어 발음하는 펠루스의 모습에 나는 잠시 멍한 얼굴을 했다.

그러다가 피식 웃으며 고개를 끄덕였다.

"알았어요. 앞으로는 그럴게요."

방금 전까지 엉망진창이었던 기분이 조금이나마 자리를 찾은 느낌이었다.

2권에 계속